水滸伝《すいこでん》
早わかりハンドブック

渡辺仙州 編著
佐竹美保 絵

梁山泊《りょうざんぱく》にあつまった好漢《こうかん》たち

宋江（そうこう）

もと地方役人。
107人の好漢たちの
首領となる

李逵（りき）

二挺《ちょう》斧《ふ》のつかい手・強力

公孫勝
（こうそんしょう）
道術《じゅつ》をつかう
林冲
（りんちゅう）
もと天子直属の
軍の武術師範
呉用（ごよう）
梁山泊の軍師

梁山泊《りょうざんぱく》にあつまった好漢《こうかん》たち

史進（ししん）

体に九匹の竜の刺青《いれずみ》がある

魯智深（ろちしん）

もと警察長

呼延灼
（こえんしゃく）

二本の銅鞭《どうべん》が
得意の武器

武松（ぶしょう）

虎《とら》を素手《すで》で
ころした強者《つわもの》

扈三娘
（こさんじょう）

二本の刀を
あやつる

梁山泊《りょうざんぱく》の好漢《こうかん》たちと応援する女性

盧俊義
（ろしゅんぎ）

北京《ほくけい》の富豪《ふごう》
梁山泊の副首領
となる

李師師
（りしし）

徽宗《きそう》の
おもい人

燕青
（えんせい）

盧俊義の
片腕《かたうで》

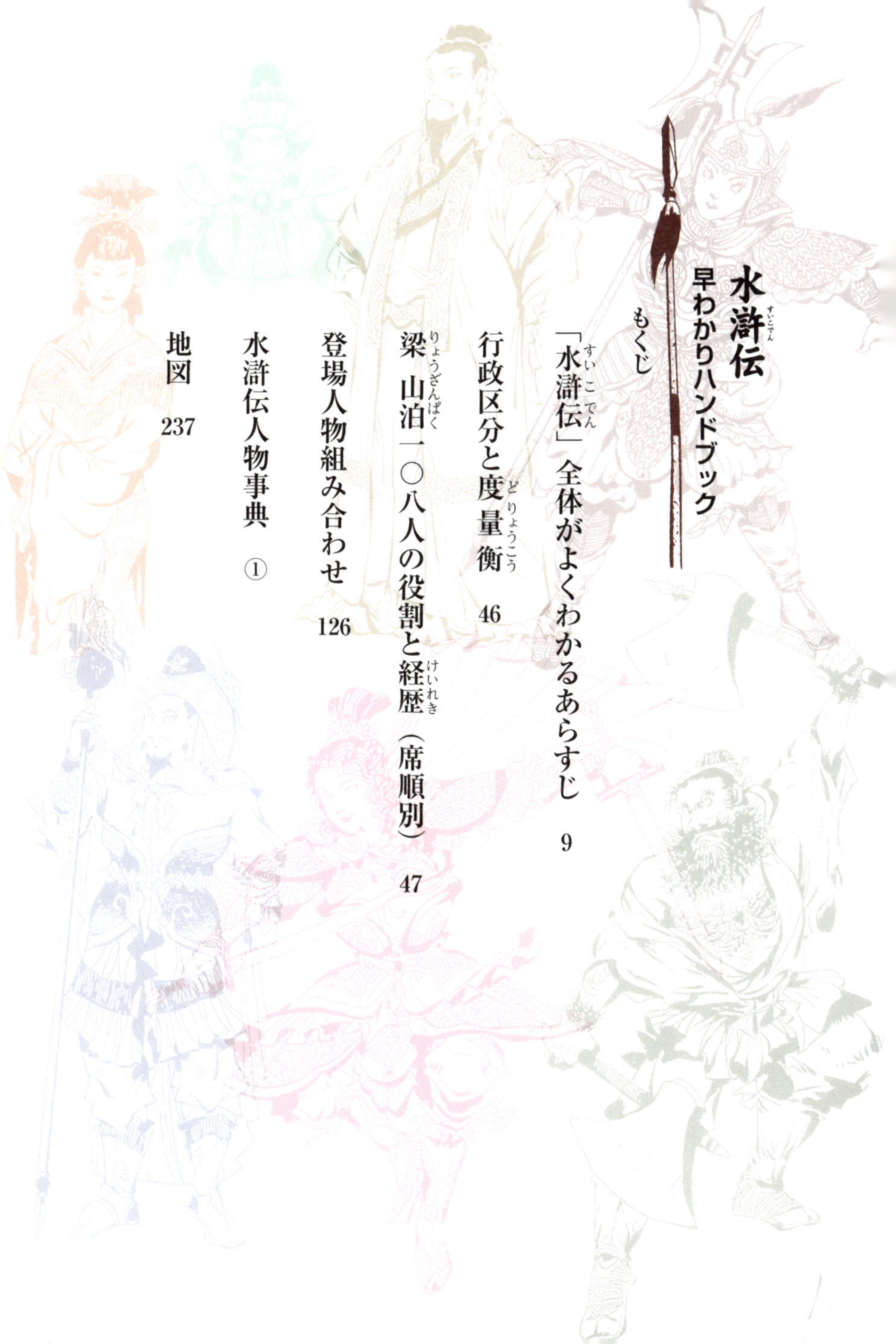

水滸伝《すいこでん》
早わかりハンドブック

もくじ

〚カバーデザイン〛
渋川育由
〚本文デザイン〛
田中明美
来夢来人
〚装画・挿画〛
佐竹美保

「水滸伝」全体がよくわかるあらすじ

＊名前のあとの（　）内の数字は梁山泊《りょうざんぱく》での席順《せきじゅん》

一〇八の魔星《ませい》が天下《てんか》に解《と》きはなたれる（上巻）

嘉裕《かゆう》三年（一〇五八年）、北宋《ほくそう》の時代《じだい》。都《みやこ》・開封府《かいほうふ》（東京《とうけい》ともいう。北宋《ほくそう》の首都《しゅと》）では疫病《えきびょう》が流行《はや》り、江西《こうせい》（長江以南《ちょうこういなん》の西部）の竜虎山《りゅうこざん》に住むという天師《てんし》——後漢《ごかん》時代にはじまった道教集団《どうきょうしゅうだん》〈五斗米道《ごとべいどう》（天師道《てんしどう》）〉の開祖《かいそ》・張陵《ちょうりょう》（張道陵《ちょうどうりょう》）のあとをつぐ者。〈祖師《そし》〉ともいう——に祈祷《きとう》をしてもらうため、朝廷《ちょうてい》は太尉《たいい》（大将軍《だいしょうぐん》）の洪信《こうしん》を派遣《はけん》する。

洪信《こうしん》はかずかずの苦難《くなん》をくぐりぬけて竜虎山の山頂《さんちょう》へたどりつくも、天師《てんし》にはあえずじまい。牧童《ぼくどう》から「天師《てんし》はすでに都《みやこ》へむかった」ときくが、じつはこの牧童《ぼくどう》こそが天師だった。

山をおりた洪信《こうしん》は、ふもとの道観《どうかん》（道教《どうきょう》の寺院《じいん》）を見てまわったさいに、一〇八の魔星《ませい》が封《ふう》じこまれているという伏魔殿《ふくまでん》の話をきいて興味《きょうみ》をもち、道士《どうし》たちにむりやり封印《ふういん》された扉をひらかせ、中にあった石碑《せきひ》の下の岩《いわ》をどけさせると一〇八の魔星が地中からとびだし、世《よ》に放《はな》たれる。この一〇八の魔星《ませい》がのちに転生《てんせい》し、梁山泊《りょうざんぱく》にあつまる一〇八人の好漢《こうかん》となる。

九紋竜《くもんりゅう》・史進《ししん》と少華山《しょうかざん》の山賊《さんぞく》たち

四十数年がすぎ、宋朝《そうちょう》では七代目天子《てんし》・哲宗《てつそう》が崩御《ほうぎょ》し、弟の徽宗《きそう》が即位《そくい》する。しかし徽宗は政治に暗《くら》く、四人の奸臣《かんしん》、高俅《こうきゅう》、蔡京《さいけい》、童貫《どうかん》、楊戩《ようせん》が朝廷《ちょうてい》を牛耳《ぎゅうじ》っていた。

高俅《こうきゅう》は、もとはごろつきだったが、蹴鞠《けまり》がうまいことで徽宗《きそう》に気にいられ、殿帥府太尉《でんすいふたいい》（禁軍《きんぐん》（近衛軍《このえぐん》）の最高位《さいこうい》）の位《くらい》にまでのぼりつめた。八十万禁軍《きんぐん》の教頭《きょうとう》（武術師範《ぶじゅつしはん》）・王進《おうしん》の父は、昔、高俅《こうきゅう》を打ち負かして恥《はじ》をかかせたことがあったので、その子の王進は目をつけられ、身《み》の危険《きけん》を感じて、母とともに都《みやこ》を去り、華陰県《かいんけん》・史家村《しかそん》の地主《じぬし》・史太公《したいこう》の屋敷《やしき》で世話《せわ》になる。

史太公《したいこう》の息子《むすこ》は史進《ししん》といい、肩《かた》・腕《うで》・胸《むね》に、ぜんぶで九匹《ひき》の竜《りゅう》のいれずみがあることから、〈**九紋竜《くもんりゅう》・史進《ししん》**（**23**）〉とよばれ、武術《ぶじゅつ》が好きで学問《がくもん》を嫌《きら》った。しかし王進《おうしん》にたたかいをいどんで打ち負かされたことで弟子《でし》になり、さらに武術《ぶじゅつ》をみがいていく。この史進こそが、一〇八の魔星《ませい》のひとつ、天微星《てんびせい》の転生《てんせい》である。王進が屋敷《やしき》を去り、史太公《したいこう》が亡《な》くなったのち、史進《ししん》は父のあとをつぐも、武術《ぶじゅつ》の練習《れんしゅう》を怠《おこた》らなかった。

ある日のこと、少華山《しょうかざん》の山賊《さんぞく》〈**跳澗虎**《ちょうかんこ》・**陳達**《ちんたつ》（72）〉が村にやってくる。史進《ししん》は、陳達を生《い》け捕《ど》りにするが、山賊仲間《なかま》の〈**神機軍師**《しんきぐんし》・**朱武**《しゅぶ》（37）〉と〈**白花蛇**《はくかだ》・**楊春**《ようしゅん》（73）〉に命乞《いのちご》いをされると、彼《かれ》らをゆるし、意気投合《いきとうごう》してともに屋敷《やしき》で酒をのむ。だが猟師《りょうし》の李吉《りきつ》の密告《みっこく》により、役人《やくにん》が派遣《はけん》される。史進はうらぎり者として李吉《りきつ》を殺したために、みずからもおたずね者となり家をでて朱武《しゅぶ》たちとともに放浪《ほうろう》の旅《たび》にでる。

魯達《ろたつ》、仏門《ぶつもん》にはいって花和尚《かおしょう》・魯智深《ろちしん》となる

やがて史進《ししん》は渭州《いしゅう》にたどりつき、提轄《ていかつ》（警察長《けいさつちょう》）の魯達《ろたつ》にであう。意気投合《いきとうごう》した魯達と史進は、史進《ししん》の最初の武術《ぶじゅつ》の師匠《ししょう》〈**打虎将**《だこしょう》・**李忠**《りちゅう》（86）〉とであい、三人で酒楼《しゅろう》へ行く。そこで彼《かれ》らは金《きん》老人《ろうじん》とその娘《むすめ》・金翠蓮《きんすいれん》にであい、二人が肉屋の鄭《てい》という男にだまされて三千貫《かん》の借金《しゃっきん》を負わされた、ときく。怒《おこ》った魯達《ろたつ》は義侠心《ぎきょうしん》から肉屋の鄭《てい》のもとへむかうも、こらしめるつもりが、いきおいあまって殺してしまう。魯達はおたずね者となり、渭州《いしゅう》を離《はな》れる。

魯達《ろたつ》は旅をつづけ、代州《だいしゅう》・雁門県《がんもんけん》で金老人《きんろうじん》と再会《さいかい》する。きけば、娘《むすめ》の翠蓮《すいれん》が富豪《ふごう》の趙員外《ちょういんがい》に見《み》初《そ》められ、いまではその屋敷《やしき》で父娘《ちちむすめ》ともども裕福《ゆうふく》な生活をしているという。金老人《きんろうじん》は恩返《おんがえ》しに、魯達を趙員外のもとへつれていく。趙員外《ちょういんがい》は魯達に、五台山《ごだいさん》の寺の智真長老《ちしんちょうろう》を紹介《しょうかい》し、僧侶《そうりょ》とし

てかくまってもらうようとりはからう。魯達《ろたつ》は髪《かみ》を剃《そ》り、名を魯智深《ろちしん》とあらためて仏門《ぶつもん》にはいる。これより魯達《ろたつ》は、〈花和尚《かおしょう》・魯智深《ろちしん》（13）〉とよばれるようになる。しかし、肉や酒を断《た》つことをせず、寺の僧侶《そうりょ》とけんかするしまつ。もてあました智真長老《ちしんちょうろう》は、魯智深《ろちしん》を都《みやこ》の大相国寺《だいしょうこくじ》にあずけることにする。

魯智深《ろちしん》は都《みやこ》へむかうとちゅう、桃花村《とうかそん》という村にたどりつく。村の地主《じぬし》・劉太公《りゅうたいこう》の娘《むすめ》が、桃花《とうか》山《ざん》の山賊《さんぞく》〈小覇王《しょうはおう》・周通《しゅうとう》（87）〉に目をつけられこまっていたので、これをこらしめる。魯智深《ろちしん》は周通《しゅうとう》の親分《おやぶん》、李忠《りちゅう》と話をつけ、二度と劉太公《りゅうたいこう》の娘《むすめ》に手をださないよう約束《やくそく》させる。

豹子頭《ひょうしとう》・林冲《りんちゅう》、高俅《こうきゅう》の奸計《かんけい》にはまる

都《みやこ》へついた魯智深《ろちしん》は、大相国寺《だいしょうこくじ》に入門《にゅうもん》をゆるされ菜園《さいえん》の管理《かんり》をまかされる。そこで、八十万禁《きん》軍《ぐん》の教頭《きょうとう》〈豹子頭《ひょうしとう》・林冲《りんちゅう》（6）〉とであい、義兄弟《ぎきょうだい》になる。いっぽう、高俅《こうきゅう》の養子《ようし》・花花太歳《かかたいさい》は、林冲《りんちゅう》の妻《つま》を見初《みそ》めて手にいれようとするが、林冲にはばまれてうまくいかず、ついには高俅《こうきゅう》の力を借《か》りる。高俅は奸計《かんけい》で林冲をおとしいれ、無実《むじつ》の罪《つみ》を着せる。

林冲《りんちゅう》はつかまり、滄州《そうしゅう》へ流罪《るざい》となる。道中《どうちゅう》、〈小旋風《しょうせんぷう》・柴進《さいしん》（10）〉とであい、彼《かれ》の屋敷《やしき》にまねかれる。柴進《さいしん》は富豪《ふごう》で、屋敷に多くの食客《しょっかく》をおいていた。柴進は林冲に手紙と銀子《ぎんす》をわたし、滄《そう》州《しゅう》で不便《ふべん》がないようにとりはからう。

滄州《そうしゅう》にたどりついた林冲《りんちゅう》は、柴進《さいしん》の手紙と銀子《ぎんす》のおかげで優遇《ゆうぐう》されたのもつかのま、高俅《こうきゅう》が使《し》者《しゃ》をだし、林冲《りんちゅう》を殺すよう典獄《てんごく》（牢獄長《ろうごくちょう》）に命《めい》じる。しかし、林冲《りんちゅう》は難《なん》をのがれて典獄を殺し、柴進《さいしん》のもとへ逃《に》げる。柴進は林冲に、梁山泊《りょうざんぱく》へ行くことをすすめる。

梁山泊《りょうざんぱく》は周囲《しゅうい》を湖《みずうみ》にかこまれた天然《てんねん》の要害《ようがい》で、官軍《かんぐん》もたやすく手だしをすることはできない。そこには三人の山賊が山寨《さんさい》（山のとりで）をかまえており、首領《しゅりょう》は白衣秀士《はくいしゅうし》・王倫《おうりん》、二番がしらは〈摸着天《もちゃくてん》・杜遷《とせん》（83）〉、三番がしらは〈雲裏金剛《うんりこんごう》・宋万《そうまん》（82）〉である。

林冲《りんちゅう》は梁山泊《りょうざんぱく》のそばの酒屋《さかや》で、連絡係《れんらくがかり》の〈旱地忽律《かんちこつりつ》・朱貴《しゅき》（92）〉とであい、柴進《さいしん》の紹介状《しょうかいじょう》を朱貴に見せて、梁山泊入《りょうざんぱくい》りを果《は》たす。

晁蓋《ちょうがい》、黄泥岡《こうでいこう》で十万貫《かん》を盗《ぬす》む

鄆城県《うんじょうけん》・東渓村《とうけいそん》の富豪《ふごう》・晁蓋《ちょうがい》は〈赤髪鬼《せきはつき》・劉唐《りゅうとう》（21）〉から、蔡京《さいけい》におくられる十万貫《かん》の財物《ざいぶつ》をうばう計画をきく。そこで晁蓋《ちょうがい》は、ちかくに住む学者《がくしゃ》〈智多星《ちたせい》・呉用《ごよう》（3）〉の知恵《ちえ》を借《か》りる。

呉用《ごよう》は計画を練《ね》りあげ、石碣村《せきけつそん》に住む漁師《りょうし》〈立地太歳《りっちたいさい》・阮小二《げんしょうじ》（27）〉、〈短命二郎《たんめいじろう》・阮小五《げんしょうご》（29）〉、〈活閻羅《かつえんら》・阮小七《げんしょうしち》（31）〉の三兄弟を仲間《なかま》にくわえる。道士《どうし》の〈入雲竜《にゅううんりゅう》・公孫勝《こうそんしょう》（4）〉も力を貸《か》そうとやってくる。さらには安楽村《あんらくそん》の無頼漢《ぶらいかん》〈白日鼠《はくじっそ》・白勝《はくしょう》（106）〉も仲間にくわえ、八人で黄泥岡《こうでいこう》の山道でまちぶせる。

十万貫《かん》の財物《ざいぶつ》の輸送部隊《ゆそうぶたい》を指揮《しき》するのは、北京《ほくけい》の提轄《ていかつ》〈青面獣《せいめんじゅう》・楊志《ようし》（17）〉。晁蓋《ちょうがい》たちは棗売《なつめう》りと酒売りに化《ば》け、楊志《ようし》とその兵士《へいし》たちにしびれ薬《ぐすり》のはいった酒をのませ、十万貫《かん》の財物《ざいぶつ》をうばう。

だが晁蓋《ちょうがい》が財物をうばったことはすぐに役所《やくしょ》に知《し》れ、晁蓋をとらえるために役人《やくにん》たちが派遣《はけん》される。いちはやくそれを知った押司《おうし》（書記《しょき》）の〈及時雨《きゅうじう》（呼保義《こほうぎ》）・宋江《そうこう》（1）〉は、晁蓋につたえる。また晁蓋《ちょうがい》たちを捕《と》らえにむかった都頭《ととう》（警察《けいさつ》の部隊長《ぶたいちょう》）の〈美髯公《びぜんこう》・朱仝《しゅどう》（12）〉と〈挿翅《そうし》虎《こ》・雷横《らいおう》（25）〉は、晁蓋《ちょうがい》たちをわざと逃《に》がす。

晁蓋《ちょうがい》は梁山泊《りょうざんぱく》に逃《に》げこむが、首領《しゅりょう》の王倫《おうりん》は器量《きりょう》のちいさな男で、自分よりすぐれた者を入山《にゅうざん》させることをよしとせず、理由《りゆう》をつけて晁蓋《ちょうがい》を追いはらおうとするが、それをきいた林冲《りんちゅう》が腹《はら》を立て、王倫を殺して晁蓋《ちょうがい》を首領《しゅりょう》の座《ざ》につける。王倫《おうりん》に仕《つか》えていた杜遷《とせん》、宋万《そうまん》も、晁蓋にしたがうことを誓《ちか》う。

宋江《そうこう》、閻婆惜《えんばしゃく》を殺して逃亡《とうぼう》の身《み》となる

晁蓋《ちょうがい》は宋江《そうこう》に恩《おん》をかえすため、劉唐《りゅうとう》に命《めい》じて金子《きんす》を宋江におくる。

だが宋江《そうこう》は、うけとった金子《きんす》と梁山泊《りょうざんぱく》からの手紙を、妾《めかけ》の閻婆惜《えんばしゃく》に発見されてしまう。閻婆惜《えんばしゃく》は宋江をおどし、さらに金子《きんす》をせしめようとしたので、宋江はむりやりとりかえそうとして、誤《あやま》って閻婆惜《えんばしゃく》を殺してしまう。

宋江《そうこう》は実家《じっか》の、父・宋太公《そうたいこう》と弟〈**鉄扇子《てっせんし》・宋清《そうせい》**（76）〉に事情《じじょう》を話す。宋清《そうせい》は、柴進《さいしん》のもとに身《み》をよせるのがよいと提案《ていあん》する。

柴進《さいしん》の屋敷《やしき》にたどりついた宋江《そうこう》は、そこで〈**武松《ぶしょう》**（14）〉という豪傑《ごうけつ》とであい、義兄弟《ぎきょうだい》のちぎりを結ぶ。

虎殺《とらごろ》しの武松《ぶしょう》、西門慶《さいもんけい》と潘金蓮《はんきんれん》を誅《ちゅう》す

武松《ぶしょう》は柴進《さいしん》の屋敷《やしき》を離《はな》れ、故郷《こきょう》の清河県《せいかけん》へむかう。とちゅう、陽穀県《ようこくけん》の県境《けんざかい》の居酒屋《いざかや》で酒を十五杯《はい》ほどのみ、ほろ酔《よ》いかげんで景陽岡《けいようこう》の山道をすすむ。そこへとつぜん、虎《とら》がおそってくるが、武松《ぶしょう》はおそれずなぐりころす。地元《じもと》の猟師《りょうし》たちは武松を知県《ちけん》（県の長官《ちょうかん》）のもとにつれていき、武松《ぶしょう》は虎退治《とらたいじ》の功《こう》で、歩兵都頭《ほへいとう》（歩《ほ》兵隊長《へいたいちょう》）に任命《にんめい》される。

陽穀県《ようこくけん》の街《まち》をあるいていた武松は、兄・武大《ぶだい》にであう。武大は清河県《せいかけん》に住んでいたが、潘金蓮《はんきんれん》というつくしい女性《じょせい》を妻《つま》にもらって陽穀県《ようこくけん》にひっこしてきていた。だが潘金蓮《はんきんれん》は西門慶《さいもんけい》という

富豪《ふごう》の男とねんごろになり、武大《ぶだい》を殺して西門慶《さいもんけい》に嫁《とつ》ごうと考えていた。
武松《ぶしょう》が任務《にんむ》で都《みやこ》へ行っているあいだに、潘金蓮《はんきんれん》と西門慶は武大《ぶだい》を毒殺《どくさつ》し、すぐに火葬《かそう》にして証拠《しょうこ》がのこらないようにする。だが都からもどってきた武松《ぶしょう》は、梨売《なしう》りの少年から兄・武大が潘金蓮と西門慶に殺されたときかされ、火葬場《かそうば》の管理人《かんりにん》に事実《じじつ》を確認《かくにん》し、二人を殺して兄のかたきをとる。

武松《ぶしょう》は自首《じしゅ》し、孟州《もうしゅう》へ流罪《るざい》となる。孟州では典獄《てんごく》の息子《むすこ》〈**金眼彪《きんがんひょう》・施恩《しおん》**（**85**）〉とであい、料亭《りょうてい》を蔣忠《しょうちゅう》という者にのっとられたのでとりかえしてほしいとたのまれる。

武松《ぶしょう》は蔣忠《しょうちゅう》をたおして料亭《りょうてい》をとりかえすが、蔣忠は親分《おやぶん》の団練《だんれん》（警備団長《けいびだんちょう》）にこのことを話し、団練は孟州《もうしゅう》の都監《とかん》（警備長官《けいびちょうかん》）に復讐《ふくしゅう》をたのむ。都監《とかん》は武松《ぶしょう》に無実《むじつ》の罪《つみ》を着せて流刑《るけい》にし、道中《どうちゅう》で殺そうとする。だが武松はうまく逃《に》げのび、孟州《もうしゅう》にもどって都監《とかん》たちを皆殺《みなごろ》しにして逃亡《とうぼう》する。

道中《どうちゅう》、十字坡《じゅうじは》の居酒屋《いざかや》で、主人の〈**菜園子《さいえんし》・張青《ちょうせい》**（**102**）〉とその妻《つま》〈**母夜叉《ぼやしゃ》・孫二娘《そんじじょう》**（**103**）〉にであう。張青《ちょうせい》の忠言《ちゅうげん》で、行者姿《ぎょうじゃすがた》に変装《へんそう》する。**武松**は、以後〈**行者《ぎょうじゃ》・武松《ぶしょう》**（**14**）〉とよばれるようになる。

武松《ぶしょう》はさらに逃亡《とうぼう》をつづけ、孔家荘《こうかそう》で、宋江《そうこう》と再会《さいかい》する。宋江は孔家荘《こうかそう》の地主《じぬし》の屋敷《やしき》で世話《せわ》になっており、その息子《むすこ》の〈**毛頭星《もうとうせい》・孔明《こうめい》**（**62**）〉、〈**独火星《どくかせい》・孔亮《こうりょう》**（**63**）〉に武術《ぶじゅつ》をおしえていた。

宋江《そうこう》は孔家荘《こうかそう》に世話《せわ》になるのもこれまでと、清風鎮《せいふうちん》にある清風寨《せいふうさい》（ここでの「寨《さい》」は軍《ぐん》の駐屯地《ちゅうとんち》のこと）の副長官《ふくちょうかん》〈**小李広《しょうりこう》・花栄《かえい》**（**9**）〉をたずねることにする。武松《ぶしょう》は二竜山《にりゅうざん》へむかうことにしたので、二人はまたわかれることとなる。

小李広《しょうりこう》・花栄《かえい》、宋江《そうこう》とともに捕《と》らわれる

宋江《そうこう》は清風鎮《せいふうちん》へむかう道中《どうちゅう》、清風山《せいふうざん》のそばで、山賊《さんぞく》につかまってしまう。清風山《せいふうざん》の首領《しゅりょう》は〈**錦《きん》毛虎《もうこ》・燕順《えんじゅん》（50）**〉、その手下《てした》に〈**矮脚虎《わいきゃくこ》・王英《おうえい》（58）**〉、〈**白面郎君《はくめんろうくん》・鄭天寿《ていてんじゅ》（74）**〉がいる。燕順《えんじゅん》は、つかまえたのが宋江《そうこう》だと知るとすぐに縄《なわ》を解《と》いてもてなす。

王英《おうえい》が清風寨《せいふうさい》の長官《ちょうかん》・劉高《りゅうこう》の妻《つま》をさらってきたとき、宋江《そうこう》は逃《に》がすようにいい、山をおりて清《せい》風鎮《ふうちん》に住む、花栄《かえい》の屋敷《やしき》で世話《せわ》になる。

元宵節《げんしょうせつ》（旧暦《きゅうれき》一月十五日の夜の祭《まつ》り。灯籠《とうろう》を見物《けんぶつ》し、団子《だんご》を食べる）の日、宋江《そうこう》が街《まち》をあるいているところを劉高《りゅうこう》の妻《つま》が見つけ、宋江が自分をさらった山賊《さんぞく》の仲間《なかま》だと告げたため、宋江は捕《と》らえられ、さらには花栄《かえい》も捕らえられる。二人は檻車《かんしゃ》にいれられ、青州府《せいしゅうふ》へ護送《ごそう》される。護送隊長《ごそうたいちょう》は〈**鎮三山《ちんさんざん》・黄信《こうしん》（38）**〉。だが燕順《えんじゅん》たちが宋江たちを救《すく》いだし、清風山へひきかえす。

青州府《せいしゅうふ》の知府《ちふ》（府《ふ》の長官《ちょうかん》）は、兵馬統制《へいばとうせい》（征伐軍指揮官《せいばつぐんしきかん》）の〈**霹靂火《へきれきか》・秦明《しんめい》（7）**〉に命《めい》じて、清《せい》風山《ふうざん》の山賊《さんぞく》を討伐《とうばつ》させる。だが秦明《しんめい》はかえり討ちにあい、生《い》け捕《ど》りにされる。花栄《かえい》は秦明に、味《み》方《かた》になるよう説得《せっとく》するが、秦明は聞く耳をもたない。秦明《しんめい》は逃《に》がされるが、青州城《せいしゅうじょう》へもどると、

城壁《じょうへき》の上には秦明《しんめい》の妻《つま》の生首《なまくび》がかかげられていた。知府《ちふ》は秦明がうらぎったと思い、その妻を殺して見せしめとしたのである。

秦明《しんめい》は復讐《ふくしゅう》を心に誓《ちか》って清風山《せいふうざん》へもどり、宋江《そうこう》たちの清風鎮《せいふうちん》攻《せ》めに協力《きょうりょく》する。宋江たちは黄信《こうしん》を仲間《なかま》にひきいれ、清風鎮攻めを成功《せいこう》させたあと、皆《みな》で梁山泊《りょうざんぱく》にむかう。道中《どうちゅう》、対影山《たいえいざん》のふもとで、〈**小温侯《しょうおんこう》・呂方《りょほう》**（**54**）〉、〈**賽仁貴《さいじんき》・郭盛《かくせい》**（**55**）〉という二人の若武者《わかむしゃ》を仲間にくわえる。

さらに道中《どうちゅう》、宋江《そうこう》は居酒屋《いざかや》で、〈**石将軍《せきしょうぐん》・石勇《せきゆう》**（**99**）〉という大男とであう。彼《かれ》は宋江に会うために天下《てんか》各地《かくち》を放浪《ほうろう》し、宋江《そうこう》の実家《じっか》にも立ちより宋江宛《そうこうあ》ての手紙をあずかってきたという。手紙には父が病《やまい》で亡《な》くなったと書いてあった。宋江は、石勇《せきゆう》や清風山《せいふうざん》の山賊《さんぞく》たちをさきに梁山泊《りょうざんぱく》へ行かせ、自身《じしん》は実家《じっか》にもどる。

だが実家《じっか》では、宋江《そうこう》の父は生きていた。宋江をよびもどすためにうその手紙を書いたのである。恩赦《おんしゃ》がでるまえに自首《じしゅ》して罪《つみ》を軽《かる》くするようにとの親心《おやごころ》である。宋江《そうこう》は父にしたがい、自首して江州《こうしゅう》へ流刑《るけい》になる。

宋江《そうこう》、梁山泊《りょうざんぱく》の副首領《ふくしゅりょう》となる

江州《こうしゅう》へ護送《ごそう》されるとちゅう、宋江《そうこう》と役人《やくにん》たちが長江《ちょうこう》近くの居酒屋《いざかや》で休憩《きゅうけい》したとき、店主の〈**催《さい》**

命判官《めいはんがん》・李立《りりつ》（96）〉は宋江たちにしびれ薬《ぐすり》をのませ、金品《きんぴん》をうばおうとした。が、そこへ長江《ちょうこう》で塩《しお》の闇《やみ》あきないをしている〈**混江竜《こんこうりゅう》・李俊《りしゅん》**（26）〉と、〈**出洞蛟《しゅつどうこう》・童威《どうい》**（68）〉、〈**翻江蜃《はんこうしん》・童猛《どうもう》**（69）〉の兄弟がやってくる。李立《りりつ》は李俊《りしゅん》から宋江《そうこう》のことをきき、しびれ薬《ぐすり》をのませたのが宋江だと知ると、すぐに解毒剤《げどくざい》をのませて無礼《ぶれい》をわびる。

江州《こうしゅう》にたどりついた宋江《そうこう》は、呉用《ごよう》の知人《ちじん》でもある牢役人《ろうやくにん》〈**神行太保《しんこうたいほう》・戴宗《たいそう》**（20）〉につれられて酒楼《しゅろう》へ行き、酒を酌《く》み交《か》わす。戴宗《たいそう》の部下《ぶか》の〈**黒旋風《こくせんぷう》・李逵《りき》**（22）〉は、宋江《そうこう》に料理をふるまうため、魚を買いにいくが、漁師《りょうし》たちにこばまれてけんかになる。そこへ親分《おやぶん》〈**浪裏白跳《ろうりはくちょう》・張《ちょう》順《じゅん》**（30）〉があらわれ、李逵を水中《すいちゅう》にひきずりこんで溺死《できし》させようとするが、宋江《そうこう》と戴宗《たいそう》がかけつけてこの場《ば》はおさまる。

ある日のこと、宋江《そうこう》が酔《よ》ったいきおいで酒楼《しゅろう》の壁《かべ》に書いた反逆《はんぎゃく》の詩を黄文炳《こうぶんへい》という退職官僚《たいしょくかんりょう》に知られる。黄文炳《こうぶんへい》は知府《ちふ》の蔡九《さいきゅう》にこのことをつたえ、宋江は捕《と》らえられる。

蔡九《さいきゅう》は父の蔡京《さいけい》に、宋江《そうこう》をどこで処刑《しょけい》するか手紙でうかがいをたてる。戴宗《たいそう》はその手紙をあずかるが、都《みやこ》へは行かず、梁山泊《りょうざんぱく》へむかい、呉用《ごよう》に事情《じじょう》を話す。呉用《ごよう》は、筆跡《ひっせき》をまねるのがうまい〈**聖手書生《せいしゅしょせい》・蕭譲《しょうじょう》**（46）〉と、印《いん》を彫《ほ》るのがうまい〈**玉臂匠《ぎょくひしょう》・金大堅《きんたいけん》**（66）〉に「都《みやこ》で処刑《しょけい》するように」というにせ手紙をつくらせ、戴宗《たいそう》にもたせる。都に護送《ごそう》するとちゅうで、宋江をたすけだそうという策《さく》である。

江州《こうしゅう》にもどった戴宗《たいそう》は、手紙を蔡九《さいきゅう》にわたす。だが手紙に蔡京《さいけい》の本名《ほんみょう》の印がおされていたことで〈手紙に本名の印をつかうのは、相手に対する謙譲《けんじょう》の意味がある〉、にせものだとばれ、宋江《そうこう》と戴宗《たいそう》は江《こう》州《しゅう》で処刑《しょけい》されることになる。

処刑《しょけい》の当日《とうじつ》、晁蓋《ちょうがい》はじめ梁山泊《りょうざんぱく》の頭目《とうもく》たちが変装して処刑場《しょけいじょう》に斬《き》りこんで宋江《そうこう》を奪還《だっかん》し、穆家《ぼくか》荘《そう》へ逃《に》げこむ。地主《じぬし》の、〈**没遮攔《ぼつしゃらん》・穆弘《ぼくこう》**（**24**）〉、〈**小遮攔《しょうしゃらん》・穆春《ぼくしゅん》**（**80**）〉という武術《ぶじゅつ》に長《た》けた二人の息子《むすこ》が宋江《そうこう》たちの仲間《なかま》になる。穆家荘《ぼくかそう》にいた張順《ちょうじゅん》の兄〈**船火児《せんかじ》・張横《ちょうおう》**（**28**）〉や、薬売《くすりう》りの武《ぶ》芸者《げいしゃ》〈**病大虫《びょうたいちゅう》・薛永《せつえい》**（**84**）〉もくわわる。薛永《せつえい》の弟子《でし》〈**通臂猿《つうひえん》・侯健《こうけん》**（**71**）〉が黄文炳《こうぶんへい》の屋敷《やしき》にやとわれていたので、侯健に道案内《みちあんない》をさせて黄文炳の屋敷を襲《おそ》う。黄文炳《こうぶんへい》は船にのって逃《に》げるが、船頭《せんどう》に化《ば》けた張順《ちょうじゅん》の待ちぶせにあう。黄文炳は川にとびこむが、べつの舟《ふね》であとをつけていた李《り》俊《しゅん》に生《い》け捕《ど》られる。黄文炳《こうぶんへい》は穆家荘《ぼくかそう》にいる宋江《そうこう》たちの前にひきだされ、処刑《しょけい》される。

宋江《そうこう》たちは皆《みな》で梁山泊《りょうざんぱく》に行くことにきめ、出発する。道中《どうちゅう》、黄門山《こうもんざん》の四人の山賊《さんぞく》が、仲間《なかま》にくわわる。〈**摩雲金翅《まうんきんし》・欧鵬《おうほう》**（**48**）〉、〈**神算子《しんさんし》・蔣敬《しょうけい》**（**53**）〉、〈**鉄笛仙《てってきせん》・馬麟《ばりん》**（**67**）〉、〈**九尾亀《きゅうびき》・陶宗《とうそう》旺《おう》**（**75**）〉である。ともに梁山泊にたどりつく。晁蓋《ちょうがい》は宋江《そうこう》を梁山泊《りょうざんぱく》の副首領《ふくしゅりょう》に任命する。

黒旋風《こくせんぷう》・李逵《りき》、母をたずねる

副首領となった宋江《そうこう》は、役人の手がまわるのをおそれ、父と弟・宋清《そうせい》を梁山泊《りょうざんぱく》によびよせる。

公孫勝《こうそんしょう》も母が気になり下山《げざん》する。

それを見た李逵《りき》も母を梁山泊《りょうざんぱく》につれてこようと、下山《げざん》して故郷《こきょう》の沂水県《きすいけん》へむかう。李逵《りき》の素行《そこう》を心配した宋江《そうこう》は、朱貴《しゅき》にあとを追わせる。

朱貴《しゅき》は沂水県《きすいけん》の県境《けんざかい》で李逵《りき》に追いつき、弟の〈**笑面虎《しょうめんこ》・朱富《しゅふう》**（**93**）〉が経営《けいえい》する居酒屋《いざかや》につれていく。李逵《りき》は酒をのんだあと、夜のうちに山道をすすみ、李逵《りき》の名を騙《かた》って追いはぎをする李鬼《りき》という男にでくわす。李逵《りき》は自分の正体《しょうたい》をあかし、李鬼を殺そうとするが、李鬼《りき》が「老《お》いた母のためにやった」というのに同情《どうじょう》し、十両《りょう》の銀子《ぎんす》をあたえて逃《に》がしてやる。しかし、下山《げざん》とちゅうで立ちよった家で、李鬼《りき》とその妻《つま》が、李逵にしびれ薬《ぐすり》をのませて捕《と》らえようとの相談をしているのを李逵《りき》は立ち聞きし、怒《おこ》って李鬼を殺してしまう。李鬼の妻は逃《に》げのびる。

実家《じっか》にたどりついた李逵《りき》は、母をせおって梁山泊《りょうざんぱく》をめざす。だが山中で、水を汲《く》んでいるあいだに、母は虎《とら》に食《く》いころされてしまう。李逵《りき》は激怒《げきど》し、虎《とら》を四匹《ひき》とも殺してかたきをとる。それを知った地元《じもと》の猟師《りょうし》たちは、山のふもとに住む富豪《ふごう》・曹太公《そうたいこう》の屋敷《やしき》へ李逵《りき》を案内《あんない》する。曹太公《そうたいこう》は李逵《りき》を気にいり、料理《りょうり》をふるまう。だが外から李逵を見かけた李鬼《りき》の妻《つま》は、村長《そんちょう》に密告《みっこく》、村長は李逵を泥酔《でいすい》させてつかまえ沂水県《きすいけん》の知県《ちけん》につたえる。

捕《と》らえられた李逵《りき》の護送《ごそう》には、都頭《ととう》の〈**青眼虎《せいがんこ》・李雲《りうん》**（**97**）〉が任命《にんめい》される。朱貴《しゅき》と朱富《しゅふう》は李《り》逵《き》をたすけだすため、まちぶせして李雲にしびれ薬《ぐすり》のはいった酒をのませて李逵をたすけだす。李雲は任務《にんむ》に失敗《しっぱい》したことで役所にもどれず、朱富とともに梁山泊入《りょうざんぱくい》りする。

梁山泊《りょうざんぱく》、祝家荘《しゅくかそう》とたたかう

李逵《りき》は梁山泊《りょうざんぱく》にもどったが、道士《どうし》の入雲竜《にゅううんりゅう》・公孫勝《こうそんしょう》は、薊州《けいしゅう》にいる母をたずねに行ったきり、もどってこない。戴宗《たいそう》は公孫勝をさがしにむかい、道中《どうちゅう》、〈**錦豹子**《きんひょうし》・**楊林**《ようりん》（**51**）〉という大男に会って意気投合《いきとうごう》し、仲間《なかま》にくわえる。飲馬川《いんばせん》のそばで、楊林の知りあいの三人の山賊《さんぞく》たち〈**鉄面孔**《てつめんこう》**目**《もく》・**裴宣**《はいせん》（**47**）〉、〈**火眼狻猊**《かがんしゅんげい》・**鄧飛**《とうひ》（**49**）〉、〈**玉旛竿**《ぎょくはんかん》・**孟康**《もうこう》（**70**）〉にであい、ともに梁山泊《りょうざんぱく》をめざす。

戴宗《たいそう》と楊林《ようりん》は薊州《けいしゅう》の街道《かいどう》で、首斬《くびき》り役人《やくにん》の〈**病関索**《びょうかんさく》・**楊雄**《ようゆう》（**32**）〉がならず者の兵士《へいし》たちに祝《しゅう》儀《ぎ》を横取《よこど》りされそうになっているのにでくわす。薪《まき》をかついだ大男〈**拚命三郎**《へんめいさんろう》・**石秀**《せきしゅう》（**33**）〉が兵士たちをけちらして楊雄《ようゆう》をたすける。戴宗《たいそう》は石秀《せきしゅう》を気にいり、梁山泊《りょうざんぱく》にはいるための推薦状《すいせんじょう》を書いてやる。

石秀《せきしゅう》は戴宗《たいそう》とわかれたのち、楊雄《ようゆう》と意気投合《いきとうごう》してともに梁山泊《りょうざんぱく》へむかう。道中《どうちゅう》、こそどろの〈**鼓上蚤**《こじょうそう》（**鼓上皂**《こじょうそう》）・**時遷**《じせん》（**107**）〉を仲間《なかま》にくわえるが、時遷《じせん》は祝家荘《しゅくかそう》で時《とき》をつげる鶏《にわとり》を盗《ぬす》み、祝家荘の者たちに捕《と》らえられてしまう。

楊雄《ようゆう》は石秀《せきしゅう》と近くの李家荘《りかそう》に逃《に》げ、知りあいの〈**鬼臉児**《きれんじ》・**杜興**《とこう》（**89**）〉の口《くち》ききで李家荘《りかそう》の荘《そう》主《しゅ》〈**撲天鵰**《はくてんちょう》・**李応**《りおう》（11）〉に時遷《じせん》をたすけてもらおうとする。だが祝家荘《しゅくかそう》は梁山泊《りょうざんぱく》を討伐《とうばつ》しようとしていたため、祝家荘《しゅくかそう》と李家荘《りかそう》がいくさになる。李応《りおう》が負傷《ふしょう》し、李家荘《りかそう》が不利《ふり》になってきたため、楊雄《ようゆう》と石秀《せきしゅう》は梁山泊《りょうざんぱく》に援軍《えんぐん》をもとめる。

宋江《そうこう》は梁山泊軍をひきいて祝家荘《しゅくかそう》とたたかうが、祝家荘の援軍《えんぐん》にきた扈家荘《こかそう》の女将《じょしょう》〈**一丈青**《いちじょうせい》・**扈三娘**《こさんじょう》（59）〉に苦戦《くせん》。だが林冲《りんちゅう》が扈三娘《こさんじょう》を生《い》け捕《ど》ったことで、扈家荘《こかそう》はいくさから手をひく。

しかし、祝家荘《しゅくかそう》のまもりはかたく、なかなか攻《せ》めおとせない。そこへ登州《とうしゅう》の提轄《ていかつ》〈**病尉遅**《びょううつち》・**孫立**《そんりつ》（39）〉が、弟の〈**小尉遅**《しょううつち》・**孫新**《そんしん》（100）〉とその妻《つま》〈**母大虫**《ぼたいちゅう》・**顧大嫂**《こだいそう》（101）〉、猟師《りょうし》の兄弟〈**両頭蛇**《りょうとうだ》・**解珍**《かいちん》（34）〉、〈**双尾蝎**《そうびかつ》・**解宝**《かいほう》（35）〉、登州《とうしゅう》の牢番《ろうばん》〈**鉄叫子**《てっきょうし》・**楽和**《がくわ》（77）〉、登雲山《とううんざん》の山賊《さんぞく》〈**出林竜**《しゅつりんりゅう》・**鄒淵**《すうえん》（90）〉とその甥《おい》〈**独角竜**《どくかくりゅう》・**鄒潤**《すうじゅん》（91）〉をひきつれてやってくる。

解珍《かいちん》、解宝《かいほう》の兄弟は登州《とうしゅう》で虎《とら》を退治《たいじ》したが、その手柄《てがら》を登州の富豪《ふごう》に横どりされたうえ無実《むじつ》の罪《つみ》で牢《ろう》にほうりこまれた。牢番《ろうばん》の楽和《がくわ》は、孫立《そんりつ》、孫新《そんしん》、顧大嫂《こだいそう》、鄒淵《すうえん》、鄒潤《すうじゅん》らの力を借《か》りて解珍《かいちん》、解宝《かいほう》をたすけだし、ともに梁山泊《りょうざんぱく》へと逃《に》げてきたのである。

祝家荘《しゅくかそう》の将《しょう》・欒廷玉《らんていぎょく》は孫立《そんりつ》の兄弟子《あにでし》だったので、孫立は楽和《がくわ》たちをひきつれて祝家荘へおもむき、欒廷玉をだまして梁山泊軍《りょうざんぱくぐん》を勝利《しょうり》にみちびく。扈三娘《こさんじょう》は王英《おうえい》と結婚《けっこん》して梁山泊入《りょうざんぱくい》りする。

双鞭《そうべん》・呼延灼《こえんしゃく》、梁山泊《りょうざんぱく》に侵攻《しんこう》する

祝家荘《しゅくかそう》とのたたかいののち、柴進《さいしん》が高唐州《こうとうしゅう》の知府《ちふ》・高廉《こうれん》に捕《と》らえられたとの報《ほう》がはいり、梁山《りょうざん》泊軍《ばくぐん》はたすけにむかう。だが高廉《こうれん》のつかう妖術《ようじゅつ》に苦戦《くせん》。戴宗《たいそう》と李逵《りき》は、二仙山《にせんざん》で修行《しゅぎょう》していた公《こう》孫勝《そんしょう》をつれもどし、とちゅう鍛冶屋《かじや》の〈**金銭豹子《きんせんひょうし》・湯隆《とうりゅう》**（88）〉を仲間《なかま》にくわえる。高廉《こうれん》の妖術《ようじゅつ》は公孫勝《こうそんしょう》につぎつぎとやぶられ、梁山泊軍は柴進《さいしん》をたすけだすことに成功《せいこう》する。

高俅《こうきゅう》はいとこの高廉《こうれん》が討《う》ちとられたとき、汝寧州《じょねいしゅう》の軍指揮官《ぐんしきかん》〈**双鞭《そうべん》・呼延灼《こえんしゃく》**（8）〉に梁山《りょうざん》泊討伐《ばくとうばつ》を命《めい》じる。呼延灼《こえんしゃく》は副将《ふくしょう》として〈**百勝将《ひゃくしょうしょう》・韓滔《かんとう》**（42）〉、〈**天目将《てんもくしょう》・彭玘《ほうき》**（43）〉をつれていく。呼延灼《こえんしゃく》は鉄鎧《てつよろい》をまとった騎馬隊《きばたい》〈連環馬《れんかんば》〉で梁山泊軍《りょうざんぱくぐん》を討《う》ちやぶり、さらに朝廷《ちょうてい》から派遣《はけん》された火砲使《かほうつか》い〈**轟天雷《ごうてんらい》・凌振《りょうしん》**（52）〉の火砲で砲撃《ほうげき》をくらわせる。梁山泊軍はたまらず退却《たいきゃく》する。

反撃《はんげき》をもくろんだ梁山泊《りょうざんぱく》の水軍頭目《すいぐんとうもく》は、夜のうちに湖《みずうみ》を泳いで火砲《かほう》に近づき、火砲《かほう》を水のなかに落として使用《しよう》できなくし、凌振《りょうしん》を生《い》け捕《ど》る。また連環馬《れんかんば》対策《たいさく》として、馬上《ばじょう》の兵《へい》をひきずりおろすための槍《やり》〈鉤鎌鎗《こうれんそう》〉を量産《りょうさん》し、その使い手である〈**金鎗手《きんそうしゅ》・徐寧《じょねい》**（18）〉を梁山泊《りょうざんぱく》につれてきて兵士《へいし》に訓練《くんれん》をさせる。これによって呼延灼軍《こえんしゃくぐん》は大敗《たいはい》し、青州《せいしゅう》へ逃《に》げる。

呼延灼《こえんしゃく》は道中《どうちゅう》、泊《と》まった宿《やど》で、桃花山《とうかざん》の山賊《さんぞく》に馬を盗《ぬす》まれたので、青州《せいしゅう》の知府《ちふ》から兵馬《へいば》を借《か》りて桃花山に攻《せ》めこむ。桃花山《とうかざん》は魯智深《ろちしん》のいる二竜山《にりゅうざん》にたすけをもとめ、二竜山は呼延灼軍《こえんしゃくぐん》とたたかう。だがそこへ、青州城《せいしゅうじょう》が白虎山《びゃっこざん》の山賊《さんぞく》におそわれているとの報《ほう》がはいり、呼延灼は撤退《てったい》する。

白虎山《びゃっこざん》の山賊《さんぞく》を指揮《しき》するのは孔明《こうめい》、孔亮《こうりょう》の兄弟。孔明《こうめい》は呼延灼《こえんしゃく》に生《い》け捕《ど》られる。

孔亮《こうりょう》は梁山泊《りょうざんぱく》へ逃《に》げ、宋江《そうこう》にたすけをもとめる。梁山泊軍は青州《せいしゅう》へむかう。

ある夜、宋江《そうこう》、呉用《ごよう》、花栄《かえい》の三人が青州城《せいしゅうじょう》のそばの丘《おか》で酒をくみかわすところを見た呼延灼《こえんしゃく》は宋江を捕《と》らえようと城《しろ》をでる。とたん落《お》とし穴《あな》にはまって生《い》け捕《ど》りにされ、梁山泊軍《りょうざんぱくぐん》に帰順《きじゅん》する。

仲間《なかま》となった呼延灼《こえんしゃく》の手びきで梁山泊軍《りょうざんぱくぐん》は青州城《せいしゅうじょう》を攻《せ》め、秦明《しんめい》は妻《つま》のかたきである青州知府《ちふ》を討《う》ちとる。いくさに勝利《しょうり》した桃花山《とうかざん》、二竜山《にりゅうざん》、白虎山《びゃっこざん》の山賊《さんぞく》たちはともに梁山泊にくわわる。

二竜山で山賊をしていた〈**操刀鬼《そうとうき》・曹正《そうせい》（81）**〉は林冲《りんちゅう》の弟子《でし》で、林冲との再会《さいかい》をよろこぶ。

晁蓋《ちょうがい》、史文恭《しぶんきょう》の毒矢《どくや》によって命をおとす

魯智深《ろちしん》は、少華山《しょうかざん》にいる史進《ししん》、朱武《しゅぶ》、陳達《ちんたつ》、楊春《ようしゅん》を梁山泊《りょうざんぱく》にくわえることを提案《ていあん》する。魯智深は史進《ししん》が華州《かしゅう》の賀太守《がたいしゅ》に捕《と》らえられていると知り、たすけにいくが、彼《かれ》もつかまってしまう。そこで呉用《ごよう》は朝廷《ちょうてい》の使者《ししゃ》に化《ば》けて賀太守《がたいしゅ》に会い、討《う》ちとって華州《かしゅう》を占領《せんりょう》して、史進《ししん》と魯智深《ろちしん》をたす

けだす。史進たち少華山《しょうかざん》の山賊《さんぞく》も梁山泊《りょうざんぱく》にくわわる。

史進《ししん》はもと少華山《しょうかざん》の仲間《なかま》たちとともに、なにか手柄《てがら》をたてようと、梁山泊《りょうざんぱく》を併呑《へいどん》せんとたくらむ芒碭山《ぼうとうざん》の道術使《どうじゅつつか》い〈**混世魔王《こんせいまおう》・樊瑞《はんずい》**（61）〉にたたかいをいどむ。だが樊瑞《はんずい》の妖術《ようじゅつ》に手こずり、手下《てした》の飛刀《ひとう》（手裏剣《しゅりけん》）・標鎗《ひょうそう》（投《な》げ槍《やり》）使《つか》い、〈**八臂那吒《はっぴなた》・項充《こうじゅう》**（64）〉と〈**飛天大聖《ひてんたいせい》・李袞《りこん》**（65）〉に苦戦《くせん》する。そこへ公孫勝《こうそんしょう》が梁山泊《りょうざんぱく》から援軍《えんぐん》にきて、道術で樊瑞《はんずい》を討《う》ちやぶり、たたかいに勝利《しょうり》する。芒碭山《ぼうとうざん》の山賊《さんぞく》たちは梁山泊にくだり、樊瑞《はんずい》は公孫勝の弟子《でし》になる。

梁山泊軍《りょうざんぱくぐん》がもどるとちゅう、馬泥棒《うまどろぼう》の〈**金毛犬《きんもうけん》・段景住《だんけいじゅう》**（108）〉があらわれ、盗《ぬす》んだ名馬《めいば》を梁《りょう》山泊《ざんぱく》に献上《けんじょう》するつもりでいたが、凌州《りょうしゅう》・曽頭市《そうとうし》の曽家《そうか》の者にうばわれてしまったという。

晁蓋《ちょうがい》は曽家《そうか》が梁山泊討伐《りょうざんぱくとうばつ》をもくろんでいるときき、軍《ぐん》をひきいて出陣《しゅつじん》する。だが敵《てき》と膠着状《こうちゃくじょう》態《たい》がつづく。ある夜、晁蓋《ちょうがい》は曽家《そうか》が兵《へい》を休めている場所に案内《あんない》するという僧侶《そうりょ》の罠《わな》にはまり、毒《どく》矢《や》をうけて梁山泊《りょうざんぱく》に退却《たいきゃく》する。やがて晁蓋は命をおとす。矢《や》には〈史文恭《しぶんきょう》〉の名があったため、晁蓋は死のまぎわ、「史文恭《しぶんきょう》を討《う》った者を首領《しゅりょう》に」といいのこす。宋江《そうこう》は臨時《りんじ》の首領《しゅりょう》となる。

宋江《そうこう》、玉麒麟《ぎょくきりん》・盧俊義《ろしゅんぎ》を梁山泊《りょうざんぱく》にまねく（ここより下巻）

宋江《そうこう》は、晁蓋《ちょうがい》の法事《ほうじ》をとりおこなった大円法師《だいえんほうし》から、北京《ほくけい》に〈**玉麒麟《ぎょくきりん》・盧俊義《ろしゅんぎ》**（2）〉という傑物《けつぶつ》がいるとき梁山泊《りょうざんぱく》にまねいて首領《しゅりょう》にしようと考える。宋江《そうこう》の命《めい》をうけた呉用《ごよう》は、李逵《りき》とともに北京《ほくけい》へおもむき、策《さく》を弄《ろう》して盧俊義《ろしゅんぎ》を梁山泊へつれてくる。だが盧俊義《ろしゅんぎ》は宋江たちの志《こころざし》はみとめながらも山賊《さんぞく》にはならないとことわる。宋江《そうこう》はあきらめて盧俊義を北京へかえす。

盧俊義《ろしゅんぎ》が北京城《ほくけいじょう》へさしかかると、使用人《しようにん》の〈**浪子《ろうし》・燕青《えんせい》**（**36**）〉がかけつけ、盧俊義の留守中《るすちゅう》に使用人《しようにん》の李固《りこ》が盧俊義《ろしゅんぎ》の妻《つま》とねんごろになり、屋敷《やしき》をのっとったという。盧俊義《ろしゅんぎ》は信《しん》じず、屋敷にもどるが、妻の密告《みっこく》で梁山泊《りょうざんぱく》の仲間《なかま》だといわれ、役人《やくにん》につかまってしまう。首斬《くびき》り役人《やくにん》の〈**鉄臂《てっぴ》膊《はく》・蔡福《さいふく》**（**94**）〉、〈**一枝花《いっしか》・蔡慶《さいけい》**（**95**）〉の兄弟は、盧俊義が牢《ろう》で不便《ふべん》のないようとりはからう。

盧俊義《ろしゅんぎ》は沙門島《さもんとう》へ流刑《るけい》になるが、道中《どうちゅう》、燕青《えんせい》がたすけにくる。だが逃《に》げるとちゅうでまた役人《やくにん》につかまってしまう。燕青《えんせい》は梁山泊《りょうざんぱく》へむかい、宋江《そうこう》にたすけをもとめる。宋江《そうこう》は盧俊義を救《すく》うため、軍《ぐん》をひきいて北京城《ほくけいじょう》へむかう。だが、そのとき三国時代《さんごくじだい》の名将《めいしょう》・関羽《かんう》の子孫《しそん》〈**大刀《だいとう》・関勝《かんしょう》**（**5**）〉が〈**醜郡馬《しゅうぐんば》・宣賛《せんさん》**（**40**）〉、〈**井木犴《せいぼくかん》・郝思文《かくしぶん》**（**41**）〉とともに、朝廷《ちょうてい》の命《めい》をうけて梁山泊《りょうざんぱく》にむけて出陣《しゅつじん》したとの報《ほう》がはいる。宋江《そうこう》はいそいで梁山泊へもどる。そして関勝軍《かんしょうぐん》を討《う》ちやぶり、関勝《かんしょう》、宣賛《せんさん》、郝思文《かくしぶん》の三将《しょう》を仲間《なかま》にしたのちに、ふたたび北京城攻《ほくけいじょうぜ》めにむかう。

北京城《ほくけいじょう》の軍隊長《ぐんたいちょう》〈**急先鋒《きゅうせんぽう》・索超《さくちょう》**（**19**）〉は梁山泊軍《りょうざんぱくぐん》とたたかうが、生《い》け捕《ど》られて梁山泊《りょうざんぱく》に帰順《きじゅん》する。このまま一気《いっき》に城《しろ》を落とせるかと思いきや、冬の寒さでか宋江《そうこう》が病《やまい》にかかり、梁山泊軍はいったん北京《ほくけい》から撤退《てったい》する。張順《ちょうじゅん》は宋江《そうこう》を治《なお》すために〈**神医《しんい》・安道全《あんどうぜん》**（**56**）〉をさがしに行き、道中《どうちゅう》で〈**活閃婆《かっせんば》・王定六《おうていろく》**（**104**）〉を仲間《なかま》にくわえる。安道全《あんどうぜん》の治療《ちりょう》により、宋江《そうこう》は快復《かいふく》する。

春になると、梁山泊軍《りょうざんぱくぐん》はまた北京城《ほくけいじょう》へむかう。時遷《じせん》が城内《じょうない》にしのびこみ、翠雲楼《すいうんろう》に火をつけて街《まち》を混乱《こんらん》させ、その機《き》に乗《じょう》じて城《しろ》を落とし、盧俊義《ろしゅんぎ》を救《すく》いだす。盧俊義《ろしゅんぎ》をおとしいれた妻《つま》と李固《りこ》は生《い》け捕《ど》られ、盧俊義の手で処刑《しょけい》される。そののち盧俊義は梁山泊にくわわる。

梁山泊《りょうざんぱく》、宋江《そうこう》を首領《しゅりょう》、盧《ろ》俊義《しゅんぎ》を副首領《ふくしゅりょう》とする

朝廷《ちょうてい》は、水攻《みずぜ》めを得意《とくい》とする〈**聖水将《せいすいしょう》・単廷珪《ぜんていけい》**（44）〉と、火攻《ひぜ》めを得意《とくい》とする〈**神火将《しんかしょう》・魏《ぎ》定国《ていこく》**（45）〉に梁山泊討伐《りょうざんぱくとうばつ》を命《めい》じる。

官軍来襲《かんぐんらいしゅう》の報《ほう》をきき、李逵《りき》は出陣《しゅつじん》したいと宋江《そうこう》にもうしでるが、宋江はとりあわず、林冲《りんちゅう》に出兵《しゅっぺい》させる。不満《ふまん》に思った李逵《りき》はひとりで勝手《かって》に山をおり、敵《てき》の本拠地《ほんきょち》である淩州城《りょうしゅうじょう》へむかう。道中《どうちゅう》、〈**没面目《ぼつめんもく》・焦挺《しょうてい》**（98）〉、〈**喪門神《そうもんしん》・鮑旭《ほうきょく》**（60）〉と枯樹山《こじゅざん》の山賊《さんぞく》たちを仲間《なかま》にくわえる。李《り》逵《き》たちは、林冲《りんちゅう》と関勝《かんしょう》の淩州《りょうしゅうじょう》城攻めに乗《じょう》じて、淩州城内になだれこんで勝利《しょうり》を得《え》る。敗《やぶ》れた単《ぜん》廷珪《ていけい》と魏定国《ぎていこく》は、梁山泊《りょうざんぱく》にくわわる。

曽頭市《そうとうし》の軍馬《ぐんば》を管理《かんり》する〈**険道神《けんどうしん》・郁保四《いくほうし》**（105）〉が、梁山泊《りょうざんぱく》が買った軍馬を盗《ぬす》んだことを知った宋江《そうこう》は晁蓋《ちょうがい》のかたき討《う》ちとばかり、曽頭市へ出陣《しゅつじん》する。晁蓋を討った史文恭《しぶんきょう》は、盧俊義《ろしゅんぎ》に斬《き》りつけられて馬から落ち、生《い》け捕《ど》りにされる。

史文恭《しぶんきょう》を殺して晁蓋のかたきをとると、「史文恭を討《う》った者を首領《しゅりょう》に」との晁蓋《ちょうがい》の遺言《ゆいごん》から、宋江《そうこう》は盧俊義《ろしゅんぎ》を首領《しゅりょう》にしようとする。だが盧俊義《ろしゅんぎ》はこれを拒否《きょひ》。また呉用《ごよう》はじめ梁山泊《りょうざんぱく》の頭目《とうもく》たちも、宋江が首領をやめることをうけいれない。そこで、梁山泊討伐《りょうざんぱくとうばつ》をもくろんでいる東平府《とうへいふ》と東昌府《とうしょうふ》に出陣《しゅつじん》し、どちらかさきに攻《せ》めおとしたほうを首領《しゅりょう》にするととりきめる。くじをひき、宋《そう》江《こう》は東平府《とうへいふ》を、盧俊義《ろしゅんぎ》は東昌府《とうしょうふ》を攻めることになる。

東平府《とうへいふ》では、軍指揮官《ぐんしきかん》〈**双鎗将《そうそうしょう》・董平《とうへい》(15)**〉が兵《へい》をひきいてたたかうが、梁山泊軍《りょうざんぱくぐん》を深追《ふかお》いしすぎて生《い》け捕《ど》られてしまう。宋江《そうこう》は董平《とうへい》に大義《たいぎ》を説《と》いて味方《みかた》にし、ともに東平府を攻めおとす。

東昌府《とうしょうふ》へむかった盧俊義《ろしゅんぎ》は、敵将《てきしょう》の〈**没羽箭《ぼつうせん》・張清《ちょうせい》(16)**〉と、二人の副将《ふくしょう》〈**花項虎《かこうこ》・龔旺《きょうおう》(78)**〉、〈**中箭虎《ちゅうせんこ》・丁得孫《ていとくそん》(79)**〉に手こずっていたが、宋江《そうこう》がかけつけ、兵《へい》をあわせてともにたたかって東昌府を落とすと、張清《ちょうせい》ら三将《しょう》を生《い》け捕《ど》りにして梁山泊の仲間にくわえる。

ともに梁山泊《りょうざんぱく》へひきかえすとちゅう、董平《とうへい》は獣医《じゅうい》の〈**紫髯伯《しぜんはく》・皇甫端《こうほたん》(57)**〉を宋江《そうこう》に推挙《すいきょ》する。こうして梁山泊に一〇八人の好漢《こうかん》がそろう。そして宋江《そうこう》が首領《しゅりょう》、盧俊義《ろしゅんぎ》が副首領《ふくしゅりょう》となる。

梁山泊《りょうざんぱく》にて、一〇八の魔星《ませい》がつどう

梁山泊《りょうざんぱく》にもどった宋江《そうこう》は、道士《どうし》たちをまねき、いくさでうしなわれた魂《たましい》を七日七夜供養《くよう》した。

七日目の夜に、空から火の玉がふってきて、地中にもぐりこんだ。掘《ほ》り起こしてみると、一〇八人の好漢《こうかん》の名が書かれた碑《ひ》がでてきた。

碑《ひ》の表にしるされた天罡星《てんこうせい》三十六人は、

(1) 天魁星《てんかいせい》　呼保義《こほうぎ》　宋江《そうこう》
(2) 天罡星《てんこうせい》　玉麒麟《ぎょくきりん》　盧俊義《ろしゅんぎ》
(3) 天機星《てんきせい》　智多星《ちたせい》　呉用《ごよう》
(4) 天間星《てんかんせい》　入雲竜《にゅううんりゅう》　公孫勝《こうそんしょう》
(5) 天勇星《てんゆうせい》　大刀《だいとう》　関勝《かんしょう》
(6) 天雄星《てんゆうせい》　豹子頭《ひょうしとう》　林冲《りんちゅう》
(7) 天猛星《てんもうせい》　霹靂火《へきれきか》　秦明《しんめい》
(8) 天威星《てんいせい》　双鞭《そうべん》　呼延灼《こえんしゃく》
(9) 天英星《てんえいせい》　小李広《しょうりこう》　花栄《かえい》
(10) 天貴星《てんきせい》　小旋風《しょうせんぷう》　柴進《さいしん》
(11) 天富星《てんふうせい》　撲天鵰《はくてんちょう》　李応《りおう》
(12) 天満星《てんまんせい》　美髯公《びぜんこう》　朱仝《しゅどう》
(13) 天孤星《てんこせい》　花和尚《かおしょう》　魯智深《ろちしん》
(14) 天傷星《てんしょうせい》　行者《ぎょうじゃ》　武松《ぶしょう》
(15) 天立星《てんりっせい》　双鎗将《そうそうしょう》　董平《とうへい》
(16) 天捷星《てんしょうせい》　没羽箭《ぼつうせん》　張清《ちょうせい》
(17) 天暗星《てんあんせい》　青面獣《せいめんじゅう》　楊志《ようし》
(18) 天祐星《てんゆうせい》　金鎗手《きんそうしゅ》　徐寧《じょねい》
(19) 天空星《てんくうせい》　急先鋒《きゅうせんぽう》　索超《さくちょう》
(20) 天速星《てんそくせい》　神行太保《しんこうたいほう》　戴宗《たいそう》
(21) 天異星《てんいせい》　赤髪鬼《せきはつき》　劉唐《りゅうとう》
(22) 天殺星《てんさつせい》　黒旋風《こくせんぷう》　李逵《りき》
(23) 天微星《てんびせい》　九紋竜《くもんりゅう》　史進《ししん》
(24) 天究星《てんきゅうせい》　没遮攔《ぼつしゃらん》　穆弘《ぼくこう》
(25) 天退星《てんたいせい》　挿翅虎《そうしこ》　雷横《らいおう》
(26) 天寿星《てんじゅせい》　混江竜《こんこうりゅう》　李俊《りしゅん》
(27) 天剣星《てんけんせい》　立地太歳《りっちたいさい》　阮小二《げんしょうじ》

(28) 天平星《てんぺいせい》　船火児《せんかじ》　張横《ちょうおう》
(29) 天罪星《てんざいせい》　短命二郎《たんめいじろう》　阮小五《げんしょうご》
(30) 天損星《てんそんせい》　浪裏白跳《ろうりはくちょう》　張　順《ちょうじゅん》
(31) 天敗星《てんはいせい》　活閻羅《かつえんら》　阮小七《げんしょうしち》
(32) 天牢星《てんろうせい》　病関索《びょうかんさく》　楊雄《ようゆう》
(33) 天慧星《てんけいせい》　拚命三郎《へんめいさんろう》　石秀《せきしゅう》
(34) 天暴星《てんぼうせい》　両頭蛇《りょうとうだ》　解珍《かいちん》
(35) 天哭星《てんこくせい》　双尾蝎《そうびかつ》　解宝《かいほう》
(36) 天巧星《てんこうせい》　浪子《ろうし》　燕青《えんせい》

碑《ひ》の裏《うら》にしるされた地煞星《ちさつせい》七十二人は、

(37) 地魁星《ちかいせい》　神機軍師《しんきぐんし》　朱武《しゅぶ》
(38) 地煞星《ちさつせい》　鎮三山《ちんさんざん》　黄信《こうしん》
(39) 地勇星《ちゆうせい》　病尉遅《びょううつち》　孫立《そんりつ》
(40) 地傑星《ちけつせい》　醜郡馬《しゅうぐんば》　宣賛《せんさん》
(41) 地雄星《ちゆうせい》　井木犴《せいぼくかん》　郝思文《かくしぶん》
(42) 地威星《ちいせい》　百勝　将《ひゃくしょうしょう》　韓滔《かんとう》
(43) 地英星《ちえいせい》　天目将《てんもくしょう》　彭玘《ほうき》
(44) 地奇星《ちきせい》　聖水将《せいすいしょう》　単廷珪《ぜんていけい》
(45) 地猛星《ちもうせい》　神火将《しんかしょう》　魏定国《ぎていこく》
(46) 地文星《ちぶんせい》　聖手書生《せいしゅしょせい》　蕭　譲《しょうじょう》
(47) 地正星《ちせいせい》　鉄面孔目《てつめんこうもく》　裴宣《はいせん》
(48) 地闊星《ちかつせい》　摩雲金翅《まうんきんし》　欧鵬《おうほう》
(49) 地闘星《ちとうせい》　火眼狻猊《かがんしゅんげい》　鄧飛《とうひ》
(50) 地強星《ちきょうせい》　錦毛虎《きんもうこ》　燕順《えんじゅん》
(51) 地暗星《ちあんせい》　錦豹子《きんひょうし》　楊林《ようりん》
(52) 地軸星《ちじくせい》　轟天雷《ごうてんらい》　凌振《りょうしん》
(53) 地会星《ちかいせい》　神算子《しんさんし》　蔣敬《しょうけい》
(54) 地佐星《ちさせい》　小温侯《しょうおんこう》　呂方《りょほう》
(55) 地祐星《ちゆうせい》　賽仁貴《さいじんき》　郭盛《かくせい》
(56) 地霊星《ちれいせい》　神医《しんい》　安道全《あんどうぜん》
(57) 地獣星《ちじゅうせい》　紫髯伯《しぜんはく》　皇甫端《こうほたん》
(58) 地微星《ちびせい》　矮脚虎《わいきゃくこ》　王英《おうえい》

(59) 地急星《ちきゅうせい》 一丈青《いちじょうせい》 扈三娘《こさんじょう》
(60) 地暴星《ちぼうせい》 喪門神《そうもんしん》 鮑旭《ほうきょく》
(61) 地然星《ちぜんせい》 混世魔王《こんせいまおう》 樊瑞《はんずい》
(62) 地好星《ちこうせい》 毛頭星《もうとうせい》 孔明《こうめい》
(63) 地狂星《ちきょうせい》 独火星《どくかせい》 孔亮《こうりょう》
(64) 地飛星《ちひせい》 八臂那吒《はっぴなた》 項充《こうじゅう》
(65) 地走星《ちそうせい》 飛天大聖《ひてんたいせい》 李袞《りこん》
(66) 地巧星《ちこうせい》 玉臂匠《ぎょくひしょう》 金大堅《きんたいけん》
(67) 地明星《ちめいせい》 鉄笛仙《てってきせん》 馬麟《ばりん》
(68) 地進星《ちしんせい》 出洞蛟《しゅつどうこう》 童威《どうい》
(69) 地退星《ちたいせい》 翻江蜃《はんこうしん》 童猛《どうもう》
(70) 地満星《ちまんせい》 玉旛竿《ぎょくはんかん》 孟康《もうこう》
(71) 地遂星《ちすいせい》 通臂猿《つうひえん》 侯健《こうけん》
(72) 地周星《ちしゅうせい》 跳澗虎《ちょうかんこ》 陳達《ちんたつ》
(73) 地隠星《ちいんせい》 白花蛇《はくかだ》 楊春《ようしゅん》
(74) 地異星《ちいせい》 白面郎君《はくめんろうくん》 鄭天寿《ていてんじゅ》
(75) 地理星《ちりせい》 九尾亀《きゅうびき》 陶宗旺《とうそうおう》

(76) 地俊星《ちしゅんせい》 鉄扇子《てっせんし》 宋清《そうせい》
(77) 地楽星《ちがくせい》 鉄叫子《てっきょうし》 楽和《がくわ》
(78) 地捷星《ちしょうせい》 花項虎《かこうこ》 龔旺《きょうおう》
(79) 地速星《ちそくせい》 中箭虎《ちゅうせんこ》 丁得孫《ていとくそん》
(80) 地鎮星《ちちんせい》 小遮攔《しょうしゃらん》 穆春《ぼくしゅん》
(81) 地稽星《ちけいせい》 操刀鬼《そうとうき》 曹正《そうせい》
(82) 地魔星《ちませい》 雲裏金剛《うんりこんごう》 宋万《そうまん》
(83) 地妖星《ちようせい》 摸着天《もちゃくてん》 杜遷《とせん》
(84) 地幽星《ちゆうせい》 病大虫《びょうたいちゅう》 薛永《せつえい》
(85) 地伏星《ちふくせい》 金眼彪《きんがんひょう》 施恩《しおん》
(86) 地僻星《ちへきせい》 打虎将《だこしょう》 李忠《りちゅう》
(87) 地空星《ちくうせい》 小覇王《しょうはおう》 周通《しゅうとう》
(88) 地孤星《ちこせい》 金銭豹子《きんせんひょうし》 湯隆《とうりゅう》
(89) 地全星《ちぜんせい》 鬼臉児《きれんじ》 杜興《とこう》
(90) 地短星《ちたんせい》 出林竜《しゅつりんりゅう》 鄒淵《すうえん》
(91) 地角星《ちかくせい》 独角竜《どくかくりゅう》 鄒潤《すうじゅん》
(92) 地囚星《ちしゅうせい》 旱地忽律《かんちこつりつ》 朱貴《しゅき》

(93) 地蔵星《ちぞうせい》　笑面虎《しょうめんこ》　朱富《しゅふう》
(94) 地平星《ちへいせい》　鉄臂膊《てつひはく》　蔡福《さいふく》
(95) 地損星《ちそんせい》　一枝花《いっしか》　蔡慶《さいけい》
(96) 地奴星《ちどせい》　催命判官《さいめいはんがん》　李立《りりつ》
(97) 地察星《ちさつせい》　青眼虎《せいがんこ》　李雲《りうん》
(98) 地悪星《ちあくせい》　没面目《ぼつめんもく》　焦挺《しょうてい》
(99) 地醜星《ちしゅうせい》　石将軍《せきしょうぐん》　石勇《せきゆう》
(100) 地数星《ちすうせい》　小尉遅《しょううつち》　孫新《そんしん》
(101) 地陰星《ちいんせい》　母大虫《ぼたいちゅう》　顧大嫂《こだいそう》
(102) 地刑星《ちけいせい》　菜園子《さいえんし》　張青《ちょうせい》
(103) 地壮星《ちそうせい》　母夜叉《ぼやしゃ》　孫二娘《そんじじょう》
(104) 地劣星《ちれっせい》　活閃婆《かっせんば》　王定六《おうていろく》
(105) 地健星《ちけんせい》　険道神《けんどうしん》　郁保四《いくほうし》
(106) 地耗星《ちこうせい》　白日鼠《はくじつそ》　白勝《はくしょう》
(107) 地賊星《ちぞくせい》　鼓上蚤《こじょうそう》　時遷《じせん》
(108) 地狗星《ちくせい》　金毛犬《きんもうけん》　段景住《だんけいじゅう》

宋江《そうこう》は、一〇八人がそろったことは天命《てんめい》だと悟《さと》り、皆《みな》の職分《しょくぶん》をさだめた。

梁山泊《りょうざんぱく》首領《しゅりょう》（二名）
呼保義《こほうぎ》　宋江《そうこう》
玉麒麟《ぎょくきりん》　盧俊義《ろしゅんぎ》

軍師《ぐんし》（二名）
智多星《ちたせい》　呉用《ごよう》
入雲竜《にゅううんりゅう》　公孫勝《こうそんしょう》

参謀《さんぼう》（一名）
神機軍師《しんきぐんし》　朱武《しゅぶ》

金銭兵糧《きんせんひょうろう》の管理《かんり》（二名）
小旋風《しょうせんぷう》　柴進《さいしん》
撲天鵰《はくてんちょう》　李応《りおう》

騎《き》兵軍《へいぐん》五虎将《ごしょう》（五名）

大刀《だいとう》　関勝《かんしょう》
豹子頭《ひょうしとう》　林冲《りんちゅう》
霹靂火《へきれきか》　秦明《しんめい》
双鞭《そうべん》　呼延灼《こえんしゃく》
双鎗将《そうそうしょう》　董平《とうへい》

騎《き》兵軍《へいぐん》八驃騎《ひょうき》・先鋒使《せんぽうし》（八名）

小李広《しょうりこう》　花栄《かえい》
金鎗手《きんそうしゅ》　徐寧《じょねい》
青面獣《せいめんじゅう》　楊志《ようし》
急先鋒《きゅうせんぽう》　索超《さくちょう》
没羽箭《ぼつうせん》　張清《ちょうせい》
美髯公《びぜんこう》　朱仝《しゅどう》
九紋竜《くもんりゅう》　史進《ししん》
没遮攔《ぼっしゃらん》　穆弘《ぼくこう》

騎《き》兵軍《へいぐん》小彪将《しょうひょうしょう》・斥候《せっこう》（十六名）

鎮三山《ちんさんざん》　黄信《こうしん》
病尉遅《びょううつち》　孫立《そんりつ》
醜郡馬《しゅうぐんば》　宣賛《せんさん》
井木犴《せいぼくかん》　郝思文《かくしぶん》
百勝将《ひゃくしょうしょう》　韓滔《かんとう》
天目将《てんもくしょう》　彭玘《ほうき》
聖水将《せいすいしょう》　単廷珪《ぜんていけい》
神火将《しんかしょう》　魏定国《ぎていこく》
摩雲金翅《まうんきんし》　欧鵬《おうほう》
火眼狻猊《かがんしゅんげい》　鄧飛《とうひ》
錦毛虎《きんもうこ》　燕順《えんじゅん》
鉄笛仙《てつてきせん》　馬麟《ばりん》
跳澗虎《ちょうかんこ》　陳達《ちんたつ》
白花蛇《はくかだ》　楊春《ようしゅん》
錦豹子《きんひょうし》　楊林《ようりん》
小覇王《しょうはおう》　周通《しゅうとう》

歩兵頭目《ほへいとうもく》（十名）

花和尚《かおしょう》　魯智深《ろちしん》
行者《ぎょうじゃ》　武松《ぶしょう》
赤髪鬼《せきはつき》　劉唐《りゅうとう》
挿翅虎《そうしこ》　雷横《らいおう》
黒旋風《こくせんぷう》　李逵《りき》
浪子《ろうし》　燕青《えんせい》
病関索《びょうかんさく》　楊雄《ようゆう》
拚命三郎《へんめいさんろう》　石秀《せきしゅう》
両頭蛇《りょうとうだ》　解珍《かいちん》
双尾蠍《そうびかつ》　解宝《かいほう》

歩兵将校《ほへいしょうこう》（十七名）

混世魔王《こんせいまおう》　樊瑞《はんずい》
喪門神《そうもんしん》　鮑旭《ほうきょく》
八臂那吒《はっぴなた》　項充《こうじゅう》
飛天大聖《ひてんたいせい》　李袞《りこん》
病大虫《びょうたいちゅう》　薛永《せつえい》
金眼彪《きんがんひょう》　施恩《しおん》
小遮攔《しょうしゃらん》　穆春《ぼくしゅん》
打虎将《だこしょう》　李忠《りちゅう》
白面郎君《はくめんろうくん》　鄭天寿《ていてんじゅ》
雲裏金剛《うんりこんごう》　宋万《そうまん》
摸着天《もちゃくてん》　杜遷《とせん》
出林竜《しゅつりんりゅう》　鄒淵《すうえん》
独角竜《どくかくりゅう》　鄒潤《すうじゅん》
花項虎《かこうこ》　龔旺《きょうおう》
中箭虎《ちゅうせんこ》　丁得孫《ていとくそん》
没面目《ぼつめんもく》　焦挺《しょうてい》
石将軍《せきしょうぐん》　石勇《せきゆう》

水軍頭目《すいぐんとうもく》（八名）

混江竜《こんこうりゅう》　李俊《りしゅん》
船火児《せんかじ》　張横《ちょうおう》

浪裏白跳《ろうりはくちょう》　張順《ちょうじゅん》
立地太歳《りっちたいさい》　阮小二《げんしょうじ》
短命二郎《たんめいじろう》　阮小五《げんしょうご》
活閻羅《かつえんら》　阮小七《げんしょうしち》
出洞蛟《しゅつどうこう》　童威《どうい》
翻江蜃《はんこうしん》　童猛《どうもう》

梁山泊《りょうざんぱく》のふもとの酒屋経営《さかやけいえい》・情報収集《じょうほうしゅうしゅう》（八名）

東山酒店（二名）　小尉遅《しょううつち》　孫新《そんしん》
母大虫《ぼたいちゅう》　顧大嫂《こだいそう》

西山酒店（二名）　菜園子《さいえんし》　張青《ちょうせい》
母夜叉《ぼやしゃ》　孫二娘《そんじじょう》

南山酒店（二名）　旱地忽律《かんちこつりつ》　朱貴《しゅき》
鬼臉児《きれんじ》　杜興《とこう》

北山酒店（二名）　催命判官《さいめいはんがん》　李立《りりつ》
活閃婆《かつせんば》　王定六《おうていろく》

情報探索《じょうほうたんさく》（一名）
神行太保《しんこうたいほう》　戴宗《たいそう》

軍中機密伝令歩兵頭目《ぐんちゅうきみつでんれいほへいとうもく》（四名）
鉄叫子《てっきょうし》　楽和《がくわ》
鼓上皂《こじょうそう》　時遷《じせん》
金毛犬《きんもうけん》　段景住《だんけいじゅう》
白日鼠《はくじつそ》　白勝《はくしょう》

中軍護衛騎兵頭目《ちゅうぐんごえいきへいとうもく》（二名）
小温侯《しょうおんこう》　呂方《りょほう》
賽仁貴《さいじんき》　郭盛《かくせい》

中軍護衛歩兵頭目《ちゅうぐんごえいほへいとうもく》（二名）
毛頭星《もうとうせい》　孔明《こうめい》
独火星《どくかせい》　孔亮《こうりょう》

死《し》刑執行管理《けいしっこうかんり》（二名）
　鉄臂膊《てつひはく》　蔡福《さいふく》
　一枝花《いっしか》　蔡慶《さいけい》
三軍内政管理騎兵頭目《さんぐんないせいかんりきへいとうもく》（二名）
　矮脚虎《わいきゃくこ》　王英《おうえい》
　一丈青《いちじょうせい》　扈三娘《こさんじょう》
製造事務管理《せいぞうじむかんり》（十六名）
文章作成《ぶんしょうさくせい》　管理（一名）　聖手書生《せいしゅしょせい》　蕭譲《しょうじょう》
賞罰査定《しょうばつさてい》管理（一名）　鉄面孔目《てつめんこうもく》　裴宣《はいせん》
金銭糧秣《きんせんりょうまつ》会計管理（一名）　神算子《しんさんし》　蔣敬《しょうけい》
軍船建造《ぐんせんけんぞう》管理（一名）　玉旛竿《ぎょくはんかん》　孟康《もうこう》
兵符《へいふ》印章作成管理（一名）　玉臂匠《ぎょくひしょう》　金大堅《きんたいけん》
旗《はた》・衣服作成《いふくさくせい》管理（一名）　通臂猿《つうひえん》　侯健《こうけん》
獣医《じゅうい》（一名）　紫髯伯《しぜんはく》　皇甫端《こうほたん》
医師《いし》（一名）　神医《しんい》　安道全《あんどうぜん》
武器甲冑作製《ぶきかっちゅうさくせい》管理（一名）　金銭豹子《きんせんひょうし》　湯隆《とうりゅう》
火砲作製《かほうさくせい》管理（一名）　轟天雷《ごうてんらい》　凌振《りょうしん》
建築修理《けんちくしゅうり》管理（一名）　青眼虎《せいがんこ》　李雲《りうん》
家畜屠殺《かちくとさつ》管理（一名）　操刀鬼《そうとうき》　曹正《そうせい》
宴会準備《えんかいじゅんび》管理（一名）　鉄扇子《てつせんし》　宋清《そうせい》
酒製造《さけせいぞう》管理（一名）　笑面虎《しょうめんこ》　朱富《しゅふう》
城壁建築《じょうへきけんちく》　管理（一名）　九尾亀《きゅうびき》　陶宗旺《とうそうおう》
旗《はた》の管理（一名）　険道神《けんどうしん》　郁保四《いくほうし》

やがて宋江《そうこう》たちは鴈台《がんだい》へおもむき、香《こう》を焚《た》いて晁蓋《ちょうがい》の位牌《いはい》を拝《はい》し、〈替天行道《たいてんこうどう》（天《てん》に替《か》わって道《みち》を行《おこな》う）〉の旗《はた》のもと、民《たみ》と天下《てんか》のためにつくすことを誓《ちか》う。

梁山泊《りょうざんぱく》、招安《しょうあん》される

宋江《そうこう》は招安《しょうあん》（朝廷《ちょうてい》に帰順《きじゅん》すること）をのぞみ、柴進《さいしん》、戴宗《たいそう》、燕青《えんせい》、李逵《りき》をつれ、変装《へんそう》して都《みやこ》へおもむく。都では、徽宗《きそう》のお気に入りの妓女《ぎじょ》・李師師《りしし》を通《つう》じて徽宗と会えないか画策《かくさく》するが、李逵《りき》がさわぎを起こしたために、都から逃《に》げなければならなくなる。

その後、燕青《えんせい》と戴宗《たいそう》がふたたび都《みやこ》へむかい、燕青が李師師《りしし》を通《つう》じて徽宗《きそう》に会い、梁山泊《りょうざんぱく》の現状《げんじょう》をうったえて招安《しょうあん》を成功《せいこう》させる。宋江《そうこう》たちは兵《へい》をまとめて梁山泊を去り、都へむかう。

こうして山賊《さんぞく》としての梁山泊《りょうざんぱく》は、おわりをむかえる。

北の地にて、遼国《りょうこく》とたたかう

高俅《こうきゅう》ら四人の奸臣《かんしん》たちは梁山泊《りょうざんぱく》をこころよく思わず、皆殺《みなごろ》しにするよう徽宗《きそう》に奏上《そうじょう》する。だが殿司《でんし》太尉《たいい》（宮中《きゅうちゅう》の長官《ちょうかん》）の宿元景《しゅくげんけい》は、梁山泊が大義《たいぎ》のためにたたかっていたことを知っていたので、宋江《そうこう》たちに遼国討伐《りょうこくとうばつ》を命《めい》じて手柄《てがら》をたてさせ、官位《かんい》をあたえることを徽宗《きそう》に提案《ていあん》する。徽宗は宋江に遼国討伐《りょうこくとうばつ》を命《めい》じる。

遼国《りょうこく》は北方異民族《ほっぽういみんぞく》の国である。梁山泊軍《りょうざんぱくぐん》は北へむけて出陣《しゅつじん》し、遼国にとられた宋朝《そうちょう》の土地をつぎつぎととりかえしていく。やがて敵《てき》の本拠地《ほんきょち》である燕京《えんけい》へせまるも、遼国《りょうこく》は宋朝《そうちょう》の奸臣《かんしん》たちに賄賂《わいろ》をおくって停戦《ていせん》し、あと一歩で敵国《てきこく》の本拠地《ほんきょち》を落とせたところで、梁山泊軍《りょうざんぱくぐん》は撤退《てったい》せざるをえなくなる。

梁山泊軍《りょうざんぱくぐん》、田虎《でんこ》と王慶《おうけい》を討伐《とうばつ》する

つぎに梁山泊軍は、都《みやこ》の北西一帯《ほくせいいったい》で反乱《はんらん》を起こした田虎《でんこ》の討伐《とうばつ》を命《めい》じられる。そして敵《てき》の女将《じょしょう》・瓊英《けいえい》や、道術使《どうじゅつつか》いの喬道清《きょうどうせい》などを味方《みかた》につけ、敵《てき》の本拠地《ほんきょち》・威勝《いしょう》を落とす。田虎《でんこ》は生《い》け捕《ど》られ、都で打ち首になる。

田虎討伐《でんことうばつ》がおわると、こんどは南西《なんせい》で反乱《はんらん》を起こした王慶《おうけい》の討伐《とうばつ》を命《めい》じられる。梁山泊軍《りょうざんぱくぐん》は王慶にとられた各地《かくち》の城《しろ》をとりかえし、敵《てき》の本拠地《ほんきょち》の南豊《なんほう》の城を陥落《かんらく》させる。さらに王慶《おうけい》を生《い》け捕《ど》り、都に護送《ごそう》して処刑《しょけい》したものの、朝廷《ちょうてい》からはたいした報酬《ほうしゅう》や官位《かんい》ももらえず、梁山泊頭目《とうもく》たちの不満《ふまん》はつのるばかり。

そんななか、〈**入雲竜《にゅううんりゅう》・公孫勝《こうそんしょう》**（4）〉が「故郷《こきょう》にもどって修行《しゅぎょう》をつづけ、老母《ろうぼ》の世話《せわ》をしたい」と、梁山泊軍《りょうざんぱくぐん》から離《はな》れる。一〇八人の好漢《こうかん》が、こうして一人へる。

また李俊《りしゅん》ら水軍頭目《すいぐんとうもく》は、「梁山泊《りょうざんぱく》にひきかえして以前《いぜん》のように暮《く》らそう」といいはじめる。だが宋江《そうこう》の宋朝《そうちょう》への忠義《ちゅうぎ》はゆるがず、頭目《とうもく》たちはしたがうよりほかなかった。

さいごのたたかい、方臘討伐《ほうろうとうばつ》で多くの頭目《とうもく》が命をうしなう

都《みやこ》の南東、江南《こうなん》で方臘《ほうろう》が反乱《はんらん》を起こしたのを知った宋江《そうこう》は、討伐《とうばつ》をねがいでて梁山泊軍《りょうざんぱくぐん》をひきいて出陣《しゅつじん》する。これが梁山泊軍にとっての、さいごのたたかいとなる。

出発のとき、徽宗《きそう》が〈**玉臂匠《ぎょくひしょう》・金大堅《きんたいけん》**（66）〉、〈**紫髯伯《しぜんはく》・皇甫端《こうほたん》**（57）〉をのこしていくよう命《めい》じる。また太師《たいし》の蔡京《さいけい》が〈**聖手書生《せいしゅしょせい》・蕭譲《しょうじょう》**（46）〉を文書係《ぶんしょがかり》としてほしいといい、大臣《だいじん》のひとりが〈**鉄叫子《てっきょうし》・楽和《がくわ》**（77）〉をひきとりたいというなど、梁山泊軍は、五人を欠《か》いた一〇三人で江南《こうなん》をめざすことになった。

梁山泊軍《りょうざんぱくぐん》は激《はげ》しいいくさのすえに方臘《ほうろう》の支配地《しはいち》のひとつである潤州《じゅんしゅう》を攻《せ》めとるも、〈**雲裏金剛《うんりこんごう》・宋万《そうまん》**（82）〉、〈**没面目《ぼつめんもく》・焦挺《しょうてい》**（98）〉、〈**九尾亀《きゅうびき》・陶宗旺《とうそうおう》**（75）〉の三将《しょう》をうしなう。

さらに東に軍《ぐん》をすすめて丹徒県《たんとけん》を攻《せ》めとったのち、宋江と盧俊義は兵《へい》をわけ、宋江は南東の常州《じょうしゅう》と蘇州《そしゅう》、盧俊義《ろしゅんぎ》は南西の宣州《せんしゅう》と湖州《こしゅう》を攻めることになる。〈**青面獣《せいめんじゅう》・楊志《ようし》**（17）〉は病《やまい》にかかり、

おいていくことになったが病が治《なお》らず死ぬ。

宋江《そうこう》は常州《じょうしゅう》のいくさに勝利《しょうり》したが、〈**百勝将《ひゃくしょうしょう》・韓滔《かんとう》**（42）〉、〈**天目将《てんもくしょう》・彭玘《ほうき》**（43）〉の二将《しょう》をうしなう。また盧俊義《ろしゅんぎ》も宣州《せんしゅう》をとったが、〈**白面郎君《はくめんろうくん》・鄭天寿《ていてんじゅ》**（74）〉、〈**操刀鬼《そうとうき》・曹正《そうせい》**（81）〉、〈**活《かっ》閃婆《せんば》・王定六《おうていろく》**（104）〉が命をおとす。

さらに宋江《そうこう》は常州《じょうしゅう》の南東、蘇州《そしゅう》をとるが、〈**醜郡馬《しゅうぐんば》・宣賛《せんさん》**（40）〉、〈**金眼彪《きんがんひょう》・施恩《しおん》**（85）〉、〈**独《どく》火星《かせい》・孔亮《こうりょう》**（63）〉をうしなう。盧俊義《ろしゅんぎ》も湖州《こしゅう》を落とし、南へすすんで宋江と杭州《こうしゅう》で合流《ごうりゅう》することにする。そこへ徽宗《きそう》が病《やまい》にかかったとの知らせがはいり、〈**神医《しんい》・安道全《あんどうぜん》**（56）〉は都《みやこ》にもどらなければならなくなる。

杭州《こうしゅう》のいくさでは、〈**金鎗手《きんそうしゅ》・徐寧《じょねい》**（18）〉が毒矢《どくや》をうけ、安道全《あんどうぜん》がいないので治療《ちりょう》できずに命をおとす。また〈**井木犴《せいぼくかん》・郝思文《かくしぶん》**（41）〉、〈**浪裏白跳《ろうりはくちょう》・張順《ちょうじゅん》**（30）〉も命をおとす。

盧俊義《ろしゅんぎ》のほうは〈**小覇王《しょうはおう》・周通《しゅうとう》**（87）〉、〈**没羽箭《ぼつうせん》・張清《ちょうせい》**（16）〉、〈**双鎗将《そうそうしょう》・董平《とうへい》**（15）〉の三将《しょう》が戦死《せんし》し、さらには湖州《こしゅう》のまもりについた呼延灼《こえんしゃく》からも〈**挿翅虎《そうしこ》・雷横《らいおう》**（25）〉、〈**花項虎《かこうこ》・龔旺《きょうおう》**（78）〉が討《う》ち死《じ》にしたとの報告《ほうこく》がはいる。

宋江《そうこう》は杭州《こうしゅう》で盧俊義《ろしゅんぎ》と軍《ぐん》をあわせ、杭州城に攻《せ》めこむ。長いたたかいのすえに勝利《しょうり》するが、〈**急先鋒《きゅうせんぽう》・索超《さくちょう》**（19）〉、〈**火眼狻猊《かがんしゅんげい》・鄧飛《とうひ》**（49）〉、〈**赤髪鬼《せきはつき》・劉唐《りゅうとう》**（21）〉、〈**喪門神《そうもんしん》・鮑旭《ほうきょく》**（60）〉、〈**通臂猿《つうひえん》・侯健《こうけん》**（71）〉、〈**金毛犬《きんもうけん》・段景住《だんけいじゅう》**（108）〉の六将《しょう》をうしなう。

杭州《こうしゅう》を攻《せ》めおとした宋江《そうこう》は、盧俊義《ろしゅんぎ》と兵《へい》をわけて南下《なんか》する。宋江《そうこう》は南西《なんせい》の睦州《ぼくしゅう》、盧俊義《ろしゅんぎ》は睦州の西南西の歙州《きゅうしゅう》をめざす。

だが出発のときに〈**船火児《せんかじ》・張横《ちょうおう》**（**28**）〉、〈**没遮攔《ぼっしゃらん》・穆弘《ぼくこう》**（**24**）〉、〈**毛頭星《もうとうせい》・孔明《こうめい》**（**62**）〉、〈**旱《かん》地忽律《ちこつりつ》・朱貴《しゅき》**（**92**）〉、〈**白日鼠《はくじつそ》・白勝《はくしょう》**（**106**）〉が疫病《えきびょう》にかかって死んでしまう。また朱貴《しゅき》の看病《かんびょう》にのこった〈**笑面虎《しょうめんこ》・朱富《しゅふう》**（**93**）〉も疫病で命をおとす。

睦州《ぼくしゅう》でのたたかいでは、〈**立地太歳《りっちたいさい》・阮小二《げんしょうじ》**（**27**）〉、〈**玉旛竿《ぎょくはんかん》・孟康《もうこう》**（**70**）〉、〈**両頭蛇《りょうとうだ》・解珍《かいちん》**（**34**）〉、〈**双尾蝎《そうびかつ》・解宝《かいほう》**（**35**）〉の四将《しょう》が命をうしなうが、城《しろ》は落とせない。さらに敵《てき》には包道乙《ほうどういつ》という妖術使《ようじゅつつか》いが援軍《えんぐん》にやってきて、〈**矮脚虎《わいきゃくこ》・王英《おうえい》**（**58**）〉、〈**一丈青《いちじょうせい》・扈三娘《こさんじょう》**（**59**）〉、〈**八臂那《はっぴな》吒《た》・項充《こうじゅう》**（**64**）〉、〈**飛天大聖《ひてんたいせい》・李袞《りこん》**（**65**）〉が討《う》たれ、武松《ぶしょう》は左腕《ひだりうで》を斬《き》りおとされてしまう。宋江《そうこう》軍《ぐん》は苦戦《くせん》のすえに包道乙《ほうどういつ》をたおすが、さらに〈**鉄笛仙《てってきせん》・馬麟《ばりん》**（**67**）〉、〈**錦毛虎《きんもうこ》・燕順《えんじゅん》**（**50**）〉の二将《しょう》をうしなう。

宋江《そうこう》は睦州《ぼくしゅう》から北西に軍《ぐん》をすすめ、方臘《ほうろう》の本拠地《ほんきょち》である清渓県《せいけいけん》をめざす。だが敵《てき》の攻撃《こうげき》もはげしさを増《ま》し、〈**小温侯《しょうおんこう》・呂方《りょほう》**（**54**）〉、〈**賽仁貴《さいじんき》・郭盛《かくせい》**（**55**）〉が戦死《せんし》する。

盧俊義《ろしゅんぎ》のほうも歙州《きゅうしゅう》を落として東へむかい、清渓県《せいけいけん》に迫《せま》っていたが、〈**九紋竜《くもんりゅう》・史進《ししん》**（**23**）〉、〈**拚命三郎《へんめいさんろう》・石秀《せきしゅう》**（**33**）〉、〈**跳澗虎《ちょうかんこ》・陳達《ちんたつ》**（**72**）〉、〈**白花蛇《はくかだ》・楊春《ようしゅん》**（**73**）〉、〈**打虎将《だこしょう》・李忠《りちゅう》**（**86**）〉、〈**病大虫《びょうたいちゅう》・薛永《せつえい》**（**84**）〉、〈**摩雲金翅《まうんきんし》・欧鵬《おうほう》**（**48**）〉、〈**菜園子《さいえんし》・張青《ちょうせい》**（**102**）〉、〈**中箭虎《ちゅうせんこ》・丁得孫《ていとくそん》**（**79**）〉、〈**聖水将《せいすいしょう》・単廷珪《ぜんていけい》**（**44**）〉、〈**神火将《しんかしょう》・魏定国《ぎていこく》**（**45**）〉、〈**青眼虎《せいがんこ》・李雲《りうん》**（**97**）〉、〈**石将軍《せきしょうぐん》・石勇《せきゆう》**（**99**）〉の十三将《しょう》の命がうしなわれる。

宋江《そうこう》と盧俊義《ろしゅんぎ》は清渓県《せいけいけん》にたどりつき、城《しろ》を攻《せ》めおとして方臘《ほうろう》を生《い》け捕《ど》る。このさいごのいくさにおいて、〈霹靂火《へきれきか》・秦明《しんめい》（7）〉、〈険道神《けんどうしん》・郁保四《いくほうし》（105）〉、〈母夜叉《ぼやしゃ》・孫二娘《そんじじょう》（103）〉、〈出林竜《しゅつりんりゅう》・鄒淵《すうえん》（90）〉、〈摸着天《もちゃくてん》・杜遷《とせん》（83）〉、〈催命判官《さいめいはんがん》・李立《りりつ》（96）〉、〈金銭豹子《きんせんひょうし》・湯隆《とうりゅう》（88）〉、〈鉄臂《てつひ》膊《はく》・蔡福《さいふく》（94）〉、〈短命二郎《たんめいじろう》・阮小五《げんしょうご》（29）〉の九将《しょう》が命をおとす。一〇八人いた好漢《こうかん》は、いまや三十六人しかのこっていなかった。

都《みやこ》へもどるとちゅう、宋江《そうこう》は杭州《こうしゅう》の六和寺《ろくわじ》で兵《へい》を休ませた。〈花和尚《かおしょう》・魯智深《ろちしん》（13）〉は自分の天命《てんめい》が尽《つ》きたことを悟《さと》り、体を清《きよ》めて座禅《ざぜん》をくみ、そのまま静かに大往生《だいおうじょう》した。

杭州《こうしゅう》から出発しようというときに〈病関索《びょうかんさく》・楊雄《ようゆう》（32）〉、〈鼓上蚤《こじょうそう》・時遷《じせん》（107）〉が病《やまい》にたおれ、〈豹子頭《ひょうしとう》・林冲《りんちゅう》（6）〉は中風《ちゅうふう》にかかる。〈行者《ぎょうじゃ》・武松《ぶしょう》（14）〉が六和寺《ろくわじ》にのこって林冲《りんちゅう》の看病《かんびょう》をするが、林冲は半年後に死んでしまう。武松《ぶしょう》は出家《しゅっけ》して六和寺に身をおき、八十歳《さい》で天命《てんめい》をまっとうした。

また〈浪子《ろうし》・燕青《えんせい》（36）〉は杭州《こうしゅう》からの出発まぎわ、盧俊義《ろしゅんぎ》にわかれを告《つ》げて姿《すがた》を消す。水軍《すいぐん》頭目《とうもく》の〈混江竜《こんこうりゅう》・李俊《りしゅん》（26）〉、〈出洞蛟《しゅつどうこう》・童威《どうい》（68）〉、〈翻江蜃《はんこうしん》・童猛《どうもう》（69）〉も、朝廷《ちょうてい》に愛想《あいそ》をつかし、梁山泊軍《りょうざんぱくぐん》から去っていく。彼《かれ》らは異国《いこく》にわたり、のちに李俊《りしゅん》は暹羅国《せんらこく》の国王《こくおう》になる。童《どう》威《い》、童猛《どうもう》もそれぞれ役人《やくにん》になり、余生《よせい》をおくった。

都《みやこ》にたどりついたときの、梁山泊《りょうざんぱく》の頭目は〈及時雨《きゅうじう》（呼保義《こほうぎ》）・宋江《そうこう》（1）〉、〈玉麒麟《ぎょくきりん》・盧俊義《ろしゅんぎ》（2）〉、〈智多星《ちたせい》・呉用《ごよう》（3）〉、〈大刀《だいとう》・関勝《かんしょう》（5）〉、〈双鞭《そうべん》・呼延灼《こえんしゃく》（8）〉、〈小李広《しょうりこう》・花栄《かえい》（9）〉、

〈小旋風《しょうせんぷう》・柴進《さいしん》（10）〉、〈撲天鵰《はくてんちょう》・李応《りおう》（11）〉、〈美髯公《びぜんこう》・朱仝《しゅどう》（12）〉、〈神行太保《しんこうたいほう》・戴宗《たいそう》（20）〉、〈黒旋風《こくせんぷう》・李逵《りき》（22）〉、〈活閻羅《かつえんら》・阮小七《げんしょうしち》（31）〉、〈神機軍師《しんきぐんし》・朱武《しゅぶ》（37）〉、〈鎮三山《ちんさんざん》・黄信《こうしん》（38）〉、〈病尉遅《びょううつち》・孫立《そんりつ》（39）〉、〈鉄面孔目《てつめんこうもく》・裴宣《はいせん》（47）〉、〈錦豹子《きんひょうし》・楊林《ようりん》（51）〉、〈轟天雷《ごうてんらい》・凌振《りょうしん》（52）〉、〈神算子《しんさんし》・蔣敬《しょうけい》（53）〉、〈混世魔王《こんせいまおう》・樊瑞《はんずい》（61）〉、〈鉄扇子《てつせんし》・宋清《そうせい》（76）〉、〈小遮攔《しょうしゃらん》・穆春《ぼくしゅん》（80）〉、〈鬼臉児《きれんじ》・杜興《とこう》（89）〉、〈独角竜《どくかくりゅう》・鄒潤《すうじゅん》（91）〉、〈一枝花《いっしか》・蔡慶《さいけい》（95）〉、〈小尉遅《しょううつち》・孫新《そんしん》（100）〉、〈母大虫《ぼたいちゅう》・顧大嫂《こだいそう》（101）〉の二十七人である。官職《かんしょく》をさずかって朝廷《ちょうてい》に仕《つか》える者、官職を辞《じ》して平民《へいみん》として暮《く》らす者など、それぞれの人生をあゆんでいった。宋江《そうこう》は任地《にんち》の楚州《そしゅう》へ、盧俊義《ろしゅんぎ》は盧州《ろしゅう》へむかった。

宋江《そうこう》の死《し》

高俅《こうきゅう》たち四人の奸臣《かんしん》は、宋江《そうこう》たちが官職《かんしょく》に就《つ》くことをこころよく思わず、宋江《そうこう》と盧俊義《ろしゅんぎ》を亡《な》き者《もの》にしようとはかった。

まず盧俊義《ろしゅんぎ》に反逆《はんぎゃく》のうたがいをかけて都《みやこ》によびよせ、宴席《えんせき》の食事に水銀《すいぎん》をいれた。盧俊義《ろしゅんぎ》は宴《えん》会《かい》がおわると船で廬州《ろしゅう》へむかったが、水銀の毒《どく》がきいて体がいうことをきかなくなり、船から足をすべらせ、川に落ちて命をうしなった。

つぎに奸臣《かんしん》たちは、「盧俊義《ろしゅんぎ》が亡《な》くなったのは事故だが宋江《そうこう》にうたがわれるかもしれない。宋江に御酒《ぎょしゅ》をおくってなぐさめるのがいい」と徽宗《きそう》にいう。徽宗は二樽《たる》の御酒《ぎょしゅ》を用意しておくったが、奸臣《かんしん》たちはそのなかに毒《どく》を混《ま》ぜた。

任地《にんち》・楚州《そしゅう》での宋江《そうこう》は、民《たみ》と兵《へい》を大切《たいせつ》にしたので、楚州《そしゅう》の人びとから父母のごとく慕《した》われた。そんなある日、朝廷《ちょうてい》からおくられてきた、毒《どく》の入った酒をのんでしまう。のんだあとに毒入《どくい》りだと気づいたが、もうどうにもならない。宋江《そうこう》はもはやこれまでと死をうけいれる。だが李逵《りき》が自分の死を知れば反乱《はんらん》を起こし、天下大乱《てんかたいらん》となって人が多く死ぬことになると考え、李逵《りき》を楚州《そしゅう》によんで毒酒《どくしゅ》をのませてから事情《じじょう》を説明《せつめい》する。李逵《りき》は死ぬことをうけいれ、死んだのちに宋江とおなじ場所に葬《ほうむ》るよう従者《じゅうしゃ》に命《めい》じる。

宋江《そうこう》が死んだ夢を見て楚州《そしゅう》へやってきた呉用《ごよう》と花栄《かえい》も宋江のあとを追って自害《じがい》する。しかし宋江たちの死は、奸臣《かんしん》たちによってかくされ、徽宗《きそう》の耳にはとどかなかった。

ある日のこと、徽宗《きそう》が李師師《りしし》の屋敷《やしき》で酒をのんで眠《ねむ》っていたとき、宋江《そうこう》たちに会う夢《ゆめ》を見る。そこで徽宗《きそう》は、宋江が毒酒《どくしゅ》をのまされて亡《な》くなったことを知る。

徽宗《きそう》は梁山泊《りょうざんぱく》に大きな廟《びょう》を建《た》てさせ、宋江《そうこう》たちの神像《しんぞう》をつくり、〈靖忠之廟《せいちゅうしびょう》〉という額《がく》をかかげて祀《まつ》らせる。宋江《そうこう》の霊《れい》はしばしば霊験《れいげん》をあらわし、近くの住民《じゅうみん》たちは四季《しき》の供物《くもつ》を絶《た》やさなかったという。

行政区分と度量衡《どりょうこう》

宋代は建国当初、全国を十五の「路《ろ》」にわけ、その下に「州」、さらに下に「県」を置きました。路の長官は転運使《てんうんし》といいます。のちにその権限をわけて、軍政を安撫使《あんぶし》が、刑獄《けいごく》にかかわることを提点刑獄《ていてんけいごく》が管理します。

「路」はその後増えていき、徽宗《きそう》の時代には二十六にもなります。ただこれらは中央から地方をコントロールするためにもうけられた区分で、じっさいの地方の政治は、州や県の長官が中心になっておこなっていました。現代の日本でいえば、路は「関東地方」や「東北地方」、州は「東京都」や「青森県」、県は「新宿区」や「青森市」のような区分です。

「府」というのは、州のなかでもとくに重要な州をさします。たとえば首都の開封《かいほう》は、開封州ではなく開封府といいます。また「軍」というのは州のなかで軍事的に重要な拠点で、『水許伝』では「無為軍《むいぐん》」などの地名がでてきます。州・府・軍は名前がちがうだけで、行政区分としてはおなじものです。

日本は城のまわりに街ができますが、中国は城壁の内側に街をつくります。「州城《しゅうじょう》」や「県城《けんじょう》」というのは、城壁にまもられた街（都市）のことです。「州城」「県城」は独立した都市で、「県」が「州」の下だからといって、州城の城壁のなかに県城があるわけではありません。「州城」の知州（州の長官）が、そのまわりの「県城」の知県（県の長官）たちをたばねていると考えてください。

まとめると、

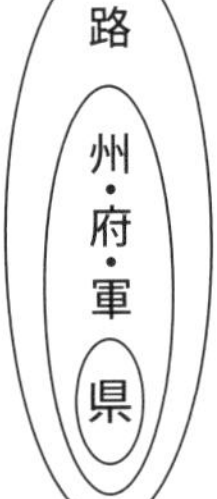

また『水許伝』における度量衡《どりょうこう》ですが、宋代の度量衡換算値をもちいています。これも表にまとめておきます。

長さ

寸	3.1cm
尺（10寸）	31cm
丈（10尺）	3.1m
匹（5尺）	1.5m
里	553m

重さ

両	37.3g
斤	596.8g
石	71.6kg

梁山泊《りょうざんぱく》一〇八人の役割と経歴《けいれき》（席順別）

『水滸《すいこ》伝《でん》』本編がよりおもしろくなる一〇八人のよりくわしい役割と経歴

「水滸伝」をよりふかくおもしろく読んでいただくために、偕成社刊行の『水滸伝』（全二巻）には書かれていないエピソードを原作の百二十回本『水滸伝』からおぎなっています。

〈1〉寛仁《かんじん》なる首領《しゅりょう》

天魁星《てんかいせい》　呼保義《こほうぎ》（及時雨《きゅうじう》）・宋江《そうこう》

【あだ名の由来《ゆらい》】〈及時雨《きゅうじう》〉は「めぐみの雨」の意味。人びとをたすけたり、ほどこしをしていたことから。のちの〈呼保義〉のあだ名は諸説《しょせつ》あり。「保義郎《ほうぎろう》」の官職《かんしょく》についたからともいわれるが、保義郎は位《くらい》のひくい官職《かんしょく》で、金銭《きんせん》で売買《ばいばい》されたので単に「富豪《ふごう》」の意味もある。

【役割】指揮官《しきかん》、文官《ぶんかん》

【人物特性】慈悲深《じひぶか》い、義人《ぎじん》、寛大《かんだい》、謙虚《けんきょ》、宋朝《そうちょう》への忠誠《ちゅうせい》

【梁山泊入りまえの職歴】鄆城県《うんじょうけん》の押司《おうし》（書記）。

【梁山泊入りの理由】妾《めかけ》の閻婆惜《えんばしゃく》を誤《あやま》って殺して逃亡中、清風山《せいふうざん》で王英《おうえい》がつれてきた劉高《りゅうこう》の妻を逃がしてやるが、のちに清風鎮《せいふうちん》で劉高《りゅうこう》の妻に見つかり、山賊《さんぞく》の仲間だと密告《みっこく》されて処刑されそうになる。清風山《せいふうざん》の山賊《さんぞく》たちに救われ、梁《りょう》山泊《ざんぱく》入りをさそわれるが、父の進言《しんげん》で自首《じしゅ》。江州《こうしゅう》へ流罪《るざい》となる。だが酒に酔って、壁《かべ》に反逆《はんぎゃく》の詩を書いたため、またもや処刑《しょけい》されそうになり、梁山泊の好漢《こうかん》たちにたすけだされ梁山泊入りする。

【梁山泊での職分】晁蓋《ちょうがい》が生きていたときは副首領《ふくしゅりょう》。晁蓋の死ののちに首領《しゅりょう》になる。

【人生の結末】方臘《ほうろう》とのたたかいのあと、官職《かんしょく》をさずかって楚州《そしゅう》に赴任《ふにん》するも、朝廷《ちょうてい》からおくられた酒に高俅《こうきゅう》が毒を入れ、それを飲み、命をうしなう。

【人物評価】弱き者貧《まず》しき者をたすける正義《せいぎ》の味方《みかた》。その徳《とく》は街《まち》の人びとだけでなく、江湖《こうこ》（アウトロー）の人びとにも知られており、どんな悪党《あくとう》も宋江《そうこう》の前では平伏《へいふく》してその徳をたたえる。初代梁山《しょだいりょうざん》泊首領《ぱくしゅりょう》・王倫《おうりん》とはちがい、二代目首領・晁蓋《ちょうがい》が死んだときに盧俊義《ろしゅんぎ》を首領につけようとするなど、有能《ゆうのう》な者を積極的《せっきょくてき》にとりいれようとする度量《どりょう》のひろさが首領たる器《うつわ》である。

〈2〉北京《ほくけい》の傑物《けつぶつ》

天罡星《てんこうせい》　玉麒麟《ぎょくきりん》・盧《ろ》俊《しゅん》義《ぎ》

【あだ名の由来】麒麟《きりん》は霊獣《れいじゅう》。「すぐれた者」という意味。

【役割】指揮官《しきかん》、武将《ぶしょう》、騎兵《きへい》、文官《ぶんかん》

【人物特性】富貴《ふうき》、矜持《きょうじ》、文武両道《ぶんぶりょうどう》、勇敢《ゆうかん》、自信家《じしんか》、頑固《がんこ》、負けずぎらい

【梁山泊入りまえの職歴】北京《ほくけい》の有名な富豪《ふごう》。

【梁山泊入りの理由】易者《えきしゃ》に変装《へんそう》した呉用《ごよう》の策略《さくりゃく》で「百日以内《いない》に剣難《けんなん》に見まわれる。それをふせぐには、百日間、東南一千里《り》の外に身をおかなければならない」といわれ、梁《りょう》山泊《ざんぱく》のそばで生け捕《ど》りにされてしまう。宋江《そうこう》は盧俊義《ろしゅんぎ》を梁山泊の首領《しゅりょう》にしようとするが、承知《しょうち》せず、北京《ほくけい》にもどるも、「梁山泊と内通《ないつう》している」とうたがわれてつかまり、梁山泊に救《すく》いだされる。

【梁山泊での職分】宋江が首領となったときの副首領《ふくしゅりょう》。

【人生の結末】方臘《ほうろう》とのたたかいののち、官職《かんしょく》をさずかって廬州《ろしゅう》に赴任《ふにん》。しかし、奸臣《かんしん》たちの計《はか》り事《ごと》により、宴席《えんせき》で水銀《すいぎん》入りの食事を口にする。船《ふね》で廬州《ろしゅう》へもどるとちゅう、水銀の毒《どく》で体がいうことをきかなくなり、足をすべらせ、川に落ちて命をうしなう。

【人物評価】家柄《いえがら》がよく、文武《ぶんぶ》ともにすぐれた人物であるが、宋江《そうこう》とちがって自身の能力《のうりょく》を過信《かしん》しているので、みずから危険《きけん》なところへ突《つ》きすすんでいってしまう。番頭《ばんとう》に燕《えん》青《せい》がおり、忠義《ちゅうぎ》をつくしてくれる。

〈3〉智《ち》謀《ぼう》多き軍師《ぐんし》

天機星《てんきせい》　智多星《ちたせい》・呉《ご》用《よう》

【あだ名の由来】「知略《ちりゃく》に長《た》けている」の意味。

【役割】軍師《ぐんし》、参謀《さんぼう》、文官《ぶんかん》

【人物特性】智《ち》謀《ぼう》、冷静《れいせい》、忠義《ちゅうぎ》、打算的《ださんてき》、陰謀家《いんぼうか》

【梁山泊入りまえの職歴】学者。私塾《しじゅく》の教師《きょうし》。

【梁山泊入りの理由】晁蓋《ちょうがい》に乞《こ》われ、蔡京《さいけい》におくられる十万貫《かん》の財物《ざいぶつ》をうばう計画に参加し、役人に追われる身《み》となったことから。

【梁山泊での職分】軍師《ぐんし》。

【人生の結末】方臘《ほうろう》とのたたかいで生きのこり、朝廷《ちょうてい》から官職《かんしょく》をさずけられて武勝軍《ぶしょうぐん》に赴任《ふにん》するが、宋江《そうこう》が毒酒《どくしゅ》をのんで死んだことを夢の中で知り、花栄《かえい》とともにあとを追って自害《じがい》する。

【人物評価】兵法《へいほう》をきわめ、その才《さい》は諸葛孔明《しょかつこうめい》（三国時代の名軍師）にも比《ひ》するといわれた人物。ただ蔡九《さいきゅう》あてのにせ手紙を作成《さくせい》するさい、蔡京の印のため敵《てき》ににせものだとばれてしまうなど、詰《つ》めがあまい面もある。晁蓋《ちょうがい》や宋江《そうこう》など、自分の仕《つか》える主《あるじ》のためにさまざまな策《さく》をめぐらせ、ときにはみずから変装《へんそう》して敵地《てきち》におもむいたりするなど、行《こう》動的《どうてき》な軍師《ぐんし》。

〈4〉孤高《ここう》の道士《どうし》
天間星《てんかんせい》　入雲竜《にゅううんりゅう》・公孫勝《こうそんしょう》

【あだ名の由来】「雲に入る竜《りゅう》」の意味。

【役割】軍師《ぐんし》、道術使《どうじゅつつか》い
【人物特性】冷静《れいせい》、淡泊《たんぱく》、無関心《むかんしん》、道術《どうじゅつ》、マイペース
【梁山泊入りまえの職歴】道士《どうし》。

【梁山泊入りの理由】蔡京《さいけい》におくられる十万貫《かん》の財物《ざいぶつ》をうばう計画に参加《さんか》し、役人《やくにん》に追われる身《み》になったことから。

【梁山泊での職分】軍師《ぐんし》、道士《どうし》。

【人生の結末】方臘《ほうろう》とのたたかいに行くまえに、梁山泊軍《りょうざんぱくぐん》からぬけて師匠《ししょう》・羅真人《らしんじん》のもとへもどって修行《しゅぎょう》し、天寿《てんじゅ》をまっとうする。

【人物評価】『水滸伝《すいこでん》』における最強《さいきょう》の道術使《どうじゅつつか》い。敵《てき》の道術を、つぎつぎとやぶって梁山泊《りょうざんぱく》を勝利《しょうり》にみちびく。ただ公《こう》孫勝自身《そんしょうじしん》は、梁山泊の活動にはあまり興味《きょうみ》がない。晁蓋《ちょうがい》とともに梁山泊に入ったが、すぐに故郷《こきょう》の母や師匠《ししょう》に会いにいってしまう。梁山泊にとってさいごのたたかいである方《ほう》臘討伐《ろうとうばつ》のまえにも、師匠《ししょう》のもとへもどって修行《しゅぎょう》がしたいといって梁山泊軍を去る。好漢《こうかん》一〇八人のなかで最初《さいしょ》にぬけたのが公孫勝である。

〈5〉武神《ぶしん》の子孫《しそん》
天勇星《てんゆうせい》 大刀《だいとう》・関勝《かんしょう》

【あだ名の由来】青竜偃月刀《せいりゅうえんげつとう》（大刀）の名手《めいしゅ》なので。

【役割】指揮官《しきかん》、武将《ぶしょう》、騎兵《きへい》

【人物特性】勇敢《ゆうかん》、矜持《きょうじ》、名門《めいもん》、関羽《かんう》の子孫《しそん》

【梁山泊入りまえの職歴】蒲東《ほとう》の巡検《じゅんけん》（警察）。

【梁山泊入りの理由】朝廷《ちょうてい》の命令《めいれい》で、宣賛《せんさん》、郝思文《かくしぶん》とともに梁山泊討伐《りょうざんぱくとうばつ》にむかうも、かえりうちにあって、生《い》け捕《ど》られ、参加。

【梁山泊での職分】騎《き》兵軍《へいぐん》五虎将《こしょう》。

【人生の結末】方臘《ほうろう》とのたたかいで生きのこり、朝廷《ちょうてい》から官職《かんしょく》をさずけられて北京《ほくけい》に赴任《ふにん》する。ある日、酔《よ》って落馬《らくば》し、その怪我《けが》がもとで命をうしなう。

【人物評価】三国時代の有名な猛将《もうしょう》・関羽《かんう》の子孫《しそん》。長いあごひげをはやし、青竜偃月刀《せいりゅうえんげつとう》を得意《とくい》の武器《ぶき》とし、赤兎馬《せきとば》を愛馬《あいば》にするなど、その容貌《ようぼう》も関羽そのもの。戦場《せんじょう》においては敵将《てきしょう》を何人も斬《き》ったりなど、大活躍《だいかつやく》する。

〈6〉最強《さいきょう》の武人《ぶじん》
天雄星《てんゆうせい》　豹子頭《ひょうしとう》・林冲《りんちゅう》

【あだ名の由来】頭の形が豹《ひょう》に似《に》ている。

【役割】武将《ぶしょう》、騎兵《きへい》、武術師範《ぶじゅつしはん》
【人物特性】実直《じっちょく》、生真面目《きまじめ》、勇敢《ゆうかん》、愛妻家《あいさいか》
【梁山泊入りまえの職歴】八十万禁軍《きんぐん》（天子直属の軍）の教頭《きょうとう》（武術師範）。

【梁山泊入りの理由】妻《つま》が高俅《こうきゅう》の養子《ようし》・花花太歳《かかたいさい》につきまとわれ、それを追いはらったため、高俅の奸計《かんけい》によって無《む》実《じつ》の罪《つみ》を着せられる。流罪《るざい》さきの滄州《そうしゅう》で典獄《てんごく》（牢獄の長）に殺されそうになり、ぎゃくに殺して脱走《だっそう》したことから。

【梁山泊での職分】騎《き》兵軍《へいぐん》五虎将《こしょう》。

【人生の結末】方臘《ほうろう》とのたたかいではさいごまで生きのこったが、都《みやこ》へもどるとちゅう、中風《ちゅうふう》にかかり、杭州《こうしゅう》の六和《ろくわ》寺《じ》で養生《ようじょう》する。だが病《やまい》は治《なお》らず、半年後に没《ぼっ》する。

【人物評価】『水許伝《すいこでん》』のなかでどの人物が最強《さいきょう》かといわれれば、多くの人は林冲《りんちゅう》の名をあげるだろう。八十万禁軍《きんぐん》の教頭《きょうとう》と、梁山泊《りょうざんぱく》入りまえの地位《ちい》も申し分ない。得意《とくい》の武器《ぶき》は、三国時代の猛将《もうしょう》・張飛《ちょうひ》とおなじ蛇矛《だぼう》。戦闘《せんとう》においては敵将《てきしょう》を生《い》け捕《ど》ったりなど、その強さを誇《ほこ》っている。飛《と》び道《どう》具《ぐ》や妖術《ようじゅつ》相手でないかぎりは負け知らずで、一騎《いっき》打《う》ちでは最強《さいきょう》の武将《ぶしょう》。

〈7〉怒《いか》れる猛将《もうしょう》

天猛星《てんもうせい》 霹靂火《へきれきか》・秦明《しんめい》

【あだ名の由来】霹靂火《へきれきか》とは稲妻《いなずま》のこと。怒《おこ》りっぽい性格《せいかく》から。

【役割】武将《ぶしょう》、騎兵《きへい》
【人物特性】勇猛《ゆうもう》、猪突猛進《ちょとつもうしん》、直情的《ちょくじょうてき》、怒《おこ》りっぽい
【梁山泊入りまえの職歴】青州《せいしゅう》の兵馬統制《へいばとうせい》（征伐軍指揮官《せいばつぐんしきかん》）。
【梁山泊入りの理由】青州知府《せいしゅうちふ》の命《めい》をうけ、宋江《そうこう》と花栄《かえい》のいる清風山《せいふうざん》に攻《せ》めこむが、ぎゃくに生《い》け捕《ど》りにされてしまう。秦明《しんめい》は逃《に》がされて青州城《せいしゅうじょう》にもどるが、知府に秦明が山《さん》賊《ぞく》の仲間《なかま》になったと思われ、見せしめに妻《つま》を殺され、参加。
【梁山泊での職分】騎兵軍五虎将《きへいぐんごこしょう》。
【人生の結末】方臘《ほうろう》とのたたかいのときに、敵《てき》の本拠地《ほんきょち》・清渓県《せいけいけん》で戦死《せんし》する。
【人物評価】あだ名どおりの怒《おこ》りっぽい性格《せいかく》で、狼牙棒《ろうがぼう》（棒のさきが太くなっており、そこに無数の棘がついた武器）をふりまわしてたたかう。戦場《せんじょう》では索超《さくちょう》と同様《どうよう》、先陣《せんじん》をきってたたかう猛将《もうしょう》。

〈8〉銅鞭《どうべん》の将軍《しょうぐん》
天威星《てんいせい》　双鞭《そうべん》・呼延灼《こえんしゃく》

【あだ名の由来】二本の銅鞭《どうべん》を得意《とくい》の武器《ぶき》としているので。

【役割】指揮官《しきかん》、武将《ぶしょう》、騎兵《きへい》
【人物特性】勇敢《ゆうかん》、矜持《きょうじ》、名門《めいもん》、器用《きよう》、不屈《ふくつ》
【梁山泊入りまえの職歴】汝寧州《じょねいしゅう》の軍指揮官《ぐんしきかん》。

【梁山泊入りの理由】朝廷《ちょうてい》の命令《めいれい》で梁山泊《りょうざんぱく》を攻《せ》めるが、かえり討《う》ちにあう。青州《せいしゅう》に退却《たいきゃく》して復讐《ふくしゅう》の機会《きかい》をうかがうも、攻めこんできた梁山泊軍の策《さく》にはまって生《い》け捕《ど》られ、参加。

【梁山泊での職分】騎兵軍《きへいぐん》五虎将《ごこしょう》。

【人生の結末】方臘《ほうろう》とのたたかいでもさいごまで生きのこり、都《みやこ》・開封府《かいほうふ》にもどって天子の護衛《ごえい》をつとめる。のちに金国討伐《きんこくとうばつ》の指揮官《しきかん》に任命《にんめい》され、大軍《たいぐん》をひきいて金国の太子を討《う》ちとるが、淮西《わいせい》へ軍《ぐん》をすすめたときに、討ち死にする。

【人物評価】宋朝建国《そうちょうけんこく》の名将《めいしょう》・呼延賛《こえんさん》の子孫《しそん》。黒い馬〈踢《てき》雪烏騅《せつうすい》（雪をける黒馬）〉を愛馬《あいば》とする。朝廷《ちょうてい》の命《めい》をうけ、韓滔《かんとう》、彭玘《ほうき》をつれて梁山泊討伐《りょうざんぱくとうばつ》にむかい、鉄よろいに身をかためた騎馬隊《きばたい》〈連環馬《れんかんば》〉や凌振《りょうしん》のつくった火砲《かほう》などで梁山泊を苦戦《くせん》させる。梁山泊という、宋江《そうこう》たちにとって有利《ゆうり》な地《ち》において、梁山泊軍を追いつめることのできるすぐれた指揮官《しきかん》である。

〈9〉必中《ひっちゅう》の矢《や》
天英星《てんえいせい》 小李広《しょうりこう》・花栄《かえい》

【あだ名の由来】前漢時代《ぜんかんじだい》の将軍《しょうぐん》で弓《ゆみ》の名手《めいしゅ》の李広《りこう》にあやかって。

【役割】武将《ぶしょう》、騎兵《きへい》、弓手《きゅうしゅ》

【人物特性】勇敢《ゆうかん》、矜持《きょうじ》、名門《めいもん》、冷静《れいせい》、視力《しりょく》がよい

【梁山泊入りまえの職歴】清風寨《せいふうさい》の副長官《ふくちょうかん》。

【梁山泊入りの理由】逃亡《とうぼう》の身《み》である宋江《そうこう》をかくまったことから、ともに捕《と》らえられてしまい、清風山《せいふうざん》の山賊《さんぞく》たちにたすけられたことから、のちに清風山の山賊たちとともに梁山泊入《りょうざんぱくい》りする。

【梁山泊での職分】騎兵軍《きへいぐん》八驃騎《ひょうき》。

【人生の結末】方臘《ほうろう》とのたたかいではさいごまで生きのこり、官職《かんしょく》をさずけられて応天府《おうてんふ》に赴任《ふにん》する。だが宋江《そうこう》が毒《どく》酒《しゅ》をのんで死んだことを夢のなかで知ると、呉用《ごよう》とともにあとを追って自害《じがい》する。

【人物評価】弓をつかわせれば天下一の腕《うで》まえ。距離《きょり》をおいたたたかいなら、花栄《かえい》に勝てる者はいない。梁山泊《りょうざんぱく》の猛者《もさ》を相手に一騎打《いっきう》ちをしていた盧俊義《ろしゅんぎ》も、花栄に帽子《ぼうし》の上の赤いふさを矢で正確《せいかく》に射《い》ぬかれたときには逃《に》げるしかなかった。『水滸伝《すいこでん》』最強《さいきょう》の弓手《きゅうしゅ》。

〈10〉天子《てんし》のお墨付《すみつ》き
天貴星《てんきせい》 小旋風《しょうせんぷう》・柴進《さいしん》

【あだ名の由来】「ちいさなつむじ風」の意味。

【役割】文官《ぶんかん》、外交官《がいこうかん》
【人物特性】名門《めいもん》、富豪《ふごう》、寛容《かんよう》、お人好《ひとよ》し、謙虚《けんきょ》、外交的《がいこうてき》
【梁山泊入りまえの職歴】滄州《そうしゅう》の名士《めいし》。富豪《ふごう》。

【梁山泊入りの理由】高唐州《こうとうしゅう》の知府《ちふ》・高廉《こうれん》に無実《むじつ》の罪《つみ》でつかまるが、宋江《そうこう》ら梁山泊軍《りょうざんぱくぐん》にたすけられる。

【梁山泊での職分】金銭兵糧《きんせんひょうろう》の管理《かんり》。

【人生の結末】方臘《ほうろう》とのたたかいではさいごまで生きのこり、官職《かんしょく》をさずけられて滄州《そうしゅう》に赴任《ふにん》するも、すぐに辞職《じしょく》して庶民《しょみん》になる。ある日とつぜん、病没《びょうぼつ》。

【人物評価】名門《めいもん》の富豪《ふごう》で、武術《ぶじゅつ》の腕《うで》のたつ者との交流《こうりゅう》を好《この》む。宋朝《そうちょう》は前王朝の天子《てんし》の一族であった柴一族《さいいちぞく》を重んじ、所有《しょゆう》する土地には天子のお墨付《すみつ》きで治外法権《ちがいほうけん》があたえられたため、天下各地《てんかかくち》から流れついてきたわけありの豪傑《ごうけつ》たちをその屋敷《やしき》にかくまっている。宋江《そうこう》や武松《ぶしょう》、林冲《りんちゅう》など、梁山泊《りょうざんぱく》の多くの好漢《こうかん》たちが柴進《さいしん》の世話《せわ》になっている。

〈11〉飛刀《ひとう》の名手《めいしゅ》
天富星《てんふうせい》　撲天鵰《はくてんちょう》・李応《りおう》

【あだ名の由来】「天を撃《う》つ鷹《たか》」の意味。
【役割】武将《ぶしょう》、騎兵《きへい》、飛刀使《ひとうつか》い
【人物特性】勇敢《ゆうかん》、矜持《きょうじ》、怒《おこ》りっぽい、義侠心《ぎきょうしん》
【梁山泊入りまえの職歴】李家荘《りかそう》の荘主《そうしゅ》。
【梁山泊入りの理由】祝家荘《しゅくかそう》の鶏《にわとり》を盗《ぬす》んで捕《と》らえられた時《じ》遷《せん》をたすけるために祝家荘とたたかう羽目《はめ》になり、梁山泊《りょうざんぱく》の援軍《えんぐん》にたすけられる。
【梁山泊での職分】金銭兵糧《きんせんひょうろう》の管理《かんり》。
【人生の結末】方臘《ほうろう》とのたたかいではさいごまで生きのこり、官職《かんしょく》をさずけられるがこれを辞退《じたい》。杜興《とこう》とともに村へもどって富豪《ふごう》になる。

【人物評価】李家荘《りかそう》の荘主《そうしゅ》で、背中《せなか》に五本の飛刀《ひとう》（手裏剣）をせおい、百歩離《はな》れたところからでも命中《めいちゅう》させることができる腕《うで》まえ。部下《ぶか》に杜興《とこう》がいる。方臘《ほうろう》とのたたかいののち、杜興とともに村にもどって富豪になったとされ、悲《ひ》惨《さん》な結末《けつまつ》をむかえる者の多い梁山泊軍《りょうざんぱくぐん》のなかではめぐまれているといえよう。

〈12〉りっぱなあごひげ
天満星《てんまんせい》　美髯公《びぜんこう》・朱仝《しゅどう》

【あだ名の由来】みごとなあごひげをもつことから。
【役割】武将《ぶしょう》、騎《き》兵《へい》
【人物特性】勇敢《ゆうかん》、義侠心《ぎきょうしん》

【梁山泊入りまえの職歴】鄆城県《うんじょうけん》で雷横《らいおう》とともに都頭《ととう》（警察の部隊長）をつとめる。

【梁山泊入りの理由】滄州《そうしゅう》の知府《ちふ》の子の世話《せわ》をまかされていたが、その子を李逵《りき》に殺されてしまったことから。

【梁山泊での職分】騎兵軍《きへいぐん》八驃騎《ひょうき》。

【人生の結末】方臘《ほうろう》とのたたかいではさいごまで生きのこり、朝廷《ちょうてい》から官職《かんしょく》をさずけられる。宋軍《そうぐん》をひきいてたたかい、金国軍《きんこくぐん》を討《う》ちやぶるという功《こう》をたてる。

【人物評価】美髯公《びぜんこう》というのは三国時代の猛将《もうしょう》・関羽《かんう》のあだ名でもある。風貌《ふうぼう》が関羽に似《に》ており、みごとなあごひげをもっていることからそのあだ名がつけられた。相方《あいかた》の雷《らい》横《おう》がかっとなって人を殺してしまったときも逃《に》がしてやるなど、関羽のように義《ぎ》に厚《あつ》い人物。流罪《るざい》で滄州《そうしゅう》へ行ったときには、知府《ちふ》の幼子《おさなご》になつかれて世話《せわ》をまかされる。雷横《らいおう》はさきに梁山泊《りょうざんぱく》入りしていたので、朱仝《しゅどう》を誘《さそ》いにくるが、朱仝は応《おう》じない。そこへ李逵《りき》がきて知府の幼子を殺してしまい、朱仝は知府のもとにもどるわけにもいかず、梁山泊へ行くことになるといった経緯《けいい》がある。

〈13〉刺青《いれずみ》の破戒僧《はかいそう》

天孤星《てんこせい》 花和尚《かおしょう》・魯智深《ろちしん》

【あだ名の由来】「刺青《いれずみ》をした和尚《おしょう》」の意味。
【役割】武将《ぶしょう》、歩兵《ほへい》、僧侶《そうりょ》
【人物特性】豪胆《ごうたん》、酒豪《しゅごう》、義侠心《ぎきょうしん》、おせっかい焼き
【梁山泊入りまえの職歴】渭州《いしゅう》の提轄《ていかつ》（警察長）。
【梁山泊入りの理由】金翠蓮《きんすいれん》の父娘が肉屋の鄭《てい》という男に借金《しゃっきん》をおわされて苦しんでいることを知り、義侠心《ぎきょうしん》から鄭《てい》をこらしめてやろうとするも、勢《いきお》いあまって殺してしまい、おたずね者になる。紆余曲折《うよきょくせつ》のすえ楊志《ようし》とともに二竜山《にりゅうざん》にこもっていたが、呼延灼《こえんしゃく》とのいくさで梁山泊《りょうざんぱく》と共闘《きょうとう》したことから梁山泊入りする。
【梁山泊での職分】歩兵頭目《ほへいとうもく》。
【人生の結末】方臘《ほうろう》とのたたかいがおわって都《みやこ》へひきかえすとちゅう、杭州《こうしゅう》の六和寺《ろくわじ》で自分の天命《てんめい》が尽《つ》きたことを悟《さと》り、体を清《きよ》めて座禅《ざぜん》をくみ、そのまま静かに大往生《だいおうじょう》する。

【人物評価】もと渭州《いしゅう》の提轄《ていかつ》で魯達《ろたつ》という名前だったが、人だすけのつもりが誤《あやま》って人を殺してしまい天下を放浪《ほうろう》し、身《み》をかくすために五台山《ごだいさん》で頭をまるめて僧侶《そうりょ》になり、名も魯智深《ろちしん》にかえる。だがまったく戒律《かいりつ》をまもらず、肉も食らうし酒ものむ。破戒僧《はかいそう》ではあるが、こまっている人をほうっておけない性格《せいかく》でもあり、人情《にんじょう》にあつい人物ともいえる。

〈14〉虎殺《とらごろ》しの猛者《もさ》

天傷星《てんしょうせい》 行者《ぎょうじゃ》・武松《ぶしょう》

【あだ名の由来】役人《やくにん》の目をのがれるため、行者《ぎょうじゃ》の姿《すがた》をしていたことから。

【役割】武将《ぶしょう》、歩兵《ほへい》、行者《ぎょうじゃ》

【人物特性】豪胆《ごうたん》、酒豪《しゅごう》、おそれ知らず

【梁山泊入りまえの職歴】酒に酔《よ》って人を殺してしまい、柴進《さいしん》の屋敷《やしき》で世話《せわ》になっていたが、殺したと思っていた相手は死んではいなかったとわかり、故郷《こきょう》へ帰ろうとする。道中《どうちゅう》、素手《すで》で虎退治《とらたいじ》をして一躍《いちやく》有名になり、陽穀《ようこく》県《けん》の知県《ちけん》から歩兵都頭《ほへいとう》（歩兵隊長）に任《にん》じられる。

【梁山泊入りの理由】兄・武大《ぶだい》を毒殺《どくさつ》した潘金蓮《はんきんれん》と西門慶《さいもんけい》を殺し、みずから出頭《しゅっとう》して孟州《もうしゅう》へ流罪《るざい》になり、そこで都監《とかん》（警備長官）の罠《わな》にはまって濡《ぬ》れ衣《ぎぬ》を着せられ、恩州《おんしゅう》へ流《る》罪《ざい》になる。道中《どうちゅう》で殺されそうになるが返《かえ》り討《う》ちにして孟《もう》州《しゅう》へひきかえし、都監《とかん》たちを殺す。行者《ぎょうじゃ》に化《ば》けて放浪《ほうろう》の旅をつづけ魯智深《ろちしん》のいる二竜山《にりゅうざん》にこもる。呼延灼《こえんしゃく》とのたたかいで魯智深が梁山泊《りょうざんぱく》入りしたときに、ついていく。

【梁山泊での職分】歩兵頭目《ほへいとうもく》。

【人生の結末】梁山泊《りょうざんぱく》が方臘《ほうろう》に勝ったのち、都《みやこ》へひきあげるとちゅう、杭州《こうしゅう》の六和寺《ろくわじ》にのこって出家《しゅっけ》。八十歳《さい》まで生きて天寿《てんじゅ》をまっとうする。

【人物評価】虎殺《とらごろ》しで有名な人物。酒をたらふくのんだあとに素手《すで》で虎退治《とらたいじ》をしたり、毒殺《どくさつ》された兄・武大《ぶだい》のかたきを討《う》つために潘金蓮《はんきんれん》や西門慶《さいもんけい》を殺したりなど、武松《ぶしょう》の武勇伝《ぶゆうでん》だけが単独《たんどく》で語《かた》られることが多い。中国では、武《ぶし》松《ょう》が虎《とら》にまたがって素手《すで》で虎の頭をなぐっている絵もよく見かけ、〈武松打虎《ぶしょうだこ》〉という四字熟語《じゅくご》も存在《そんざい》する。

〈15〉二本槍《やり》の技巧派《ぎこうは》

天立星《てんりっせい》　双鎗将《そうそうしょう》・董平《とうへい》

【あだ名の由来】二本の槍《やり》を自在《じざい》にあやつることから。
【役割】武将《ぶしょう》、騎兵《きへい》
【人物特性】器用《きよう》、聡明《そうめい》、風流《ふうりゅう》
【梁山泊入りまえの職歴】東平府《とうへいふ》の軍指揮官《ぐんしきかん》。

【梁山泊入りの理由】梁山泊軍《りょうざんぱくぐん》が東平府《とうへいふ》に攻《せ》めこんできたときにむかえうつが、ぎゃくに生《い》け捕《ど》られたため。

【梁山泊での職分】騎兵軍《きへいぐん》五虎将《ごこしょう》。

【人生の結末】方臘《ほうろう》とのたたかいで、張清《ちょうせい》が敵将《てきしょう》に殺されたのを見てかたき討《う》ちにむかったときに、背後《はいご》からべつの敵将に斬《き》られる。

【人物評価】二本の槍《やり》をもってたたかう武将《ぶしょう》。武勇《ぶゆう》だけではなく、学問や管弦《かんげん》にも通《つう》じているため、〈風流双鎗将《ふうりゅうそうそうしょう》〉とよばれることもある。二本の槍をあやつって戦場《せんじょう》をかけめぐる姿《すがた》は、曲芸師《きょくげいし》のような器用《きよう》さを印象《いんしょう》づける。梁山泊《りょうざんぱく》における技巧派武将《ぎこうはぶしょう》。一騎打ちでの実力もかなりのもので、林冲《りんちゅう》や呼延灼《こえんしゃく》とならんで梁山泊の五虎将にえらばれている。『水滸伝』では後半に登場する武将だが、その前身となった『大宋宣和遺事《だいそうせんないじ》』では十万貫《かん》の財物をうばった晁蓋《ちょうがい》を捕《と》らえに行く役人として登場している。

〈16〉百中《ひゃくちゅう》の石つぶて
天捷星《てんしょうせい》 没羽箭《ぼつうせん》・張清《ちょうせい》

【あだ名の由来】「羽《はね》のない矢《や》」、つまり石つぶてのこと。石つぶてをなげる名手《めいしゅ》なので。

【役割】武将《ぶしょう》、騎兵《きへい》
【人物特性】おそれ知らず、器用《きよう》、投石《とうせき》
【梁山泊入りまえの職歴】東昌府《とうしょうふ》の軍指揮官《ぐんしきかん》。

【梁山泊入りの理由】梁山泊軍《りょうざんぱくぐん》が東昌《とうしょう》府に攻《せ》めこんできたときに石つぶてでむかえうつが、にせの糧秣船《りょうまつせん》をうばったところを生《い》け捕《ど》りにされてしまい、参加。

【梁山泊での職分】騎《き》兵軍《へいぐん》八驃騎《ひょうき》。

【人生の結末】方臘《ほうろう》とのたたかいでは、董平《とうへい》とともに出陣《しゅつじん》するも、董平をたすけようとして敵将《てきしょう》にたたかいをいどんだときに槍《やり》をよけられ、相手の槍をくらって絶命《ぜつめい》。

【人物評価】梁山泊一〇八人の武将《ぶしょう》のなかで、いちばんさいごに梁山泊といくさをした武将《ぶしょう》。そのためか、やたらと強い。梁山泊軍が張清《ちょうせい》にたたかいをいどむも、徐寧《じょねい》、燕順《えんじゅん》、韓滔《かんとう》、彭玘《ほうき》、宣賛《せんさん》、呼延灼《こえんしゃく》、劉唐《りゅうとう》、楊志《ようし》、朱仝《しゅどう》、雷横《らいおう》、関勝《かんしょう》、索超《さくちょう》、魯智深《ろちしん》などの名《な》だたる頭目《とうもく》たちが石つぶてでつぎつぎと負傷《ふしょう》させられる。王慶《おうけい》とのたたかいののち、女将《じょしょう》・瓊英《けいえい》と結婚《けっこん》した。

〈17〉天邪鬼《あまのじゃく》な武人《ぶじん》

天暗星《てんあんせい》 青面獣《せいめんじゅう》・楊志《ようし》

【あだ名の由来】顔に大きな青いあざがあることから。
【役割】武将《ぶしょう》、騎兵《きへい》
【人物特性】名門《めいもん》、矜持《きょうじ》、冷笑的《れいしょうてき》、天邪鬼《あまのじゃく》、不運《ふうん》、陰鬱《いんうつ》

【梁山泊入りまえの職歴】殿司制使《でんしせいし》（禁衛の武官）をつとめていたが、任務《にんむ》に失敗《しっぱい》したことから職《しょく》をうしなう。その後、復職《ふくしょく》して官軍提轄使《かんぐんていかつし》（部隊長）になる。だがまたも任務に失敗し、二竜山《にりゅうざん》にこもって山賊《さんぞく》をする。

【梁山泊入りの理由】呼延灼討伐《こえんしゃくとうばつ》のさいに二竜山《にりゅうざん》と梁山泊《りょうざんぱく》が手をくんだため、二竜山の仲間《なかま》たちとともに梁山泊入りする。

【梁山泊での職分】騎《き》兵軍《へいぐん》八驃騎《ひょうき》。

【人生の結末】方臘《ほうろう》とのたたかいのときに病《やまい》にかかり、丹《たん》徒《と》県《けん》で養生するも、治《なお》らずに命をうしなう。

【人物評価】宋代《そうだい》の有名な武人《ぶじん》の一族、楊家将《ようかしょう》の子孫《しそん》。名《めい》門《もん》の出《で》。林冲《りんちゅう》と互《ご》角《かく》にたたかえるほどの武術《ぶじゅつ》の名手《めいしゅ》。ただ運がなく、任務《にんむ》に失敗《しっぱい》して職《しょく》をうしなったのち、再仕官《さいしかん》して輸《ゆ》送隊長《そうたいちょう》となるも晁蓋《ちょうがい》らに輸送中の十万貫《かん》の財物《ざいぶつ》をうばわれてまた職をうしなう。放浪中《ほうろうちゅう》に魯智深《ろちしん》と出会い、ともに二竜山《にりゅうざん》にこもり、のちに梁山泊《りょうざんぱく》にはいった。

〈18〉鉤鎌鎗《こうれんそう》の師範《しはん》

天祐星《てんゆうせい》　金鎗手《きんそうしゅ》・徐寧《じょねい》

【あだ名の由来】「鎗《やり》の名手《めいしゅ》」の意味。

【役割】武将《ぶしょう》、騎兵《きへい》

【人物特性】勇敢《ゆうかん》、不運《ふうん》

【梁山泊入りまえの職歴】都《みやこ》で鎗術《そうじゅつ》の師範《しはん》をしていた。

【梁山泊入りの理由】たいせつにしている金《きん》の鎧《よろい》を時遷《じせん》に盗《ぬす》まれ、ゆくえを追っていたところで湯隆《とうりゅう》らに梁山泊《りょうざんぱく》につれていかれて参加《さんか》。

【梁山泊での職分】騎《き》兵軍《へいぐん》八驃騎《ひょうき》。

【人生の結末】方臘《ほうろう》とのたたかいのさいに、杭州《こうしゅう》で敵《てき》の毒《どく》矢《や》をうける。ちょうど神医《しんい》・安道全《あんどうぜん》が都《みやこ》によびだされて陣《じん》中《ちゅう》にいなかったので、毒がまわって死んでしまう。

【人物評価】〈鉤鎌鎗《こうれんそう》〉という鉤《かぎ》のついた鎗《やり》をあやつる武将《ぶしょう》。天子をまもるための鎗にすぐれた部隊《ぶたい》に〈金鎗班《きんそうはん》〉があり、

徐寧《じょねい》はそこの師範《しはん》をつとめていた。先祖代々《せんぞだいだい》つたわる金《きん》の鎧《よろい》をたいせつにしている。

〈19〉突撃《とつげき》の大斧《たいふ》
天空星《てんくうせい》 急先鋒《きゅうせんぽう》・索超《さくちょう》

【あだ名の由来】気がみじかく、まっさきにとびだすことから。

【役割】武将《ぶしょう》、騎兵《きへい》

【人物特性】勇猛《ゆうもう》、短気《たんき》、豪胆《ごうたん》、直情的《ちょくじょうてき》

【梁山泊入りまえの職歴】北京《ほくけい》の官軍提轄使《かんぐんていかつし》（部隊長）。梁《りょう》中書《ちゅうしょ》の部下《ぶか》。

【梁山泊入りの理由】梁山泊軍《りょうざんぱくぐん》が北京城《ほくけいじょう》に攻《せ》めこんできたときにむかえうつも、落《お》とし穴《あな》にはまって生《い》け捕《ど》られ、参加。

【梁山泊での職分】騎《き》兵軍《へいぐん》八驃騎《ひょうき》。

【人生の結末】方臘《ほうろう》とのたたかいでは、杭州《こうしゅう》攻《ぜ》めのときに敵将《てきしょう》を追いかけるも、敵将のなげた流星鎚《りゅうせいつい》（ひものついた鉄球）を顔にくらって絶命《ぜつめい》する。

【人物評価】金色の大斧《たいふ》の使い手。気がみじかく、まっさきに敵《てき》につっこんでいく斬《き》りこみ隊長《たいちょう》。楊志《ようし》と北京《ほくけい》でたたかったことがあり、梁中書《りょうちゅうしょ》に気にいられて官軍提轄使《かんぐんていかつし》（部隊長）にとりたてられる。秦明《しんめい》とともに先陣《せんじん》を切ることが多い。

〈20〉神速《しんそく》の伝令《でんれい》

天速星《てんそくせい》　神行太保《しんこうたいほう》・戴宗《たいそう》

【あだ名の由来】「神速《しんそく》で走れる道術使《どうじゅつつか》い」の意味。一日に八百里《り》を走る術〈神行法《しんこうほう》〉をつかえることから。

【役割】伝令《でんれい》、偵察《ていさつ》

【人物特性】冷静《れいせい》、世話好《せわず》き、義侠心《ぎきょうしん》

【梁山泊入りまえの職歴】江州《こうしゅう》の牢役人《ろうやくにん》。

【梁山泊入りの理由】流罪《るざい》で江州にきた宋江《そうこう》が処刑《しょけい》されそうになったとき、宋江をたすけようとして失敗《しっぱい》し、つかまってしまう。ともに処刑《しょけい》されそうになったときに、梁山泊《りょうざんぱく》の頭目《とうもく》たちにたすけられ参加。

【梁山泊での職分】情報探索《じょうほうたんさく》。

【人生の結末】方臘《ほうろう》とのたたかいではさいごまで生きのこり、官職《かんしょく》をさずかるも辞退《じたい》し、出家《しゅっけ》して泰山《たいざん》の廟《びょう》に仕《つか》え、そこで大往生《だいおうじょう》をとげる。

【人物評価】足に二枚《まい》の呪符《じゅふ》をはって〈神行法《しんこうほう》〉を唱《とな》えると一日に五百里《り》を、四枚はれば八百里を走ることができる。いくさにおいては、いかに敵《てき》の情報《じょうほう》をはやくつかんで実行《じっこう》にうつせるかが勝敗《しょうはい》をわけるため、情報《じょうほう》の伝達《でんたつ》を高速《こうそく》でおこなえる戴宗《たいそう》は、梁山泊軍《りょうざんぱくぐん》の強さを陰《かげ》でささえる存在《そんざい》といえよう。

〈21〉赤髪《あかがみ》の侠客《きょうかく》

天異星《てんいせい》　赤髪鬼《せきはつき》・劉唐《りゅうとう》

【あだ名の由来】鬢《びん》のあたりに大きな赤いあざがあり、そこから赤い毛が生《は》えていることから。

【役割】武将《ぶしょう》、歩兵《ほへい》

【人物特性】勇猛《ゆうもう》、豪胆《ごうたん》、義侠心《ぎきょうしん》、粗野《そや》、短気《たんき》、おそれ知らず

【梁山泊入りまえの職歴】風来坊《ふうらいぼう》。

【梁山泊入りの理由】十万貫《かん》の財物《ざいぶつ》が都《みやこ》の蔡京《さいけい》のもとにおくられると知り、それをうばうために晁蓋《ちょうがい》に協力《きょうりょく》をたのむ。財物《ざいぶつ》はうばえたものの、役人《やくにん》に追われることになり、晁蓋《ちょうがい》らと梁山泊《りょうざんぱく》へ逃《に》げこむ。

【梁山泊での職分】歩兵頭目《ほへいとうもく》。

【人生の結末】方臘《ほうろう》とのたたかいでは、杭州《こうしゅう》を攻《せ》めるさい、あいた城門《じょうもん》に突入《とつにゅう》しようとしたところ、敵将《てきしょう》が縄《なわ》を切り門の戸を落としたため、馬もろともつぶされて死んでしまう。

【人物評価】〈赤髪鬼《せきはつき》〉というあだ名ながら、赤毛っぽい部分は鬢《びん》のあたりだけのようだ。武術《ぶじゅつ》の腕《うで》には自信《じしん》があるようで、槍《やり》一本あれば千二千の軍馬《ぐんば》にかこまれても問題ないと豪語《ごうご》する。

〈22〉唸《うな》る二挺斧《にちょうふ》
天殺星《てんさつせい》　黒旋風《こくせんぷう》・李逵《りき》

【あだ名の由来】肌《はだ》が黒く、二挺斧《にちょうふ》を得意《とくい》の武器《ぶき》として振《ふ》りまわすことから。

【役割】武将《ぶしょう》、歩兵《ほへい》
【人物特性】勇猛《ゆうもう》、豪胆《ごうたん》、残忍《ざんにん》、粗野《そや》、怪力《かいりき》、純粋《じゅんすい》、母思い、忠義《ちゅうぎ》
【梁山泊入りまえの職歴】江州《こうしゅう》の牢役人《ろうやくにん》。戴宗《たいそう》の部下《ぶか》。

【梁山泊入りの理由】江州《こうしゅう》で宋江《そうこう》と戴宗《たいそう》が処刑《しょけい》されそうになったとき、梁山泊《りょうざんぱく》の頭目《とうもく》たちとともに処刑場《しょけいじょう》になぐりこんで宋江らをたすけだし、ともに梁山泊入りする。

【梁山泊での職分】歩兵頭目《ほへいとうもく》。

【人生の結末】毒酒《どくしゅ》を飲み、死をかくごした宋江《そうこう》が、あとにのこった李逵《りき》が反乱《はんらん》を起こすことをおそれ、李逵をよんでおなじ毒酒をのませる。李逵《りき》はともに死ぬことをうけいれ、死後は宋江《そうこう》の墓《はか》のそばに埋《う》めてもらう。

【人物評価】二挺斧《にちょうふ》をふりまわす怪力男《かいりきおとこ》。李逵《りき》の行動は直《ちょく》情的《じょうてき》で、道徳《どうとく》も打算《ださん》もない。泣きたければ泣き、殺したければ殺す。その凶暴《きょうぼう》さは悪《あく》というよりも純粋《じゅんすい》さからくる。宋江《そうこう》と李逵《りき》は表裏一体《ひょうりいったい》の存在《そんざい》であり、宋江が梁山泊における「本音《ほんね》」だとすれば、李逵は梁山泊における「表看板《おもてかんばん》」であろう。よろいを着て馬に乗るのがきらいで、戦場《せんじょう》をよろいなしで駆《か》けめぐっている。

〈23〉武術《ぶじゅつ》好《ず》きのドラ息子《むすこ》

天微星《てんびせい》 九紋竜《くもんりゅう》・史進《ししん》

【あだ名の由来】肩《かた》・腕《うで》・胸《むね》に、ぜんぶで九匹《ひき》の竜《りゅう》の刺青《いれずみ》があるので。

【役割】武将《ぶしょう》、騎兵《きへい》

【人物特性】勇敢《ゆうかん》、正義《せいぎ》、義侠心《ぎきょうしん》、わがまま、軽率《けいそつ》

【梁山泊入りまえの職歴】史家村《しかそん》の地主《じぬし》の息子《むすこ》。

【梁山泊入りの理由】うらぎって密告《みっこく》した部下の李吉《りきつ》を殺したのち、少華山《しょうかざん》にこもる。華州《かしゅう》の知事《ちじ》・賀太守《がたいしゅ》に捕《と》らえられたとき、梁山泊軍《りょうざんぱくぐん》がたすけにきてくれたことから、少華山の仲間《なかま》たちとともに梁山泊入りする。

【梁山泊での職分】騎兵軍八驃騎《きへいぐんはちひょうき》。

【人生の結末】方臘《ほうろう》とのたたかいのときに、楊春《ようしゅん》、石秀《せきしゅう》、陳達《ちんたつ》、李忠《りちゅう》、薛永《せつえい》たちとともに偵察《ていさつ》にむかうも敵《てき》のまちぶせにあい、矢《や》の雨《あめ》をくらって仲間《なかま》ともども絶命《ぜつめい》する。

【人物評価】得意《とくい》な武器《ぶき》は〈三尖刀《さんせんとう》（先端が三つにわかれた槍）〉。梁山泊《りょうざんぱく》一〇八人のなかで、いちばんはじめに登《とう》場《じょう》する人物。なに不自由《ふじゆう》なく育ってきた地主《じぬし》の息子《むすこ》らしく、むこうみずで、敵《てき》につかまったり、戦場《せんじょう》で負傷《ふしょう》したりと、安定した強さはない。ちなみに少華山《しょうかざん》にこもっていた朱武《しゅぶ》、陳達《ちんたつ》、楊春《ようしゅん》の三人とはよく行動をともにするが、方臘《ほうろう》とのたたかいで生きのこったのは朱武《しゅぶ》ひとりだけである。

〈24〉縁《えん》の下《した》の力もち

天究星《てんきゅうせい》　没遮攔《ぼっしゃらん》・穆弘《ぼくこう》

【あだ名の由来】「さえぎる者なし」の意味。

【役割】武将《ぶしょう》、騎兵《きへい》

【人物特性】勇猛《ゆうもう》、豪胆《ごうたん》

【梁山泊入りまえの職歴】穆家荘《ぼくかそう》の地主《じぬし》の息子《むすこ》。

【梁山泊入りの理由】江州《こうしゅう》で処刑《しょけい》されそうになった宋江《そうこう》が梁山泊軍《りょうざんぱくぐん》にたすけられたとき、彼らを穆家荘《ぼくかそう》でかくまったことから。

【梁山泊での職分】騎《き》兵軍《へいぐん》八驃騎《ひょうき》。

【人生の結末】方臘《ほうろう》とのたたかいのときに、杭州《こうしゅう》で疫病《えきびょう》にかかって病没。

【人物評価】穆春《ぼくしゅん》の兄。けんかをすれば死人がでるといわれるほど腕《うで》っぷしが強く、だれにもとめられないことから〈没遮攔《ぼっしゃらん》〉のあだ名がある。宋江《そうこう》を尊敬《そんけい》しており、流罪《るざい》で江州《こうしゅう》にきたときには屋敷《やしき》にまねいてもてなした。

〈25〉義《ぎ》の都頭《ととう》

天退星《てんたいせい》　挿翅虎《そうしこ》・雷横《らいおう》

【あだ名の由来】「翼《つばさ》のはえた虎《とら》」の意味。

【役割】武将《ぶしょう》、歩兵《ほへい》

【人物特性】勇敢《ゆうかん》、義侠心《ぎきょうしん》、相方思《あいかたおも》い

【梁山泊入りまえの職歴】鄆城県《うんじょうけん》で朱仝《しゅどう》とともに都頭《ととう》（警察の部隊長）をつとめる。

【梁山泊入りの理由】鄆城県《うんじょうけん》で人を殺し、死刑《しけい》になるところを相方《あいかた》の朱仝《しゅどう》にたすけられ梁山泊入り。

【梁山泊での職分】歩兵頭目《ほへいとうもく》。

【人生の結末】方臘《ほうろう》とのたたかいで呼延灼《こえんしゃく》の軍《ぐん》に配属《はいぞく》され湖州《こしゅう》をとったのちに敵将《てきしょう》に斬《き》られて命をおとす。

【人物評価】晁蓋《ちょうがい》や宋江《そうこう》に役人《やくにん》の手《て》がまわったときに、晁蓋らを逃《に》がしてやる。朱仝が滄州《そうしゅう》へ流罪《るざい》と知ると、梁山泊にはいるよう誘《さそ》いにきたりなど、相方思《あいかたおも》いでもある。

〈26〉梁山泊水軍《りょうざんぱくすいぐん》の首領《しゅりょう》

天寿星《てんじゅせい》 混江竜《こんこうりゅう》・李俊《りしゅん》

【あだ名の由来】「長江《ちょうこう》を混乱《こんらん》させる竜《りゅう》」の意味。

【役割】武将《ぶしょう》、水軍《すいぐん》
【人物特性】水練《すいれん》、統率力《とうそつりょく》、自由闊達《じゆうかったつ》、義理《ぎり》、忠義《ちゅうぎ》
【梁山泊入りまえの職歴】長江《ちょうこう》で船頭《せんどう》をしながら塩《しお》の闇《やみ》あきないをしていた。

【梁山泊入りの理由】江州《こうしゅう》で処刑《しょけい》されそうになった宋江《そうこう》を、梁山泊《りょうざんぱく》の頭目《とうもく》たちと協力《きょうりょく》してたすけたことから。

【梁山泊での職分】水軍頭目《すいぐんとうもく》。

【人生の結末】方臘《ほうろう》とのたたかいにはさいごまで生きのこるが、都《みやこ》・開封府《かいほうふ》へ凱旋《がいせん》するまえに、童威《どうい》、童猛《どうもう》とともに宋江《そうこう》のもとを去り、暹羅《せんら》国《こく》にわたり、国王になって余生《よせい》をおくる。

【人物評価】梁山泊水軍《りょうざんぱくすいぐん》のまとめ役。自由気《じゆうき》ままな性格《せいかく》で、梁山泊での生活を好《この》んでいる。朝廷《ちょうてい》に忠義《ちゅうぎ》をつくそうとする宋江《そうこう》とは意見があわず、招安《しょうあん》（朝廷に帰順すること）して都《みやこ》へ行ったあとも、呉用《ごよう》を通《つう》じて梁山泊へもどろうと宋江にうったえる。しかしうけいれられず、しぶしぶ方臘《ほうろう》とのたたかいについていき、さいごまで生きのこる。そののち、暹羅《せんら》国《こく》にわたって国王になった。悲惨《ひさん》な運命《うんめい》をたどる好漢《こうかん》が多いなかでは成功《せいこう》した人物といえよう。ちなみに暹羅国は一般的《いっぱんてき》にはシャム（タイ）のことだが、続編《ぞくへん》の『水《すい》滸後伝《ここうでん》』においては南方の島々となっているため、どの国を指しているのかは不明《ふめい》である。

〈27〉阮三兄弟《げんきょうだい》の長男《ちょうなん》
天剣星《てんけんせい》　立地太歳《りっちたいさい》・阮小二《げんしょうじ》

【あだ名の由来】「土地の疫病神《やくびょうがみ》」の意味。
【役割】武将《ぶしょう》、水軍《すいぐん》
【人物特性】勇敢《ゆうかん》、水練《すいれん》、短気《たんき》
【梁山泊入りまえの職歴】石碣村《せきけつそん》で漁師《りょうし》をしていた。
【梁山泊入りの理由】晁蓋《ちょうがい》らと蔡京《さいけい》におくられる十万貫《かん》の財物《ざいぶつ》をうばったのち、役人《やくにん》に追われて梁山泊《りょうざんぱく》へ逃《に》げる。
【梁山泊での職分】水軍頭目《すいぐんとうもく》。
【人生の結末】方臘《ほうろう》とのたたかいのさい、敵《てき》の水軍とたたかったときに火《ひ》攻《ぜ》めをうける。水中にのがれるも、つかまりそうになり、敵の手におちるまえにみずから首を斬《き》って自害《じがい》する。

【人物評価】阮《げん》三兄弟《きょうだい》（阮小二、阮小五、阮小七）の長男で、兄弟のまとめ役。漁師《りょうし》をするかたわら、塩《しお》の闇《やみ》あきないもやっている。舟《ふね》を漕《こ》いだり泳いだりが得意《とくい》で、その技《わざ》を駆使《くし》して敵《てき》の水軍《すいぐん》を翻弄《ほんろう》する。

〈28〉闇《やみ》の船頭《せんどう》

天平星《てんぺいせい》 船火児《せんかじ》・張横《ちょうおう》

【あだ名の由来】「船頭《せんどう》」の意味。

【役割】武将《ぶしょう》、水軍《すいぐん》

【人物特性】勇敢《ゆうかん》、水練《すいれん》、粗暴《そぼう》、弟思い

【梁山泊入りまえの職歴】船頭《せんどう》。舟《ふね》に乗った客から金《かね》をまきあげる。

【梁山泊入りの理由】梁山泊《りょうざんぱく》の頭目《とうもく》たちが江州《こうしゅう》で宋江《そうこう》をたすけたさいに合流《ごうりゅう》し、ともに黄文炳《こうぶんぺい》を討《う》ったのちに参加。

【梁山泊での職分】水軍頭目《すいぐんとうもく》。

【人生の結末】方臘《ほうろう》とのたたかいのさい、杭州《こうしゅう》で出陣《しゅつじん》まえに疫病《えきびょう》にかかって命をおとす。

【人物評価】張順《ちょうじゅん》の兄。渡《わた》し守《もり》だが、河《かわ》の途中《とちゅう》でとまって乗客《じょうきゃく》から金《かね》をまきあげるという盗賊《とうぞく》まがいの仕事。宋江《そうこう》が江州《こうしゅう》へ流罪《るざい》になったとき、張横《ちょうおう》の舟《ふね》にのって金をとられそうになったが、李俊《りしゅん》がかけつけてきてことなきを得《え》る。荒《あら》くれ者《もの》であるが、弟思いの一面もあり、張順《ちょうじゅん》が方臘《ほうろう》とのいくさで命をおとしたときには悲しみで気をうしなった。

〈29〉阮《げん》三兄弟《きょうだい》の次男《じなん》
天罪星《てんざいせい》 短命二郎《たんめいじろう》・阮《げん》小五《しょうご》

【あだ名の由来】「命知らずの次男」の意味。

【役割】武将《ぶしょう》、水軍《すいぐん》
【人物特性】勇敢《ゆうかん》、水練《すいれん》、短気《たんき》
【梁山泊入りまえの職歴】石碣村《せきけつそん》で漁師《りょうし》をしていた。

【梁山泊入りの理由】晁蓋《ちょうがい》らと蔡京《さいけい》におくられる十万貫《かん》の財物《ざいぶつ》をうばったのち、役人《やくにん》に追われて梁山泊《りょうざんぱく》へ逃《に》げる。

【梁山泊での職分】水軍頭目《すいぐんとうもく》。

【人生の結末】方臘《ほうろう》とのたたかいで本拠地《ほんきょち》の清渓県《せいけいけんぜ》攻めのさいに、城内《じょうない》でのたたかいで戦死《せんし》する。

【人物評価】阮《げん》三兄弟《きょうだい》（阮小二、阮小五、阮小七）の次《じ》男《なん》。いつも兄をささえてたたかっている。

〈30〉泳《およ》ぎの達人《たつじん》
天損星《てんそんせい》 浪裏白跳《ろうりはくちょう》・張順《ちょうじゅん》

【あだ名の由来】「波を泳ぐ魚」の意味。

【役割】武将《ぶしょう》、水軍《すいぐん》

【人物特性】勇敢《ゆうかん》、水練《すいれん》、冷静《れいせい》、義侠心《ぎきょうしん》、忠義《ちゅうぎ》
【梁山泊入りまえの職歴】江州《こうしゅう》の漁師《りょうし》たちの親分《おやぶん》。

【梁山泊入りの理由】梁山泊《りょうざんぱく》の頭目《とうもく》たちが江州《こうしゅう》で宋江《そうこう》をたすけたさいに協力《きょうりょく》し、ともに黄文炳《こうぶんへい》を討《う》ったのちに参加。

【梁山泊での職分】水軍頭目《すいぐんとうもく》。

【人生の結末】方臘《ほうろう》とのたたかいでは、夜更《よふ》けに杭州城《こうしゅうじょう》の城壁《じょうへき》をのぼって忍《しの》びこもうとしたが見つかり、矢や石をくらって命をおとす。

【人物評価】張横《ちょうおう》の弟。泳ぎが得意《とくい》で、おそらくは梁山泊《りょうざんぱく》一《いち》であろう。江州《こうしゅう》で李逵《りき》を相手にしたときも、水中でのたたかいにもちこんで、赤子同然《あかごどうぜん》にあしらってしまう。また杭州城攻略《こうしゅうじょうこうりゃく》のときには梁山泊軍《りょうざんぱくぐん》の勝利《しょうり》のために、危険《きけん》を承知《しょうち》で杭州城へしのびこもうとして命をおとすなど、仲間《なかま》のためなら命をなげだすこともおそれない好漢《こうかん》だ。

〈31〉阮《げん》三兄弟《きょうだい》の末《すえ》っ子《こ》

天敗星《てんはいせい》　活閻羅《かつえんら》・阮小七《げんしょうしち》

【あだ名の由来】「生《い》ける閻魔大王《えんまだいおう》」の意味。
【役割】武将《ぶしょう》、水軍《すいぐん》
【人物特性】勇敢《ゆうかん》、水練《すいれん》、短気《たんき》、率直《そっちょく》、わがまま
【梁山泊入りまえの職歴】石碣村《せきけつそん》で兄たちと漁師《りょうし》をしていた。
【梁山泊入りの理由】晁蓋《ちょうがい》らとともに蔡京《さいけい》におくられる十万貫《かん》の財物《ざいぶつ》をうばったのち、役人《やくにん》に追われて梁山泊《りょうざんぱく》へ逃《に》げる。
【梁山泊での職分】水軍頭目《すいぐんとうもく》。
【人生の結末】方臘《ほうろう》とのたたかいでさいごまで生きのこり、朝廷《ちょうてい》から官職《かんしょく》をさずかるが、謀反《むほん》のうたがいをかけられて職《しょく》をはく奪《だつ》され、故郷《こきょう》の村にもどって漁師《りょうし》をする。老《お》いた母を養《やしな》い天寿《てんじゅ》をまっとうさせ、自身も六十になるまで生きる。

【人物評価】阮《げん》三兄弟《きょうだい》（阮小二、阮小五、阮小七）の末《すえ》っ子《こ》。末っ子だけあってわがままな面が多く、ただでさえ短《たん》気《き》な阮三兄弟のなかでもとくに気がみじかい。方臘戦《ほうろうせん》で阮三兄弟のなかでゆいいつ生きのこる。

〈32〉義侠《ぎきょう》の斬首役人《ざんしゅやくにん》
天牢星《てんろうせい》 病関索《びょうかんさく》・楊雄《ようゆう》

【あだ名の由来】関索《かんさく》もどき。「病」は「顔の黄色い」という意味もある。関索は三国時代の武将《ぶしょう》、関羽《かんう》の三子《し》。
【役割】武将《ぶしょう》、歩兵《ほへい》
【人物特性】義侠心《ぎきょうしん》、直情的《ちょくじょうてき》
【梁山泊入りまえの職歴】薊州《けいしゅう》の首斬《くび》り役人《やくにん》。
【梁山泊入りの理由】薊州《けいしゅう》で石秀《せきしゅう》にたすけられ、義兄弟《ぎきょうだい》になる。石秀は梁山泊《りょうざんぱく》へ行くとちゅうだったので、誘《さそ》われてともに梁山泊へむかう。
【梁山泊での職分】歩兵頭目《ほへいとうもく》。
【人生の結末】方臘《ほうろう》とのたたかいではさいごまで生きのこるが、都《みやこ》・開封府《かいほうふ》へ凱旋《がいせん》するまえに、杭州《こうしゅう》で病《やまい》にかかって命をおとす。

【人物評価】石秀《せきしゅう》とは義兄弟《ぎきょうだい》。梁山泊入《りょうざんぱくい》りしてからも、石秀とともに行動することが多い。めだつ活躍《かつやく》はないが、偵《てい》察《さつ》などの仕事をそつなくこなす。

〈33〉命知《いのちし》らずの男
天慧星《てんけいせい》　拚命三郎《へんめいさんろう》・石秀《せきしゅう》

【あだ名の由来】「命知らずの三男《さんなん》」の意味。
【役割】武将《ぶしょう》、歩兵《ほへい》
【人物特性】無鉄砲《むてっぽう》、命知らず、義侠心《ぎきょうしん》
【梁山泊入りまえの職歴】薪売《まきう》り。
【梁山泊入りの理由】戴宗《たいそう》が公孫勝《こうそんしょう》をさがして薊州《けいしゅう》をおとずれたさい、石秀《せきしゅう》が楊雄《ようゆう》をたすけたことで、戴宗《たいそう》に気にいられて梁山泊《りょうざんぱく》に誘《さそ》われる。楊雄《ようゆう》と義兄弟《ぎきょうだい》になったのち、ともに梁山泊へむかう。
【梁山泊での職分】歩兵頭目《ほへいとうもく》。
【人生の結末】方臘《ほうろう》とのたたかいでは、史進《ししん》、楊春《ようしゅん》、陳達《ちんたつ》、李忠《りちゅう》、薛永《せつえい》たちとともに偵察《ていさつ》にむかうも敵《てき》のまちぶせにあい、矢《や》の雨《あめ》をくらって仲間《なかま》ともども絶命《ぜつめい》する。

【人物評価】あだ名どおりの命知らずの男。楊雄《ようゆう》や盧俊義《ろしゅんぎ》をたすけるために、まわりに大勢《おおぜい》の敵《てき》がいてもかまわずにとびこんでいくいさみ肌《はだ》。多くの敵《てき》を相手にわたりあえるところから、武術《ぶじゅつ》の腕《うで》もなかなかである。

〈34〉刺叉使《さすまたつか》いの猟師《りょうし》・兄

天暴星《てんぼうせい》　両頭蛇《りょうとうだ》・解珍《かいちん》

【あだ名の由来】

「二つの頭の蛇《へび》」の意味。

〈35〉刺叉使《さすまたつか》いの猟師《りょうし》・弟

天哭星《てんこくせい》　双尾蝎《そうびかつ》・解宝《かいほう》

【あだ名の由来】

「二つの尾《お》のサソリ」の意味。

【役割】武将《ぶしょう》、歩兵《ほへい》

【人物特性】猟師《りょうし》、勇猛《ゆうもう》

【梁山泊入りまえの職歴】登州《とうしゅう》の猟師。

【梁山泊入りの理由】登州《とうしゅう》において無実《むじつ》の罪《つみ》で牢《ろう》にほうりこまれ、それを楽和《がくわ》、孫立《そんりつ》、孫新《そんしん》、顧大嫂《こだいそう》、鄒淵《すうえん》、鄒潤《すうじゅん》にたすけだされ、皆《みな》とともに梁山泊《りょうざんぱく》入りする。

【梁山泊での職分】歩兵頭目《ほへいとうもく》。

【人生の結末】方臘《ほうろう》とのたたかいのさい、睦州《ぼくしゅう》で兄弟ともに戦死《せんし》する。

【人物評価】兄弟で猟師《りょうし》をやっており、得意《とくい》の武器《ぶき》は刺叉《さすまた》。兄弟で虎退治《とらたいじ》をするなど、猟師としての腕《うで》は一流。一〇八人の好漢《こうかん》のなかで猟師だったのは彼らだけだ。死ぬときも兄弟いっしょであった。

〈36〉忠義《ちゅうぎ》の風流人《ふうりゅうじん》

天巧星《てんこうせい》　浪子《ろうし》・燕青《えんせい》

【あだ名の由来】「風流《ふうりゅう》な者」の意味。歌や踊《おど》りを好《この》み、武《ぶ》芸《げい》にもひいでていて、顔つきもうつくしいので。

【役割】武将《ぶしょう》、歩兵《ほへい》、芸人《げいにん》、弩手《どしゅ》

【人物特性】芸達者《げいたっしゃ》、冷静《れいせい》、忠義《ちゅうぎ》、忠実《ちゅうじつ》、相撲《すもう》が得意《とくい》、視《し》力《りょく》がいい

【梁山泊入りまえの職歴】盧俊義《ろしゅんぎ》の番頭《ばんとう》。

【梁山泊入りの理由】盧俊義が梁山泊《りょうざんぱく》の仲間《なかま》だという容疑《ようぎ》をかけられて役人《やくにん》につかまったため、梁山泊にたすけをもとめにいったことから。

【梁山泊での職分】歩兵頭目《ほへいとうもく》。

【人生の結末】方臘《ほうろう》とのたたかいでさいごまで生きのこるが、都《みやこ》へもどるとちゅう、盧俊義《ろしゅんぎ》にわかれを告《つ》げ、どこかへ去ってしまう。

【人物評価】梁山泊一《りょうざんぱくいち》の伊達男《だておとこ》。顔もよく会話《かいわ》もうまく、歌や踊《おど》りにも優《すぐ》れており、都《みやこ》で一番の妓女《ぎじょ》・李師師《りしし》に気にいられてしまうほど。しかしその風貌《ふうぼう》に似《に》ず、根はきわめてまじめで、主人の盧俊義《ろしゅんぎ》に忠誠《ちゅうせい》を尽《つ》くす。武術《ぶじゅつ》も達者《たっしゃ》で、弩《いしゆみ》の腕《うで》まえもかなりのもの。相撲《すもう》も得意《とくい》で、怪力《かいりき》の李逵《りき》ですら燕青にはかなわない。オールマイティな人物といえよう。

〈37〉陣法《じんぽう》の魔術師《まじゅつし》

地魁星《ちかいせい》　神機軍師《しんきぐんし》・朱武《しゅぶ》

【あだ名の由来】軍略《ぐんりゃく》に長《た》けていることから。

【役割】軍師《ぐんし》

【人物特性】智謀《ちぼう》、冷静《れいせい》、義侠心《ぎきょうしん》

【梁山泊入りまえの職歴】少華山《しょうかざん》で陳達《ちんたつ》、楊春《ようしゅん》をしたがえ、山賊《さんぞく》の首領《しゅりょう》をやっていた。

【梁山泊入りの理由】仲間《なかま》の史進《ししん》が華州《かしゅう》の知事《ちじ》・賀太守《がたいしゅ》につかまったときに、梁山泊《りょうざんぱく》の助力《じょりょく》を得《え》てたすけることができたことから。

【梁山泊での職分】参謀《さんぼう》。

【人生の結末】方臘《ほうろう》とのたたかいで生きのこるが、官職《かんしょく》には就《つ》かず、出家《しゅっけ》して一生を終える。

【人物評価】呉用《ごよう》と双璧《そうへき》をなす梁山泊《りょうざんぱく》の軍師《ぐんし》。策略《さくりゃく》に関《かん》しては呉用《ごよう》のほうに分《ぶ》があるが、軍《ぐん》の布陣《ふじん》に関する知識《ちしき》はかなりのもの。敵《てき》の敷《し》く陣《じん》をつぎつぎと見やぶったり、適切《てきせつ》な布陣《ふじん》を展開《てんかい》したりなど、梁山泊《りょうざんぱく》入り後は軍師《ぐんし》としての才《さい》覚《かく》をあらわしていく。方臘《ほうろう》とのたたかいでは、少華山《しょうかざん》の仲《なか》間《ま》である史進《ししん》、陳達《ちんたつ》、楊春《ようしゅん》は全員戦死、朱武だけがさいごまで生きのこった。

〈38〉そつない指揮官《しきかん》

地煞星《ちさつせい》　鎮三山《ちんさんざん》・黄信《こうしん》

【あだ名の由来】山賊《さんぞく》のいる三山、清風山《せいふうざん》、二竜山《にりゅうざん》、桃花《とうか》山を鎮圧《ちんあつ》する予定《よてい》だったことから。

【役割】武将《ぶしょう》、騎兵《きへい》

【人物特性】矜持《きょうじ》、官僚的《かんりょうてき》

【梁山泊入りまえの職歴】青州《せいしゅう》の兵馬都監《へいばとかん》（総司令官）。

【梁山泊入りの理由】清風鎮《せいふうちん》で逮捕《たいほ》された宋江《そうこう》と花栄《かえい》を青州《せい》まで護送《ごそう》するが、道中《どうちゅう》で清風山の山賊《さんぞく》たちにおそわれ、宋江たちをとり逃《に》がしてしまう。のちに秦明《しんめい》に説得《せっとく》されて宋江の仲間《なかま》になり、ともに梁山泊《りょうざんぱく》に入る。

【梁山泊での職分】騎兵軍小彪将《きへいぐんしょうひょうしょう》。

【人生の結末】方臘《ほうろう》とのたたかいでさいごまで生きのこり、官職《かんしょく》をさずかって青州《せいしゅう》に赴任《ふにん》する。

【人物評価】もと官軍《かんぐん》の指揮官《しきかん》。愛用《あいよう》の剣《けん》の名は〈喪門剣《そうもんけん》〉。

〈39〉登州《とうしゅう》の巨漢《きょかん》

地勇星《ちゆうせい》　病尉遅《びょううつち》・孫立《そんりつ》

【あだ名の由来】「尉遅恭《うつちきょう》もどき」もしくは「黄色い顔の尉遅恭《うつちきょう》」の意味。尉遅恭《うつちきょう》は唐初《とうはつ》の武将《ぶしょう》。唐建国《とうけんこく》に功績《こうせき》があった。

【役割】武将《ぶしょう》、騎兵《きへい》

【人物特性】巨漢《きょかん》、冷静《れいせい》、薄情《はくじょう》

【梁山泊入りまえの職歴】登州《とうしゅう》の提轄《ていかつ》（警察長）。

【梁山泊入りの理由】無実《むじつ》の罪《つみ》で捕《と》らえられた解珍《かいちん》・解宝《かいほう》の兄弟を、楽和《がくわ》、孫新《そんしん》、顧大嫂《こだいそう》、鄒淵《すうえん》、鄒潤《すうじゅん》と協力《きょうりょく》してたすけだし、ともに梁山泊《りょうざんぱく》入りする。

【梁山泊での職分】騎兵軍小彪将《きへいぐんしょうひょうしょう》。

【人生の結末】方臘《ほうろう》とのたたかいでさいごまで生きのこり、官職《かんしょく》をさずけられ、赴任《ふにん》先の登州《とうしゅう》へもどる。

【人物評価】孫新《そんしん》の兄。体が大きく、登州《とうしゅう》ではかなう者がいないほどの武芸者《ぶげいしゃ》。兄弟子《あにでし》に祝家荘《しゅくかそう》の欒廷玉《らんていぎょく》がいるが、梁山泊軍《りょうざんぱくぐん》を勝たせるためにうらぎってしまう。

〈40〉天下《てんか》一《いち》のぶおとこ

地傑星《ちけっせい》　醜郡馬《しゅうぐんば》・宣賛《せんさん》

【あだ名の由来】「醜《みにく》い郡馬《ぐんば》」の意味。「郡馬」は王（位のひとつ。天子の下）の娘婿《むすめむこ》のこと。

【役割】武将《ぶしょう》、騎兵《きへい》

【人物特性】ぶおとこ、実直《じっちょく》

【梁山泊入りまえの職歴】都《みやこ》・開封府《かいほうふ》における兵馬保義使《へいばほぎし》。

【梁山泊入りの理由】関勝《かんしょう》、郝思文《かくしぶん》とともに梁山泊《りょうざんぱく》とたたかうが敗《やぶ》れ、三人とも生《い》け捕《ど》られて梁山泊《りょうざんぱく》にくだる。

【梁山泊での職分】騎兵軍小彪将《きへいぐんしょうひょうしょう》。

【人生の結末】方臘《ほうろう》とのたたかいで、蘇州《そしゅう》攻《ぜ》めのさいに戦《せん》死《し》する。

【人物評価】宣賛《せんさん》は天子の一族の者にその武芸《ぶげい》を気にいられ、娘婿《むすめむこ》にむかえられる。しかしその娘は宣賛《せんさん》の醜《みにく》さを見て自殺《じさつ》してしまったという。梁山泊討伐《りょうざんぱくとうばつ》において、朝廷《ちょうてい》に関勝《かんしょう》を紹介《しょうかい》した人物。郝思文《かくしぶん》とよく行動をともにする。

〈41〉蒲東《ほとう》の武芸者《ぶげいしゃ》

地雄星《ちゆうせい》　井木犴《せいぼくかん》・郝思文《かくしぶん》

【あだ名の由来】母親が井木犴《せいぼくかん》（二十八宿星のひとつ）の夢《ゆめ》を見て、郝思文《かくしぶん》を身《み》ごもったことから。

【役割】武将《ぶしょう》、騎兵《きへい》

【人物特性】勇敢《ゆうかん》、義侠心《ぎきょうしん》

【梁山泊入りまえの職歴】蒲東《ほとう》の巡検《じゅんけん》（警察）。関勝《かんしょう》の部下《ぶか》。

【梁山泊入りの理由】関勝《かんしょう》、宣賛《せんさん》とともに梁山泊《りょうざんぱく》とたたかうが敗《やぶ》れ、生《い》け捕《ど》られて梁山泊にくだる。

【梁山泊での職分】騎兵軍小彪将《きへいぐんしょうひょうしょう》。

【人生の結末】方臘《ほうろう》とのたたかいでは、杭州《こうしゅう》攻《ぜ》めのさいに敵《てき》に生《い》け捕《ど》られて処刑《しょけい》される。

【人物評価】関勝《かんしょう》の義弟《ぎてい》。梁山泊《りょうざんぱく》攻《ぜ》めにおいては宣賛《せんさん》とともに関勝の副将《ふくしょう》をつとめ、以後《いご》、宣賛とともに行動することが多い。武芸全般に通《つう》じている。

〈42〉鉄《てっ》の騎《き》兵《へい》
地《ち》威《い》星《せい》　百勝将《ひゃくしょうしょう》・韓《かん》滔《とう》

【あだ名の由来】「負《ま》けなしの将軍《しょうぐん》」の意味。

【役割】武将《ぶしょう》、騎兵《きへい》
【人物特性】勇敢《ゆうかん》
【梁山泊入りまえの職歴】陳州《ちんしゅう》の団練使《だんれんし》（警備団長）。呼延《こえん》灼《しゃく》の部下《ぶか》。

【梁山泊入りの理由】呼延灼にしたがって梁山泊《りょうざんぱく》を攻《せ》めるが生《い》け捕《ど》られ、梁山泊にくだる。

【梁山泊での職分】騎《き》兵軍小彪将《へいぐんしょうひょうしょう》。

【人生の結末】方臘《ほうろう》とのたたかいで、敵将《てきしょう》・高可立《こうかりつ》の放《はな》った矢をくらって落馬《らくば》し、敵将・張近仁《ちょうきんじん》の槍《やり》によって刺《さ》しころされる。

【人物評価】棗木槊《そうぼくさく》（棗の木でつくった槍）の使い手。呼《こ》延灼《えんしゃく》にしたがって梁山泊に出陣《しゅつじん》し、鉄よろいに身をかためた騎馬隊《きばたい》〈連環馬《れんかんば》〉を指揮《しき》して梁山泊軍を苦しめる。彭玘《ほうき》とよく行動をともにし、方臘戦《ほうろうせん》でも、ともに出陣して戦死する。

〈43〉死をつかさどる将軍《しょうぐん》

地英星《ちえいせい》 天目将《てんもくしょう》・彭玘《ほうき》

【あだ名の由来】天目《てんもく》とはカニ座《ざ》。死をつかさどる星座《せいざ》のこと。
【役割】武将《ぶしょう》、騎兵《きへい》
【人物特性】勇敢《ゆうかん》、義侠心《ぎきょうしん》
【梁山泊入りまえの職歴】潁州《えいしゅう》の団練使《だんれんし》（警備団長）。呼延《こえん》灼《しゃく》の部下《ぶか》。
【梁山泊入りの理由】呼延灼《こえんしゃく》にしたがって梁山泊《りょうざんぱく》を攻《せ》めるが生《い》け捕《ど》られ、梁山泊にくだる。
【梁山泊での職分】騎兵軍小彪将《きへいぐんしょうひょうしょう》。
【人生の結末】方臘《ほうろう》とのたたかいでは、敵将《てきしょう》・張近仁《ちょうきんじん》に討《う》ちとられた韓滔《かんとう》のかたきをとろうとかけつけるが、かえりうちにあって殺される。

【人物評価】三尖刀《さんせんとう》（さきが三つにわかれた槍）の使い手。韓滔《かんとう》とよく行動をともにし、方臘戦《ほうろうせん》でともに出陣《しゅつじん》して戦死《せんし》。

〈44〉水攻め《みずぜ》の達人《たつじん》

地奇星《ちきせい》 聖水将《せいすいしょう》・単廷珪《ぜんていけい》

【あだ名の由来】水攻め《みずぜ》がうまいことから。

【役割】武将《ぶしょう》、騎兵《きへい》

【人物特性】水攻め、黒ずくめの部隊《ぶたい》をひきいる。

【梁山泊入りまえの職歴】凌州《りょうしゅう》の団練使《だんれんし》（警備団長）。

【梁山泊入りの理由】朝廷《ちょうてい》の命令《めいれい》で魏定国《ぎていこく》とともに梁山泊《りょうざんぱく》討伐《とうばつ》にむかうも、関勝《かんしょう》との一騎打《いっきう》ちで生《い》け捕《ど》りにされて梁山泊にくだる。

【梁山泊での職分】騎兵軍小彪将《きへいぐんしょうひょうしょう》。

【人生の結末】方臘《ほうろう》とのたたかいで、歙州《きゅうしゅう》攻《ぜ》めのさいに、魏定国《ぎていこく》とともに敵城内《てきじょうない》へ突撃《とつげき》するも、落《お》とし穴《あな》にはまって討《う》ちとられる。

【人物評価】黒い戦袍《せんぽう》をはおり、黒い槍《やり》をもち、黒い馬にまたがる。軍旗《ぐんき》も黒い色、兵士《へいし》たちも黒い鎧《よろい》と、黒ずくめの部隊《ぶたい》をあやつる。水をつかった計略《けいりゃく》がうまいらしいが、『水滸伝《すいこでん》』の物語においては一度もその能力《のうりょく》を発揮《はっき》できずに亡《な》くなってしまっている。魏定国《ぎていこく》とともに行動することが多い。

〈45〉火攻《ひぜ》めの達人《たつじん》

地猛星《ちもうせい》　神火将《しんかしょう》・魏定国《ぎていこく》

【あだ名の由来】火攻《ひぜ》めがうまいことから。

【役割】武将《ぶしょう》、騎兵《きへい》
【人物特性】火攻《ひぜ》め、赤ずくめの部《ぶ》隊《たい》をひきいる。

【梁山泊入りまえの職歴】凌州《りょうしゅう》の団練使《だんれんし》（警備団長）。

【梁山泊入りの理由】朝廷《ちょうてい》の命令《めいれい》で単廷珪《ぜんていけい》とともに梁山泊《りょうざんぱく》討伐《とうばつ》にむかうも、単廷珪《ぜんていけい》が関勝《かんしょう》との一騎《いっき》打《う》ちで生《い》け捕《ど》りにされたのち、説得《せっとく》されて梁山泊にくだる。

【梁山泊での職分】騎《き》兵軍小《へいぐんしょう》　彪《ひょう》　将《しょう》。

【人生の結末】方臘《ほうろう》とのたたかいで、歙州《きゅうしゅう》攻《ぜ》めのさいに、単廷珪《ぜんていけい》とともに敵城内《てきじょうない》へ突撃《とつげき》するも、落《お》とし穴《あな》にはまって討《う》ちとられる。

【人物評価】赤い戦袍《せんぽう》をはおり、赤い大刀《だいとう》をもち、赤い馬にまたがる。軍旗《ぐんき》も兵士《へいし》たちの鎧《よろい》も赤色と、赤ずくめの部《ぶ》隊《たい》をあやつる。しかし火攻《ひぜ》めをつかった戦術《せんじゅつ》はほとんど見られない。単廷珪《ぜんていけい》と行動をともにすることが多い。

〈46〉神業《かみわざ》の筆《ふで》

地文星《ちぶんせい》　聖手書生《せいしゅしょせい》・蕭譲《しょうじょう》

【あだ名の由来】「神業《かみわざ》の書生《しょせい》」の意味。どんな筆跡《ひっせき》でもまねできることから。

【役割】書記《しょき》、文官《ぶんかん》

【人物特性】達筆《たっぴつ》

【梁山泊入りまえの職歴】習字の教師。

【梁山泊入りの理由】江州《こうしゅう》で宋江《そうこう》が処刑《しょけい》されそうになったとき、呉用《ごよう》の策《さく》でにせ手紙を作成《さくせい》するために、金大堅《きんたいけん》とともにつれてこられた。

【梁山泊での職分】文章作成管理《ぶんしょうさくせいかんり》。

【人生の結末】方臘討伐《ほうろうとうばつ》の出陣《しゅつじん》まえに、蔡京《さいけい》から使いがきて、文書係として都《みやこ》・開封府《かいほうふ》にのこるようにいわれ、梁山泊《りょうざんぱく》軍《ぐん》から離《はな》れる。

【人物評価】他人《たにん》の筆跡《ひっせき》をまねするのが得意《とくい》。その能力《のうりょく》を買われ、梁山泊《りょうざんぱく》にまねかれる。武芸《ぶげい》のたしなみもある。梁山泊内での書記《しょき》の仕事を一手《いって》にひきうける。

〈47〉公正無私《こうせいむし》の裁判官《さいばんかん》

地正星《ちせいせい》　鉄面孔目《てつめんこうもく》・裴宣《はいせん》

【あだ名の由来】「公正《こうせい》な裁判官《さいばんかん》」の意味。もと孔目《こうもく》（裁判官）で、公平な性格《せいかく》から。

【役割】裁判官《さいばんかん》、文官《ぶんかん》

【人物特性】冷静《れいせい》、公正《こうせい》、実直《じっちょく》、無私《むし》

【梁山泊入りまえの職歴】もと孔目《こうもく》（裁判官）。のちに飲馬《いんば》川《せん》で鄧飛《とうひ》、孟康《もうこう》をしたがえ、山賊《さんぞく》をやっていた。

【梁山泊入りの理由】戴宗《たいそう》と楊林《ようりん》が飲馬川《いんばせん》へやってきたときに、飲馬川《いんばせん》の仲間《なかま》たちとともに梁山泊入《りょうざんぱくい》りをする。

【梁山泊での職分】賞罰査定管理《しょうばつさていかんり》。

【人生の結末】方臘《ほうろう》とのたたかいで生きのこり、官職《かんしょく》をさずけられるが辞退《じたい》。楊林《ようりん》とともに飲馬川《いんばせん》にもどる。

【人物評価】梁山泊にはいったのちも判決《はんけつ》をくだす仕事につく。賄賂《わいろ》や身分しだいで裁判《さいばん》の判決《はんけつ》がどうにでもなった時代においては、権力《けんりょく》をおそれず公正な判決《はんけつ》ができる貴重《きちょう》な人材。

〈48〉黄門山《こうもんざん》の首領《しゅりょう》
地闊星《ちかつせい》　摩雲金翅《まうんきんし》・欧鵬《おうほう》

【あだ名の由来】「雲の高さをとぶ大鳥」の意味。

【役割】武将《ぶしょう》、騎兵《きへい》
【人物特性】勇敢《ゆうかん》、冷静《れいせい》
【梁山泊入りまえの職歴】黄門山《こうもんざん》で蔣敬《しょうけい》、馬麟《ばりん》、陶宗旺《とうそうおう》をしたがえて山賊《さんぞく》の首領《しゅりょう》をしていた。

【梁山泊入りの理由】宋江《そうこう》が黄門山のそばを通ったときに梁山泊《りょうざんぱく》入りをねがいで、うけいれられる。

【梁山泊での職分】騎兵軍小彪将《きへいぐんしょうひょうしょう》。

【人生の結末】方臘《ほうろう》とのたたかいで、歙州《きゅうしゅう》攻《ぜ》めのときに矢をうけて戦死《せんし》する。

【人物評価】黄門山《こうもんざん》の山賊《さんぞく》で槍《やり》の名手《めいしゅ》だが、とくにめだった活躍《かつやく》はない。ちなみに黄門山の山賊は、会計士《かいけいし》（蔣敬）、笛の名手（馬麟）、農民《のうみん》（陶宗旺）と他の山にくらべて異《い》色《しょく》なメンバーぞろいである。

〈49〉赤目《あかめ》の盗賊《とうぞく》
地闘星《ちとうせい》　火眼狻猊《かがんしゅんげい》・鄧飛《とうひ》

【あだ名の由来】目が赤いことから。狻猊《しゅんげい》は巨大《きょだい》な獅子《しし》のような姿《すがた》をした怪獣《かいじゅう》。

【役割】武将《ぶしょう》、騎兵《きへい》
【人物特性】獰猛《どうもう》、残忍《ざんにん》。

【梁山泊入りまえの職歴】飲馬川《いんばせん》で裴宣《はいせん》、孟康《もうこう》とともに山《さん》賊《ぞく》をやっていた。

【梁山泊入りの理由】戴宗《たいそう》と楊林《ようりん》が飲馬川《いんばせん》へやってきたときに、飲馬川《いんばせん》の仲間《なかま》たちとともに梁山泊《りょうざんぱく》入りする。

【梁山泊での職分】騎兵軍小彪将《きへいぐんしょうひょうしょう》。

【人生の結末】方臘《ほうろう》とのたたかいで、杭州《こうしゅう》攻《ぜ》めのさいに敵《てき》将《しょう》に斬《き》られて絶命《ぜつめい》する。

【人物評価】飲馬川《いんばせん》で裴宣《はいせん》にしたがって盗賊《とうぞく》をしており、鉄の鎖《くさり》を武器《ぶき》とする。

〈50〉清風山《せいふうざん》の首領《しゅりょう》

地強星《ちきょうせい》　錦毛虎《きんもうこ》・燕順《えんじゅん》

【あだ名の由来】「錦毛《きんもう》の虎《とら》」の意味。

【役割】武将《ぶしょう》、騎兵《きへい》
【人物特性】義侠心《ぎきょうしん》、部下思《ぶかおも》い
【梁山泊入りまえの職歴】清風山《せいふうざん》で王英《おうえい》、鄭天寿《ていてんじゅ》をしたがえて山賊《さんぞく》の首領《しゅりょう》をしていた。

【梁山泊入りの理由】流罪《るざい》になった宋江《そうこう》をたすけたことで、清風山《せいふうざん》の仲間《なかま》たちとともに梁山泊《りょうざんぱく》入りする。

【梁山泊での職分】騎兵軍小彪将《きへいぐんしょうひょうしょう》。

【人生の結末】方臘《ほうろう》とのたたかいのさい、睦州《ぼくしゅう》で敵将《てきしょう》に殺される。

【人物評価】清風山《せいふうざん》の山賊の首領《しゅりょう》。宋江《そうこう》を尊敬《そんけい》しており、清風鎮《せいふうちん》へきたときにはもてなしたり、流罪《るざい》で護送《ごそう》されているところを救《すく》ったりしている。梁山泊入り後は、部下《ぶか》で女好きの王英《おうえい》のほうがめだっている。

〈51〉堂々《どうどう》たる大男

地暗星《ちあんせい》　錦豹子《きんひょうし》・楊林《ようりん》

【あだ名の由来】「錦《にしき》の豹《ひょう》。りっぱな姿《すがた》」の意味。

【役割】武将《ぶしょう》、騎兵《きへい》
【人物特性】勇敢《ゆうかん》、義侠心《ぎきょうしん》
【梁山泊入りまえの職歴】薊州《けいしゅう》で盗賊《とうぞく》をしていた。

【梁山泊入りの理由】公孫勝《こうそんしょう》をさがすために薊州《けいしゅう》にむかった戴宗《たいそう》と出会い、ともに行動したのちに梁山泊《りょうざんぱく》入りする。

【梁山泊での職分】騎兵軍小彪将《きへいぐんしょうひょうしょう》。

【人生の結末】方臘《ほうろう》に勝利《しょうり》したのち、官職《かんしょく》をあたえられるが辞退《じたい》し、裴宣《はいせん》とともに飲馬川《いんばせん》にもどる。

【人物評価】丸い顔に大きな耳の大男。戴宗《たいそう》と出会って義兄弟《ぎきょうだい》になる。飲馬川《いんばせん》の盗賊《とうぞく》である鄧飛《とうひ》とはむかしからの知りあいで、飲馬川《いんばせん》の盗賊たちを梁山泊《りょうざんぱく》に誘《さそ》うのに、ひと役買っている。

〈52〉火砲《かほう》の発明家《はつめいか》
地軸星《ちじくせい》 轟天雷《ごうてんらい》・凌振《りょうしん》

【あだ名の由来】「天にとどろく雷《いかずち》」の意味。火砲《かほう》づくりの名人《めいじん》であったことから。

【役割】火砲指揮《かほうしき》・管理《かんり》・作成《さくせい》、武将《ぶしょう》
【人物特性】火砲発明《かほうはつめい》・作成能力《さくせいのうりょく》
【梁山泊入りまえの職歴】都《みやこ》・開封府《かいほうふ》の武器庫《ぶきこ》の管理《かんり》。

【梁山泊入りの理由】呼延灼軍《こえんしゃくぐん》にくわわって梁山泊《りょうざんぱく》とたたかったが、生《い》け捕《ど》られて梁山泊にくだる。

【梁山泊での職分】火砲作製管理《かほうさくせいかんり》。

【人生の結末】方臘《ほうろう》とのたたかいでさいごまで生きのこり、官職《かんしょく》をさずかって朝廷《ちょうてい》に仕《つか》える。

【人物評価】最強兵器《さいきょうへいき》ともいえる火砲《かほう》の製作者《せいさくしゃ》。遠距離《えんきょり》から破壊力《はかいりょく》のある攻撃《こうげき》ができるので、建造物破《けんぞうぶつは》壊《かい》にくわえ、猛将《もうしょう》もたおしてしまう。妖術使いの包道乙《ほうどういつ》も凌振の火砲《かほう》で吹《ふ》きとばされる。梁山泊軍の強さをささえた人物。

〈53〉神のごとき計算力《けいさんりょく》
地会星《ちかいせい》 神算子《しんさんし》・蔣敬《しょうけい》

【あだ名の由来】「神のごとき計算の達人《たつじん》」の意味。そろばんや計算が得意《とくい》なことから。

【役割】会計士《かいけいし》、文官《ぶんかん》
【人物特性】計算力、冷静《れいせい》
【梁山泊入りまえの職歴】黄門山《こうもんざん》で欧鵬《おうほう》、馬麟《ばりん》、陶宗旺《とうそうおう》とともに山賊《さんぞく》をしていた。

【梁山泊入りの理由】宋江《そうこう》が黄門山のそばを通ったときに梁山泊入《りょうざんぱくい》りをねがいで、うけいれられる。

【梁山泊での職分】金銭糧秣会計管理《きんせんりょうまつかいけいかんり》。

【人生の結末】方臘《ほうろう》とのたたかいではさいごまで生きのこり、朝廷《ちょうてい》から官職《かんしょく》をさずけられるが辞退《じたい》。故郷《こきょう》に帰って平《へい》民《みん》として暮《く》らす。

【人物評価】梁山泊《りょうざんぱく》における会計担当《かいけいたんとう》。梁山泊の運営《うんえい》やいくさにおける金銭《きんせん》や兵糧管理《ひょうろうかんり》は重要《じゅうよう》。梁山泊のすごさは、蔣敬《しょうけい》のような会計を担当できる人材《じんざい》までがいることだろう。

〈54〉赤き若武者《わかむしゃ》
地佐星《ちさせい》　小温侯《しょうおんこう》・呂方《りょほう》

【あだ名の由来】「温侯《おんこう》」は後漢《ごかん》時代の猛将《もうしょう》・呂布《りょふ》のこと。「ちいさな呂布」の意味。

【役割】武将《ぶしょう》、騎兵《きへい》
【人物特性】勇敢《ゆうかん》、直情的《ちょくじょうてき》、負けずぎらい
【梁山泊入りまえの職歴】対影山《たいえいさん》で盗賊《とうぞく》をしていた。

【梁山泊入りの理由】郭盛《かくせい》に一騎《いっき》打ちをいどまれるが決着《けっちゃく》がつかず、毎日一騎打ちをつづけていると、梁山泊《りょうざんぱく》へむかう宋江《そうこう》や花栄《かえい》たちと出会い、郭盛とともに仲間《なかま》にくわわる。

【梁山泊での職分】郭盛《かくせい》とともに中軍護衛騎兵頭目《ちゅうぐんごえいきへいとうもく》（首領の近衛騎兵）をつとめる。

【人生の結末】方臘《ほうろう》とのたたかいでけわしい山で敵将《てきしょう》とわたりあったときに馬が足を踏《ふ》みはずして落下死《らっかし》する。

【人物評価】呂布《りょふ》の子孫《しそん》ではないが、武器《ぶき》は方天画戟《ほうてんがげき》、赤い馬に赤い衣装《いしょう》と呂布《りょふ》好《ごの》み。郭盛は相棒《あいぼう》で、よきライバル。

〈55〉白き若武者《わかむしゃ》
地祐星《ちゆうせい》　賽仁貴《さいじんき》・郭盛《かくせい》

【あだ名の由来】「仁貴《じんき》」は唐代《とうだい》の武将《ぶしょう》、薛仁貴《せつじんき》のこと。「賽仁貴」は「薛仁貴ときそいあうほどの」という意味。

【役割】武将《ぶしょう》、騎兵《きへい》
【人物特性】勇敢《ゆうかん》、直情的《ちょくじょうてき》、負けずぎらい
【梁山泊入りまえの職歴】水銀の行商《ぎょうしょう》。

【梁山泊入りの理由】呂方《りょほう》のうわさをきき、一騎《いっき》打ちをいどむが決着《けっちゃく》がつかず。毎日一騎打ちをつづけていると、梁《りょう》山泊《ざんぱく》へむかう宋江《そうこう》たちと出会い、呂方とともに仲間《なかま》にくわわる。

【梁山泊での職分】呂方《りょほう》と中軍護衛騎兵頭目《ちゅうぐんごえいきへいとうもく》をつとめる。

【人生の結末】方臘《ほうろう》とのたたかいでは、敵将に山頂《さんちょう》から岩を落とされて死ぬ。

【人物評価】呂方《りょほう》の相方《あいかた》であり、ライバルでもある。武器《ぶき》は呂方とおなじ方天画戟《ほうてんがげき》で、白い馬に白い衣装《いしょう》。

〈56〉天下《てんか》一《いち》の名医《めいい》
地霊星《ちれいせい》　神医《しんい》・安道全《あんどうぜん》

【あだ名の由来】腕《うで》のよい医師《いし》であることから。

【役割】医師《いし》、軍医《ぐんい》
【人物特性】医術《いじゅつ》
【梁山泊入りまえの職歴】医師《いし》。

【梁山泊入りの理由】梁山泊軍《りょうざんぱくぐん》が北《ほく》京城《けいじょう》を攻《せ》めたときに、宋江《そうこう》が重い病《やまい》にかかり、張順《ちょうじゅん》につれてこられ、参加。

【梁山泊での職分】医師。

【人生の結末】方臘《ほうろう》とのたたかいのさいには、杭州《こうしゅう》攻《ぜ》めのまえに徽宗《きそう》が病《やまい》にかかったとの連絡《れんらく》があり、梁山泊《りょうざんぱく》軍《ぐん》からぬけて朝廷《ちょうてい》の医師になる。

【人物評価】どんな病気でも治《なお》してしまう名医《めいい》。方臘《ほうろう》とのたたかいのまえに、安道全がぬけなければ、梁山泊軍の死者も減《へ》らせただろう。じっさい、安道全がぬけたあとで毒矢をうけ、徐寧は、治療《ちりょう》できずに命をおとしている。

〈57〉赤ひげの獣医《じゅうい》

地獣星《ちじゅうせい》　紫髯伯《しぜんはく》・皇甫端《こうほたん》

【あだ名の由来】目が青く、鬚《ひげ》が赤く、容貌《ようぼう》が蕃人《ばんじん》（外国人）のようなことから。

【役割】獣医《じゅうい》
【人物特性】獣医術《じゅういじゅつ》
【梁山泊入りまえの職歴】獣医《じゅうい》。

【梁山泊入りの理由】張清《ちょうせい》が梁山泊軍《りょうざんぱくぐん》に敗《やぶ》れて帰順《きじゅん》し、梁山泊へむかうさいに、宋江《そうこう》に推挙《すいきょ》する。

【梁山泊での職分】獣医。

【人生の結末】方臘《ほうろう》とのたたかいのさい、出陣まえに徽宗《きそう》から都《みやこ》・開封府《かいほうふ》にのこるよういわれ、梁山泊軍《りょうざんぱくぐん》から離脱《りだつ》する。徽宗の馬の管理《かんり》をまかされる。

【人物評価】梁山泊一〇八人のなかで、最後に梁山泊にくわわった人物。いくさをするには兵《へい》だけでなく馬の健康管《けんこうかん》理《り》も必要《ひつよう》なので、獣医が軍《ぐん》にいることは心強い。医師《いし》にくわえて獣医までもがいるあたり、梁山泊の人材《じんざい》の幅《はば》ひろさがうかがえる。

〈58〉女好《おんなず》きの小男《こおとこ》
地微星《ちびせい》 矮脚虎《わいきゃくこ》・王英《おうえい》

【あだ名の由来】「みじかい足の虎《とら》」の意味。小柄《こがら》なことから。

【役割】武将《ぶしょう》、騎兵《きへい》
【人物特性】女好き、無《む》節操《せっそう》、短絡的《たんらくてき》
【梁山泊入りまえの職歴】清風山《せいふうざん》で燕順《えんじゅん》、鄭天寿《ていてんじゅ》とともに山賊《さんぞく》をしていた。

【梁山泊入りの理由】流罪《るざい》になった宋江《そうこう》をたすけたことで、清風山の仲間《なかま》たちとともに梁山泊《りょうざんぱく》入りする。

【梁山泊での職分】妻《つま》・扈三娘《こさんじょう》とともに三軍《ぐん》（全軍）内政《ないせい》管理騎兵頭目《かんりきへいとうもく》をつとめる。

【人生の結末】方臘《ほうろう》とのたたかいで、鄭彪《ていひょう》と一騎打《いっきう》ちするも槍《やり》で突《つ》きころされる。

【人物評価】梁山泊一の女好き。りりしい女将《じょしょう》・扈三娘《こさんじょう》と結婚《けっこん》できたのは、清風山《せいふうざん》のふもとをあるいていた劉高《りゅうこう》の妻《つま》をさらったときに、宋江《そうこう》が「いずれ嫁《よめ》を紹介《しょうかい》するから逃《に》がすように」と約束《やくそく》したことから。しかし結婚したのちも、敵《てき》の女将・瓊英《けいえい》に目をうばわれるなど、女好きは死ぬまで治らなかったようだ。

〈59〉双刀《そうとう》の女将《じょしょう》
地急星《ちきゅうせい》　一丈青《いちじょうせい》・扈三娘《こさんじょう》

【あだ名の由来】「一丈《じょう》の青《せい》竜《りゅう》」など諸説《しょせつ》あるが不明《ふめい》。

【役割】武将《ぶしょう》、騎兵《きへい》

【人物特性】勇敢《ゆうかん》、気品《きひん》、冷静《れいせい》、勝気《かちき》

【梁山泊入りまえの職歴】扈家荘《こかそう》の将。

【梁山泊入りの理由】梁山泊軍《りょうざんぱくぐん》と祝家荘《しゅくかそう》のたたかいに参戦《さんせん》するも、林冲《りんちゅう》に生《い》け捕《ど》られて梁山泊にくだり、王英《おうえい》の妻《つま》になる。

【梁山泊での職分】夫《おっと》・王英《おうえい》とともに三軍《ぐん》内政管理《ないせいかんり》騎兵頭《きへいとう》目《もく》をつとめる。

【人生の結末】方臘《ほうろう》とのたたかいのさい、鄭彪《ていひょう》に殺された夫・王英のかたきをとろうとするが、鄭彪《ていひょう》のなげた金磚《きんせん》(金色《こんじき》のレンガ)をくらって絶命《ぜつめい》する。

【人物評価】扈家荘《こかそう》のお嬢《じょう》さまで、兄は扈成《こせい》。夫は王英《おうえい》。〈日〉〈月〉の二本の刀を自在《じざい》にあやつる女将《じょしょう》で、その強さは荒《あら》くれぞろいの梁山泊《りょうざんぱく》の頭目《とうもく》たちも手を焼くほど。梁山泊軍を追いつめ、林冲《りんちゅう》が相手してやっと生《い》け捕《ど》ることができた。梁山泊《りょうざんぱく》の頭目《とうもく》には女性《じょせい》が三人いるが(他の二人は孫《そん》二娘《じじょう》と顧大嫂《こだいそう》)、そのなかでいちばん強く、そして気品《きひん》があるのが扈三娘《こさんじょう》だ。

〈60〉枯樹山《こじゅざん》の死神《しにがみ》

地暴星《ちぼうせい》　喪門神《そうもんしん》・鮑旭《ほうきょく》

【あだ名の由来】「死神《しにがみ》」の意味。

【役割】武将《ぶしょう》、歩兵《ほへい》
【人物特性】勇猛《ゆうもう》、凶暴《きょうぼう》、おそれ知らず
【梁山泊入りまえの職歴】枯樹山《こじゅざん》の山賊《さんぞく》。

【梁山泊入りの理由】凌州城《りょうしゅうじょう》攻略《こうりゃく》へむかう李逵《りき》と焦挺《しょうてい》に誘《さそ》われたことから。

【梁山泊での職分】歩兵将校《ほへいしょうこう》。

【人生の結末】方臘《ほうろう》とのたたかいで、杭州城《こうしゅうじょう》攻略《こうりゃく》において敵将《てきしょう》に斬《き》られて絶命《ぜつめい》する。

【人物評価】枯樹山《こじゅざん》で山賊《さんぞく》をしていたころに、人を殺しては金品《きんぴん》をうばっていたため、喪門神《そうもんしん》のあだ名がついた。李《り》逵《き》とは気があうようで、たたかいでは、李逵とともに先陣《せんじん》を切ることが多い。

〈61〉混世《こんせい》の道術使《どうじゅつつか》い

地然星《ちぜんせい》　混世魔王《こんせいまおう》・樊瑞《はんずい》

【あだ名の由来】「世を混乱《こんらん》させる魔王《まおう》」の意味。

【役割】道術使《どうじゅつつか》い、歩兵《ほへい》
【人物特性】冷静《れいせい》、道術《どうじゅつ》
【梁山泊入りまえの職歴】芒碭山《ぼうとうざん》で項充《こうじゅう》、李袞《りこん》をしたがえ、山賊《さんぞく》の首領《しゅりょう》をしていた。

【梁山泊入りの理由】梁山泊軍《りょうざんぱくぐん》とたたかい、公孫勝《こうそんしょう》の道術に敗《やぶ》れたことから。

【梁山泊での職分】歩兵将校《ほへいしょうこう》。

【人生の結末】方臘《ほうろう》とのたたかいではさいごまで生きのこり、官職《かんしょく》をさずかるが朱武《しゅぶ》とともに辞退《じたい》。二人で道士《どうし》として天下を行脚《あんぎゃ》したのち、公孫勝《こうそんしょう》のもとで修行《しゅぎょう》して天寿《てんじゅ》をまっとうする。

【人物評価】梁山泊《りょうざんぱく》にいる二人の道術使《どうじゅつつか》いのひとり公孫勝がぬけた方臘戦《ほうろうせん》では、敵《てき》の妖術使《ようじゅつつか》い・鄭彪《ていひょう》の術をやぶり、みごと公孫勝《こうそんしょう》の代役《だいやく》を果《は》たす。

〈62〉孔家《こうか》の若旦那《わかだんな》・兄

地好星《ちこうせい》 毛頭星《もうとうせい》・孔明《こうめい》

【あだ名の由来】 昴《すばる》のこと。不吉《ふきつ》な星とされている。

【役割】 武将《ぶしょう》、歩兵《ほへい》

【人物特性】 勇敢《ゆうかん》、直情的《ちょくじょうてき》

【梁山泊入りまえの職歴】 弟・孔亮《こうりょう》とともに白虎山《びゃっこざん》で山賊《さんぞく》をしていた。

【梁山泊入りの理由】 呼延灼軍《こえんしゃくぐん》とのいくさで生《い》け捕《ど》りにされたのち、梁山泊軍に救《すく》いだされたことから。

【梁山泊での職分】 弟・孔亮《こうりょう》とともに中軍護衛歩兵頭目《ちゅうぐんごえいほへいとうもく》（首領の近衛歩兵）をつとめる。

【人生の結末】 方臘《ほうろう》とのたたかいのさい、杭州《こうしゅう》で疫病《えきびょう》にかかって命をおとす。

【人物評価】 白虎山《びゃっこざん》の近くに屋敷《やしき》をかまえる富豪《ふごう》の息子《むすこ》で、孔亮《こうりょう》の兄。

〈63〉孔家《こうか》の若旦那《わかだんな》・弟

地狂星《ちきょうせい》 独火星《どくかせい》・孔亮《こうりょう》

【あだ名の由来】 火星《かせい》のこと。いくさをひきおこす星とされている。

【役割】 武将《ぶしょう》、歩兵《ほへい》

【人物特性】 勇敢《ゆうかん》、短気《たんき》、泳げない

【梁山泊入りまえの職歴】 兄・孔明《こうめい》とともに白虎山《びゃっこざん》で山賊《さんぞく》をしていた。

【梁山泊入りの理由】 呼延灼軍《こえんしゃくぐん》とのいくさで生《い》け捕《ど》りにされた兄・孔明《こうめい》を救《すく》うため、梁山泊軍《りょうざんぱくぐん》にたすけをもとめる。救出後《きゅうしゅつご》に、孔明とともに梁山泊入りする。

【梁山泊での職分】 兄・孔明とともに中軍護衛歩兵頭目《ちゅうぐんごえいほへいとうもく》をつとめる。

【人生の結末】 方臘《ほうろう》のたたかいでは水軍《すいぐん》にまわされ、いくさのさなかに水中に落ちて溺死《できし》する。

【人物評価】 孔明《こうめい》の弟。けんかっぱやい。

〈64〉百中の飛刀《ひとう》

地飛星《ちひせい》　八臂那吒《はっぴなた》・項充《こうじゅう》

【あだ名の由来】「八本腕《うで》の那吒《なた》」の意味。那吒《なた》は仏教《ぶっきょう》の神。『封神演義《ほうしんえんぎ》』や『西遊記《さいゆうき》』にも登場《とうじょう》する。

【役割】武将《ぶしょう》、歩兵《ほへい》、団牌《だんはい》（丸い盾）使い、飛刀《ひとう》使い
【人物特性】勇敢《ゆうかん》、献身《けんしん》、仲間《なかま》の盾《たて》
【梁山泊入りまえの職歴】芒碭山《ぼうとうざん》で樊瑞《はんずい》、李袞《りこん》とともに山《さん》賊《ぞく》をしていた。

【梁山泊入りの理由】梁山泊軍《りょうざんぱくぐん》とたたかって敗《やぶ》れたため。

【梁山泊での職分】歩兵将校《ほへいしょうこう》。

【人生の結末】方臘《ほうろう》とのたたかいで、睦州攻《ぼくしゅうぜ》めのさいに李《り》袞《こん》が矢をうけて死んだ直後《ちょくご》、縄《なわ》でからめとられて殺される。

【人物評価】李袞《りこん》の相方《あいかた》。二十四本の飛刀《ひとう》（手裏剣）をつかい、百歩離《はな》れたところから敵《てき》にあてることができる。梁《りょう》山泊《ざんぱく》にはいってからは、李袞とともに団牌で味方《みかた》をまもる。

〈65〉鉄壁《てっぺき》の盾《たて》

地走星《ちそうせい》　飛天大聖《ひてんたいせい》・李袞《りこん》

【あだ名の由来】「空をとぶ神」の意味。

【役割】武将《ぶしょう》、歩兵《ほへい》、団牌《だんはい》（丸い盾）使い、標鎗《ひょうそう》（投げ槍）使い
【人物特性】勇敢《ゆうかん》、献身《けんしん》、仲間《なかま》の盾《たて》
【梁山泊入りまえの職歴】芒碭山《ぼうとうざん》で樊瑞《はんずい》、項充《こうじゅう》とともに山《さん》賊《ぞく》をしていた。

【梁山泊入りの理由】梁山泊軍《りょうざんぱくぐん》とたたかって敗《やぶ》れたため。

【梁山泊での職分】歩兵将校《ほへいしょうこう》。

【人生の結末】方臘《ほうろう》とのたたかいで、睦州攻《ぼくしゅうぜ》めのさいに矢をあびて死ぬ。

【人物評価】二十四本の標鎗《ひょうそう》をつかい、百歩離《はな》れたところから敵《てき》にあてることができる。また団牌《だんはい》（丸い盾）で、敵の飛び道具から味方《みかた》をまもる。つねに項充《こうじゅう》とともに行動し、おなじ戦場《せんじょう》で命をおとす。

〈66〉珠玉《しゅぎょく》の印鑑彫《いんかんほ》り

地巧星《ちこうせい》　玉臂匠《ぎょくひしょう》・金大堅《きんたいけん》

【あだ名の由来】「すぐれた職人《しょくにん》」の意味。印《いん》を彫《ほ》るのがうまいことから。

【役割】印鑑作成《いんかんさくせい》、文官《ぶんかん》

【人物特性】根気《こんき》、器用《きよう》

【梁山泊入りまえの職歴】印鑑作成《いんかんさくせい》。

【梁山泊入りの理由】江州《こうしゅう》で宋江《そうこう》が処刑《しょけい》されそうになったとき、呉用《ごよう》の策《さく》でにせ手紙を作成するために蕭譲《しょうじょう》とともにつれてこられた。

【梁山泊での職分】兵符印章作成管理《へいふいんしょうさくせいかんり》。

【人生の結末】方臘討伐《ほうろうとうばつ》の出陣《しゅつじん》まえに、徽宗《きそう》から都《みやこ》・開封《かいほう》府《ふ》にのこるよう命《めい》じられ、梁山泊軍《りょうざんぱくぐん》から離《はな》れて天子《てんし》の印鑑作成の官職《かんしょく》につく。

【人物評価】印を彫《ほ》るのがうまく、偽造《ぎぞう》もお手のもの。達《たっ》筆《ぴつ》な蕭譲《しょうじょう》と組んで文書作成《ぶんしょさくせい》をおこない、梁山泊がただの山《さん》賊集団《ぞくしゅうだん》でないことを知らしめている。

〈67〉鉄笛《てってき》の達人《たつじん》

地明星《ちめいせい》　鉄笛仙《てってきせん》・馬麟《ばりん》

【あだ名の由来】「鉄笛《てってき》の仙人《せんにん》」の意味。鉄笛がうまいことから。

【役割】武将《ぶしょう》、騎兵《きへい》、楽師《がくし》

【人物特性】鉄笛吹《てってきふ》き、自由奔放《じゆうほんぽう》

【梁山泊入りまえの職歴】黄門山《こうもんざん》で欧鵬《おうほう》、蔣敬《しょうけい》、陶宗旺《とうそうおう》と山賊《さんぞく》をしていた。

【梁山泊入りの理由】宋江《そうこう》が黄門山のそばを通ったときに梁山泊《りょうざんぱく》入りをねがいで、うけいれられる。

【梁山泊での職分】騎兵軍小彪将《きへいぐんしょうひょうしょう》。

【人生の結末】方臘《ほうろう》とのたたかいで、睦州《ぼくしゅう》攻めのさいに敵《てき》将《しょう》に斬《き》られて命をおとす。

【人物評価】鉄笛《てってき》の得意《とくい》な音楽家で、戦闘《せんとう》もこなす。山賊《さんぞく》をするまえは地元《じもと》の遊び人だった。梁山泊《りょうざんぱく》には歌のうまい楽和《がくわ》という人物もいるので、二人で宴会《えんかい》をもりあげたりしていたのだろう。

〈68〉塩《しお》の闇売人《やみばいにん》・兄

地進星《ちしんせい》　出洞蛟《しゅつどうこう》・童威《どうい》

【あだ名の由来】「洞窟《どうくつ》から出た蛟《みずち》」の意味。

【役割】武将《ぶしょう》、水軍《すいぐん》
【人物特性】水練《すいれん》、忠義《ちゅうぎ》
【梁山泊入りまえの職歴】李俊《りしゅん》、弟の童猛《どうもう》とともに塩の闇《やみ》あきないをしていた。

【梁山泊入りの理由】江州《こうしゅう》で処刑《しょけい》されそうになった宋江《そうこう》を、梁山泊《りょうざんぱく》の頭目《とうもく》たちと協力《きょうりょく》してたすけたことから。

【梁山泊での職分】水軍頭目《すいぐんとうもく》。

【人生の結末】方臘《ほうろう》とのたたかいではさいごまで生きのこり、李俊《りしゅん》とともに暹羅国《せんらこく》にわたる。李俊は国王に、童威《どうい》と童猛《どうもう》は役人《やくにん》になる。

【人物評価】弟の童猛《どうもう》とともに、つねに李俊《りしゅん》につきしたがう忠実《ちゅうじつ》な子分《こぶん》である。

〈69〉塩《しお》の闇売人《やみばいにん》・弟

地退星《ちたいせい》　翻江蜃《はんこうしん》・童猛《どうもう》

【あだ名の由来】「蜃《しん》」は蛟《みずち》の一種。「長江《ちょうこう》をひるがえす蛟《みずち》」の意味。

【役割】武将《ぶしょう》、水軍《すいぐん》
【人物特性】水練《すいれん》、忠義《ちゅうぎ》
【梁山泊入りまえの職歴】李俊《りしゅん》、兄の童威《どうい》とともに塩《しお》の闇《やみ》あきないをしていた。

【梁山泊入りの理由】江州《こうしゅう》で処刑《しょけい》されそうになった宋江《そうこう》を、梁山泊《りょうざんぱく》の頭目《とうもく》たちと協力《きょうりょく》してたすけたことから。

【梁山泊での職分】水軍頭目《すいぐんとうもく》。

【人生の結末】方臘《ほうろう》とのたたかいではさいごまで生きのこり、李俊《りしゅん》とともに暹羅国《せんらこく》にわたる。李俊は国王に、童威《どうい》と童猛《どうもう》は役人になる。

【人物評価】兄の童威《どうい》とともに、つねに李俊《りしゅん》につきしたがう忠実《ちゅうじつ》な子分《こぶん》である。

〈70〉色白《いろじろ》の船大工《ふなだいく》

地満星《ちまんせい》　玉旛竿《ぎょくはんかん》・孟康《もうこう》

【あだ名の由来】「玉の旗竿《はたざお》」の意味。色白で背が高いことから。

【役割】武将《ぶしょう》、水軍《すいぐん》
【人物特性】造船技術《ぞうせんぎじゅつ》
【梁山泊入りまえの職歴】飲馬川《いんばせん》で裴宣《はいせん》、鄧飛《とうひ》とともに山賊《さんぞく》をしていた。

【梁山泊入りの理由】戴宗《たいそう》と楊林《ようりん》が飲馬川へやってきたときに、飲馬川の仲間《なかま》たちとともに梁山泊入《りょうざんぱくい》りをする。

【梁山泊での職分】軍船建造管理《ぐんせんけんぞうかんり》。

【人生の結末】方臘《ほうろう》とのたたかいで、睦州攻《ぼくしゅうぜ》めのさいに敵《てき》の火砲《かほう》をくらって絶命《ぜつめい》する。

【人物評価】梁山泊における造船担当《ぞうせんたんとう》。いくさにおいては軍船《ぐんせん》が必要《ひつよう》で、とくに梁山泊のまわりは湖《みずうみ》にかこまれているので、造船は重要《じゅうよう》な役割《やくわり》を果たしている。

〈71〉手長《てなが》の仕立屋《したてや》

地遂星《ちすいせい》　通臂猿《つうひえん》・侯健《こうけん》

【あだ名の由来】「手長猿《てながざる》」の意味。猿《さる》のように両腕《りょううで》が長いので。

【役割】武将《ぶしょう》、旗《はた》・衣服作成《いふくさくせい》
【人物特性】裁縫技術《さいほうぎじゅつ》、泳《およ》げない
【梁山泊入りまえの職歴】仕立屋《したてや》として黄文炳《こうぶんへい》の屋敷《やしき》ではたらいていた。

【梁山泊入りの理由】宋江《そうこう》たちが黄文炳を討《う》つのに協力《きょうりょく》したことから。

【梁山泊での職分】旗《はた》・衣服作成管理《いふくさくせいかんり》。

【人生の結末】方臘《ほうろう》とのたたかいで、杭州攻《こうしゅうぜ》めのさいに、段景住《だんけいじゅう》とともに溺死《できし》する。

【人物評価】薛永《せつえい》の弟子《でし》で、武術《ぶじゅつ》も多少できる。梁山泊《りょうざんぱく》で生活していくにあたって、仕立屋《したてや》の存在《そんざい》というのも欠《か》かせない。このような人材《じんざい》までもがそろっているあたり、梁山泊の人材の層《そう》の厚《あつ》さがうかがえる。

〈72〉怒《いか》れる猛虎《もうこ》

地周星《ちしゅうせい》　跳澗虎《ちょうかんこ》・陳達《ちんたつ》

【あだ名の由来】「谷をとぶ虎《とら》」の意味。

【役割】武将《ぶしょう》、騎兵《きへい》

【人物特性】勇猛《ゆうもう》、粗野《そや》、短気《たんき》、負けずぎらい

【梁山泊入りまえの職歴】少華山《しょうかざん》で朱武《しゅぶ》、楊春《ようしゅん》とともに山賊《さんぞく》をしていた。

【梁山泊入りの理由】仲間《なかま》の史進《ししん》が華州《かしゅう》の知事《ちじ》・賀太守《がたいしゅ》につかまったときに、梁山泊《りょうざんぱく》の助力《じょりょく》を得《え》てたすけることができ朱武《しゅぶ》、楊春《ようしゅん》等と参加。

【梁山泊での職分】騎兵軍小彪将《きへいぐんしょうひょうしょう》。

【人生の結末】方臘《ほうろう》とのたたかいのときに、史進《ししん》、楊春《ようしゅん》、石秀《せきしゅう》、李忠《りちゅう》、薛永《せつえい》たちとともに偵察《ていさつ》にむかうも敵《てき》のまちぶせにあい、矢の雨をくらって仲間ともども絶命《ぜつめい》。

【人物評価】少華山《しょうかざん》の山賊《さんぞく》で、朱武《しゅぶ》、楊春《ようしゅん》とは義兄弟《ぎきょうだい》。かなり負けずぎらいな性格《せいかく》である。

〈73〉静《しず》かなる毒蛇《どくへび》

地隠星《ちいんせい》　白花蛇《はくかだ》・楊春《ようしゅん》

【あだ名の由来】「白い毒蛇《どくへび》」の意味。

【役割】武将《ぶしょう》、騎兵《きへい》

【人物特性】勇敢《ゆうかん》、冷静《れいせい》

【梁山泊入りまえの職歴】少華山《しょうかざん》で朱武《しゅぶ》、陳達《ちんたつ》とともに山賊《さんぞく》をしていた。

【梁山泊入りの理由】仲間《なかま》の史進《ししん》が華州《かしゅう》の知事《ちじ》・賀太守《がたいしゅ》につかまったときに、梁山泊《りょうざんぱく》の助力《じょりょく》を得《え》てたすけることができ朱武《しゅぶ》、陳達《ちんたつ》らと参加。

【梁山泊での職分】騎兵軍小彪将《きへいぐんしょうひょうしょう》。

【人生の結末】方臘《ほうろう》とのたたかいのときに、史進《ししん》、陳達《ちんたつ》、石秀《せきしゅう》、李忠《りちゅう》、薛永《せつえい》たちとともに偵察《ていさつ》にむかうも敵《てき》のまちぶせにあい、矢の雨をくらって仲間ともども絶命《ぜつめい》する。

【人物評価】少華山《しょうかざん》の山賊《さんぞく》で、朱武《しゅぶ》、陳達《ちんたつ》とは義兄弟《ぎきょうだい》。陳達とよく行動をともにする。ただ短気《たんき》で粗野《そや》な陳達とはちがい、冷静《れいせい》に状況《じょうきょう》を見きわめる性格《せいかく》。

〈74〉色白《いろじろ》の美男子《びだんし》

地異星《ちいせい》　白面郎君《はくめんろうくん》・鄭天寿《ていてんじゅ》

【あだ名の由来】「色白の美男子」の意味。

【役割】武将《ぶしょう》、歩兵《ほへい》
【人物特性】美男子《びだんし》
【梁山泊入りまえの職歴】清風山《せいふうざん》で燕順《えんじゅん》、王英《おうえい》とともに山《さん》賊《ぞく》をしていた。

【梁山泊入りの理由】流罪《るざい》になった宋江《そうこう》をたすけたことで、清風山《せいふうざん》の仲間《なかま》たちとともに梁山泊《りょうざんぱく》入りする。

【梁山泊での職分】歩兵将校《ほへいしょうこう》。

【人生の結末】方臘《ほうろう》とのたたかいのさい、宣州攻《せんしゅうぜ》めのいくさのさなかに討《う》ちとられる。

【人物評価】梁山泊一の美男子。ただこれといった活躍《かつやく》はなく、武術《ぶじゅつ》の腕《うで》まえもそれほどではない。

〈75〉たたかう農民《のうみん》

地理星《ちりせい》　九尾亀《きゅうびき》・陶宗旺《とうそうおう》

【あだ名の由来】九本の尾《お》をもつ亀《かめ》。「多彩《たさい》な能力《のうりょく》の者」を意味する。

【役割】土木工事《どぼくこうじ》、武将《ぶしょう》
【人物特性】農業技術《のうぎょうぎじゅつ》、土木技術
【梁山泊入りまえの職歴】黄門山《こうもんざん》で欧鵬《おうほう》、馬麟《ばりん》、蔣敬《しょうけい》とともに山賊《さんぞく》をしていた。

【梁山泊入りの理由】宋江《そうこう》が黄門山《こうもんざん》のそばを通ったときに梁山泊《りょうざんぱく》入りをねがいで、うけいれられる。

【梁山泊での職分】城壁建築管理《じょうへきけんちくかんり》。

【人生の結末】方臘《ほうろう》とのたたかいで、潤州攻《じゅんしゅうぜ》めのさいに矢をうけて戦死《せんし》する。

【人物評価】もと農民《のうみん》の山賊《さんぞく》。鉄の鍬《くわ》を武器《ぶき》としてつかう。梁山泊《りょうざんぱく》入りしてからは土木建築《どぼくけんちく》の監督《かんとく》をしている。

〈76〉宴会《えんかい》の準備《じゅんび》係《がかり》

地俊星《ちしゅんせい》 鉄扇子《てっせんし》・宋清《そうせい》

【あだ名の由来】「采配《さいはい》がうまい」の意味。また、鉄《てつ》の扇子《せんす》なので「役立たず」の意味もある。

【役割】宴会準備《えんかいじゅんび》、文官《ぶんかん》
【人物特性】人畜無害《じんちくむがい》、無難《ぶなん》
【梁山泊入りまえの職歴】父・宋太公《そうたいこう》の世話《せわ》をしていた。

【梁山泊入りの理由】宋江《そうこう》が梁山泊《りょうざんぱく》入りしたのち、父とともに梁山泊に移住《いじゅう》する。

【梁山泊での職分】宴会準備管理《えんかいじゅんびかんり》。

【人生の結末】方臘《ほうろう》とのたたかいでは生きのこり、官職《かんしょく》を辞退《じたい》して実家《じっか》にもどって暮《く》らす。

【人物評価】梁山泊首領《りょうざんぱくしゅりょう》・宋江の弟というだけで、とくにこれといった能力《のうりょく》もなく、活躍《かつやく》もない。梁山泊では宴会《えんかい》がよくひらかれるので、その準備係《じゅんびがかり》をつとめている。

〈77〉魅惑《みわく》の歌声《うたごえ》

地楽星《ちがくせい》 鉄叫子《てっきょうし》・楽和《がくわ》

【あだ名の由来】「すばらしい声の者」の意味。歌がうまいことから。

【役割】武将《ぶしょう》、芸人《げいにん》
【人物特性】歌唱力《かしょうりょく》、器用《きよう》、義侠心《ぎきょうしん》
【梁山泊入りまえの職歴】登州《とうしゅう》の牢番《ろうばん》。

【梁山泊入りの理由】無実《むじつ》の罪《つみ》で捕《と》らえられた解珍《かいちん》・解宝《かいほう》の兄弟を、孫立《そんりつ》、孫新《そんしん》、顧大嫂《こだいそう》、鄒淵《すうえん》、鄒潤《すうじゅん》と協力《きょうりょく》してたすけだし、ともに梁山泊《りょうざんぱく》入りする。

【梁山泊での職分】軍中機密伝令歩兵頭目《ぐんちゅうきみつでんれいほへいとうもく》。

【人生の結末】方臘戦《ほうろうせん》の出陣《しゅつじん》まえに朝廷《ちょうてい》の大臣《だいじん》が、歌のうまい楽和《がくわ》をひきとりたいといったため、梁山泊軍《りょうざんぱくぐん》から離脱《りだつ》して都《みやこ》・開封府《かいほうふ》にのこる。

【人物評価】なんでもそつなくこなし、とくに歌が得意《とくい》。鉄笛《てってき》の名手《めいしゅ》・馬麟《ばりん》とともに、音楽で梁山泊をもりあげる。

〈78〉虎《とら》のごとき刺青《いれずみ》

地捷星《ちしょうせい》　花項虎《かこうこ》・龔旺《きょうおう》

【あだ名の由来】「虎模様《とらもよう》の刺青《いれずみ》」の意味。全身に虎の斑点《はんてん》の刺青《いれずみ》をしていることから。

【役割】武将《ぶしょう》、歩兵《ほへい》、投《な》げ槍使《やりつか》い

【人物特性】勇敢《ゆうかん》

【梁山泊入りまえの職歴】張清《ちょうせい》、丁《てい》得孫《とくそん》とともに東昌府《とうしょうふ》をまもっていた。

【梁山泊入りの理由】張清、丁得孫とともに梁山泊軍《りょうざんぱくぐん》とたたかうが、林冲《りんちゅう》と一騎打《いっきう》ちをして生《い》け捕《ど》られ、梁山泊にくわわる。

【梁山泊での職分】歩兵将校《ほへいしょうこう》。

【人生の結末】方臘《ほうろう》とのたたかいでは、徳清県《とくせいけん》でいくさのさいちゅうに谷川に落ち、敵兵《てきへい》に槍《やり》で突《つ》きころされる。

【人物評価】丁得孫《ていとくそん》の相方《あいかた》で、投《な》げ槍《やり》の使い手。物語の後半にでてくることもあって、とくにこれといった活躍《かつやく》はない。

〈79〉飛叉《ひしゃ》の名手《めいしゅ》

地速星《ちそくせい》　中箭虎《ちゅうせんこ》・丁得孫《ていとくそん》

【あだ名の由来】「矢《や》にあたった虎《とら》」の意味。顔のあばたが虎が矢をくらった傷痕《きずあと》のように見えることから。

【役割】武将《ぶしょう》、歩兵《ほへい》、飛叉《ひしゃ》（投げ刺叉）使《つか》い

【人物特性】勇敢《ゆうかん》

【梁山泊入りまえの職歴】龔旺《きょうおう》とともに張清《ちょうせい》の副将《ふくしょう》として東昌府《とうしょうふ》をまもっていた。

【梁山泊入りの理由】張清《ちょうせい》、龔旺《きょうおう》とともに梁山泊軍《りょうざんぱくぐん》とたたかうが、燕青《えんせい》の弩《いしゆみ》によって馬を射《い》ぬかれ、地面に落ちたところを呂方《りょほう》に生《い》け捕《ど》られて梁山泊にくだる。

【梁山泊での職分】歩兵将校《ほへいしょうこう》。

【人生の結末】方臘《ほうろう》とのたたかいにおいて、歙州《きゅうしゅう》での戦闘《せんとう》中《ちゅう》に毒蛇《どくへび》に噛《か》まれて死ぬ。

【人物評価】龔旺《きょうおう》の相方《あいかた》で、飛叉《ひしゃ》の使い手。

〈80〉兄の威光《いこう》

地鎮星《ちちんせい》 小遮攔《しょうしゃらん》・穆春《ぼくしゅん》

【あだ名の由来】「さえぎる者なし」の意味。穆弘《ぼくこう》の弟なので「小」がつく。

【役割】武将《ぶしょう》、歩兵《ほへい》
【人物特性】短気《たんき》
【梁山泊入りまえの職歴】穆家荘《ぼくかそう》の地主《じぬし》の息子《むすこ》。

【梁山泊入りの理由】江州《こうしゅう》で処刑《しょけい》されそうになった宋江《そうこう》が梁山泊軍《りょうざんぱくぐん》にたすけられたとき、彼らを穆家荘《ぼくかそう》でかくまったことから。

【梁山泊での職分】歩兵将校《ほへいしょうこう》。

【人生の結末】方臘《ほうろう》とのたたかいでは、さいごまで生きのこり、官職《かんしょく》をさずかるが辞退《じたい》して平民としてくらす。

【人物評価】穆弘《ぼくこう》の弟。穆弘ほど強くなく、とくにめだった活躍《かつやく》はない。

〈81〉梁山泊《りょうざんぱく》の料理人《りょうりにん》

地稽星《ちけいせい》 操刀鬼《そうとうき》・曹正《そうせい》

【あだ名の由来】「刀をあやつる鬼《おに》」の意味。

【役割】武将《ぶしょう》、家畜屠殺《かちくとさつ》
【人物特性】屠殺、料理
【梁山泊入りまえの職歴】居酒屋《いざかや》経営《けいえい》ののち、二竜山《にりゅうざん》の山賊《さんぞく》になる。

【梁山泊入りの理由】呼延灼軍《こえんしゃくぐん》とのたたかいで、二竜山が梁山泊《りょうざんぱく》と共闘《きょうとう》したことから。

【梁山泊での職分】家畜屠殺管理《かちくとさつかんり》。

【人生の結末】方臘《ほうろう》とのたたかいで、宣州《せんしゅう》攻略《こうりゃく》のさいに矢をうけ戦死《せんし》。

【人物評価】実家《じっか》は肉屋。あやつる刀というのは肉切《にくぎ》り包丁《ぼうちょう》のことだろう。林冲《りんちゅう》の弟子《でし》だが、武術《ぶじゅつ》の腕《うで》はたいしたことはない。家畜《かちく》の管理《かんり》から精肉《せいにく》、料理まで、梁山泊の食《しょく》をささえている。

〈82〉梁山泊《りょうざんぱく》の古株《ふるかぶ》

地魔星《ちませい》　雲裏金剛《うんりこんごう》・宋万《そうまん》

【あだ名の由来】「雲をつく金剛《こんごう》（仁王）」の意味。

【役割】武将《ぶしょう》、歩兵《ほへい》
【人物特性】打算的《ださんてき》
【梁山泊入りまえの職歴】梁山泊《りょうざんぱく》の頭目《とうもく》。

【梁山泊入りの理由】もと梁山泊首領《しゅりょう》の王倫《おうりん》が林冲《りんちゅう》に殺されたので、そのまま次期首領の晁蓋《ちょうがい》に仕《つか》えた。

【梁山泊での職分】歩兵将校《ほへいしょうこう》。

【人生の結末】方臘《ほうろう》とのたたかいで、潤州《じゅんしゅう》を攻《せ》めたさいに矢をうけて戦死《せんし》する。

【人物評価】杜遷《とせん》とともに、もとから梁山泊にいた人物。王倫《おうりん》、晁蓋《ちょうがい》、宋江《そうこう》と三代にわたって仕えているが、とくにこれといった功績《こうせき》はない。

〈83〉もと梁山泊《りょうざんぱく》の副首領《ふくしゅりょう》

地妖星《ちようせい》　摸着天《もちゃくてん》・杜遷《とせん》

【あだ名の由来】「天にふれることができるほどの長身」の意味。

【役割】武将《ぶしょう》、歩兵《ほへい》
【人物特性】打算的《ださんてき》
【梁山泊入りまえの職歴】梁山泊《りょうざんぱく》の頭目《とうもく》。

【梁山泊入りの理由】もと梁山泊首領《しゅりょう》の王倫《おうりん》が林冲《りんちゅう》に殺されたので、そのまま次期首領の晁蓋《ちょうがい》に仕《つか》えた。

【梁山泊での職分】歩兵将校《ほへいしょうこう》。

【人生の結末】方臘《ほうろう》とのたたかいで、清渓県《せいけいけん》攻《ぜ》めの乱戦《らんせん》のなかで命をおとす。

【人物評価】もと梁山泊の副首領《ふくしゅりょう》で、宋万《そうまん》の相方《あいかた》。しかし王倫《おうりん》が殺され、晁蓋《ちょうがい》が首領になってからはどんどん順位《じゅんい》が落ちていき、最終的には宋万《そうまん》にまで順位をぬかれてしまっている。

〈84〉薬《くすり》売《う》りの武芸者《ぶげいしゃ》

地《ち》幽星《ゆうせい》 病大虫《びょうたいちゅう》・薛永《せつえい》

【あだ名の由来】「病」は「もどき」、「大虫」は虎《とら》のこと。「虎もどき」の意味。

【役割】武将《ぶしょう》、歩兵《ほへい》
【人物特性】武芸者《ぶげいしゃ》、薬売《くすりう》り
【梁山泊入りまえの職歴】薬売りの武芸者。

【梁山泊入りの理由】宋江《そうこう》が黄文炳《こうぶんぺい》を討《う》ちとるのに協力《きょうりょく》したのち、梁山泊《りょうざんぱく》入りする。

【梁山泊での職分】歩兵将校《ほへいしょうこう》。

【人生の結末】方臘《ほうろう》とのたたかいのときに、史進《ししん》、楊春《ようしゅん》、石秀《せきしゅう》、陳達《ちんたつ》、李忠《りちゅう》たちとともに偵察《ていさつ》にむかうも敵《てき》のまちぶせにあい、矢の雨をくらって仲間ともども絶命《ぜつめい》する。

【人物評価】侯健《こうけん》の棒術《ぼうじゅつ》の師匠《ししょう》。薬を売ったり、武芸《ぶげい》を教えたりして生計《せいけい》を立てている。

〈85〉典獄《てんごく》の息子《むすこ》

地《ち》伏星《ふくせい》 金眼彪《きんがんひょう》・施恩《しおん》

【あだ名の由来】「金色の目の小虎《ことら》」の意味。

【役割】武将《ぶしょう》、歩兵《ほへい》、文官《ぶんかん》
【人物特性】冷静《れいせい》、判断力《はんだんりょく》、打算的《ださんてき》、泳げない
【梁山泊入りまえの職歴】快活林《かいかつりん》で料亭《りょうてい》を経営《けいえい》。のちに二《に》竜山《りゅうざん》の山賊《さんぞく》になる。

【梁山泊入りの理由】呼延灼軍《こえんしゃくぐん》とのたたかいで、二竜山《にりゅうざん》が梁山泊《りょうざんぱく》と共闘《きょうとう》したことから。

【梁山泊での職分】歩兵将校《ほへいしょうこう》。

【人生の結末】方臘《ほうろう》とのたたかいで水軍《すいぐん》にまわされたが、泳げなかったため、たたかいのさなかに水中に落ちて溺死《できし》。

【人物評価】典獄《てんごく》（牢獄長）の息子《むすこ》。武術《ぶじゅつ》はできるが、文《ぶん》官《かん》向きの性格《せいかく》と容姿《ようし》。快活林《かいかつりん》の料亭《りょうてい》をのっとられたときも、武松《ぶしょう》にたのんでうばいかえしてもらっている。方臘戦《ほうろうせん》では泳げないのに水軍《すいぐん》に配属《はいぞく》され、溺死《できし》した。

〈86〉桃花山《とうかざん》の首領《しゅりょう》

地僻星《ちへきせい》　打虎将《だこしょう》・李忠《りちゅう》

【あだ名の由来】「虎退治《とらたいじ》の将《しょう》」の意味。
【役割】武将《ぶしょう》、歩兵《ほへい》
【人物特性】けち、卑屈《ひくつ》、打算的《ださんてき》、薬売《くすりう》り
【梁山泊入りまえの職歴】桃花山《とうかざん》で周通《しゅうとう》をしたがえて山賊《さんぞく》の首領《しゅりょう》をしていた。
【梁山泊入りの理由】呼延灼軍《こえんしゃくぐん》とのたたかいで、梁山泊《りょうざんぱく》と共闘《きょうとう》したことから。
【梁山泊での職分】歩兵将校《ほへいしょうこう》。
【人生の結末】方臘《ほうろう》とのたたかいのときに、史進《ししん》、楊春《ようしゅん》、石秀《せきしゅう》、陳達《ちんたつ》、薛永《せつえい》たちとともに偵察《ていさつ》にむかうも敵《てき》のまちぶせにあい、矢の雨をくらって仲間《なかま》ともども絶命《ぜつめい》する。

【人物評価】史進《ししん》の最初の武術《ぶじゅつ》の師匠《ししょう》だが、あまり強くない。〈打虎将《だこしょう》〉というあだ名だが、虎《とら》を退治《たいじ》したという事実はなく、ほんとうに勝てるかどうかもあやしい。じっさいに虎をなぐり殺した武松《ぶしょう》のほうが、このあだ名に似《に》つかわしいだろう。

〈87〉桃花山《とうかざん》の伊達男《だておとこ》

地空星《ちくうせい》　小覇王《しょうはおう》・周通《しゅうとう》

【あだ名の由来】「ちいさな覇王《はおう》」の意味。「覇王」は漢王朝《かんおうちょう》の初代皇帝《しょだいこうてい》・劉邦《りゅうほう》のライバル、項羽《こうう》のこと。

【役割】武将《ぶしょう》、騎兵《きへい》
【人物特性】伊達男《だておとこ》、女好《おんなず》き、打算的《ださんてき》
【梁山泊入りまえの職歴】桃花山《とうかざん》で李忠《りちゅう》とともに山賊《さんぞく》をしていた。

【梁山泊入りの理由】呼延灼軍《こえんしゃくぐん》とのたたかいで、梁山泊《りょうざんぱく》と共闘《きょうとう》したことから。

【梁山泊での職分】騎兵軍小彪将《きへいぐんしょうひょうしょう》。

【人生の結末】方臘《ほうろう》とのたたかいでは、杭州《こうしゅう》にたどりつくまえに敵将《てきしょう》に斬《き》られて命をおとす。

【人物評価】あだ名のもとになった項羽《こうう》はひとりで数百人の兵を討《う》ちとるほどの猛将《もうしょう》だったが、周通《しゅうとう》は李忠《りちゅう》に負けるぐらいなので武術《ぶじゅつ》はたいしたことはない。劉大公《りゅうたいこう》の娘《むすめ》を気にいったが、さらわずにわざわざ家まで足をはこぶあたりは、王英《おうえい》とはちがって紳士的《しんしてき》といえる。

〈88〉あばた顔《がお》の鍛冶屋《かじや》

地孤星《ちこせい》　金銭豹子《きんせんひょうし》・湯隆《とうりゅう》

【あだ名の由来】「あばた顔《がお》の豹《ひょう》」の意味。あばた顔の大男であることから。

【役割】武将《ぶしょう》、歩兵《ほへい》

【人物特性】勇敢《ゆうかん》、鍛冶技能《かじぎのう》

【梁山泊入りまえの職歴】鍛冶屋《かじや》。

【梁山泊入りの理由】戴宗《たいそう》と李逵《りき》が薊州《けいしゅう》へ公《こう》孫勝《そんしょう》をさがしにいった帰りに出会い、梁山泊《りょうざんぱく》にまねかれる。

【梁山泊での職分】武器甲冑作製管理《ぶきかっちゅうさくせいかんり》。

【人生の結末】方臘《ほうろう》とのたたかいで、清渓県《せいけいけん》を攻《せ》めたときに負傷《ふしょう》して命をおとす。

【人物評価】梁山泊《りょうざんぱく》の鍛冶担当《かじたんとう》で、鉄瓜鎚《てつかつい》（棒《ぼう》のさきに瓜《うり》の形の重《おも》りがついた武器《ぶき》）をつかう。呼延灼軍《こえんしゃくぐん》の連環馬《れんかんば》をやぶるために〈鉤鎌鎗《こうれんそう》（槍《やり》さきの横に鉤爪《かぎづめ》がついた武器。敵《てき》の体をひっかけることができる）〉を量産《りょうさん》するなど、武器開発で梁山泊をささえている。

〈89〉鬼《おに》のごとき形相《ぎょうそう》

地全星《ちぜんせい》　鬼臉児《きれんじ》・杜興《とこう》

【あだ名の由来】「鬼《おに》の顔」の意味。おそろしい顔をしていたので。

【役割】武将《ぶしょう》、酒店経営《けいえい》

【人物特性】忠義《ちゅうぎ》、義侠心《ぎきょうしん》

【梁山泊入りまえの職歴】李家荘《りかそう》の荘主《そうしゅ》・李応《りおう》の部下《ぶか》。

【梁山泊入りの理由】祝家荘《しゅくかそう》で鶏《にわとり》を盗《ぬす》んでとらえられた時《じ》遷《せん》をたすけるさい、こじれて、祝家荘といくさになってしまい、梁山泊《りょうざんぱく》の援軍《えんぐん》にたすけられたことから。

【梁山泊での職分】朱貴《しゅき》とともに南山酒店の管理《かんり》。

【人生の結末】方臘《ほうろう》とのたたかいではさいごまで生きのこり、官職《かんしょく》をさずかるが辞退《じたい》し、李応《りおう》とともに村へもどって富豪《ふごう》になる。

【人物評価】鬼《おに》のようにおそろしい顔の持ち主。主《あるじ》の李応《りおう》には忠義《ちゅうぎ》をつくしている。物語のさいごまで生きのこり、李応と村にもどってともに富豪《ふごう》になったのだから、よい人生がおくれたといえよう。

〈90〉林中《りんちゅう》の強奪者《ごうだつしゃ》

地短星《ちたんせい》　出林竜《しゅつりんりゅう》・鄒淵《すうえん》

【あだ名の由来】「林からでる竜《りゅう》」の意味。

【役割】武将《ぶしょう》、歩兵《ほへい》
【人物特性】粗野《そや》、短気《たんき》
【梁山泊入りまえの職歴】甥《おい》の鄒潤《すうじゅん》とともに登雲山《とううんざん》で山賊《さんぞく》をしていた。

【梁山泊入りの理由】無実《むじつ》の罪《つみ》で捕《と》らえられた解珍《かいちん》・解宝《かいほう》の兄弟を、孫立《そんりつ》、楽和《がくわ》、孫新《そんしん》、顧大嫂《こだいそう》、鄒潤《すうじゅん》と協力《きょうりょく》してたすけだし、ともに梁山泊《りょうざんぱく》入りする。

【梁山泊での職分】歩兵将校《ほへいしょうこう》。

【人生の結末】方臘《ほうろう》とのたたかいのさい、清渓県《せいけいけん》攻めの乱戦《らんせん》のなかで命をおとす。

【人物評価】鄒潤《すうじゅん》のおじ。粗野《そや》なごろつきで博打《ばくち》好《ず》き。とくにこれといった活躍《かつやく》はない。

〈91〉こぶのある石頭《いしあたま》

地角星《ちかくせい》　独角竜《どくかくりゅう》・鄒潤《すうじゅん》

【あだ名の由来】「一つのツノの竜《りゅう》」の意味。後頭《こうとう》部《ぶ》にこぶがあることから。

【役割】武将《ぶしょう》、歩兵《ほへい》
【人物特性】石頭《いしあたま》、粗野《そや》、短気《たんき》
【梁山泊入りまえの職歴】おじの鄒淵《すうえん》とともに登雲山《とううんざん》で山賊《さんぞく》をしていた。

【梁山泊入りの理由】無実《むじつ》の罪《つみ》で捕《と》らえられた解珍《かいちん》・解宝《かいほう》の兄弟を、孫立《そんりつ》、楽和《がくわ》、孫新《そんしん》、顧大嫂《こだいそう》、鄒淵《すうえん》と協力《きょうりょく》してたすけだし、ともに梁山泊《りょうざんぱく》入りする。

【梁山泊での職分】歩兵将校《ほへいしょうこう》。

【人生の結末】方臘《ほうろう》とのたたかいではさいごまで生きのこり、官職《かんしょく》をさずけられるが辞退《じたい》して登雲山《とううんざん》にもどる。

【人物評価】頭突《ずつ》きが得意《とくい》。つねにおじの鄒淵《すうえん》と行動をともにしているが、鄒淵は方臘戦《ほうろうせん》で戦死《せんし》してしまった。

〈92〉梁山泊《りょうざんぱく》の連絡《れんらく》係《がかり》

地囚星《ちしゅうせい》 旱地《かんち》忽律《こつりつ》・朱貴《しゅき》

【あだ名の由来】「陸《りく》のワニ」の意味。

【役割】武将《ぶしょう》、居酒屋《いざかや》経営《けいえい》

【人物特性】人物鑑定《じんぶつかんてい》、洞察力《どうさつりょく》、冷静《れいせい》、責任感《せきにんかん》

【梁山泊入りまえの職歴】梁山泊《りょうざんぱく》の山賊《さんぞく》。梁山泊のそばの居酒屋《いざかや》経営《けいえい》兼連絡係《けんれんらくがかり》。

【梁山泊入りの理由】王倫《おうりん》が林冲《りんちゅう》に殺されたのち、ひきつづき居酒屋で連絡係。

【梁山泊での職分】杜《と》興《こう》とともに南山酒店の管理《かんり》

【人生の結末】方臘《ほうろう》とのたたかいのさい、清渓県《せいけいけん》に出発するまえに疫病《えきびょう》で命をおとす。看病《かんびょう》していた朱富《しゅふう》も疫病《えきびょう》にかかって死ぬ。

【人物評価】朱富の兄。王倫《おうりん》のころから梁山泊入《りょうざんぱくい》りしていた人物。梁山泊のそばの居酒屋《いざかや》で、梁山泊入りしたい好漢《こうかん》たちの連絡係《れんらくがかり》となっている。

〈93〉笑《わら》う居《い》酒屋《ざかや》

地蔵星《ちぞうせい》　笑面虎《しょうめんこ》・朱富《しゅふう》

【あだ名の由来】「笑《わら》う虎《とら》」の意味。

【役割】武将《ぶしょう》、居酒屋《いざかや》経営《けいえい》
【人物特性】冷静《れいせい》、腹《はら》に一物《いちもつ》、兄思い
【梁山泊入りまえの職歴】沂水県《きすいけん》で居酒屋《いざかや》経営《けいえい》。

【梁山泊入りの理由】護送隊長《ごそうたいちょう》である武術《ぶじゅつ》の師匠《ししょう》・李雲《りうん》をだまし、護送されている李逵《りき》をたすけだしたことから。

【梁山泊での職分】酒製造管理《さけせいぞうかんり》。

【人生の結末】方臘《ほうろう》とのたたかいにおいて、疫病《えきびょう》にかかった兄・朱貴《しゅき》を看病《かんびょう》していたことで、兄弟ともに命をおとす。

【人物評価】朱貴の弟。梁山泊《りょうざんぱく》では酒造《さけづく》りを担当《たんとう》する。武《ぶ》松《しょう》や魯智深《ろちしん》など大酒飲みの多い梁山泊《りょうざんぱく》では、重要《じゅうよう》な役割《やくわり》だろう。

〈94〉剛腕《ごうわん》の牢役人《ろうやくにん》

地平星《ちへいせい》 鉄臂膊《てつひはく》・蔡福《さいふく》

【あだ名の由来】「鉄腕《てつわん》」の意味。腕《うで》が太く、腕《わん》力《りょく》があるので。

【役割】武将《ぶしょう》、牢番《ろうばん》、斬首人《ざんしゅにん》

【人物特性】剛腕《ごうわん》、義侠心《ぎきょうしん》

【梁山泊入りまえの職歴】北京《ほくけい》の牢役人兼首斬り役人《ろうやくにんけんくびきりやくにん》。

【梁山泊入りの理由】牢《ろう》にいれられた盧俊義《ろしゅんぎ》をたすけるため、梁山泊《りょうざんぱく》に協力《きょうりょく》し、参加。

【梁山泊での職分】死刑執行管理《しけいしっこうかんり》。

【人生の結末】方臘《ほうろう》とのたたかいのさい、清渓県《せいけいけん》攻めで重《じゅう》傷《しょう》を負《お》って命をおとす。

【人物評価】弟の蔡慶《さいけい》とともに牢《ろう》役人兼首斬《けんくびき》り役人をしている。梁山泊に入ってからも斬首人《ざんしゅにん》の役目につく。ただ梁山泊において、宋江《そうこう》は部下《ぶか》をひとりも処刑《しょけい》したことがない。

〈95〉瀟洒《しょうしゃ》な牢役人《ろうやくにん》

地損星《ちそんせい》 一枝花《いっしか》・蔡慶《さいけい》

【あだ名の由来】いつも鬢《びん》に花をさしているので。

【役割】武将《ぶしょう》、牢番《ろうばん》、斬首人《ざんしゅにん》

【人物特性】瀟洒《しょうしゃ》、義侠心《ぎきょうしん》

【梁山泊入りまえの職歴】北京《ほくけい》の牢役人兼首斬り役人《ろうやくにんけんくびきりやくにん》。

【梁山泊入りの理由】牢《ろう》にいれられた盧俊義《ろしゅんぎ》をたすけるため、梁山泊《りょうざんぱく》に協力《きょうりょく》し、参加。

【梁山泊での職分】死刑執行管理《しけいしっこうかんり》。

【人生の結末】方臘《ほうろう》とのたたかいでさいごまで生きのこり、朝廷《ちょうてい》から官職《かんしょく》をさずかるが辞退《じたい》し、平民《へいみん》として暮《く》らす。

【人物評価】兄の蔡福《さいふく》とともに牢《ろう》役人兼首斬《けんくびき》り役人をしている。

〈96〉毒盛《どくも》りの居酒屋《いざかや》

地奴星《ちどせい》　催命判官《さいめいはんがん》・李立《りりつ》

【あだ名の由来】「死神《しにがみ》」の意味。

【役割】武将《ぶしょう》、居酒屋経営《いざかやけいえい》

【人物特性】残忍《ざんにん》、打算的《ださんてき》

【梁山泊入りまえの職歴】居酒屋《いざかや》を経営《けいえい》し、旅人に一服《いっぷく》盛《も》って金品《きんぴん》をまきあげる。

【梁山泊入りの理由】江州《こうしゅう》で処刑《しょけい》されそうになった宋江《そうこう》を、梁山泊《りょうざんぱく》の頭目《とうもく》たちと協力《きょうりょく》してたすけたことから。

【梁山泊での職分】王定六《おうていろく》とともに北山酒店の管理《かんり》。

【人生の結末】方臘《ほうろう》とのたたかいにおいて、清渓県《せいけいけん》を攻《せ》めたときに重傷《じゅうしょう》を負《お》い戦死《せんし》。

【人物評価】経営《けいえい》している居酒屋《いざかや》にきた旅人にしびれ薬《ぐすり》を盛《も》り、金品《きんぴん》をうばうのが生業《なりわい》。江州《こうしゅう》へ流罪《るざい》になった宋江《そうこう》も、この居酒屋で一服盛《いっぷくも》られている。李俊《りしゅん》がこなかったら殺されていただろう。

〈97〉碧眼《へきがん》の武芸者《ぶげいしゃ》

地察星《ちさつせい》　青眼虎《せいがんこ》・李雲《りうん》

【あだ名の由来】「青い目の虎《とら》」の意味。目が青いことから。

【役割】武将《ぶしょう》、歩兵《ほへい》、雑用《ざつよう》

【人物特性】勇敢《ゆうかん》、下戸《げこ》

【梁山泊入りまえの職歴】沂水県《きすいけん》の都頭《ととう》（警察の部隊長）。

【梁山泊入りの理由】李逵《りき》を護送《ごそう》しているさいちゅう、弟《で》子《し》の朱富《しゅふう》にいっぱい食わされて李逵をとり逃《に》がしてしまったことから。

【梁山泊での職分】建築修理管理《けんちくしゅうりかんり》。

【人生の結末】方臘《ほうろう》とのたたかいで、歙州《きゅうしゅう》攻《ぜ》めのさいに乱《らん》戦《せん》のなかで命をおとす。

【人物評価】朱富《しゅふう》の武術《ぶじゅつ》の師匠《ししょう》。大酒飲みの多い梁山泊《りょうざんぱく》ではめずらしく酒が苦手《にがて》な好漢《こうかん》。建築技術《けんちくぎじゅつ》があるわけでもないのに、梁山泊ではなぜか建築の担当《たんとう》になる。

〈98〉無愛想《ぶあいそう》な力士《りきし》

地悪星《ちあくせい》　没面目《ぼつめんもく》・焦挺《しょうてい》

【あだ名の由来】「無愛想《ぶあいそう》」の意味。

【役割】武将《ぶしょう》、歩兵《ほへい》
【人物特性】無愛想《ぶあいそう》、怪力《かいりき》、力士《りきし》
【梁山泊入りまえの職歴】相撲《すもう》とり。

【梁山泊入りの理由】凌州城攻略《りょうしゅうじょうこうりゃく》にむかう李逵《りき》と出会い、さそわれる。

【梁山泊での職分】歩兵将校《ほへいしょうこう》。

【人生の結末】方臘《ほうろう》とのたたかいで、潤州攻《じゅんしゅうぜ》めのさいに矢をうけて命をおとす。

【人物評価】あだ名どおりの無愛想《ぶあいそう》な好漢《こうかん》。相撲《すもう》とりをしている家系《かけい》で、その腕《うで》まえは李逵《りき》をうちまかしてしまうほどである。

〈99〉忠義《ちゅうぎ》のごろつき

地醜星《ちしゅうせい》　石将軍《せきしょうぐん》・石勇《せきゆう》

【あだ名の由来】「石将軍」は民間信仰《みんかんしんこう》の凶神《きょうしん》のこと。

【役割】武将《ぶしょう》、歩兵《ほへい》
【人物特性】忠義《ちゅうぎ》、律儀《りちぎ》、短気《たんき》
【梁山泊入りまえの職歴】ごろつき。

【梁山泊入りの理由】宋江《そうこう》のうわさをきき、宋江本人に会うためにさがしあるき参加。

【梁山泊での職分】歩兵将校《ほへいしょうこう》。

【人生の結末】方臘《ほうろう》とのたたかいのさい、歙州《きゅうしゅう》で敵将《てきしょう》に討《う》ちとられる。

【人物評価】宋江《そうこう》に会うために実家《じっか》にまで足をはこんだ好漢《こうかん》。「天下で宋江《そうこう》と柴進《さいしん》以外《がい》の者のいうことはきかない」と豪語《ごうご》するほど、宋江を慕《した》っている。

〈100〉登州《とうしゅう》の居酒屋《いざかや》・夫《おっと》

地数星《ちすうせい》　小尉遅《しょううつち》・孫新《そんしん》

【あだ名の由来】「ちいさな尉遅恭《うつちきょう》」の意味。尉遅恭は唐初《とうしょ》の武将《ぶしょう》。唐建国《とうけんこく》に功績《こうせき》があった。

【役割】武将《ぶしょう》、居酒屋《いざかや》経営《けいえい》

【人物特性】義侠心《ぎきょうしん》

【梁山泊入りまえの職歴】妻《つま》・顧大嫂《こだいそう》とともに登州《とうしゅう》で居酒屋経営。

【梁山泊入りの理由】無実《むじつ》の罪《つみ》で捕《と》らえられた解珍《かいちん》・解宝《かいほう》の兄弟を、孫立《そんりつ》、顧大嫂《こだいそう》、楽和《がくわ》、鄒淵《すうえん》、鄒潤《すうじゅん》と協力《きょうりょく》してたすけだし、ともに梁山泊《りょうざんぱく》入りする。

【梁山泊での職分】妻《つま》・顧大嫂《こだいそう》とともに東山酒店の管理《かんり》。

【人生の結末】方臘《ほうろう》とのたたかいで顧大嫂《こだいそう》とともにさいごまで生きのこる。兄の孫立《そんりつ》が登州《とうしゅう》へ赴任《ふにん》することになったので、顧大嫂をつれてともに登州へもどる。

【人物評価】孫立《そんりつ》の弟。梁山泊入り後も夫婦《ふうふ》でともに行動することが多い。

〈101〉登州《とうしゅう》の居酒屋《いざかや》・妻《つま》

地陰星《ちいんせい》　母大虫《ぼたいちゅう》・顧大嫂《こだいそう》

【あだ名の由来】「雌《めす》の虎《とら》」の意味。

【役割】武将《ぶしょう》、居酒屋《いざかや》経営《けいえい》

【人物特性】女傑《じょけつ》

【梁山泊入りまえの職歴】夫《おっと》・孫新《そんしん》とともに登州《とうしゅう》で居酒屋経営。

【梁山泊入りの理由】無実《むじつ》の罪《つみ》で捕《と》らえられた解珍《かいちん》・解宝《かいほう》の兄弟を、孫立《そんりつ》、孫新《そんしん》、楽和《がくわ》、鄒淵《すうえん》、鄒潤《すうじゅん》と協力《きょうりょく》してたすけだし、ともに梁山泊《りょうざんぱく》入りする。

【梁山泊での職分】夫《おっと》・孫新《そんしん》とともに東山酒店の管理《かんり》。

【人生の結末】方臘《ほうろう》とのたたかいで孫新《そんしん》とともにさいごまで生きのこる。義兄・孫立《そんりつ》が登州《とうしゅう》へ赴任《ふにん》することになったので、孫新とともに登州へもどる。

【人物評価】数十人相手でも勝つことができ、夫よりも強いという女傑《じょけつ》だ。

〈102〉十字坡《じゅうじは》の居酒屋《いざかや》・夫《おっと》
地《ち》刑星《けいせい》　菜園子《さいえんし》・張青《ちょうせい》

【あだ名の由来】野菜畑《やさいばたけ》を管《かん》理《り》していたことがあるので。

【役割】武将《ぶしょう》、居酒屋経営《いざかやけいえい》
【人物特性】残忍《ざんにん》、義侠心《ぎきょうしん》
【梁山泊入りまえの職歴】妻《つま》・孫二娘《そんじじょう》とともに十字坡《じゅうじは》で居酒屋を経営。そののちに二竜山《にりゅうざん》にはいって山賊《さんぞく》をする。

【梁山泊入りの理由】呼延灼軍《こえんしゃくぐん》とのたたかいで、二竜山《にりゅうざん》が梁山泊《りょうざんぱく》と共闘《きょうとう》したことから。

【梁山泊での職分】妻《つま》・孫二娘《そんじじょう》とともに西山酒店の管理《かんり》。

【人生の結末】方臘《ほうろう》とのたたかいのさい、歙州攻《きゅうしゅうぜ》めの乱戦《らんせん》で命をおとす。

【人物評価】妻は孫二娘《そんじじょう》。居酒屋《いざかや》を経営《けいえい》しているが、旅人を殺して金品《きんぴん》をまきあげるというもの。役人に追われていた武松《ぶしょう》に、行者《ぎょうじゃ》に変装《へんそう》することをすすめる。

〈103〉十字坡《じゅうじは》の居酒屋《いざかや》・妻《つま》
地《ち》壮星《そうせい》　母夜叉《ぼやしゃ》・孫二娘《そんじじょう》

【あだ名の由来】「女の夜叉《やしゃ》」の意味。

【役割】武将《ぶしょう》、居酒屋経営《いざかやけいえい》
【人物特性】残忍《ざんにん》、女傑《じょけつ》
【梁山泊入りまえの職歴】夫《おっと》・張青《ちょうせい》とともに十字坡《じゅうじは》で居酒屋を経営。そののちに二竜山《にりゅうざん》にはいって山賊《さんぞく》をする。

【梁山泊入りの理由】呼延灼軍《こえんしゃくぐん》とのたたかいで、二竜山《にりゅうざん》が梁山泊《りょうざんぱく》と共闘《きょうとう》したことから。

【梁山泊での職分】夫《おっと》・張青《ちょうせい》とともに西山酒店の管理《かんり》。

【人生の結末】方臘《ほうろう》とのたたかいのさい、清渓県《せいけいけん》で敵将《てきしょう》の飛刀《ひとう》をくらって命をおとす。

【人物評価】夫は張青《ちょうせい》。旅人を殺して金品《きんぴん》をまきあげる居《い》酒屋《ざかや》のおかみ。父も盗賊《とうぞく》をしており、おさないころから武《ぶ》芸《げい》をきたえられている。

〈104〉駆《か》けだしの武芸者《ぶげいしゃ》

地劣星《ちれっせい》　活閃婆《かっせんば》・王定六《おうていろく》

【あだ名の由来】「雷神《らいじん》」の意味。

【役割】武将《ぶしょう》、居酒屋《いざかや》経営《けいえい》

【人物特性】水練《すいれん》

【梁山泊入りまえの職歴】酒売り。

【梁山泊入りの理由】宋江《そうこう》の病《やまい》を治《なお》すため、安道全《あんどうぜん》をさがしにむかった張順《ちょうじゅん》と出会ったことから。

【梁山泊での職分】李立《りりつ》とともに北山酒店を管理《かんり》。

【人生の結末】方臘《ほうろう》とのたたかいで、宣州攻《せんしゅうぜ》めのさいに矢をうけて死亡《しぼう》する。

【人物評価】棒術《ぼうじゅつ》と水泳が得意《とくい》ということ以外《いがい》にとくに取《と》り柄《え》がなく、武術《ぶじゅつ》の腕《うで》も未熟《みじゅく》。すぐれた頭目《とうもく》の多い梁山泊《りょうざんぱく》ではあまりめだたない存在《そんざい》である。

〈105〉旗持《はたも》ちの巨人《きょじん》

地健星《ちけんせい》　険道神《けんどうしん》・郁保四《いくほうし》

【あだ名の由来】「葬儀《そうぎ》の神」の意味。

【役割】武将《ぶしょう》、旗持《はたも》ち

【人物特性】大男《おおおとこ》、怪力《かいりき》

【梁山泊入りまえの職歴】曽頭市《そうとうし》の曽家《そうか》に仕え、軍馬《ぐんば》の管《かん》理《り》をしていた。

【梁山泊入りの理由】梁山泊《りょうざんぱく》と曽頭市がたたかったときに、停戦《ていせん》の人質《ひとじち》として梁山泊軍におくられ、説得《せっとく》されて梁山泊軍にくだった。

【梁山泊での職分】旗《はた》の管理《かんり》。

【人生の結末】方臘《ほうろう》とのたたかいにおいて、清渓県《せいけいけん》で敵将《てきしょう》の飛刀《ひとう》をうけて戦死《せんし》する。

【人物評価】梁山泊《りょうざんぱく》のなかでもっとも長身。めだつからなのか、軍旗《ぐんき》をもつ役割《やくわり》を担《にな》っている。

〈106〉昼間《ひるま》の博打《ばくち》うち
地耗星《ちこうせい》 白日鼠《はくじつそ》・白勝《はくしょう》

【あだ名の由来】「昼間のこそどろ」の意味。日中からこそこそと、ろくでもないことをやっていることから。

【役割】武将《ぶしょう》、歩兵《ほへい》

【人物特性】博打《ばくち》うち、演技力《えんぎりょく》

【梁山泊入りまえの職歴】博打うち。

【梁山泊入りの理由】蔡京《さいけい》に送られる十万貫《かん》の財物《ざいぶつ》を晁蓋《ちょうがい》らとともにうばったのち、役人《やくにん》に捕《と》らえられるも、梁山泊《りょうざんぱく》に救《すく》われたことから。

【梁山泊での職分】軍中機密伝令歩兵頭目《ぐんちゅうきみつでんれいほへいとうもく》。

【人生の結末】方臘《ほうろう》とのたたかいのさい、杭州《こうしゅう》で疫病《えきびょう》にかかって命をおとす。

【人物評価】酒売りに化《ば》けて輸送《ゆそう》の兵士《へいし》たちをだますなど、晁蓋《ちょうがい》らが十万貫《かん》の財物《ざいぶつ》をうばうときには、重要《じゅうよう》な役割《やくわり》を担《にな》った。

〈107〉ノミのごとき盗人《ぬすびと》

地賊星《ちぞくせい》　鼓上皂《こじょうそう》（鼓上蚤《こじょうそう》）・時遷《じせん》

【あだ名の由来】太鼓《たいこ》の上を跳《は》ねる蚤《のみ》。蚤は太鼓の上で跳ねても音をたてないので、その軽快《けいかい》さをあらわしている。
【役割】武将《ぶしょう》、歩兵《ほへい》、盗人《ぬすびと》、諜報《ちょうほう》、斥候《せっこう》
【特技】盗《ぬす》み、諜報活動《ちょうほうかつどう》、放火《ほうか》
【人物特性】身軽《みがる》、臆病《おくびょう》、慎重《しんちょう》、身勝手《みがって》
【梁山泊前の職歴】こそどろ。
【梁山泊入りの理由】祝家荘《しゅくかそう》で鶏《にわとり》を盗《ぬす》んだことでつかまり、梁山泊《りょうざんぱく》にたすけてもらう。
【梁山泊での職分】軍中機密伝令歩兵頭目《ぐんちゅうきみつでんれいほへいとうもく》。
【人生の結末】方臘《ほうろう》とのたたかいののち、杭州《こうしゅう》で病《やまい》にかかって命をおとす。
【人物評価】一〇八人中一〇七番目だが、徐寧《じょねい》の金《きん》の鎧《よろい》を盗《ぬす》んだり、北京城内《ほくけいじょうない》で翠雲楼《すいうんろう》を焼《や》き討《う》ちして敵《てき》を混乱《こんらん》させたりなど、諜報《ちょうほう》や裏工作《うらこうさく》などを一手《いって》にひきうけている。

〈108〉黄色いひげの馬泥棒《うまどろぼう》

地狗星《ちくせい》　金毛犬《きんもうけん》・段景住《だんけいじゅう》

【あだ名の由来】髪《かみ》が赤く、ひげが黄色いことから。

【役割】武将《ぶしょう》、歩兵《ほへい》、盗人《ぬすびと》
【人物特性】盗《ぬす》み、泳げない
【梁山泊入りまえの職歴】馬泥棒《うまどろぼう》。

【梁山泊入りの理由】北方で盗《ぬす》んだ名馬《めいば》を宋江《そうこう》に献上《けんじょう》しようとしたところ、曽頭市《そうとうし》の者にうばわれてしまう。そのことを宋江につたえ、曽頭市が梁山泊討伐《りょうざんぱくとうばつ》をもくろんでいることを話したことから。

【梁山泊での職分】軍中機密伝令歩兵頭目《ぐんちゅうきみつでんれいほへいとうもく》。

【人生の結末】方臘《ほうろう》とのたたかいで、杭州攻《こうしゅうぜ》めのときに水中に落ちて溺死《できし》する。

【人物評価】梁山泊《りょうざんぱく》一〇八人のなかの一〇八番目。馬泥棒《うまどろぼう》だったが、梁山泊に入ってからは馬の買い付けの仕事をしている。

登場人物 組み合わせ

◎梁山泊関係《りょうざんぱくかんけい》の仲間《なかま》・組み合わせ

【首領《しゅりょう》と軍師《ぐんし》コンビ―宋江《そうこう》・呉用《ごよう》】
【旧首領と軍師コンビ―晁蓋《ちょうがい》・呉用《ごよう》】
【猪突猛進《ちょとつもうしん》コンビ―秦明《しんめい》・索超《さくちょう》】
【槍騎兵《そうきへい》コンビ―韓滔《かんとう》・彭玘《ほうき》】
【水攻め火攻めコンビ―単廷珪《ぜんていけい》・魏定国《ぎていこく》】
【関勝《かんしょう》の副将コンビ―宣贊《せんさん》・郝思文《かくしぶん》】
【都頭《ととう》（警察の部隊長）コンビ―朱仝《しゅどう》・雷横《らいおう》】
【飛《と》び道具コンビ―龔旺《きょうおう》・丁得孫《ていとくそん》】
【江州牢役人《こうしゅうろうやくにん》コンビ―戴宗《たいそう》・李逵《りき》】
【盗人コンビ―時遷《じせん》・段景住《だんけいじゅう》】
【医者コンビ―安道全《あんどうぜん》・皇甫端《こうほたん》】
【文書作成コンビ―蕭譲《しょうじょう》・金大堅《きんたいけん》】
【音楽コンビ―馬麟《ばりん》・楽和《がくわ》】
【梁山泊《りょうざんぱく》の古株《ふるかぶ》コンビ―杜遷《とせん》・宋万《そうまん》】
【梁山泊《りょうざんぱく》三女傑《さんじょけつ》―扈三娘《こさんじょう》・顧大嫂《こだいそう》・孫二娘《そんじじょう》】
【十万貫財物窃盗《かんざいぶつせっとう》チーム―劉唐《りゅうとう》・晁蓋《ちょうがい》・呉用《ごよう》・公孫勝《こうそんしょう》・阮小二《げんしょうじ》・阮小五《げんしょうご》・阮小七《げんしょうしち》・白勝《はくしょう》】
【暹羅国《せんらこく》トリオ―李俊《りしゅん》・童威《どうい》・童猛《どうもう》】
【鉄壁《てっぺき》の盾《たて》コンビ―項充《こうじゅう》・李袞《りこん》】
【女好きトリオ―王英《おうえい》・安道全《あんどうぜん》・周通《しゅうとう》】
【相撲《すもう》コンビ―燕青《えんせい》・焦挺《しょうてい》】
【二竜山三傑《にりゅうざんさんけつ》―魯智深《ろちしん》・楊志《ようし》・武松《ぶしょう》】
【泳げないカルテット―孔亮《こうりょう》・施恩《しおん》・段景住《だんけいじゅう》・候健《こうけん》】
【似た名前コンビ―張清《ちょうせい》・張青《ちょうせい》】

山賊勢力《さんぞくせいりょく》

【元祖梁山泊《がんそりょうざんぱく》―王倫《おうりん》・杜遷《とせん》・宋万《そうまん》】
【少華山《しょうかざん》―史進《ししん》・朱武《しゅぶ》・陳達《ちんたつ》・楊春《ようしゅん》】
【二竜山《にりゅうざん》―魯智深《ろちしん》・楊志《ようし》・武松《ぶしょう》・施恩《しおん》・張青《ちょうせい》・孫二娘《そんじじょう》・曹正《そうせい》】
【飲馬川《いんばせん》―裴宣《はいせん》・鄧飛《とうひ》・孟康《もうこう》】
【黄門山《こうもんざん》―欧鵬《おうほう》・蔣敬《しょうけい》・馬麟《ばりん》・陶宗旺《とうそうおう》】
【対影山《たいえいざん》―呂方《りょほう》・郭盛《かくせい》】
【桃花山《とうかざん》―李忠《りちゅう》・周通《しゅうとう》】
【清風山《せいふうざん》―燕順《えんじゅん》・王英《おうえい》・鄭天寿《ていてんじゅ》】
【登雲山《とううんざん》―鄒淵《すうえん》・鄒潤《すうじゅん》】
【百虎山《びゃっこざん》―孔明《こうめい》・孔亮《こうりょう》】
【芒碭山《ぼうとうざん》―樊瑞《はんずい》・項充《こうじゅう》・李袞《りこん》】
【枯樹山《こじゅざん》―鮑旭《ほうきょく》・焦挺《しょうてい》】

もと官軍《かんぐん》・地方勢力出身者《ちほうせいりょくしゅっしんしゃ》たち

【呼延灼軍《こえんしゃくぐん》―呼延灼《こえんしゃく》・韓滔《かんとう》・彭玘《ほうき》・凌振《りょうしん》】
【関勝軍《かんしょうぐん》―関勝《かんしょう》・宣賛《せんさん》・郝思文《かくしぶん》】
【凌州《りょうしゅう》―単廷珪《ぜんていけい》・魏定国《ぎていこく》】
【東昌府《とうしょうふ》―張清《ちょうせい》・龔旺《きょうおう》・丁得孫《ていとくそん》】
【扈家荘《こかそう》―扈成《こせい》・扈三娘《こさんじょう》】
【李家荘《りかそう》―李応《りおう》・杜興《とこう》】

兄弟関係《きょうだいかんけい》

【梁山泊首領とその弟―宋江《そうこう》・宋清《そうせい》】
【穆家荘兄弟《ぼくかそうきょうだい》―穆春《ぼくしゅん》・穆弘《ぼくこう》】
【饅頭《まんじゅう》売りと虎殺《とらごろ》しの兄弟―武大《ぶだい》・武松《ぶしょう》】
【阮三兄弟《げんさんきょうだい》―阮小二《げんしょうじ》・阮小五《げんしょうご》・阮小七《げんしょうしち》】
【居酒屋兄弟―朱貴《しゅき》・朱富《しゅふう》】
【船頭兄弟《せんどうきょうだい》―張横《ちょうおう》・張順《ちょうじゅん》】

【北京城《ほくけいじょう》の首斬《くびき》り役人兄弟—蔡福《さいふく》・蔡慶《さいけい》】
【祝家荘三兄弟《しゅくかそうさんきょうだい》—祝竜《しゅくりゅう》・祝虎《しゅくこ》・祝彪《しゅくひょう》】
【扈家荘《こかそう》兄妹—扈成《こせい》・扈三娘《こさんじょう》】
【猟師《りょうし》兄弟—解珍《かいちん》・解宝《かいほう》】
【登州《とうしゅう》兄弟—孫立《そんりつ》・孫新《そんしん》】
【百虎山兄弟《びゃっこざんきょうだい》—孔明《こうめい》・孔亮《こうりょう》】
【李俊《りしゅん》の子分兄弟—童威《どうい》・童猛《どうもう》】
【曽家《そうか》の五虎《ごこ》—曽塗《そうと》・曽密《そうみつ》・曽索《そうさく》・曽魁《そうかい》・曽昇《そうしょう》】
【遼国王《りょうこくおう》とその弟—耶律輝《やりつき》・耶律得重《やりつとくじゅう》】
【耶律四兄弟《やりつよんきょうだい》—耶律宗雲《やりつそううん》・耶律宗電《やりつそうでん》・耶律宗雷《やりつそうらい》・耶律宗霖《やりつそうりん》】
【田《でん》三兄弟—田虎《でんこ》・田豹《でんひょう》・田彪《でんひょう》】
【方臘《ほうろう》とその弟—方臘《ほうろう》・方貌《ほうぼう》】

義兄弟《ぎきょうだい》

【首領と虎殺し義兄弟—宋江《そうこう》・武松《ぶしょう》】
【最強の武人義兄弟—魯智深《ろちしん》・林冲《りんちゅう》】
【蒲東義兄弟《ほとうぎきょうだい》—関勝《かんしょう》・郝思文《かくしぶん》】
【少華山《しょうかざん》三義兄弟—朱武《しゅぶ》・陳達《ちんたつ》・楊春《ようしゅん》】
【旅は道づれ義兄弟—戴宗《たいそう》・楊林《ようりん》】
【薊州義兄弟《けいしゅうぎきょうだい》—楊雄《ようゆう》・石秀《せきしゅう》】

師弟関係

【史家荘師弟《しかそうしてい》コンビ—王進《おうしん》・史進《ししん》】
【旧史家荘師弟コンビ—李忠《りちゅう》・史進《ししん》】
【北京の主従《しゅじゅう》コンビ—盧俊義《ろしゅんぎ》・燕青《えんせい》】
【道術師弟《どうじゅつしてい》コンビ—羅真人《らしんじん》・公孫勝《こうそんしょう》】
【道術使《どうじゅつつか》い師弟チーム—羅真人《らしんじん》・公孫勝《こうそんしょう》・樊瑞《はんずい》・喬《きょう》 道清《どうせい》・馬霊《ばれい》】
【沂水県《きすいけん》師弟コンビ—李雲《りうん》・朱富《しゅふう》】
【棒術《ぼうじゅつ》師弟コンビ—薛永《せつえい》・侯健《こうけん》】
【妖術《ようじゅつ》師弟コンビ—包道乙《ほうどういつ》・鄭彪《ていひょう》】

【祝家荘《しゅくかそう》師弟カルテット――欒廷玉《らんていぎょく》・祝竜《しゅくりゅう》・祝《しゅく》虎《こ》・祝彪《しゅくひょう》】

【曽頭市《そうとうし》師弟グループ――史文恭《しぶんきょう》・蘇定《そてい》・曽家《そうか》五兄弟】

夫婦・恋人関係

【義人《ぎじん》と毒婦《どくふ》――宋江《そうこう》・閻婆惜《えんばしゃく》】

【饅頭《まんじゅう》売りと悪女《あくじょ》――武大《ぶだい》・潘金蓮《はんきんれん》】

【富豪《ふごう》と悪女《あくじょ》――西門慶《さいもんけい》・潘金蓮《はんきんれん》】

【ノミの夫婦《ふうふ》――王英《おうえい》・扈三娘《こさんじょう》】

【十字坡《じゅうじは》居酒屋《いざかや》夫婦《ふうふ》――張青《ちょうせい》・孫二娘《そんじじょう》】

【登州《とうしゅう》居酒屋《いざかや》夫婦《ふうふ》――孫新《そんしん》・顧大嫂《こだいそう》】

【石つぶて夫婦――張清《ちょうせい》・瓊英《けいえい》】

【天子《てんし》と妓女《ぎじょ》――徽宗《きそう》・李師師《りしし》】

【玉《たま》の輿《こし》ペア――趙員外《ちょういんがい》・金翠蓮《きんすいれん》】

【盧俊義《ろしゅんぎ》とその妻と愛人――盧俊義《ろしゅんぎ》・賈氏《かし》・李固《りこ》】

その他の組み合わせ

【天子と忠臣《ちゅうしん》――徽宗《きそう》・宿元景《しゅくげんけい》】

【四人の奸臣《かんしん》――高俅《こうきゅう》・蔡京《さいけい》・童貫《どうかん》・楊戩《ようせん》】

【北京《ほくけい》――梁中書《りょうちゅうしょ》・索超《さくちょう》・楊志《ようし》・蔡福《さいふく》・蔡京《さいけい》】

【清風寨《せいふうさい》の長官・副長官――劉高《りゅうこう》・花栄《かえい》】

【江州《こうしゅう》――蔡九《さいきゅう》・黄文炳《こうぶんぺい》】

【東平府《とうへいふ》――程万里《ていばんり》・董平《とうへい》】

【祝家荘《しゅくかそう》――祝朝奉《しゅくちょうほう》・欒廷玉《らんていぎょく》・祝竜《しゅくりゅう》・祝虎《しゅくこ》・祝彪《しゅくひょう》】

【兄弟子《あにでし》・弟弟子《おとうとでし》コンビ――欒廷玉《らんていぎょく》・孫立《そんりつ》】

【曽頭市《そうとうし》――曽弄《そうろう》・史文恭《しぶんきょう》・蘇定《そてい》・曽塗《そうと》・曽密《そうみつ》・曽《そう》索《さく》・曽魁《そうかい》・曽昇《そうしょう》】

【遼国《りょうこく》カルテット――阿里奇《ありき》・咬児惟康《こうじいこう》・楚明玉《そめいぎょく》・曹明済《そうめいさい》】

編著

渡《わた》辺《なべ》仙《せん》州《しゅう》

一九七五年、東京に生まれる。小中学生時代を北京ですごす。同志社大学大学院工学研究科を経て、京都大学大学院工学研究科博士後期課程満期退学。日本地下水学会会員。著書に『北京わんぱく物語』『闘竜伝』シリーズ『文学少年と運命の書』など、編訳書に『封神演義』『西遊記』『白蛇伝』『三国志』などがある。現在中国河南省在住。河南農業大学で日本語教師を勤めている。

画家

佐《さ》竹《たけ》美《み》保《ほ》

一九五七年、富山県に生まれる。デザイン科を卒業後、上京。ＳＦファンタジーの分野で多数の作品を手がける。おもな仕事に『九年目の魔法』『宝島』『タイムマシン』『幽霊の恋人たち』『モロー博士の島』『千の風になって』『不思議を売る男』『封神演義』『西遊記』『三国志』『虚空の旅人』など多数。

水滸伝《すいこでん》 早わかりハンドブック

２０１６年４月　初版第１刷

編著者――渡辺仙州

画家――佐竹美保

発行者――今村正樹

発行所――株式会社偕成社

東京都新宿区市谷砂土原町３-５

電話０３-３２６０-３２２１（販売）

０３-３２６０-３２２９（編集）

http://www.kaiseisha.co.jp/

印刷・製本――中央精版印刷株式会社

小宮山印刷株式会社

ＮＤＣ９２３　２３８ページ　２０センチ

ＩＳＢＮ９７８-４-０３-７４４９００-１　Ｃ８３９７

乱丁本・落丁本はおとりかえいたします。

本のご注文は電話、ファックスまたはＥメールでお受けしています。

電話０３-３２６０-３２２１（代）　ＦＡＸ０３-３２６０-３２２２

e-mail sales@kaiseisha.co.jp

参考文献

［中国］

水滸全伝：施耐庵：岳麓書社
水滸伝　一〜四：施耐庵：中華書局
水滸伝：施耐庵　羅貫中：上海古籍出版社
水滸伝：傅錫壬・編：時報文化出版（台湾）
翫・水滸：何梅琴　范桂紅・編：珈琲田文化館
水滸英雄画賛：馬驥：上海辞書出版
宋明話文：胡萬川・編：時報出版（台湾）
中国風俗概観：楊存田：北京大学出版社
水滸伝連環画　一〜六十：張加勉・編　于紹文・画：任済日報出版
水滸後伝連環画　一〜十：陳忱：内蒙古人民出版社
水滸連環画　上・下：陳元山・編　楊秋宝・画：少年児童出版
清明上河図：国立故宮博物院・編：国立故宮博物院（台湾）
図説天下　宋：龔書鋒　劉徳鱗・編：吉林出版集団
古代交通地理叢書：王文楚：中華書局
中国古代任官資格与官僚政治：杭州大学出版社
簡明中国歴史地図集：中国地図出版社
中華人民共和国分省地図集：中国地図出版社
明史　一〜二十八：朱元寅：中華書局
宋史　一〜四十：脱脱：中華書局
漢語大詞典　一〜十：上海辞書出版社
漢語大字典　一〜八：四川辞書出版社・湖北辞書出版社
中国大百科全書・中国文学：中国大百科全書出版

［日本］

水滸伝　上・中・下：駒田 信二：平凡社
完訳水滸伝　一〜十：清水茂・訳：岩波文庫
水滸伝の世界：高島俊男：ちくま文庫
水滸伝と日本人：高島俊男：ちくま文庫
水滸伝人物事典：高島俊男：講談社
水滸伝　虚構のなかの史実：宮崎市定：中公文庫
水滸伝　一〇八星のプロフィール：草野巧
宋代中国の国家と経済：宮沢知之：創文社
漂泊のヒーロー　中国武侠小説への道：岡崎由美：大修館書店
絵巻水滸伝：正子公也・絵：グラフィック社
画本水滸伝　一〜六：駒田 信二：中央公論社
中国五千年史　地図年表：陳舜臣：集英社
中国の歴史　一〜七：講談社
中国の城郭都市：愛宕元：中公新書
詳細世界史図録：山川出版社
道教の神々：窪徳忠：平河出版社
道教の本：学研
風水の本：学研
新字源：角川書店

『水滸伝』地図

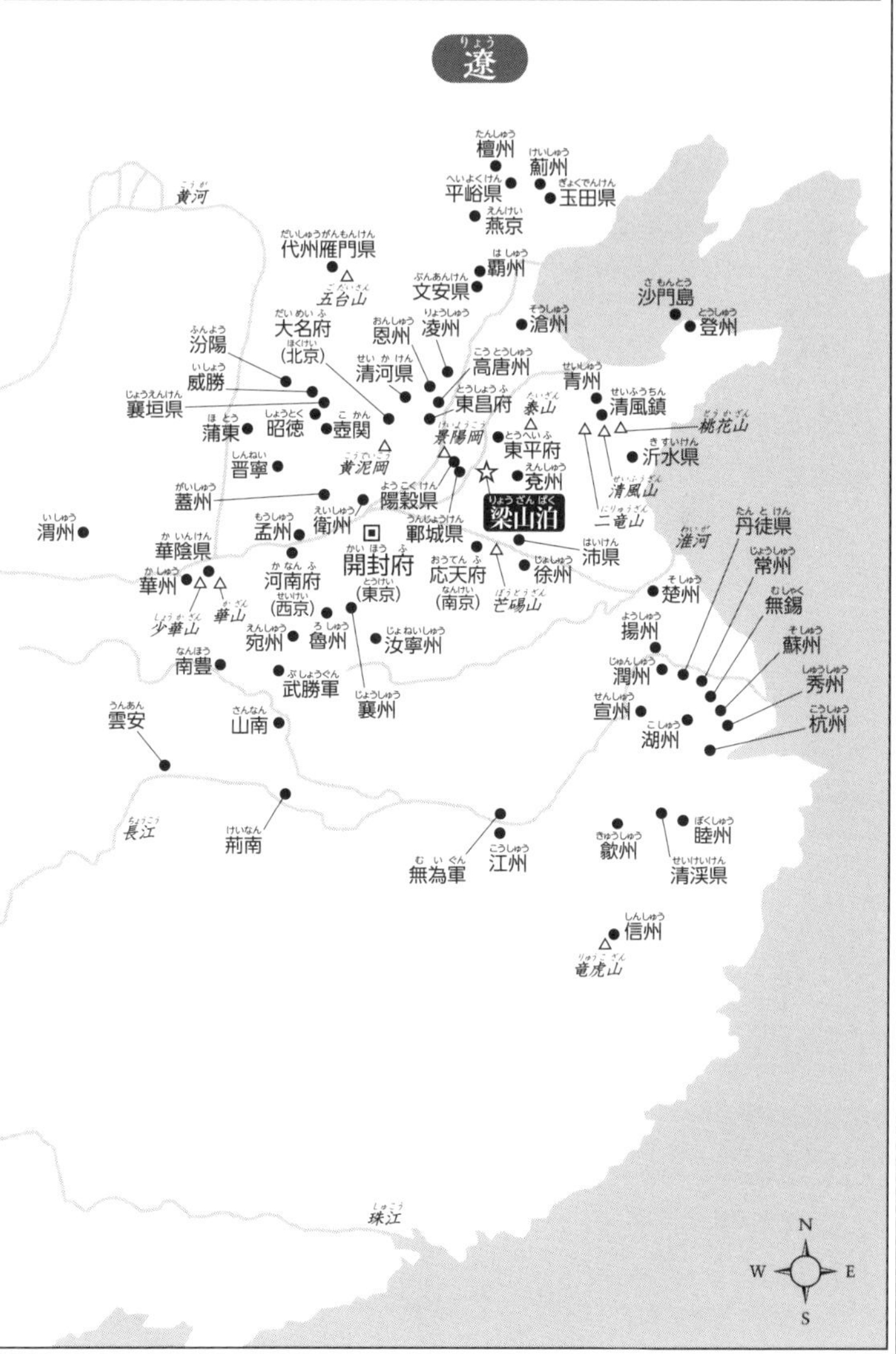
遼《りょう》
檀州《たんしゅう》
薊州《けいしゅう》
平峪県《へいよくけん》
玉田県《ぎょくでんけん》
燕京《えんけい》
黄河《こうが》
代州雁門県《だいしゅうがんもんけん》
五台山《ごだいさん》
覇州《はしゅう》
文安県《ぶんあんけん》
沙門島《さもんとう》
登州《とうしゅう》
大名府《だいめいふ》
(北京《ほくけい》)
汾陽《ふんよう》
恩州《おんしゅう》
凌州《りょうしゅう》
滄州《そうしゅう》
高唐州《こうとうしゅう》
清河県《せいかけん》
威勝《いしょう》
青州《せいしゅう》
襄垣県《じょうえんけん》
東昌府《とうしょうふ》
泰山《たいざん》
清風鎮《せいふうちん》
桃花山《とうかざん》
蒲東《ほとう》
昭徳《しょうとく》
壺関《こかん》
景陽岡《けいようこう》
東平府《とうへいふ》
沂水県《きすいけん》
晋寧《しんねい》
黄泥岡《こうでいこう》
兗州《えんしゅう》
清風山《せいふうざん》
蓋州《がいしゅう》
陽穀県《ようこくけん》
梁山泊《りょうざんぱく》
二竜山《にりゅうざん》
淮河《わいが》
丹徒県《たんとけん》
渭州《いしゅう》
孟州《もうしゅう》
衛州《えいしゅう》
鄆城県《うんじょうけん》
華陰県《かいんけん》
開封府《かいほうふ》
沛県《はいけん》
常州《じょうしゅう》
華州《かしゅう》
河南府《かなんふ》
応天府《おうてんふ》
徐州《じょしゅう》
楚州《そしゅう》
無錫《むしゃく》
(東京《とうけい》)
(西京《せいけい》)
(南京《なんけい》)
芒碭山《ぼうとうざん》
華山《かざん》
少華山《しょうかざん》
揚州《ようしゅう》
蘇州《そしゅう》
宛州《えんしゅう》
魯州《ろしゅう》
汝寧州《じょねいしゅう》
南豊《なんほう》
潤州《じゅんしゅう》
武勝軍《ぶしょうぐん》
秀州《しゅうしゅう》
襄州《じょうしゅう》
宣州《せんしゅう》
雲安《うんあん》
山南《さんなん》
杭州《こうしゅう》
湖州《こしゅう》
長江《ちょうこう》
荊南《けいなん》
睦州《ぼくしゅう》
歙州《きゅうしゅう》
江州《こうしゅう》
無為軍《むいぐん》
清渓県《せいけいけん》
信州《しんしゅう》
竜虎山《りゅうこざん》
珠江《しゅこう》
N
W
E
S

水滸伝《すいこでん》
人物事典《じんぶつじてん》

◆この人物事典は渡辺仙州編訳『水滸伝』全二巻（偕成社刊）に書かれている人物が、五十音順に並べて説明してあります。

◆「水滸伝」をよりふかくおもしろく読んでいただくために、偕成社刊行の『水滸伝』（全二巻）には書かれていないエピソードを原作の120回本『水滸伝』からおぎなっています。

あ行

阿里奇

阿里奇［ありき］

遼国《りょうこく》の武将《ぶしょう》。咬児惟康《こうじいこう》、楚明玉《そめいぎょく》、曹明済《そうめいさい》とともに洞仙侍郎《どうせんじろう》に仕《つか》え、檀州《たんしゅう》をまもる。梁山泊軍《りょうざんばくぐん》が攻《せ》めてきたときは、楚明玉《そめいぎょく》とともに出陣《しゅつじん》する。張清《ちょうせい》のなげた石つぶてを左目にくらい、落馬したところを生《い》け捕《ど》られる。左目の出血《しゅっけつ》がひどく、命をおとす。

安道全

安道全［あんどうぜん］　〈56〉

梁山泊《りょうざんばく》一〇八人のひとり。地霊星《ちれいせい》の転生《てんせい》。腕《うで》のよい医者で、あだ名《な》は〈神医《しんい》〉。梁山泊軍《りょうざんばくぐん》が北京城《ほくけいじょう》を攻《せ》めたときに、宋江《そうこう》が病《やまい》にかかり、張順《ちょうじゅん》の進言《しんげん》により、つれてこられる。梁山泊にて、安道全《あんどうぜん》は宋江《そうこう》の病《やまい》を治《なお》す。

梁山泊一〇八人がそろったときには、医師《いし》に任《にん》じられる。

遼国《りょうこく》とのたたかいでは、負傷《ふしょう》した武将《ぶしょう》の手当てをする。田虎《でんこ》とのたたかいでは、李逵《りき》が夢《ゆめ》のなかできいた「瓊矢鏃《けいしぞく》(瓊英《けいえい》のこと)」という言葉《ことば》の意味をさとる。襄垣県城《じょうえんけんじょう》攻《ぜ》めのときには、張清《ちょうせい》とともに偽名《ぎめい》を名のって城内《じょうない》にはいり、鄔梨《うり》の怪我《けが》を手当てして信頼《しんらい》を得る。鄔梨毒殺《うりどくさつ》にも一役《ひとやく》かう。

方臘《ほうろう》とのたたかいでは、杭州《こうしゅう》攻《ぜ》めのまえに徽宗《きそう》が病《やまい》にかかったため開封府《かいほうふ》によびもどされ梁山泊軍《りょうざんばくぐん》をぬける。

郁保四

郁保四［いくほうし］　〈105〉

梁山泊《りょうざんばく》一〇八人のひとり。地健星《ちけんせい》の転生《てんせい》。背《せ》の高い大男で、あだ名《な》は〈険道神《けんどうしん》（葬儀《そうぎ》の神）〉。曽頭市《そうとうし》の曽家《そうか》に仕《つか》え、軍馬《ぐんば》の管理《かんり》をしている。段景住《だんけいじゅう》が北方《ほっぽう》で買いつけた軍馬《ぐんば》を盗《ぬす》んだことをきっかけに、梁山泊軍《りょうざんばくぐん》が曽頭市《そうとうし》に攻《せ》め入《い》って

くる。曽頭市《そうとうし》が講話《こうわ》をもうしでたさい、人質《ひとじち》として、宋江《そうこう》のもとへおくられる。宋江《そうこう》に説得《せっとく》されて仲間《なかま》になり、曽頭市《そうとうし》ににせの情報《じょうほう》をつたえて、いくさに勝利《しょうり》する。

梁山泊《りょうざんぱく》一〇八人がそろったときには、旗《はた》の管理《かんり》を任《にん》じられる。

方臘《ほうろう》とのたたかいでは、敵《てき》の本拠地《ほんきょち》・清渓県《せいけいけん》で戦死《せんし》する。

鄔梨

鄔梨[うり]

田虎《でんこ》の国舅《こっきゅう》（外戚《がいせき》）。もとは威勝《いしょう》の富豪《ふごう》。瓊英《けいえい》の義父《ぎふ》。棒術《ぼうじゅつ》をきわめ、五十斤《きん》の大刀《だいとう》を武器《ぶき》とする。妹を田虎《でんこ》に嫁《とつ》がせていたので、田虎《でんこ》からは重くもちいられる。梁山泊軍《りょうざんぱくぐん》が攻《せ》めこんできたときには、瓊英《けいえい》とともに襄垣県城《じょうえんけんじょう》をまもるが、矢《や》をくらって負傷《ふしょう》する。そのとき身分をいつわって城内《じょうない》にはいった安道全《あんどうぜん》と張清《ちょうせい》に怪我《けが》の手当てをさせ、治《なお》ったことで彼らを信頼《しんらい》する。張清《ちょうせい》と瓊英《けいえい》を結婚《けっこん》させたのち、張清たちに毒殺《どくさつ》される。

燕順

燕順[えんじゅん]　〈50〉

梁山泊《りょうざんぱく》一〇八人のひとり。地強星《ちきょうせい》の転生《てんせい》。あだ名《な》は〈錦毛虎《きんもうこ》（錦毛《きんもう》の虎《とら》）〉。清風山《せいふうざん》の山賊《さんぞく》の首領《しゅりょう》。仲間《なかま》に王英《おうえい》、鄭天寿《ていてんじゅ》がいる。妾《めかけ》の閻婆惜《えんばしゃく》を殺して逃亡中《とうぼうちゅう》の宋江《そうこう》が、山のふもとを通ったときに生《い》け捕《ど》りにするが、宋江《そうこう》だと知ると厚《あつ》くもてなす。宋江《そうこう》が清風鎮《せいふうちん》で花栄《かえい》とともにつかまったときには、黄信《こうしん》に護送《ごそう》されていた宋江《そうこう》らを救《すく》いだす。秦明《しんめい》が清風山《せいふうざん》に攻《せ》めこんできたときには、これを撃退《げきたい》する。清風鎮《せいふうちん》を攻《せ》めおとしたのち、宋江《そうこう》や清風山《せいふうざん》の仲間《なかま》たちとともに梁山泊入《りょうざんぱくい》りする。

梁山泊《りょうざんぱく》一〇八人がそろったときには、騎兵軍小彪将《きへいぐんしょうひょうしょう》に任《にん》じられる。

方臘《ほうろう》とのたたかいでは、睦州《ぼくしゅう》攻《せ》めのさいに戦死《せんし》する。

燕青[えんせい]〈36〉

梁山泊《りょうざんぱく》一〇八人のひとり。天巧星《てんこうせい》の転生《てんせい》。歌や踊《おど》りを好《この》み、武芸《ぶげい》にも秀《ひい》でていて、顔つきもうつくしいことから、あだ名《な》は〈浪子《ろうし》（風流《ふうりゅう》な者）〉。盧俊義《ろしゅんぎ》の番頭《ばんとう》。おさないころに両親を亡《な》くし、盧俊義《ろしゅんぎ》の屋敷《やしき》で育てられる。盧俊義《ろしゅんぎ》が呉用《ごよう》の策《さく》にはまり、李固《りこ》とともに北京城《ほくけいじょう》を発《た》ったときに、屋敷《やしき》の留守《るす》をまかされる。帰ってきた盧俊義に、先にまいもどってきた李固《りこ》が盧俊義《ろしゅんぎ》の妻《つま》・賈氏《かし》とねんごろになって屋敷《やしき》をのっとり「盧俊義《ろしゅんぎ》は梁山泊《りょうざんぱく》の仲間《なかま》になった」と役所《やくしょ》にうったえたことを告げる。だが盧俊義《ろしゅんぎ》は燕青《えんせい》を信じず屋《や》敷《しき》にもどり、役人《やくにん》につかまってしまう。

沙門島《さもんとう》へ流刑《るけい》となった盧俊義《ろしゅんぎ》のあとを追い、ともに梁山泊《りょうざんぱく》へむかうが、とちゅう、盧俊義《ろしゅんぎ》がまた役《やく》人《にん》につかまってしまったときは、道中《どうちゅう》でであった楊雄《ようゆう》とともに梁山泊《りょうざんぱく》へむかうと、宋江《そうこう》に事《こと》のしだいを知らせ、北京城《ほくけいじょう》を攻《せ》めおとして、盧俊《ろしゅん》義《ぎ》を救出《きゅうしゅつ》する。また張順《ちょうじゅん》と協力《きょうりょく》し、李固《りこ》、賈氏《かし》を生《い》け捕《ど》りにして、盧俊義《ろしゅんぎ》にさしだす。盧俊義《ろしゅんぎ》は二人を処刑《しょけい》する。

曽頭市《そうとうし》とのいくさでは、盧俊義《ろしゅんぎ》の副将《ふくしょう》としていくさに勝利《しょうり》する。

梁山泊《りょうざんぱく》一〇八人がそろったときには、歩兵頭目《ほへいとうもく》のひとりに任《にん》じられる。

宋江《そうこう》が招安《しょうあん》（朝廷《ちょうてい》に帰順《きじゅん》すること）を天《てん》子《し》・徽宗《きそう》に願いでるため、都《みやこ》・開封府《かいほうふ》にむかったときには、李逵《りき》、戴宗《たいそう》、柴進《さいしん》とともについて

燕青

いく。李逵《りき》がさわぎを起こしたため、出なおしとなるが、燕青《えんせい》は戴宗《たいそう》とともにもういちど都《みやこ》へむかい、妓女《ぎじょ》・李師師《りしし》の手びきで徽宗《きそう》に会うことができる。燕青《えんせい》は梁山泊《りょうざんぱく》の現状《げんじょう》をうったえ、招安《しょうあん》を実現《じつげん》させる。

遼国《りょうこく》とのたたかいでは、弩《いしゆみ》で敵将《てきしょう》・耶律宗雲《やりつそううん》を射《い》ころす。方臘《ほうろう》とのたたかいでもさいごまで生きのこるが、都《みやこ》へもどるとちゅう、盧俊義《ろしゅんぎ》に、どこか静《しず》かな土地で暮《く》らすと告《つ》げて姿《すがた》を消す。

閻婆惜

閻婆惜[えんばしゃく]

宋江《そうこう》の妾《めかけ》。金《かね》にいやしい悪女《あくじょ》で、宋江《そうこう》が留守《るす》のときに張文遠《ちょうぶんえん》という色男《いろおとこ》をひっぱりこんでいた。また、宋江《そうこう》が梁山泊《りょうざんぱく》からおくられた手紙と金子《きんす》を見つけ、おどしとろうとするが、うばいかえそうとした宋江《そうこう》に殺されてしまう。

王英

王英[おうえい]　〈58〉

梁山泊《りょうざんぱく》一〇八人のひとり。地微星《ちびせい》の転生《てんせい》。背《せ》がひくく、あだ名《な》は〈矮脚虎《わいきゃくこ》（みじかい足の虎《とら》）〉。清風山《せいふうざん》の山賊《さんぞく》。仲間《なかま》に燕順《えんじゅん》、鄭天寿《ていてんじゅ》がいる。女好《おんなず》きで、山のふもとを通りかかった劉高《りゅうこう》の妻《つま》をさらうが、宋江《そうこう》に逃《に》がすよういわれ、しぶしぶしたがう。しかしこれがもとで、宋江《そうこう》は清風鎮《せいふうちん》で劉高《りゅうこう》につかまってしまう。宋江《そうこう》と花栄《かえい》が青州《せいしゅう》へ護送《ごそう》されたときは燕順《えんじゅん》とたすけにむかう。

祝家荘《しゅくかそう》とのたたかいでは、敵《てき》の女将《じょしょう》・扈三娘《こさんじょう》に生け捕《ど》りにされるが、梁山泊《りょうざんぱく》が祝家荘《しゅくかそう》に勝利《しょうり》したのち、扈三娘《こさんじょう》を妻《つま》にする。

梁山泊《りょうざんぱく》一〇八人がそろったときには、扈三娘《こさんじょう》とともに三軍内政管理騎兵頭目《ぐんないせいかんりきへいとうもく》に任《にん》じられる。

方臘《ほうろう》とのたたかいでは、鄭彪《ていひょう》と一騎《いっき》打《う》ちをするも槍《やり》で突《つ》きころされる。扈三娘《こさんじょう》がかたきを討《う》とうとするが、鄭彪《ていひょう》のなげた金磚《きんせん》（金色《こんじき》のレンガ）をくらって死ぬ。

王義［おうぎ］

絵師《えし》。華山《かざん》の廟《びょう》に娘《むすめ》ともうでたときに、娘《むすめ》を見初《みそ》めた賀太《がたい》守《しゅ》に娘をつれさられ、抵抗したために流罪《るざい》になる。護送《ごそう》されるところを史進《ししん》にたすけられ、少華山《しょうかざん》に身をかくす。のちに梁山泊軍《りょうざんぱくぐん》が賀太守《がたいしゅ》の屋敷《やしき》まで攻《せ》め入《い》るが、娘《むすめ》は井戸《いど》に身をなげて自害《じがい》していた。宋江《そうこう》から賀太守《がたいしゅ》の屋敷《やしき》にあった金銀《きんぎん》財物《ざいぶつ》の一部をわけあたえられ、華州《かしゅう》から離《はな》れる。

王慶

王慶［おうけい］

開封府《かいほうふ》出身《しゅっしん》の富豪《ふごう》の息子《むすこ》。太師《たいし》・蔡京《さいけい》の孫《まご》の婚約者《こんやくしゃ》と通《つう》じていたため、蔡京《さいけい》の怒《いか》りを買い、都《みやこ》を追いだされてしまう。そののち房山《ぼうざん》の山賊《さんぞく》たちをしたがえて各地《かくち》をあらしまわり、八つの州府《しゅうふ》と八十六の県を支配《しはい》するまでになる。梁山泊軍《りょうざんぱくぐん》が朝廷《ちょうてい》の命《めい》をうけて攻《せ》めこんできて、本拠地《ほんきょち》である南豊《なんほう》の城《しろ》をとられると、東川《とうせん》の城《しろ》（位置不明《いちふめい》）へ逃亡《とうぼう》する。とちゅう、舟《ふね》にのって川をわたろうとするが、船頭《せんどう》に化けた李俊《りしゅん》に生《い》け捕《ど》られ、都《みやこ》・開封府《かいほうふ》で処刑《しょけい》、さらし首になる。

王進

王進［おうしん］

宋《そう》の八十万禁軍《きんぐん》（天子直属《てんしちょくぞく》の軍《ぐん》）の教頭《きょうとう》（武術師範《ぶじゅつしはん》）。高俅《こうきゅう》がごろつきだったころに、王進《おうしん》の父が高俅《こうきゅう》をたたきのめしたことがあったため、高俅《こうきゅう》が殿帥府太尉《でんすいふたいい》（禁軍《きんぐん》の最高《さいこう》位《い》）の位《くらい》についたときの就任式《しゅうにんしき》で、高俅《こうきゅう》に目をつけられる。復讐《ふくしゅう》をおそれた王進《おうしん》は、母とともに都《みやこ》・開封府《かいほうふ》を去る。道《どう》

中《ちゅう》、母が病《やまい》にかかり、華陰県《かいんけん》の史太公《したいこう》の屋敷《やしき》で世話《せわ》になる。王進《おうしん》はそこで史進《ししん》とであってたたかい、打ち負《ま》かす。そして史進《ししん》に武術《ぶじゅつ》を教えたのち、母とともにどこかへ去る。

王進の母[おうしんのはは]

王進《おうしん》と都《みやこ》・開封府《かいほうふ》を離《はな》れ、道中《どうちゅう》で病《やまい》にかかる。

王定六

王定六[おうていろく]　〈104〉

梁山泊《りょうざんぱく》一〇八人のひとり。地劣星《ちれつせい》の転生《てんせい》。あだ名《な》は〈活閃婆《かつせんば》（雷神《らいじん》）〉。泳ぎが得意《とくい》。北京城《ほくけいじょう》攻《ぜ》めのさいに宋江《そうこう》が病《やまい》にかかり、張順《ちょうじゅん》が神医《しんい》・安道全《あんどうぜん》をさがしにむかった道中《どうちゅう》であい、梁山泊入《りょうざんぱくい》りする。東平府攻《とうへいふぜ》めでは、郁保四《いくほうし》とともに「東平府《とうへいふ》の銭糧《せんりょう》（銭《ぜに》と兵糧《ひょうろう》）を借《か》りたい」との書簡《しょかん》をたずさえ、敵《てき》の城《しろ》へ使者《ししゃ》としておもむくが、棒《ぼう》たたきにされ追いだされる。

梁山泊《りょうざんぱく》一〇八人がそろったときには、李立《りりつ》とともに北山酒店の経営《けいえい》をまかされる。

方臘《ほうろう》とのたたかいでは、宣州攻《せんしゅうぜ》めのさいに戦死《せんし》する。

王文斌[おうぶんひん]

朝廷《ちょうてい》から派遣《はけん》された八十万禁軍《きんぐん》（天子直属《てんしちょくぞく》の軍《ぐん》）の教頭《きょうとう》（武術師範《ぶじゅつしはん》）。梁山泊軍《りょうざんぱくぐん》が遼国《りょうこく》とたたかっているときに、朝廷《ちょうてい》の命《めい》により援軍《えんぐん》にくわわる。遼軍《りょうぐん》が〈太乙混天象《たいいつこんてんしょう》の陣《じん》〉を敷《し》いてくるが、「めずらしくもない陣《じん》だ」と知ったかぶりをして出陣《しゅつじん》し、敵将《てきしょう》にあっさり討《う》ちとられる。

欧鵬

欧鵬[おうほう]　〈48〉

梁山泊《りょうざんぱく》一〇八人のひとり。地闊星《ちかつせい》の転生《てんせい》。あだ名《な》は〈摩《ま》

雲金翅《うんきんし》（雲の高さをとぶ大鳥《おおとり》）〉。黄門山《こうもんざん》の山賊《さんぞく》の首領《しゅりょう》で、部下《ぶか》に蔣敬《しょうけい》、馬麟《ばりん》、陶宗旺《とうそうおう》がいる。宋江《そうこう》が黄門山《こうもんざん》のそばを通ったときに、仲間《なかま》たちとともに梁山泊入《りょうざんぱくい》りをねがいでる。祝家荘《しゅくかそう》とのたたかいでは、欒廷玉《らんていぎょく》とたたかって鉄鎚《てっつい》（ひものついた鉄球《てっきゅう》）をくらい、落馬《らくば》して負傷《ふしょう》する。

梁山泊《りょうざんぱく》一〇八人がそろったときには、騎兵軍小彪将《きへいぐんしょうひょうしょう》のひとりに任《にん》じられる。

方臘《ほうろう》とのたたかいでは盧俊義《ろしゅんぎ》の軍《ぐん》に属《ぞく》し、歙州攻《きゅうしゅうぜ》めのときに戦死《せんし》する。

欧陽侍郎

欧陽侍郎［おうようじろう］

遼国《りょうこく》の文官《ぶんかん》。梁山泊軍《りょうざんぱくぐん》が攻《せ》めこんできたときに、遼国王《りょうこくおう》に宋江《そうこう》たちを懐柔《かいじゅう》して味方《みかた》にするよう提案《ていあん》する。その策《さく》をうけいれた遼国王《りょうこくおう》の命《めい》で使者《ししゃ》として宋江《そうこう》のもとへおくられるも、寝《ね》がえったふりをした宋江《そうこう》にだまされ、覇州城《はしゅうじょう》をのっとられる。欧陽侍郎《おうようじろう》は、覇州城《はしゅうじょう》をまもる康里定安《こうりていあん》とともに生《い》け捕《ど》られたが、宋江《そうこう》に逃《に》がされる。

王倫

王倫［おうりん］

梁山泊《りょうざんぱく》の首領《しゅりょう》で、杜遷《とせん》、宋万《そうまん》をしたがえる。あだ名《な》は〈白衣秀士《はくいしゅうし》（白衣《はくい》の才人《さいじん》）〉。度量《どりょう》がちいさく、自分より人望《じんぼう》のある者を梁山泊《りょうざんぱく》にまねくのをこころよく思わない。晁蓋《ちょうがい》たちが役人《やくにん》に追われて梁山泊入《りょうざんぱくい》りしたときも、「じゅうぶんな食糧《しょくりょう》がない」といって追いだそうとする。それをきいて腹《はら》を立てた林冲《りんちゅう》に斬《き》りころされる。

解珍

か行

解珍［かいちん］　〈34〉

梁山泊《りょうざんぱく》一〇八人のひとり。天暴星《てんぼうせい》の転生《てんせい》。あだ名《な》は〈両《りょう》頭蛇《とうだ》(二つの頭の蛇《へび》)〉。登州《とうしゅう》に住む猟師《りょうし》で、刺叉《さすまた》を武器《ぶき》とする。解宝《かいほう》の兄。登州《とうしゅう》の山をさわがせた虎《とら》を兄弟で退治《たいじ》したが、登州《とうしゅう》の富豪《ふごう》にその手柄《てがら》を横どりされ、さらに無実《むじつ》の罪《つみ》で牢《ろう》にほうりこまれる。楽和《がくわ》、孫立《そんりつ》、孫新《そんしん》、顧大嫂《こだいそう》、鄒淵《すうえん》、鄒潤《すうじゅん》にたすけだされ、皆《みな》とともに梁山泊入《りょうざんぱくい》りする。祝家荘《しゅくかそう》攻略《こうりゃく》では、彼《かれ》ら八人は祝家荘《しゅくかそう》へむかい、祝朝奉《しゅくちょうほう》や欒廷玉《らんていぎょく》をだまして梁山泊軍《りょうざんぱくぐん》を勝利《しょうり》にみちびく。

華州城攻略《かしゅうじょうこうりゃく》では、呉用《ごよう》の策《さく》によって解宝《かいほう》とともに役人《やくにん》に化《ば》け、賀太守《がたいしゅ》の首をはねる。曽頭市《そうとうし》でのたたかいでは、解宝《かいほう》とともに敵将《てきしょう》・曽索《そうさく》を討《う》つ。

梁山泊《りょうざんぱく》一〇八人がそろったときには、解宝《かいほう》とともに歩兵《ほへい》頭目《とうもく》のひとりに任《にん》じられる。

方臘《ほうろう》とのたたかいのときに睦州《ぼくしゅう》で解宝《かいほう》とともに戦死《せんし》する。

解宝

解宝[かいほう] 〈35〉

梁山泊《りょうざんぱく》一〇八人のひとり。天哭星《てんこくせい》の転生《てんせい》。あだ名《な》は〈双《そう》尾蝎《びかつ》(二つの尾《お》のサソリ)〉。登州《とうしゅう》に住む猟師《りょうし》で、刺叉《さすまた》を武器《ぶき》とする。解珍《かいちん》の弟。つねに兄・解珍《かいちん》と行動をともにする。(→解珍《かいちん》)

花栄[かえい] 〈9〉

梁山泊《りょうざんぱく》一〇八人のひとり。天英星《てんえいせい》の転生《てんせい》。弓《ゆみ》の名手《めいしゅ》で、あだ名《な》は〈小李広《しょうりこう》(李広《りこう》は前漢時代《ぜんかんじだい》の将軍《しょうぐん》。弓《ゆみ》の名手《めいしゅ》)〉。清風寨《せいふうさい》の副長官《ふくちょうかん》。役人《やくにん》に追われる身となった宋江《そうこう》を屋敷《やしき》でかくまう。以前《いぜん》、宋江《そうこう》が清風山《せいふうざん》にいたときに、山賊《さんぞく》につかまった清風寨《せいふうさい》の長官《ちょうかん》・劉高《りゅうこう》の妻《つま》をたすけたことがあったが、劉高《りゅうこう》の妻《つま》が宋江《そうこう》を街《まち》で見かけ、「宋江《そうこう》は山賊《さんぞく》の仲間《なかま》だ」と告《つ》

花栄

げたために劉高《りゅうこう》に逮捕《たいほ》され、ついでに花栄《かえい》もつかまる。二人は檻車《かんしゃ》にいれられ、兵馬都監《へいばとかん》（州軍《しゅうぐん》の総司令官《そうしれいかん》）の黄信《こうしん》によって青州《せいしゅう》の牢獄《ろうごく》へ護送《ごそう》されるが、とちゅう清風山《せいふうざん》の山賊《さんぞく》たちにたすけられる。以後《いご》、清風山《せいふうざん》に身をおく。

兵馬統制《へいばとうせい》（征伐軍指揮官《せいばつぐんしきかん》）の秦明《しんめい》が清風山《せいふうざん》へ攻《せ》めこんできたときは、これを返《かえ》り討《う》ちにする。そののち、秦明《しんめい》と黄信《こうしん》が仲間《なかま》になると、清風鎮《せいふうちん》にのりこんで劉高《りゅうこう》の一族《いちぞく》を殺し、仲間たちとともに梁山泊《りょうざんぱく》に身をよせる。

呼延灼《こえんしゃく》とのたたかいでは、矢《や》を連射《れんしゃ》して六、七騎《き》を射《い》ころす。盧俊義《ろしゅんぎ》が梁山泊《りょうざんぱく》の近くまできたときには、盧俊義《ろしゅんぎ》の帽子《ぼうし》の上の赤いふさを、矢《や》で正確《せいかく》に射《い》ぬく。

梁山泊《りょうざんぱく》一〇八人がそろったときには、騎兵軍《きへいぐん》八驃騎《ひょうき》のひとりに任《にん》じられる。

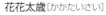

方臘《ほうろう》とのたたかいではさいごまで生きのこり、官職《かんしょく》をさずけられて応天府《おうてんふ》に赴任《ふにん》する。だが、楚州《そしゅう》に赴任《ふにん》した宋江《そうこう》が朝廷《ちょうてい》からおくられた酒をのんで死んだことを夢《ゆめ》のなかで知ると、いそいで楚州《そしゅう》へむかい、おなじ夢《ゆめ》を見てかけつけた呉用《ごよう》とともに宋江《そうこう》のあとを追って自害《じがい》する。遺体《いたい》は従者《じゅうしゃ》によって宋江《そうこう》とおなじ場所に埋《う》められた。

花花太歳

花花太歳[かかたいさい]

高俅《こうきゅう》の養子《ようし》。東岳廟《とうがくびょう》（泰山《たいざん》の神をまつる廟《びょう》）で林冲《りんちゅう》の妻《つま》を見初《みそ》めていいよるも、林冲《りんちゅう》がかけつけてきて失敗《しっぱい》。だがあきらめきれず、林冲《りんちゅう》の幼《おさな》なじみの陸謙《りくけん》をつかって林冲《りんちゅう》をおびきだし、そのあいだに林冲《りんちゅう》の妻《つま》を手にいれようとするが、侍女《じじょ》の錦児《きんじ》が林冲《りんちゅう》に知らせたため、これも失敗《しっぱい》。林冲《りんちゅう》をおそれるあまり床《とこ》に伏《ふ》してしまう。高俅《こうきゅう》はこれを知ると、

林冲《りんちゅう》を無実《むじつ》の罪《つみ》で流罪《るざい》にする。そして林冲《りんちゅう》の妻《つま》に花花太歳《かかたいさい》との縁組《えんぐみ》を強要《きょうよう》したため、林冲《りんちゅう》の妻《つま》は自害《じがい》してしまう。

郝思文

郝思文[かくしぶん]　〈41〉

梁山泊《りょうざんぱく》一〇八人のひとり。地雄星《ちゆうせい》の転生《てんせい》。母親が井木犴《せいぼくかん》（二十八宿星《しゅくせい》のひとつ）の夢《ゆめ》を見て、郝思文《かくしぶん》を身《み》ごもったことから、あだ名《な》は〈井木犴《せいぼくかん》〉。関勝《かんしょう》の義弟《ぎてい》。

単廷珪《ぜんていけい》、魏定国《ぎていこく》とのたたかいでは、宣贊《せんさん》とともに生《い》け捕《ど》りにされるが、都《みやこ》・開封府《かいほうふ》に護送《ごそう》されるとちゅうで李逵《りき》たちにたすけられる。

梁山泊《りょうざんぱく》一〇八人がそろったときには、騎兵軍小彪将《きへいぐんしょうひょうしょう》のひとりに任《にん》じられる。

方臘《ほうろう》とのたたかいでは、杭州《こうしゅう》攻《ぜ》めのさいに命をおとす。

郭盛

郭盛[かくせい]　〈55〉

梁山泊《りょうざんぱく》一〇八人のひとり。地祐星《ちゆうせい》の転生《てんせい》。あだ名《な》は〈賽《さい》仁貴《じんき》（「賽《さい》」は「競《きそ》う」、「仁貴《じんき》」は唐代《とうだい》の武将《ぶしょう》、薛仁貴《せつじんき》のこと。「賽仁貴《さいじんき》」は「薛仁貴《せつじんき》ときそいあうほどの」という意味）〉。方天画戟《ほうてんがげき》の使い手で白い鎧《よろい》を身にまとう。宋江《そうこう》が清風山《せいふうざん》の山《さん》賊《ぞく》たちとともに梁山泊《りょうざんぱく》へむかうとちゅう、対影山《たいえいざん》のふもとで呂方《りょほう》とともに仲間《なかま》にくわわる。宋江処刑《そうこうしょけい》のさいには旅芸人に扮《ふん》して乱入《らんにゅう》し救出《きゅうしゅつ》に一役《ひとやく》かう。祝家荘《しゅくかそう》とのたたかいでは、呂方《りょほう》と協力《きょうりょく》して祝虎《しゅくこ》を討《う》ちとる。

梁山泊《りょうざんぱく》一〇八人がそろったときには、呂方《りょほう》とともに中軍《ちゅうぐん》護衛騎兵頭目《ごえいきへいとうもく》に任《にん》じられる。

方臘《ほうろう》とのたたかいでも呂方《りょほう》とともに行動し、敵《てき》の本拠地《ほんきょち》・清渓県《せいけいけん》へむかうとちゅうで呂方《りょほう》とともに戦死《せんし》する。

楽和

楽和［がくわ］〈77〉

梁山泊《りょうざんぱく》一〇八人のひとり。地楽星《ちがくせい》の転生《てんせい》。歌をうたうのが得意《とくい》で、あだ名《な》は〈鉄叫子《てつきょうし》（すばらしい声の者）〉。登州《とうしゅう》の牢番《ろうばん》をしていたが、解珍《かいちん》、解宝《かいほう》が無実《むじつ》の罪《つみ》でつかまったときに、孫立《そんりつ》、孫新《そんしん》、顧大嫂《こだいそう》、鄒淵《すうえん》、鄒潤《すうじゅん》の力を借《か》りてたすけだし、そろって梁山泊入《りょうざんぱくい》りする。祝家荘攻略《しゅくかそうこうりゃく》では、八人で祝家荘《しゅくかそう》へむかい、祝朝奉《しゅくちょうほう》や欒廷玉《らんていぎょく》をだまして梁山泊軍《りょうざんぱくぐん》を勝利《しょうり》にみちびく。呼延灼《こえんしゃく》とのたたかいでは、徐寧《じょねい》を梁山《りょうざん》泊入《ぱくい》りさせるため、商人《しょうにん》に化《ば》けてひと芝居打《しばいう》つ。

梁山泊《りょうざんぱく》一〇八人がそろったときには、軍中機密伝令歩兵《ぐんちゅうきみつでんれいほへい》頭目《とうもく》のひとりに任《にん》じられる。

方臘《ほうろう》とのたたかいのまえに朝廷《ちょうてい》の大臣《だいじん》に、歌のうまさを買《か》われ、梁山泊軍《りょうざんぱくぐん》から離脱《りだつ》して都《みやこ》・開封府《かいほうふ》にのこる。

夏侯成［かこうせい］

方臘《ほうろう》に仕《つか》える武将《ぶしょう》。梁山泊軍《りょうざんぱくぐん》が睦州《ぼくしゅう》へ攻《せ》めこんだときに、妖術使《ようじゅつつか》いの包道乙《ほうどういつ》、その弟子《でし》の鄭彪《ていひょう》とともに援軍《えんぐん》にかけつける。魯智深《ろちしん》とたたかうが、かなわずに退却《たいきゃく》する。

賈氏［かし］

盧俊義《ろしゅんぎ》の妻《つま》。盧俊義《ろしゅんぎ》が梁山泊《りょうざんぱく》に捕《と》らえられているあいだに、番頭《ばんとう》の李固《りこ》とねんごろになり、屋敷《やしき》をのっとる。李固《りこ》と運命をともにする。（→李固《りこ》）

賀太守

賀太守［がたいしゅ］

蔡京《さいけい》の門下《もんか》。華州府《かしゅうふ》の太守《たいしゅ》（知府《ちふ》）。貪欲《どんよく》な男で、良民《りょうみん》に重税《じゅうぜい》をかけ、賄賂《わいろ》を好《この》む。華山《かざん》の廟《びょう》で絵師《えし》・王義《おうぎ》の娘《むすめ》を見初《みそ》めてつれさり、抵抗《ていこう》した王義《おうぎ》を流罪《るざい》にする。娘《むすめ》をたすけ

るために史進《ししん》や魯智深《ろちしん》が華州府《かしゅうふ》へむかうが、ぎゃくに捕《と》らえられてしまう。そののち呉用《ごよう》の策《さく》で朝廷《ちょうてい》の使者《ししゃ》に扮《ふん》した解珍《かいちん》、解宝《かいほう》らに捕《と》らえられ、首を刎《は》ねられる。

関勝

関勝[かんしょう]〈5〉

梁山泊《りょうざんぱく》一〇八人のひとり。天勇星《てんゆうせい》の転生《てんせい》。青竜偃月刀《せいりゅうえんげつとう》の使い手で、あだ名《な》は〈大刀《だいとう》〉。三国時代《さんごくじだい》の関羽《かんう》の子孫《しそん》。愛馬《あいば》は赤兎馬《せきとば》。北京城《ほくけいじょう》が梁山泊《りょうざんぱく》に攻《せ》められたときに、宣賛《せんさん》から推挙《すいきょ》され、郝思文《かくしぶん》、宣賛《せんさん》を副将《ふくしょう》に梁山泊《りょうざんぱく》とたたかう。呼延灼《こえんしゃく》が梁山泊軍《りょうざんぱくぐん》から寝《ね》がえったと信《しん》じて罠《わな》にはまり生《い》け捕《ど》りにされ、宋江《そうこう》に説得《せっとく》されて梁山泊入《りょうざんぱくい》りする。

梁山泊《りょうざんぱく》が北京城《ほくけいじょう》を攻《せ》めたときには従軍《じゅうぐん》し、索超《さくちょう》が生《い》け捕《ど》りにされたのちは、彼《かれ》を説《と》いて梁山泊入《りょうざんぱくい》りさせる。

単廷珪《ぜんていけい》、魏定国《ぎていこく》とのたたかいでは、宣賛《せんさん》、郝思文《かくしぶん》を従《したが》え出陣《しゅつじん》するが宣賛《せんさん》、郝思文《かくしぶん》は生《い》け捕《ど》りにされる。梁山泊《りょうざんぱく》から援軍《えんぐん》にやってきた林冲《りんちゅう》とともにたたかい、関勝《かんしょう》は一騎打《いっきう》ちで単廷珪《ぜんていけい》を生《い》け捕《ど》りにし、仲間《なかま》にくわえる。

梁山泊《りょうざんぱく》一〇八人がそろったときには、騎兵軍《きへいぐん》五虎将《ごしょう》のひとりに任《にん》じられる。

遼国《りょうこく》とのたたかいでは、敵将《てきしょう》・兀顔光《こつがんこう》を討《う》ちとる。また丹徒県《たんとけん》攻《ぜ》めでは、敵将《てきしょう》・邢政《けいせい》を斬《き》る。方臘《ほうろう》とのたたかいでは敵将《てきしょう》・鄭彪《ていひょう》を討《う》ちとり、さいごまで生きのこる。朝廷《ちょうてい》から官職《かんしょく》をさずけられ、北京《ほくけい》に赴任《ふにん》するが、酔《よ》って落馬《らくば》し、その怪我《けが》がもとで命をうしなう。

韓滔

韓滔[かんとう]〈42〉

梁山泊《りょうざんぱく》一〇八人のひとり。地威星《ちいせい》の転生《てんせい》。棗木槊《そうぼくさく》（棗《なつめ》の木でつくった槍《やり》）の使い手で、あだ名《な》は〈百勝将《ひゃくしょうしょう》（負《ま》けな

しの将軍《しょうぐん》)〉。呼延灼《こえんしゃく》が梁山泊討伐《りょうざんぱくとうばつ》へむかったときに、朝廷《ちょうてい》の命《めい》で彭玘《ほうき》とともに従軍《じゅうぐん》する。〈連環馬《れんかんば》(鉄鎧《てつよろい》に身をかためた騎馬隊《きばたい》)〉を指揮《しき》し、梁山泊軍《りょうざんぱくぐん》を苦しめる。だが梁山泊軍《りょうざんぱくぐん》が鉤鎌鎗《こうれんそう》をもちい、馬上《ばじょう》の兵士《へいし》を地面にひきずりおとす策《さく》をつかったために生《い》け捕《ど》られ、大義《たいぎ》を説《と》かれて梁山泊《りょうざんぱく》入《い》りする。索超《さくちょう》とのたたかいでは、矢《や》を放《はな》って索超《さくちょう》の左ひじに命中《めいちゅう》させる。

梁山泊《りょうざんぱく》一〇八人がそろったときには、騎兵軍小彪将《きへいぐんしょうひょうしょう》に任《にん》じられる。

方臘《ほうろう》とのたたかいで、敵将《てきしょう》・高可立《こうかりつ》の放《はな》った矢《や》をくらって落馬《らくば》し、敵将《てきしょう》・張近仁《ちょうきんじん》の槍《やり》で刺《さ》しころされる。

徽宗

徽宗[きそう]

宋《そう》の八代目天子《てんし》。『水滸伝《すいこでん》』における〈天子《てんし》〉は徽宗《きそう》をさす。絵画《かいが》など芸術面《げいじゅつめん》での才能《さいのう》はすぐれているが、政治《せいじ》には暗く、優柔不断《ゆうじゅうふだん》で、四人の奸臣《かんしん》(高俅《こうきゅう》、蔡京《さいけい》、童貫《どうかん》、楊戩《ようせん》)にいいようにあやつられている。お気に入りの妓女《ぎじょ》・李師師《りしし》を通《つう》じて燕青《えんせい》と知りあい、梁山泊《りょうざんぱく》が招安《しょうあん》(朝廷《ちょうてい》に帰順《きじゅん》すること)をのぞんでいることを知る。徽宗《きそう》は梁山泊《りょうざんぱく》の罪《つみ》をゆるし、宋江《そうこう》たちを都《みやこ》・開封府《かいほうふ》にまねく。だが奸臣《かんしん》たちは梁山泊《りょうざんぱく》をおそれて嫌《きら》い、遼国《りょうこく》、田虎《でんこ》、王慶《おうけい》の討伐《とうばつ》で功《こう》をたてても、なにかと理由をつけて宋江《そうこう》たちに官職《かんしょく》をあたえないよう徽宗《きそう》に進言《しんげん》する。

方臘《ほうろう》とのたたかいでは、梁山泊《りょうざんぱく》の多くの好漢《こうかん》が亡《な》くなったことを悲しみ、生きのこった宋江《そうこう》たちに官職《かんしょく》をあたえる。奸臣《かんしん》たちは朝廷《ちょうてい》が

おくる酒に毒《どく》を入れて宋江《そうこう》を暗殺《あんさつ》するが、奸臣《かんしん》たちによって伏《ふ》され徽宗《きそう》の耳にはいらなかった。

徽宗《きそう》は、李師師《りしし》のもとで酒をのんで眠《ねむ》ったとき、梁山泊《りょうざんぱく》で宋江《そうこう》たちにであう夢《ゆめ》を見て宋江《そうこう》が毒殺《どくさつ》されたことをさとり、蔡京《さいけい》たちを問《と》いただす。宋江《そうこう》がほんとうに亡《な》くなっていたと知ると、蔡京《さいけい》たち奸臣《かんしん》をしかるが、それ以上《いじょう》の罰《ばつ》はあたえなかった。そして梁山泊《りょうざんぱく》に廟《びょう》を建《た》て、宋江《そうこう》たちの神像《しんぞう》をつくってその功績《こうせき》をたたえた。

魏定国

魏定国［ぎていこく］〈45〉

梁山泊《りょうざんぱく》一〇八人のひとり。地猛星《ちもうせい》の転生《てんせい》。火攻《ひぜ》めがうまいことから、あだ名《な》は〈神火将《しんかしょう》〉。赤い戦袍《せんぽう》をはおり、赤い大刀《だいとう》をもち、赤い馬にまたがる。軍旗《ぐんき》も兵士《へいし》たちの鎧《よろい》も赤色。朝廷《ちょうてい》の命《めい》で、単廷珪《ぜんていけい》とともに梁山泊討伐《りょうざんぱくとうばつ》にむかう。
（→単廷珪《ぜんていけい》）

九天玄女

九天玄女［きゅうてんげんにょ］

道教《どうきょう》の仙女《せんにょ》。宋江《そうこう》が遼国《りょうこく》とのたたかいで、敵《てき》に〈太乙混天象《たいいつこんてんしょう》の陣《じん》〉を敷《し》かれて苦戦《くせん》していたとき、夢《ゆめ》のなかにあらわれ陣をやぶる方法《ほうほう》を教《おし》える。

龔旺

龔旺［きょうおう］〈78〉

梁山泊《りょうざんぱく》一〇八人のひとり。地捷星《ちしょうせい》の転生《てんせい》。飛槍《ひそう》の使い手で、全身に虎《とら》の斑点《はんてん》の刺青《いれずみ》をしていることから、あだ名《な》は〈花項虎《かこうこ》（虎模様《とらもよう》の刺青《いれずみ》）〉。張清《ちょうせい》、丁得孫《ていとくそん》とともに東昌府《とうしょうふ》をまもる。梁山泊《りょうざんぱく》が攻《せ》めてきたときには、張清《ちょうせい》らとともに出陣《しゅつじん》する。林冲《りんちゅう》と一騎打《いっきう》ちをして生《い》け捕《ど》られ、梁山泊《りょうざんぱく》にくわわる。

梁山泊《りょうざんぱく》一〇八人がそろったときには、歩兵将校《ほへいしょうこう》のひとりに任《にん》じられる。

方臘《ほうろう》とのたたかいでは呼延灼《こえんしゃく》の軍に属《ぞく》し、徳清県《とくせいけん》で戦死《せんし》する。

喬道清

喬道清[きょうどうせい]

田虎《でんこ》の軍師《ぐんし》・左丞相《さじょうしょう》（国政大臣《こくせいだいじん》）。姓《せい》は喬《きょう》、名は冽《れつ》、号《ごう》は道清《どうせい》。妖術使《ようじゅつつか》いで、知略《ちりゃく》にも長《た》けており、〈幻魔君《げんまくん》〉とあだ名《な》される。公孫勝《こうそんしょう》の師匠《ししょう》、羅真人《らしんじん》に弟子入《でしい》りをしようとして、拒《こば》まれたことがある。梁山泊軍《りょうざんぱくぐん》が昭徳城《しょうとくじょう》に攻《せ》めこんできたときに、兵《へい》をひきいてこれにあたる。李逵《りき》、唐斌《とうひん》、耿恭《こうきょう》を相手に妖術《ようじゅつ》をつかい、黒い霧《きり》を発生《はっせい》させて李逵《りき》と唐《とう》斌《ひん》を生《い》け捕《ど》る。また砂嵐《すなあらし》をよびおこして梁山泊軍《りょうざんぱくぐん》を混乱《こんらん》させ、宋江《そうこう》たちをおいつめる。しかし公孫勝《こうそんしょう》に術《じゅつ》をつぎつぎとやぶられ百谷嶺《ひゃくこくれい》という山に逃《に》げこむ。喬道清《きょうどうせい》と同郷《どうきょう》の孫《そん》安《あん》に説得《せっとく》され、公孫勝《こうそんしょう》が羅真人《らしんじん》の弟子《でし》であることを知ると、梁山泊軍《りょうざんぱくぐん》に降伏《こうふく》して公孫勝《こうそんしょう》の弟子《でし》になる。田虎《でんこ》、王慶討伐《おうけいとうばつ》戦《せん》では梁山泊《りょうざんぱく》に力を貸《か》したが、方臘《ほうろう》とのいくさのまえに馬《ば》霊《れい》とともに去る。そして馬霊《ばれい》とともに羅真人《らしんじん》に弟子入《でしい》りし、天寿《てんじゅ》をまっとうする。

許定[きょてい]

方臘《ほうろう》の武将《ぶしょう》。常州《じょうしゅう》に梁山泊軍《りょうざんぱくぐん》が攻《せ》めてきたときに、金節《きんせつ》とともに出陣《しゅつじん》して梁山泊軍《りょうざんぱくぐん》とたたかう。その後どうなったかは不明《ふめい》。（→金節《きんせつ》）

錦児[きんじ]

林冲《りんちゅう》の屋敷《やしき》の侍女《じじょ》。林冲《りんちゅう》の妻《つま》が花花太歳《かかたいさい》にいいよられて

いたときに、林冲《りんちゅう》につたえて林冲《りんちゅう》の妻《つま》を何度も危機《きき》から救《すく》う。(→林冲《りんちゅう》の妻《つま》)

金翠蓮

金翠蓮[きんすいれん]

流《なが》しの娘《むすめ》。都《みやこ》・開封府《かいほうふ》に住んでいたが、親戚《しんせき》をたよって父の金老人《きんろうじん》とともに渭州《いしゅう》へ行くも、肉屋の鄭《てい》に目をつけられ、妾《めかけ》になるよう無理強《むりじ》いされる。(→金老人《きんろうじん》)

金節

金節[きんせつ]

方臘《ほうろう》の武将《ぶしょう》。常州《じょうしゅう》に梁山泊軍《りょうざんぱくぐん》が攻《せ》めてきたときに、許定《きょてい》とともにたたかうが、もともと梁山泊軍《りょうざんぱくぐん》に寝《ね》がえろうと思っていたので、わざと負けたふりをして退却《たいきゃく》する。

妻《つま》と梁山泊軍《りょうざんぱくぐん》にくだる計画《けいかく》をたて翌日《よくじつ》のいくさでわざと負けたふりをして梁山泊軍《りょうざんぱくぐん》を城内《じょうない》へひきいれる。のちに宋《そう》の行軍都統《こうぐんとうとう》(征討官《せいとうかん》)となり、北方異民族《ほっぽういみんぞく》の侵入《しんにゅう》から宋《そう》をまもって数々《かずかず》の手柄《てがら》をたて、やがて陣没《じんぼつ》する。

金大堅

金大堅[きんたいけん]　〈66〉

梁山泊《りょうざんぱく》一〇八人のひとり。地巧星《ちこうせい》の転生《てんせい》。印鑑《いんかん》を彫《ほ》るのがうまく、あだ名《な》は〈玉臂匠《ぎょくひしょう》(すぐれた職人《しょくにん》)〉。江州《こうしゅう》で宋《そう》江《こう》が蔡九《さいきゅう》に処刑《しょけい》されそうになったとき、呉用《ごよう》の策《さく》にしたがい、蕭譲《しょうじょう》と協力《きょうりょく》して蔡京《さいけい》のにせ手紙をつくる。だが、印《いん》を蔡《さい》京《けい》の本名《ほんみょう》にしてしまったため、蔡九《さいきゅう》ににせ手紙だとばれる(手紙の印《いん》に本名《ほんみょう》をつかうのは、相手に対する謙譲《けんじょう》の意味がある。蔡九《さいきゅう》は蔡京《さいけい》の子なので謙譲《けんじょう》は不要《ふよう》)。

梁山泊《りょうざんぱく》一〇八人がそろったときには、兵符印章作成管理《へいふいんしょうさくせいかんり》に任《にん》じられる。

方臘討伐《ほうろうとうばつ》の出陣《しゅつじん》まえに、徽宗《きそう》から都《みやこ》・開封府《かいほうふ》にのこるよ

う命《めい》じられ、梁山泊軍《りょうざんぱくぐん》から離《はな》れる。

金老人

金老人［きんろうじん］

金翠蓮《きんすいれん》の父。娘《むすめ》とともに都《みやこ》・開封府《かいほうふ》から渭州《いしゅう》へきて路頭《ろとう》に迷《まよ》っていたところ、肉屋の鄭《てい》に娘《むすめ》が目をつけられ、三千貫《かん》で身請《みう》けされる。だが金《かね》は払《はら》ってもらえず、しかも娘《むすめ》が鄭《てい》の妻《つま》に追いだされたうえに「三千貫《かん》をかえせ」といわれる始末《しまつ》。こまっていたところを渭州《いしゅう》の提轄《ていかつ》・魯達《ろたつ》（魯智《ろち》深《しん》）にたすけられる。やがて娘《むすめ》が雁門県《がんもんけん》の趙員外《ちょういんがい》に見初《みそ》められ、裕福《ゆうふく》な暮《く》らしができるようになる。魯達《ろたつ》が鄭《てい》を死なせたのち、雁門県《がんもんけん》へ逃《に》げてきたときには、魯達《ろたつ》の身《み》を案《あん》じ趙員外《ちょういんがい》に魯達《ろたつ》を紹介《しょうかい》して助けを請《こ》う。

瓊英

瓊英［けいえい］

田虎《でんこ》に仕《つか》える十六歳《さい》の女将《じょしょう》。両親は汾陽《ふんよう》に住む富豪《ふごう》だったが、おさないころ田虎《でんこ》が反乱《はんらん》を起こし、瓊英《けいえい》の両親は殺され財物《ざいぶつ》もうばわれる。そののち鄔《う》梨《り》の養女《ようじょ》となる。夢《ゆめ》のなかで神人《しんじん》に会い、武芸《ぶげい》を伝《でん》授《じゅ》される。方天画戟《ほうてんがげき》を武器《ぶき》とするが、石つぶての名手《めいしゅ》でもあり、とぶ鳥を百発百《ひゃっぱつひゃく》中《ちゅう》で打ちおとすことから、〈瓊矢《けいし》鏃《ぞく》〉とあだ名《な》される。

梁山泊軍《りょうざんぱくぐん》が攻《せ》めこんできたときには、襄《じょう》垣県城《えんけんじょう》をまもる鄔梨《うり》とともに出陣《しゅつじん》して方天画戟《ほうてんがげき》で王英《おうえい》を、石つぶてで扈三娘《こさんじょう》、さらには林冲《りんちゅう》を負傷《ふしょう》させ、梁山泊軍《りょうざんぱくぐん》を敗走《はいそう》させる。だが両親を殺したのが田虎《でんこ》だと知ると、父の使用人《しようにん》であった葉清《しょうせい》を通《つう》じて梁山泊軍《りょうざんぱくぐん》と接触《せっしょく》し、寝《ね》が

える。安道全《あんどうぜん》と張清《ちょうせい》が身分をいつわって城《しろ》へ侵入《しんにゅう》する手引きをする。また張清《ちょうせい》と練兵場《れんぺいじょう》でたたかい、夢《ゆめ》のなかで武術《ぶじゅつ》を教えてくれたのが張清《ちょうせい》だと知る。

敵《てき》とは知らずに張清《ちょうせい》を気にいった鄔梨《うり》のとりはからいで張清《ちょうせい》と結婚《けっこん》したのち、張清《ちょうせい》たちとともに鄔梨《うり》を毒殺《どくさつ》し、他の将《しょう》をことごとく投降《とうこう》させ、城《しろ》をのっとる。そののち張清《ちょうせい》と協力《きょうりょく》して田虎《でんこ》を生《い》け捕《ど》りにする。

方臘《ほうろう》とのたたかいでは、出陣《しゅつじん》まえに身ごもったため、梁山泊軍《りょうざんぱくぐん》から離《はな》れる。

邢政[けいせい]

方臘《ほうろう》の弟・方貌《ほうぼう》に仕《つか》える武将《ぶしょう》。呂師囊《りょしのう》が梁山泊軍《りょうざんぱくぐん》に敗《やぶ》れて潤州《じゅんしゅう》をとられ、丹徒県《たんとけん》に逃《に》げこんだときに、方貌《ほうぼう》の命令《めいれい》で援軍《えんぐん》にむかう。しかし関勝《かんしょう》に討《う》ちとられてしまう。

阮小五

阮小五[げんしょうご]　〈29〉

梁山泊《りょうざんぱく》一〇八人のひとり。天罪星《てんざいせい》の転生《てんせい》。阮《げん》三兄弟《きょうだい》（阮小二《げんしょうじ》、阮小五《げんしょうご》、阮小七《げんしょうしち》）の次男《じなん》で、あだ名《な》は〈短命二郎《たんめいじろう》（命知《いのちし》らずの次男《じなん》）〉。石碣村《せきけつそん》で漁師《りょうし》をしており、泳ぎが得意《とくい》。つねに兄と行動をともにする。（→阮小二《げんしょうじ》）

方臘《ほうろう》とのたたかいで、本拠地《ほんきょち》の清渓県《せいけいけん》を攻《せ》めるさいに戦死《せんし》する。

阮小二

阮小二[げんしょうじ]　〈27〉

梁山泊《りょうざんぱく》一〇八人のひとり。天剣星《てんけんせい》の転生《てんせい》。阮《げん》三兄弟《きょうだい》の長男《ちょうなん》で、あだ名《な》は〈立地太歳《りっちたいさい》（土地の疫病神《やくびょうがみ》）〉。石碣村《せきけつそん》で漁師《りょうし》をしており、泳ぎが得意《とくい》で、長時間《ちょうじかん》水のなかにもぐることができる。晁蓋《ちょうがい》が蔡京《さいけい》におくられる十万貫《かん》の財物《ざいぶつ》を横取《よこど》

りしようとしたときに、呉用《ごよう》に誘《さそ》われて弟たちとともに仲間《なかま》にくわわる。

十万貫《かん》の財物《ざいぶつ》をうばったのち、晁蓋《ちょうがい》たちと梁山泊《りょうざんぱく》へ逃《に》げるさいに、役人《やくにん》たちが梁山泊《りょうざんぱく》のそばの湖《みずうみ》まで追ってくると、舟《ふね》を漕《こ》いで敵《てき》を翻弄《ほんろう》し、さいごには敵将《てきしょう》を水のなかにひきずりこんで生《い》け捕《ど》りにする。そののち晁蓋《ちょうがい》にしたがい弟たちとともに梁山泊入《りょうざんぱくい》りする。

呼延灼《こえんしゃく》が梁山泊《りょうざんぱく》に攻《せ》めこんできたときには、夜、仲間《なかま》とともに湖《みずうみ》を泳いで敵陣《てきじん》に忍《しの》びより、凌振《りょうしん》のつかう火砲《かほう》を水のなかに落とし、凌振《りょうしん》も水のなかにひきずりこんで生《い》け捕《ど》りにする。

梁山泊《りょうざんぱく》一〇八人がそろったときには、水軍頭目《すいぐんとうもく》のひとりに任《にん》じられる。

方臘《ほうろう》とのたたかいで、睦州《ぼくしゅう》を攻《せ》めるときに命をおとす。

阮小七

阮小七［げんしょうしち］〈31〉

梁山泊《りょうざんぱく》一〇八人のひとり。天敗星《てんはいせい》の転生《てんせい》。阮《げん》三兄弟《きょうだい》の三《さん》男《なん》で、あだ名《な》は〈活閻羅《かつえんら》（生《い》ける閻魔大王《えんまだいおう》）〉。つねに兄たちと行動をともにする（→阮小二《げんしょうじ》）

方臘《ほうろう》とのたたかいでは二人の兄があいついで命をおとすなか、さいごまで生きのこり、朝廷《ちょうてい》から官職《かんしょく》をさずかって都《と》統制《とうせい》（軍指揮官《ぐんしきかん》）の任《にん》につくが、謀反《むほん》のうたがいをかけられ、官職《かんしょく》を剥奪《はくだつ》される。しかしかえってそれをよろこび、故郷《こきょう》の村にもどって漁師《りょうし》をしながら、老《お》いた母を養《やしな》って天寿《てんじゅ》をまっとうさせ、自身も六十になるまで生きる。

高可立［こうかりつ］

方臘《ほうろう》の武将《ぶしょう》。常州《じょうしゅう》の守将《しゅしょう》・銭振鵬《せんしんほう》の軍《ぐん》に属《ぞく》する。梁山《りょうざん》

泊軍《ばくぐん》とのいくさでは、金節《きんせつ》を追ってきた韓滔《かんとう》に矢《や》を放《はな》ち、落馬《らくば》させる。そこへ張近仁《ちょうきんじん》がかけつけ、韓滔《かんとう》ののどを槍《やり》でつらぬき、絶命《ぜつめい》させる。李逵《りき》が兵《へい》をひきいて攻《せ》めてくると、張 近仁《ちょうきんじん》とともに出陣《しゅつじん》。だが李逵《りき》に馬の足を斧《おの》でたたき切られ、馬からころがり落ち、首を斬《き》られてしまう。

高俅［こうきゅう］

宋《そう》の殿帥府太尉《でんすいふたいい》（禁軍《きんぐん》の最高位《さいこうい》）。四人の奸臣《かんしん》（高俅《こうきゅう》、蔡京《さいけい》、童貫《どうかん》、楊戩《ようせん》）のひとり。もとはごろつきで、うけた恩《おん》はその場でわすれるという性格《せいかく》。蹴毬《けまり》がうまいことから徽宗《きそう》に気にいられて出世《しゅっせ》する。ごろつき時代に王進《おうしん》の父にうちまかされたことがあり、殿帥府太尉《でんすいふたいい》の位《くらい》についたとき、王進《おうしん》に復讐《ふくしゅう》しようとするが、王進《おうしん》はそれに気づいて都《みやこ》を去る。

養子《ようし》の花花太歳《かかたいさい》が林冲《りんちゅう》の妻《つま》を見初《みそ》めると、林冲《りんちゅう》の妻《つま》を手にいれるのに手を貸《か》し、林冲《りんちゅう》を罠《わな》にはめて無実《むじつ》の罪《つみ》を着せ、流罪《るざい》にする。花花太歳《かかたいさい》との縁組《えんぐみ》を強要《きょうよう》された林冲《りんちゅう》の妻《つま》は自害《じがい》する。

いとこの高廉《こうれん》（高唐州《こうとうしゅう》の知府《ちふ》で妖術使《ようじゅつつか》い）が公孫勝《こうそんしょう》に術《じゅつ》をやぶられ、梁山泊軍《りょうざんぱくぐん》に敗北《はいぼく》すると、そのかたきを討《う》つために、呼延灼《こえんしゃく》を梁山泊討伐《りょうざんぱくとうばつ》へむかわせる。しかし呼延 灼《こえんしゃく》は敗《やぶ》れ、梁山泊《りょうざんぱく》に帰順《きじゅん》してしまう。ついには高俅《こうきゅう》自身が十万の大軍《たいぐん》をひきいて梁山泊討伐《りょうざんぱくとうばつ》へむかうが、敗《やぶ》れて生《い》け捕《ど》りにされる。宋江《そうこう》から、招安《しょうあん》（朝廷《ちょうてい》に帰順《きじゅん》すること）したい旨《むね》を天子《てんし》につたえるという約束《やくそく》で逃《に》がされるが、高俅《こうきゅう》は徽宗《きそう》につたえず、はぐらかす。そののち、真実《しんじつ》を知った徽宗《きそう》に叱責《しっせき》され、宋江《そうこう》たちは招安《しょうあん》される。

梁山泊《りょうざんぱく》が遼国《りょうこく》とのいくさを有利《ゆうり》に進め、あと一歩のところまで追いつめたとき、高俅《こうきゅう》は奸臣《かんしん》たちとともに遼国《りょうこく》から

高俅

賄賂《わいろ》をおくられたことで和平《わへい》をむすび、梁山泊軍《りょうざんぱくぐん》を都《みやこ》へ撤《てっ》退《たい》させる。

梁山泊《りょうざんぱく》が方臘《ほうろう》とのたたかいに勝利《しょうり》したのちも、宋江《そうこう》が官《かん》職《しょく》を得《え》たことをこころよく思わず、「盧俊義《ろしゅんぎ》が反乱《はんらん》を起こす」とのうわさを流して盧俊義《ろしゅんぎ》を都《みやこ》によびよせ、食事に水《すい》銀《ぎん》を盛《も》って殺《ころ》してしまう。また徽宗《きそう》に、宋江《そうこう》になぐさめとして二樽《たる》の御酒《ぎょしゅ》をおくるようにすすめ、その酒のなかに毒《どく》をいれる。宋江《そうこう》はこの酒をのんで命をおとす。宋江《そうこう》が亡《な》くなったことを知った徽宗《きそう》から叱責《しっせき》されるも、それ以上《いじょう》罰《ばっ》せられることはなかった。史実《しじつ》においても賄賂《わいろ》をうけとったり軍事費《ぐんじひ》を私用《しよう》でつかったりなどはしていたが、『水滸伝《すいこでん》』にあるような大悪党《だいあくとう》としての派手《はで》な活躍《かつやく》はなく、『宋史《そうし》』の姦臣《かんしん》（奸《かん》臣《しん》）伝《でん》にもその名は見られない。

耿恭[こうきょう]

田虎《でんこ》に仕《つか》える武将《ぶしょう》。梁山泊軍《りょうざんぱくぐん》に蓋州《がいしゅう》の城《しろ》を占領《せんりょう》されたときに帰順《きじゅん》する。昭徳城攻略《しょうとくじょうこうりゃく》のときには、唐斌《とうひん》とともに北門を攻《せ》める。喬道清《きょうどうせい》とのたたかいでも唐斌《とうひん》とともに出陣《しゅつじん》するが敗退《はいたい》。援軍《えんぐん》にきた李逵《りき》が喬道清《きょうどうせい》の妖術《ようじゅつ》で行方不明《ゆくえふめい》になってしまったことを宋江《そうこう》につたえる。

洪教頭

洪教頭[こうきょうとう]

柴進《さいしん》の屋敷《やしき》の食客《しょっかく》。柴進《さいしん》が、流罪《るざい》で滄州《そうしゅう》へきた林冲《りんちゅう》を屋《や》敷《しき》にまねいたのを知って腹《はら》をたて林冲《りんちゅう》に試合《しあい》をもうしこむが、あっさり負けてしまう。

侯健[こうけん]　〈71〉

梁山泊《りょうざんぱく》一〇八人のひとり。地遂星《ちすいせい》の転生《てんせい》。猿《さる》のように両《りょう》

侯健

腕《うで》が長いので、あだ名は〈通臂猿《つうひえん》（手長猿《てながざる》）〉。仕立屋《したてや》として黄文炳《こうぶんへい》の屋敷《やしき》ではたらいていた。薛永《せつえい》の弟子《でし》で、宋江《そうこう》と梁《りょう》山泊《ざんぱく》の好漢《こうかん》たちが黄文炳《こうぶんへい》を討《う》とうとしたときに、薛永《せつえい》に命《めい》じられて黄文炳《こうぶんへい》の屋敷《やしき》に侵入《しんにゅう》する方法《ほうほう》を話す。宋江《そうこう》たちが黄《こう》文炳《ぶんへい》を討《う》ったのち、梁山泊入《りょうざんぱくい》りする。

梁山泊《りょうざんぱく》一〇八人がそろったときには、旗《はた》・衣服作成管理《いふくさくせいかんり》に任《にん》じられる。

方臘《ほうろう》とのたたかいでは、杭州城《こうしゅうじょう》攻《ぜ》めのときに命をおとす。

咬児惟康[こうじいこう]

遼国《りょうこく》の武将《ぶしょう》。阿里奇《ありき》、楚明玉《そめいぎょく》、曹明済《そうめいさい》とともに洞仙侍郎《どうせんじろう》に仕《つか》え、檀州《たんしゅう》をまもる。梁山泊軍《りょうざんぱくぐん》が攻《せ》めてきたときは、ともに梁山泊軍《りょうざんぱくぐん》の糧秣船《りょうまつせん》をおそいに行く。陸路《りくろ》から攻《せ》めるが、李逵《りき》に行く手をはばまれて、檀州城《たんしゅうじょう》をとられ、洞仙侍郎《どうせんじろう》とともに薊州《けいしゅう》へ逃《に》げのびる。梁山泊軍《りょうざんぱくぐん》が薊州《けいしゅう》へ攻《せ》めてきたときに出陣《しゅつじん》するが、索超《さくちょう》の大斧《たいふ》で頭をわられて絶命《ぜつめい》する。

項充

項充[こうじゅう]　〈64〉

梁山泊《りょうざんぱく》一〇八人のひとり。地飛星《ちひせい》の転生《てんせい》。飛刀《ひとう》の使い手で、あだ名《な》は〈八臂那吒《はっぴなた》（八本腕《うで》の那吒《なた》。那吒《なた》は仏教《ぶっきょう》の神。『封《ほう》神演義《しんえんぎ》』や『西遊記《さいゆうき》』にも登場する）〉。樊瑞《はんずい》の部下。李袞《りこん》とともに芒碭山《ぼうとうざん》で山賊《さんぞく》をしていた。芒碭山《ぼうとうざん》が梁山泊併呑《りょうざんぱくへいどん》をもくろんでいることを知って史進《ししん》が討伐《とうばつ》にきたとき、返《かえ》り討《う》ちにする。梁山泊軍《りょうざんぱくぐん》の公孫勝《こうそんしょう》によって樊瑞《はんずい》の妖術《ようじゅつ》がやぶられると、李袞《りこん》とともに帰順《きじゅん》する。そして芒碭山《ぼうとうざん》にもどって樊《はん》瑞《ずい》を説得《せっとく》し、梁山泊入《りょうざんぱくい》りさせる。

梁山泊《りょうざんぱく》一〇八人がそろったときには、李袞《りこん》とともに歩兵《ほへい》将校《しょうこう》のひとりに任《にん》じられる。

方臘《ほうろう》とのたたかいでは、睦州《ぼくしゅう》攻《ぜ》めのさいに李袞《りこん》についで戦死《せんし》する。

洪信

洪信[こうしん]

宋《そう》の太尉《たいい》（大将軍《だいしょうぐん》）。都《みやこ》・開封府《かいほうふ》に疫病《えきびょう》がひろまったとき、名高い道士《どうし》に祈祷《きとう》をたのむため、朝廷《ちょうてい》の命《めい》をうけて江西《こうせい》（長江以南《ちょうこういなん》〈江南《こうなん》〉の西部）へむかう。天師《てんし》——後漢時代《ごかんじだい》にはじまった道教集団《どうきょうしゅうだん》〈五斗米道《ごとべいどう》（天師道《てんしどう》）〉の開祖《かいそ》・張陵《ちょうりょう》（張道陵《ちょうどうりょう》）のあとをつぐ者。〈祖師《そし》〉ともいう。ここでは洪信《こうしん》のさがしもとめる道士《どうし》のこと——をたずねて竜虎山《りゅうこざん》にのぼり、苦難《くなん》をくぐりぬけて山頂《さんちょう》へたどりつくも、天師《てんし》にはあえずじまい。牧童《ぼくどう》から「天師《てんし》はすでに都《みやこ》へむかった」ときくが、じつはこの牧童《ぼくどう》こそが目的《もくてき》の天師《てんし》だった。

ふもとの道観《どうかん》（道教《どうきょう》の寺院《じいん》）を見てまわったさいに、伏魔殿《ふくまでん》に封《ふう》じこめられた一〇八の魔星《ませい》の話をきいて興味《きょうみ》をもち、道士《どうし》たちにその封印《ふういん》を解《と》くように命《めい》じる。石碑《せきひ》の下にある岩《いわ》を掘《ほ》りおこすと一〇八の魔星《ませい》が地中からとびだし、世に解《と》き放《はな》たれる。この一〇八の魔星《ませい》がのちに、梁山泊《りょうざんぱく》にあつまる一〇八の好漢《こうかん》となる。

黄信

黄信[こうしん]　〈38〉

梁山泊《りょうざんぱく》一〇八人のひとり。地煞星《ちさつせい》の転生《てんせい》。青州《せいしゅう》の兵馬都監《へいばとかん》（州軍《しゅうぐん》の総司令官《そうしれいかん》）で、山賊《さんぞく》のいる三山《さんざん》（清風山《せいふうざん》、二竜山《にりゅうざん》、桃花山《とうかざん》）を鎮圧《ちんあつ》する予定《よてい》だったことから、あだ名《な》は〈鎮三山《ちんさんざん》〉。清風鎮《せいふうちん》で逮捕《たいほ》された宋江《そうこう》と花栄《かえい》を青州《せいしゅう》まで護送《ごそう》するが、道中《どうちゅう》で清風山《せいふうざん》の山賊《さんぞく》たちにおそわれ、宋江《そうこう》たちをとり逃《に》がしてしまう。秦明《しんめい》が宋江《そうこう》の仲間《なかま》になったのち、秦明《しんめい》に説得《せっとく》されて宋江《そうこう》の仲間《なかま》になり、ともに梁山泊《りょうざんぱく》に入る。関勝《かんしょう》と

のたたかいでは、呼延灼《こえんしゃく》とひと芝居《しばい》打《う》って関勝《かんしょう》をだまし、梁山泊軍《りょうざんぱくぐん》を勝利《しょうり》に導《みちび》く。

梁山泊《りょうざんぱく》一〇八人がそろったときには、騎兵軍小彪将《きへいぐんしょうひょうしょう》に任《にん》じられる。

方臘《ほうろう》とのたたかいではさいごまで生きのこり、朝廷《ちょうてい》から官職《かんしょく》をさずかって青州《せいしゅう》に赴任《ふにん》する。

公孫勝［こうそんしょう］〈4〉

梁山泊《りょうざんぱく》一〇八人のひとり。天間星《てんかんせい》の転生《てんせい》。道術使《どうじゅつつか》いで、あだ名は〈入雲竜《にゅううんりゅう》（雲に入る竜《りゅう》）〉。羅真人《らしんじん》を師《し》とし、道号《どうごう》は一清《いっせい》先生。晁蓋《ちょうがい》たちが蔡京《さいけい》におくられる十万貫《かん》の財物《ざいぶつ》をうばうことを占《うらな》いで知り、仲間《なかま》にくわわり、道術《どうじゅつ》で追《お》っ手《て》を翻弄《ほんろう》して梁山泊《りょうざんぱく》へ逃《に》げる。

梁山泊《りょうざんぱく》にはいったのちは、母をたずねて故郷《こきょう》の薊州《けいしゅう》にもどり、その後行方《ごゆくえ》知《し》れず。

梁山泊軍《りょうざんぱくぐん》が、高唐州城《こうとうしゅうじょう》をまもる道術使《どうじゅつつか》いの高廉《こうれん》とたたかったとき、公孫勝《こうそんしょう》の力を借《か》りるために、戴宗《たいそう》が李逵《りき》とともにさがしにきたときは、二仙山《にせんざん》で羅真人《らしんじん》にしたがって修行《しゅぎょう》をしていたが、梁山泊《りょうざんぱく》の危機《きき》をきいて高唐州《こうとうしゅう》へむかい、道術合戦《どうじゅつがっせん》で高廉《こうれん》に勝つ。

芒碭山《ぼうとうざん》の道術使《どうじゅつつか》い・樊瑞《はんずい》を攻《せ》めたときも、その相手になり、道術《どうじゅつ》で打ち負かす。樊瑞《はんずい》は公孫勝《こうそんしょう》の弟子《でし》になり、梁山泊入《りょうざんぱくい》りする。

曽頭市《そうとうし》を攻《せ》めたときには、道術《どうじゅつ》で強風《きょうふう》を起こして敵《てき》の南《なん》陣《じん》を火攻《ひぜ》めする。張清《ちょうせい》とのたたかいでは、あたり一面に黒い霧《きり》を起こし、敵軍《てきぐん》を混乱《こんらん》させる。

梁山泊《りょうざんぱく》一〇八人がそろったときには、呉用《ごよう》とともに軍師《ぐんし》に任命《にんめい》される。

公孫勝

田虎《でんこ》とのたたかいでは、敵《てき》の道術使《どうじゅつつか》い・喬道清《きょうどうせい》の術《じゅつ》を破《やぶ》って屈服《くっぷく》させる。喬道清《きょうどうせい》は以前《いぜん》、羅真人《らしんじん》に弟子《でし》入りしようとしてことわられたことがあったので、公孫勝《こうそんしょう》とであったことは天命《てんめい》と思い、公孫勝《こうそんしょう》を師《し》とあおぐ。汾陽城《ふんようじょう》をまもる馬霊《ばれい》も道術使《どうじゅつつか》いだったが、公孫勝《こうそんしょう》の相手ではなかった。

方臘《ほうろう》とのたたかいがはじまるまえに、公孫勝《こうそんしょう》はいとまをもらって梁山泊軍《りょうざんぱくぐん》から離《はな》れる。故郷《こきょう》にもどって老母《ろうぼ》の世話《せわ》をし、羅真人《らしんじん》のもとで修行《しゅぎょう》をつづけて天命《てんめい》をまっとうする。一〇八人のなかで、さいしょに梁山泊軍《りょうざんぱくぐん》からはずれた人物《じんぶつ》でもある。

黄文炳

黄文炳［こうぶんへい］

無為軍《むいぐん》に住む退職官僚《たいしょくかんりょう》。江州《こうしゅう》の知府《ちふ》・蔡九《さいきゅう》に媚《こび》を売り、もういちど官職《かんしょく》に就《つ》こうとの野心《やしん》をもつ。江州《こうしゅう》に流罪《るざい》になった宋江《そうこう》が、酔《よ》った勢《いきお》いで酒楼《しゅろう》の壁《かべ》に書いた反逆《はんぎゃく》の詩《し》を見つけると、すぐに蔡九《さいきゅう》に報告《ほうこく》。蔡九《さいきゅう》は宋江《そうこう》を処刑《しょけい》しようとするが、黄文炳《こうぶんへい》は都《みやこ》・開封府《かいほうふ》にいる蔡京《さいけい》にうかがいを立てたほうがいいと提案《ていあん》。戴宗《たいそう》を都《みやこ》への使いにだすが、戴宗《たいそう》は梁《りょう》山泊《ざんぱく》に立ちより、にせの手紙をもちかえる。黄文炳《こうぶんへい》はにせ手紙を見やぶり、宋江《そうこう》と戴宗《たいそう》の処刑《しょけい》を江州《こうしゅう》でおこなうよういう。だが処刑《しょけい》の日に、梁山泊《りょうざんぱく》の山賊《さんぞく》たちが変装《へんそう》して城内へ乱入《らんにゅう》し宋江《そうこう》たちを救《すく》いだす。黄文炳《こうぶんへい》は船《ふね》で逃《に》げるとちゅう、李《り》俊《しゅん》につかまり、宋江《そうこう》たちの前で処刑《しょけい》される。

皇甫端

皇甫端［こうほたん］　〈57〉

梁山泊《りょうざんぱく》一〇八人のひとり。地獣星《ちじゅうせい》の転生《てんせい》。目が青く、髯《ひげ》が赤く、容貌《ようぼう》が蕃人《ばんじん》（外国人）のようなので、あだ名《な》は〈紫《し》髯伯《ぜんはく》〉。よい馬を見ぬく力があり、獣医《じゅうい》としての腕《うで》もたしか。

張清《ちょうせい》が梁山泊軍《りょうざんばくぐん》に敗《やぶ》れて帰順《きじゅん》し、梁山泊《りょうざんばく》へむかうさいに、宋江《そうこう》に推挙《すいきょ》され、仲間《なかま》にくわわる。

梁山泊《りょうざんばく》一〇八人がそろったときには、獣医《じゅうい》に任《にん》じられる。

王慶《おうけい》とのたたかいでは、夏の炎天下《えんてんか》だったため、方城山《ほうじょうざん》の林のなかに陣《じん》をかまえ、軍馬《ぐんば》のたてがみを刈《か》って暑さをしのがせる。方臘《ほうろう》とのたたかいでは、出陣《しゅつじん》まえに徽宗《きそう》から、都《みやこ》・開封府《かいほうふ》にのこるようにいわれ、梁山泊軍《りょうざんばくぐん》から離脱《りだつ》する。

孔明

孔明[こうめい]　〈62〉

梁山泊一〇八人のひとり。地好星《ちこうせい》の転生《てんせい》。あだ名《な》は〈毛頭星《もうとうせい》（昴《すばる》のこと。不吉《ふきつ》な星）〉。孔家荘《こうかそう》の領主《りょうしゅ》の息子《むすこ》。孔亮《こうりょう》の兄。逃亡中《とうぼうちゅう》の宋江《そうこう》を屋敷《やしき》にかくまう。宋江《そうこう》が去ったあと、地元《じもと》の富豪《ふごう》といさかいを起こし孔亮《こうりょう》とともに役人《やくにん》に追われ、白虎山《びゃっこざん》にこもって山賊《さんぞく》になる。武術《ぶじゅつ》は好きだが腕《うで》は未熟《みじゅく》で、呼延灼軍《こえんしゃくぐん》とのたたかいでは、呼延灼《こえんしゃく》に生《い》け捕《ど》りにされる。梁山泊軍《りょうざんばくぐん》に救《すく》いだされ、孔亮《こうりょう》とともに梁山泊《りょうざんばく》に参加。

梁山泊《りょうざんばく》一〇八人がそろったときには、孔亮《こうりょう》とともに中軍《ちゅうぐん》護衛歩兵頭目《ごえいほへいとうもく》に任《にん》じられる。

方臘《ほうろう》とのたたかいで、杭州《こうしゅう》で疫病《えきびょう》にかかり命をおとす。

康里定安

康里定安[こうりていあん]

遼国《りょうこく》の国舅《こっきゅう》（遼国王《りょうこくおう》の外戚《がいせき》）。皇后《こうごう》の兄。梁山泊軍《りょうざんばくぐん》が攻《せ》めこんできたときに覇州《はしゅう》をまもる。（→欧陽侍郎《おうようじろう》）

孔亮

孔亮[こうりょう]　〈63〉

梁山泊一〇八人のひとり。地狂星《ちきょうせい》の転生《てんせい》。あだ名《な》は〈独火星《どくかせい》（火星《かせい》のこと。いくさをひきおこす星）〉。孔家荘《こうかそう》領主《りょうしゅ》の息子《むすこ》。兄・孔明《こうめい》と行動をともにする。（→孔明《こうめい》）

方臘《ほうろう》とのたたかいでは水軍《すいぐん》にまわされ、いくさのさなか水中に落ちて溺死《できし》する。

高廉

高廉［こうれん］

高唐州《こうとうしゅう》の知府《ちふ》。高俅《こうきゅう》のいとこ。妖術《ようじゅつ》をつかい、攻《せ》めこんできた梁山泊軍《りょうざんぱくぐん》を撃退《げきたい》する。しかし戴宗《たいそう》と李逵《りき》が薊州《けいしゅう》からつれてきた道術使《どうじゅつつか》いの公孫勝《こうそんしょう》に、妖術《ようじゅつ》をつぎつぎとやぶられ雲にのって逃《に》げるも雲を消され、落下《らっか》したところを雷《らい》横《おう》に討《う》ちとられる。

呼延灼

呼延灼［こえんしゃく］〈8〉

梁山泊《りょうざんぱく》一〇八人のひとり。天威星《てんいせい》の転生《てんせい》。二本の銅鞭《どうべん》を得意《とくい》の武器《ぶき》としているので、あだ名《な》は〈双鞭《そうべん》〉。汝寧州《じょねいしゅう》の軍《ぐん》指揮官《しきかん》。宋朝建国《そうちょうけんこく》の名将《めいしょう》・呼延賛《こえんさん》の子孫《しそん》。黒い馬〈踢雪《てきせつ》烏騅《うすい》（雪をける黒馬《くろうま》）〉を愛馬《あいば》とする。朝廷《ちょうてい》の命《めい》をうけ、韓滔《かんとう》、彭玘《ほうき》の二将《しょう》をひきつれて梁山泊討伐《りょうざんぱくとうばつ》にむかい、秦明《しんめい》、林冲《りんちゅう》、花栄《かえい》を相手に互角《ごかく》のたたかいを演《えん》じる。さらには三千の騎馬隊《きばたい》〈連環馬《れんかんば》〉をあやつったり、凌振《りょうしん》のつくった火砲《かほう》を用《もち》いたりして梁山泊軍《りょうざんぱくぐん》を追いつめる。

しかし、梁山泊軍《りょうざんぱくぐん》に水のなかに火砲《かほう》を落とされたり、生《い》け捕《ど》りにされた凌振《りょうしん》が梁山泊入《りょうざんぱくい》りするなどの憂《う》き目《め》にあう。

また呼延灼《こえんしゃく》のあやつる連環馬《れんかんば》の兵《へい》たちも鉤鎌《こうれん》鎗《そう》で地面にひきずりおとされてしまう。

敗北《はいぼく》した呼延灼《こえんしゃく》は一騎《き》で逃《に》げ、兵馬《へいば》を借《か》りるために青州城《せいしゅうじょう》へむかう道中《どうちゅう》の宿《やど》で名馬・踢雪烏騅《てきせつうすい》を桃花山《とうかざん》の山賊《さんぞく》に盗《ぬす》まれてしまう。そこで青州《せいしゅう》

城《じょう》で兵《へい》を二千借《か》りると、桃花山討伐《とうかざんとうばつ》へむかう。桃花山《とうかざん》の李《り》忠《ちゅう》は二竜山《にりゅうざん》の魯智深《ろちしん》にたすけをもとめてたたかうが勝負《しょうぶ》がつかない。呼延灼《こえんしゃく》はいったん青州城《せいしゅうじょう》へ退却《たいきゃく》する。城門《じょうもん》前にいた孔明《こうめい》、孔亮《こうりょう》とたたかい、孔明《こうめい》を生《い》け捕《ど》りにする。

梁山泊軍《りょうざんぱくぐん》が青州《せいしゅう》に到着《とうちゃく》すると、呉用《ごよう》の策《さく》にはまり、落《お》とし穴《あな》にはまって生《い》け捕《ど》られてしまう。宋江《そうこう》に大義《たいぎ》を説《と》かれて梁山泊入《りょうざんぱくい》りし、青州城《せいしゅうじょう》をおとす。

関勝《かんしょう》とのたたかいでは、寝《ね》がえったふりをして関勝《かんしょう》を梁《りょう》山泊陣営《ざんぱくじんえい》におびきよせ、生《い》け捕《ど》りにして味方《みかた》につける。張《ちょう》清《せい》とのたたかいでは、一騎打《いっきう》ちのさいに石つぶてをくらって退却《たいきゃく》する。

梁山泊《りょうざんぱく》一〇八人がそろったときには、騎兵軍《きへいぐん》五虎将《こしょう》のひとりに任《にん》じられる。

遼国《りょうこく》とのたたかいでは、敵将《てきしょう》の兀顔延寿《こつがんえんじゅ》を生《い》け捕《ど》りにする。方臘《ほうろう》とのたたかいではさいごまで生きのこり、都《みやこ》・開封《かいほう》府《ふ》にもどって天子《てんし》の護衛《ごえい》をつとめる。のちに金国討伐《きんこくとうばつ》の指揮《しき》官《かん》に任命《にんめい》され、大軍《たいぐん》をひきいて金国《きんこく》の太子《たいし》を討《う》ちとるが、淮《わい》西《せい》へ軍《ぐん》をすすめたときに討《う》ち死《じ》にする。

扈三娘［こさんじょう］〈59〉

梁山泊《りょうざんぱく》一〇八人のひとり。地急星《ちきゅうせい》の転生《てんせい》。あだ名《な》は〈一《いち》丈青《じょうせい》（「一丈《じょう》の青竜《せいりゅう》」「一丈《じょう》の刺青《いれずみ》」などいろいろな説《せつ》があるが意味不明《いみふめい》）〉。扈成《こせい》の妹。武術《ぶじゅつ》に長《た》けており、〈日〉〈月〉の二本の刀《かたな》を自在《じざい》につかう。梁山泊《りょうざんぱく》と祝家荘《しゅくかそう》のたたかいのさい、兄とともに祝家荘《しゅくかそう》に加勢《かせい》する。一騎打《いっきう》ちで王英《おうえい》を生《い》け捕《ど》りにする。さらには宋江《そうこう》を追いつめるが、ぎゃくに林冲《りんちゅう》に生《い》け捕《ど》られてしまう。扈成《こせい》は妹がつかまったことで、梁山泊《りょうざんぱく》に停戦《ていせん》をもうしいれる。梁山泊《りょうざんぱく》は祝家荘《しゅくかそう》を討《う》ちやぶ

扈三娘

り、扈三娘《こさんじょう》は、王英《おうえい》と結婚《けっこん》して梁山泊入《りょうざんぱくい》りする。

梁山泊《りょうざんぱく》一〇八人がそろったときには、王英《おうえい》とともに三軍内政管理騎兵《ぐんないせいかんりきへい》頭目《とうもく》に任《にん》じられる。

田虎《でんこ》とのたたかいでは、瓊英《けいえい》に殺されそうになった王英《おうえい》をたすけにむかうが、瓊英《けいえい》のなげた石つぶてで負傷《ふしょう》する。

方臘《ほうろう》とのたたかいでは、鄭彪《ていひょう》に殺された夫《おっと》・王英《おうえい》のかたきをとろうとするが、鄭彪《ていひょう》のなげた金磚《きんせん》（金色《こんじき》のレンガ）をくらって命をおとす。

扈成[こせい]

扈家荘《こかそう》の住人《じゅうにん》。扈三娘《こさんじょう》の兄。梁山泊《りょうざんぱく》と祝家荘《しゅくかそう》のたたかいで、妹・扈三娘《こさんじょう》とともに祝家荘《しゅくかそう》に加勢《かせい》する。だが扈三娘《こさんじょう》が梁山泊軍《りょうざんぱくぐん》に捕《と》らえられたため、停戦《ていせん》をもうしいれる。

顧大嫂

顧大嫂[こだいそう]　〈101〉

梁山泊《りょうざんぱく》一〇八人のひとり。地陰星《ちいんせい》の転生《てんせい》。あだ名《な》は〈母大虫《ぼたいちゅう》（雌《めす》の虎《とら》）〉。孫新《そんしん》の妻《つま》。（→**孫新**《そんしん》）

兀顔延寿[こつがんえんじゅ]

遼国《りょうこく》の都統軍《とうぐん》（軍指揮官《ぐんしきかん》）・兀顔光《こつがんこう》の長男《ちょうなん》。文武《ぶんぶ》にすぐれた将《しょう》で、とくに陣法《じんぽう》（陣形《じんけい》）の奥義《おうぎ》をきわめている。梁山泊軍《りょうざんぱくぐん》が攻めこんできたときに、三万五千の兵《へい》をひきいて

兀顔延寿

兀顔光

出陣《しゅつじん》し、さまざまな陣形《じんけい》を敷《し》いてみせるが、すべて朱武《しゅぶ》に見やぶられてしまう。梁山泊軍《りょうざんぱくぐん》の敷《し》いた〈九宮八卦《きゅうきゅうはっか》の陣《じん》〉をうちやぶろうとするが失敗《しっぱい》し、呼延灼《こえんしゃく》に生《い》け捕《ど》られる。のちに遼軍《りょうぐん》が李逵《りき》を生《い》け捕《ど》ったときに、人質交換《ひとじちこうかん》で遼国《りょうこく》にもどる。

兀顔光[こつがんこう]

遼国《りょうこく》の都統軍《ととうぐん》（軍指揮官《ぐんしきかん》）。背《せ》の高い男で、ひげは黄色く、目は青い。武芸全般《ぶげいぜんぱん》に通《つう》じ、兵法《へいほう》の奥義《おうぎ》をきわめている。梁山泊軍《りょうざんぱくぐん》が攻《せ》めこんできたときに、長男《ちょうなん》の兀顔延寿《こつがんえんじゅ》が出陣《しゅつじん》するも敗北《はいぼく》してもどってきたため、遼国王《りょうこくおう》とともに二十万の大軍《たいぐん》をひきいて出陣《しゅつじん》する。〈太乙混天象《たいいつこんてんしょう》の陣《じん》〉を敷《し》き、梁山泊軍《りょうざんぱくぐん》を苦戦《くせん》させる。だが宋江《そうこう》が夢《ゆめ》のなかで九天玄女《きゅうてんげんにょ》からさずかった方法《ほうほう》で陣《じん》を破《やぶ》り、遼国軍《りょうこくぐん》は大混乱《だいこんらん》させられる。兀顔光《こつがんこう》は張清《ちょうせい》の石つぶてを顔にくらい、関勝《かんしょう》の青竜偃月《せいりゅうえんげつ》刀《とう》に一刀両断《いっとうりょうだん》されて絶命《ぜつめい》する。

呉用[ごよう]　〈3〉

梁山泊《りょうざんぱく》一〇八人のひとり。天機星《てんきせい》の転生《てんせい》。六韜三略《りくとうさんりゃく》の兵法《へいほう》をきわめ、その才《さい》は諸葛孔明《しょかつこうめい》にも比《ひ》するといわれていることから、あだ名《な》は〈智多星《ちたせい》〉。梁中書《りょうちゅうしょ》が蔡京《さいけい》の誕生日祝《たんじょうびいわ》いとして十万貫《かん》の財物《ざいぶつ》をおくるときいた晁《ちょう》蓋《がい》から、それを横取《よこど》りするための助言《じょげん》をもとめられる。晁蓋《ちょうがい》に策《さく》をさずけて、公孫勝《こうそんしょう》、阮小二《げんしょうじ》、阮小五《げんしょうご》、阮《げん》小七《しょうしち》、白勝《はくしょう》とともに棗売《なつめう》りと酒売りに化《ば》けてひと芝居《しばい》打《う》ち、楊志《ようし》を隊長《たいちょう》とする輸送部隊《ゆそうぶたい》をだましてしびれ薬《ぐすり》のはいった酒をのませ財物《ざいぶつ》をうばう。

宋江《そうこう》が流罪《るざい》になり、江州《こうしゅう》へむかうことになったと知

呉用

ると、花栄《かえい》とともに宋江《そうこう》をたすけようとするが、宋江《そうこう》が刑《けい》に服《ふく》するかくごだったので、牢《ろう》で便宜《べんぎ》をはかってもらえるよう宋江《そうこう》に牢役人《ろうやくにん》の戴宗《たいそう》あての手紙と金子《きんす》を託《たく》す。

宋江《そうこう》が、江州《こうしゅう》で反逆《はんぎゃく》の詩を書き、蔡九《さいきゅう》に処刑《しょけい》されそうになったときには、蔡九《さいきゅう》の父・蔡京《さいけい》のにせ手紙をつくって、戴宗《たいそう》に託《たく》し蔡九《さいきゅう》へとどけさせるが、印《いん》からにせ手紙だとばれてしまい、宋江《そうこう》と戴宗《たいそう》の処刑《しょけい》が江州《こうしゅう》でおこなわれることになる。そこで晁蓋《ちょうがい》たちは変装《へんそう》して城内《じょうない》に乱入《らんにゅう》し、宋江《そうこう》たちをたすけだす。

宋江《そうこう》が軍《ぐん》をひきいて祝家荘《しゅくかそう》を攻《せ》めたときには、孫立《そんりつ》、孫新《そんしん》、顧大嫂《こだいそう》、鄒淵《すうえん》、鄒潤《すうじゅん》、解珍《かいちん》、解宝《かいほう》、楽和《がくわ》をひきつれて陣営《じんえい》へむかい、策《さく》をもって祝家荘《しゅくかそう》を占領《せんりょう》する。高唐州城《こうとうしゅうじょう》を攻《せ》め、高廉《こうれん》の妖術《ようじゅつ》に苦しめられたときには、公孫勝《こうそんしょう》の力を借《か》りることを提案《ていあん》する。呼延灼《こえんしゃく》とのたたかいでは、呼延灼《こえんしゃく》を落《お》とし穴《あな》にはめ、生《い》け捕《ど》りにして帰順《きじゅん》させる。

華州城《かしゅうじょう》攻《ぜ》めでは殿司太尉《でんしたいい》（宮中《きゅうちゅう》の長官《ちょうかん》。太尉《たいい》の最上《さいじょう》位《い》）の宿元景《しゅくげんけい》を捕《と》らえ、部下《ぶか》を宿元景《しゅくげんけい》に変装《へんそう》させてともに城内《じょうない》にはいり、長官《ちょうかん》の賀太守《がたいしゅ》を斬《き》って華州城《かしゅうじょう》を占領《せんりょう》する。

曽頭市《そうとうし》でのたたかいでは、風で軍旗《ぐんき》が折れたのを見て不吉《ふきつ》に思い、晁蓋《ちょうがい》に出陣《しゅつじん》をひかえるように進言《しんげん》するがききいれてもらえず、晁蓋《ちょうがい》は命をおとす。

臨時《りんじ》の梁山泊首領《りょうざんぱくしゅりょう》となった宋江《そうこう》が、「盧俊義《ろしゅんぎ》をあたらしい首領《しゅりょう》としてむかえいれたい」といったときは、易者《えきしゃ》に化《ば》け、策《さく》によって盧俊義《ろしゅんぎ》を梁山泊《りょうざんぱく》入りさせる。

曽頭市《そうとうし》に攻《せ》めこんだときには、敵軍《てきぐん》を陣《じん》の外へさそいだし、敵《てき》の本陣《ほんじん》を奇襲《きしゅう》する。このときに盧俊義《ろしゅんぎ》は史文恭《しぶんきょう》を討《う》ちとる。晁蓋《ちょうがい》の遺言《ゆいごん》では、「史文恭《しぶんきょう》を討《う》ちとった者を首領《しゅりょう》にする」とのことだったが、呉用《ごよう》は「宋江《そうこう》がひきつづき首領《しゅりょう》と

なり、盧《ろ》俊《しゅん》義《ぎ》を副首領《ふくしゅりょう》にする」ことを提案《ていあん》する。

梁山泊《りょうざんぱく》一〇八人がそろったときには、公孫勝《こうそんしょう》とともに軍《ぐん》師《し》に任命《にんめい》される。

招安《しょうあん》（朝廷《ちょうてい》に帰順《きじゅん》すること）をうけて遼国《りょうこく》を攻《せ》めたときには、遼国《りょうこく》に寝《ね》がえったふりをして敵《てき》をだまし、覇州《はしゅう》をとる。田虎《でんこ》とのたたかいでは、田虎《でんこ》を捕《と》らえたのちに、自軍《じぐん》のなかから田虎《でんこ》にそっくりな兵士《へいし》をえらび、田虎《でんこ》の服装《ふくそう》をさせて敵兵《てきへい》をだまし、威勝城《いしょうじょう》を占領《せんりょう》する。

方臘《ほうろう》とのたたかいでは、出陣《しゅつじん》のさいに、李俊《りしゅん》をはじめとする水軍《すいぐん》の頭目《とうもく》たちに「梁山泊《りょうざんぱく》にもどって暮《く》らすべきだ」と相談《そうだん》されるが、宋江《そうこう》の意にしたがう。

方臘《ほうろう》とのたたかいで生きのこり、朝廷《ちょうてい》から官職《かんしょく》をさずけられて武勝軍《ぶしょうぐん》に赴任《ふにん》する。楚州《そしゅう》で宋江《そうこう》が毒殺《どくさつ》されたことを夢《ゆめ》のなかで知ると、すぐに楚州《そしゅう》へむかい、おなじく夢《ゆめ》を見てかけつけた花栄《かえい》とともに自害《じがい》し、従者《じゅうしゃ》によって遺体《いたい》は宋《そう》江《こう》とおなじ場所に埋《う》められる。

さ行

蔡九

蔡九［さいきゅう］

江州《こうしゅう》の知府《ちふ》。蔡徳章《さいとくしょう》が本名《ほんみょう》だが、蔡京《さいけい》の九子《し》なので蔡《さい》九《きゅう》とよばれている。江州《こうしゅう》に流罪《るざい》になった宋江《そうこう》が、酔《よ》った勢《いきお》いで酒楼《しゅろう》の壁《かべ》に反逆《はんぎゃく》の詩を書いたことを黄文炳《こうぶんへい》から知らされ、宋江《そうこう》を処刑《しょけい》にしようとする。「都《みやこ》・開封府《かいほうふ》にいる蔡京《さいけい》にうかがいを立てたほうがいい」という黄文炳《こうぶんへい》の提案《ていあん》をうけいれ、戴宗《たいそう》に都《みやこ》への手紙を託《たく》すが、もちかえった都からの返答《へんとう》の手紙がにせものだと黄文炳《こうぶんへい》が見やぶり、蔡九《さいきゅう》は宋江《そうこう》と戴《たい》宗《そう》の処刑《しょけい》を江州《こうしゅう》でおこなうことにきめる。だが処刑《しょけい》の日、梁山泊《りょうざんぱく》の山賊《さんぞく》たちが変装《へんそう》、乱入《らんにゅう》し宋江《そうこう》たちは救《すく》いだされる。

蔡京

蔡京［さいけい］

宋《そう》の太師《たいし》（最高官位《さいこうかんい》）。四人の奸臣《かんしん》（高俅《こうきゅう》、蔡京《さいけい》、童貫《どうかん》、楊戩《ようせん》）のひとり。奸臣《かんしん》ではあったが、宋代《そうだい》きっての書道《しょどう》の名《めい》手《しゅ》でもある。娘婿《むすめむこ》の梁中書《りょうちゅうしょ》から誕生日《たんじょうび》の祝《いわ》いとしてとどくはずの十万貫《かん》の財物《ざいぶつ》を晁蓋《ちょうがい》に横取《よこど》りされたり、九子《し》の蔡《さい》九《きゅう》が知府《ちふ》をつとめる江州《こうしゅう》が梁山泊軍《りょうざんぱくぐん》におそわれたりしたことで梁山泊《りょうざんぱく》を目のかたきにするようになる。

梁中書《りょうちゅうしょ》のいる北京《ほくけい》が梁山泊軍《りょうざんぱくぐん》におそわれたときには、関《かん》勝《しょう》、宣賛《せんさん》、郝思文《かくしぶん》の三将《しょう》を援軍《えんぐん》としておくるが、梁山泊《りょうざんぱく》に敗《やぶ》れ、関勝《かんしょう》たちは寝《ね》がえってしまう。

梁山泊《りょうざんぱく》が招安《しょうあん》（朝廷《ちょうてい》に帰順《きじゅん》すること）され、遼国《りょうこく》をあと一歩まで追いつめたときには、遼国王《りょうこくおう》からおくられてきた賄賂《わいろ》をうけとり、和平《わへい》をむすんで梁山泊軍《りょうざんぱくぐん》に帰還命令《きかんめいれい》をだす。

梁山泊《りょうざんぱく》が方臘《ほうろう》を攻《せ》めたさいには、出陣《しゅつじん》まえに、蕭譲《しょうじょう》を文《ぶん》書係《しょがかり》としてもらいうける。梁山泊《りょうざんぱく》が方臘《ほうろう》に勝ったのちには、宋江《そうこう》たちが官職《かんしょく》につくことをこころよく思わず、他の奸臣《かんしん》たちと結託《けったく》して、宋江《そうこう》と盧俊義《ろしゅんぎ》を毒殺《どくさつ》する。のちに天子《てんし》・徽宗《きそう》にこのことを知られて叱責《しっせき》されるが、それ以上《いじょう》の罪《つみ》は問《と》われなかった。

蔡慶

蔡慶［さいけい］　〈95〉

梁山泊《りょうざんぱく》一〇八人のひとり。地損星《ちそんせい》の転生《てんせい》。鬢《びん》に花をさすことが好きなので、あだ名《な》は〈一枝花《いっしか》〉。北京城《ほくけいじょう》の牢役人兼《ろうやくにんけん》首斬《くびき》り役人《やくにん》。蔡福《さいふく》の弟。（→蔡福《さいふく》）

方臘《ほうろう》とのいくさではさいごまで生きのこり、朝廷《ちょうてい》から官《かん》職《しょく》をさずかるが辞退《じたい》し、平民《へいみん》として暮《く》らす。

柴進

柴進[さいしん]　〈10〉

梁山泊《りょうざんぱく》一〇八人のひとり。天貴星《てんきせい》の転生《てんせい》。あだ名《な》は〈小《しょう》旋風《せんぷう》（ちいさなつむじ風《かぜ》）〉。滄州《そうしゅう》の名士《めいし》で富豪《ふごう》。気まえがよく、武術《ぶじゅつ》に長《た》けた者を屋敷《やしき》の食客《しょっかく》としているため、天下《てんか》に名が知られている。

林冲《りんちゅう》が流罪《るざい》で滄州《そうしゅう》へきたときには、彼《かれ》を屋敷《やしき》によんでもてなし、さらには滄州《そうしゅう》の典獄《てんごく》（牢獄長《ろうごくちょう》）あての手紙と銀子《ぎんす》を託《たく》して、牢獄《ろうごく》での便宜《べんぎ》をはかってやる。林冲《りんちゅう》が陸謙《りくけん》と典獄《てんごく》を殺して逃《に》げてきたときには、梁山泊《りょうざんぱく》へ行って身をかくすよういい、紹介状《しょうかいじょう》を書いてやる。宋江《そうこう》が閻婆惜《えんばしゃく》を殺して逃《に》げてきたときにも屋敷《やしき》にかくまう。

柴進《さいしん》が、高俅《こうきゅう》のいとこで高唐州《こうとうしゅう》の知府《ちふ》・高廉《こうれん》に無実《むじつ》の罪《つみ》でつかまり、財産《ざいさん》をうばわれたときに、宋江《そうこう》が梁山泊軍《りょうざんぱくぐん》をひきいてたすけたことをきっかけに梁山泊《りょうざんぱく》入《い》りする。

北京城《ほくけいじょう》に盧俊義《ろしゅんぎ》と石秀《せきしゅう》が捕《と》らわれたときには、軍官《ぐんかん》に化《ば》けて城内《じょうない》に侵入《しんにゅう》し、首斬《くびき》り役人《やくにん》の蔡福《さいふく》・蔡慶《さいけい》兄弟と協力《きょうりょく》してたすけだす。

梁山泊《りょうざんぱく》一〇八人がそろったときには、李応《りおう》とともに金銭《きんせん》兵糧《ひょうろう》の管理《かんり》を任じられる。宋江《そうこう》が徽宗《きそう》に会うために、都《みやこ》・開封府《かいほうふ》の李師師《りしし》の家へむかったときには、従者《じゅうしゃ》としてついていく。

方臘《ほうろう》とのたたかいではさいごまで生きのこり、官職《かんしょく》をさずけられて滄州《そうしゅう》に赴任《ふにん》するも、すぐに辞職《じしょく》して庶民《しょみん》になり、ある日とつぜん、病《やまい》にもかからずに死ぬ。

蔡福

蔡福[さいふく]　〈94〉

梁山泊《りょうざんぱく》一〇八人のひとり。地平星《ちへいせい》の転生《てんせい》。腕《うで》が太く、腕力《わんりょく》があることから、あだ名《な》は〈鉄臂膊《てっぴはく》（鉄腕《てつわん》）〉。北京城《ほくけいじょう》の

牢役人兼首斬《ろうやくにんけんくびき》り役人《やくにん》。蔡慶《さいけい》の兄。盧俊義《ろしゅんぎ》がつかまり、牢《ろう》にはいったときに、蔡慶《さいけい》とともに不便《ふべん》のないようにとりはからう。梁山泊《りょうざんぱく》が北京城《ほくけいじょう》へ攻《せ》めこんできたときには、盧俊義《ろしゅんぎ》を救出《きゅうしゅつ》するための案内役《あんないやく》となり、そののち兄弟で梁山泊入《りょうざんぱくい》りする。

梁山泊《りょうざんぱく》一〇八人がそろったときには、蔡慶《さいけい》とともに死刑《しけい》執行管理《しっこうかんり》に任《にん》じられる。

方臘《ほうろう》とのたたかいのさい、清渓県《せいけいけん》攻《ぜ》めで命をおとす。

西門慶

西門慶［さいもんけい］

陽穀県《ようこくけん》の富豪《ふごう》。「せいもんけい」ともよばれる。武松《ぶしょう》の兄・武大《ぶだい》の妻《つま》の潘金蓮《はんきんれん》を見初《みそ》め、ともにはかって武大《ぶだい》を毒殺《どくさつ》する。だが武松《ぶしょう》にばれ、潘金蓮《はんきんれん》ともども殺される。

索超

索超［さくちょう］〈19〉

梁山泊《りょうざんぱく》一〇八人のひとり。天空星《てんくうせい》の転生《てんせい》。体が大きく、気性《きしょう》のあらい男で、あだ名《な》は〈急先鋒《きゅうせんぽう》（「まっさきにとびだす」の意味）〉。梁中書《りょうちゅうしょ》の部下《ぶか》で、金色の大斧《たいふ》の使い手。梁《りょう》山泊軍《ざんぱくぐん》が北京城《ほくけいじょう》に攻《せ》めこんできたときに出陣《しゅつじん》し、秦明《しんめい》と一《いっ》騎《き》打《う》ちをするが決着《けっちゃく》がつかず、韓滔《かんとう》の放《はな》った矢《や》を左ひじにうけて退却《たいきゃく》せざるをえなくなる。関勝《かんしょう》とたたかったときにはまた左ひじが痛《いた》みだして退却《たいきゃく》する。夜、宋江《そうこう》に夜襲《やしゅう》をかけるが、落《お》とし穴《あな》にはまって生《い》け捕《ど》りにされ、宋江《そうこう》に説得《せっとく》されて梁山泊入《りょうざんぱくい》りする。

梁山泊《りょうざんぱく》一〇八人がそろったときには、騎兵軍《きへいぐん》八驃騎《ひょうき》のひとりに任《にん》じられる。

遼国《りょうこく》とのたたかいでは、敵将《てきしょう》・咬児惟康《こうじいこう》を討《う》ちとる。方《ほう》臘《ろう》とのたたかいで、杭州《こうしゅう》攻《ぜ》めのときに戦死《せんし》する。

施恩

施恩［しおん］〈85〉

梁山泊《りょうざんぱく》一〇八人のひとり。地伏星《ちふくせい》の転生《てんせい》。孟州《もうしゅう》の典獄《てんごく》の息子《むすこ》で、あだ名《な》は〈金眼彪《きんがんひょう》（金色の目の小虎《ことら》）〉。

快活林《かいかつりん》で経営《けいえい》していた料亭《りょうてい》を蔣忠《しょうちゅう》にのっとられたため、孟州《もうしゅう》に流罪《るざい》になっていた武松《ぶしょう》に、料亭《りょうてい》の奪還《だっかん》をたのむ。武松《ぶしょう》は料亭《りょうてい》をとりかえしてはくれたが、孟州《もうしゅう》の都監《とかん》（警備《けいび》長官《ちょうかん》）から濡《ぬ》れ衣《ぎぬ》を着せられて流罪《るざい》になり都監《とかん》たちを殺して逃亡《とうぼう》したため、施恩《しおん》も孟州《もうしゅう》から去り、武松《ぶしょう》がいる二竜山《にりゅうざん》に入る。

のちに武松《ぶしょう》が梁山泊入《りょうざんぱくい》りしたときに、ともに梁山泊にくわわる。

梁山泊《りょうざんぱく》一〇八人がそろったときには、歩兵将校《ほへいしょうこう》のひとりに任《にん》じられる。

方臘《ほうろう》とのたたかいでは水軍《すいぐん》にまわされたが、泳《およ》げなかったため、水中に落ちておぼれ死ぬ。

史進［ししん］〈23〉

史進

梁山泊《りょうざんぱく》一〇八人のひとり。天微星《てんびせい》の転生《てんせい》。肩《かた》・腕《うで》・胸《むね》に、ぜんぶで九匹《ひき》の竜《りゅう》の刺青《いれずみ》があることから、〈九紋竜《くもんりゅう》〉とあだ名《な》されている。得意《とくい》な武器《ぶき》は〈三尖刀《さんせんとう》（先端《せんたん》が三つにわかれた槍《やり》）〉。華陰県《かいんけん》・史家村《しかそん》の地主《じぬし》・史太公《したいこう》の息子《むすこ》。学問を嫌《きら》い、武術《ぶじゅつ》を好《この》む。都《みやこ》・開封府《かいほうふ》から逃《に》げてきた王進《おうしん》に試合《しあい》をいどみ敗北《はいぼく》したあと、王進《おうしん》を師《し》と仰《あお》ぎ、武術《ぶじゅつ》の腕《うで》をみがく。

父の史太公《したいこう》が死んだあとを継《つ》ぎ、史家村《しかそん》に少華山《しょうかざん》の山賊《さんぞく》・陳達《ちんたつ》がきたときには、これを生《い》け捕《ど》る。陳達《ちんたつ》をたすけるために少華山《しょうかざん》の朱武《しゅぶ》と楊春《ようしゅん》がやってきてゆるしを乞《こ》うと、

その義侠心《ぎきょうしん》に感じいり、屋敷《やしき》に招《まね》いて酒を酌《く》み交《か》わす。だが使用人《しようにん》の李吉《りきつ》が役所《やくしょ》に密告《みっこく》し、役人《やくにん》たちが史進《ししん》の屋敷《やしき》におしよせると、李吉《りきつ》を斬《き》って朱武《しゅぶ》たちとともに包囲《ほうい》を突破《とっぱ》する。

朱武《しゅぶ》たちとわかれたのち、史進《ししん》は王進《おうしん》をさがす旅にでる。道中《どうちゅう》、渭州《いしゅう》で魯達《ろたつ》（魯智深《ろちしん》）とであい、意気投合《いきとうごう》して酒をのみに行くとちゅうで、最初の武術師匠《ぶじゅつししょう》であった李忠《りちゅう》にもであう。その後、王進《おうしん》はけっきょく見つからず、少華山《しょうかざん》の朱武《しゅぶ》たちのもとで山賊《さんぞく》となる。

少華山《しょうかざん》のふもとで役人《やくにん》に連行《れんこう》されていた王義《おうぎ》という男をたすける。王義《おうぎ》の娘《むすめ》は、華州《かしゅう》の知事《ちじ》・賀太守《がたいしゅ》に見初《みそ》められたが抵抗《ていこう》したために、つかまったのだという。正義感《せいぎかん》の強い史進《ししん》は娘《むすめ》をとりかえしに行くも、捕《と》らえられてしまう。そんなおり魯智深《ろちしん》と武松《ぶしょう》がおとずれ、魯智深《ろちしん》が史進《ししん》をたすけにむかうが魯智深《ろちしん》までが捕《と》らえられてしまう。梁山泊《りょうざんぱく》はこのことを知り、軍《ぐん》を派遣《はけん》し呉用《ごよう》の策《さく》で史進《ししん》らをたすける。史進《ししん》は少華山《しょうかざん》の仲間《なかま》たちとともに梁山泊入《りょうざんぱくい》りする。

芒碭山《ぼうとうざん》に住む山賊《さんぞく》たちが、梁山泊《りょうざんぱく》を併呑《へいどん》しようともくろんでいるときくや、その討伐《とうばつ》を買ってでるが、樊瑞《はんずい》の妖術《ようじゅつ》に敗《やぶ》れて退却《たいきゃく》する。

梁山泊《りょうざんぱく》一〇八人がそろったときには、騎兵軍《きへいぐん》八驃騎《ひょうき》のひとりに任《にん》じられる。

遼国《りょうこく》とのたたかいでは、楚明玉《そめいぎょく》、曹明済《そうめいさい》の二将《しょう》を斬《き》るなど活躍《かつやく》する。しかし方臘《ほうろう》とのたたかいで敵《てき》の本拠地《ほんきょち》・清渓県《せいけいけん》にせまったときに矢《や》をうけて戦死《せんし》する。

時遷

時遷［じせん］〈107〉

梁山泊《りょうざんぱく》一〇八人のひとり。地賊星《ちぞくせい》の転生《てんせい》。身軽《みがる》なこそどろで、あだ名《な》は〈鼓上蚤《こじょうそう》（太鼓《たいこ》の上の蚤《のみ》。音をたてないで

跳《は》ねまわることができることから。「鼓上皂《こじょうそう》」とも書く）〉。楊雄《ようゆう》と石秀《せきしゅう》が梁山泊《りょうざんぱく》へむかうとちゅう、仲間《なかま》にくわわる。しかし祝家荘《しゅくかそう》で鶏《にわとり》を盗《ぬす》んだことから、話がこじれて祝家荘《しゅくかそう》と梁山泊《りょうざんぱく》がいくさになり、梁山泊《りょうざんぱく》が勝利《しょうり》してたすけだされ、梁山泊入《りょうざんぱくい》りする。

呼延灼《こえんしゃく》とのたたかいでは、徐寧《じょねい》を仲間《なかま》につけるために、徐寧《じょねい》の家宝《かほう》〈金《きん》の鎧《よろい》〉を盗《ぬす》んでおびきだし、梁山泊入《りょうざんぱくい》りさせる。また北京城攻略《ほくけいじょうこうりゃく》のときには、翠雲楼《すいうんろう》に火をつけて城《じょう》内《ない》を混乱《こんらん》させる。曽頭市《そうとうし》でのたたかいでは、敵陣《てきじん》の偵察《ていさつ》など、梁山泊軍《りょうざんぱくぐん》を陰《かげ》でたすける。

梁山泊《りょうざんぱく》一〇八人がそろったときには、軍中機密伝令歩兵《ぐんちゅうきみつでんれいほへい》頭目《とうもく》のひとりに任《にん》じられる。

遼国《りょうこく》とのたたかいでは、石秀《せきしゅう》とともに薊州城《けいしゅうじょう》にしのびこみ、火を放《はな》って相手を混乱《こんらん》させる。方臘《ほうろう》とのたたかいではさいごまで生きのこったが、都《みやこ》・開封府《かいほうふ》へむかうとちゅう、杭州《こうしゅう》で疫病《えきびょう》にかかって命をおとす。

史太公［したいこう］

華陰県《かいんけん》・史家村《しかそん》の地主《じぬし》。史進《ししん》の父。都《みやこ》・開封府《かいほうふ》を追われた王進《おうしん》とその母を屋敷《やしき》に泊《と》める。

史文恭［しぶんきょう］

曽頭市《そうとうし》の長者《ちょうじゃ》・曽家《そうか》の五虎《ごこ》（曽塗《そうと》、曽密《そうみつ》、曽索《そうさく》、曽魁《そうかい》、曽昇《そうしょう》）の武術教頭《ぶじゅつきょうとう》。梁山泊《りょうざんぱく》とのいくさにおいて、晁蓋《ちょうがい》に矢《や》を当て、死に至《いた》らしめる。晁蓋《ちょうがい》は死の間際《まぎわ》に、「史文恭《しぶんきょう》を討《う》った者を梁山泊《りょうざんぱく》の首領《しゅりょう》にせよ」といいのこす。

盧俊義《ろしゅんぎ》を仲間《なかま》にした梁山泊《りょうざんぱく》が、ふたたび曽頭市《そうとうし》に攻《せ》めこんだおりには、村のまわりに落《お》とし穴《あな》を掘《ほ》るが、時遷《じせん》に見や

史文恭

ぶられ、不発《ふはつ》におわる。そこでまもりに徹《てっ》するよう指示《しじ》をだすが、自身は血気盛《けっきさか》んな曽昇《そうしょう》にかわって出陣《しゅつじん》し、秦明《しんめい》を負傷《ふしょう》させ、梁山泊軍《りょうざんぱくぐん》をけちらす。さらには夜襲《やしゅう》をしかけようとするが、呉用《ごよう》に察知《さっち》されぎゃくに奇襲《きしゅう》をかけられる。曽頭市《そうとうし》は講和《こうわ》をもうしでるが、梁山泊《りょうざんぱく》は講和《こうわ》の条件《じょうけん》として、史文恭《しぶんきょう》のもつ名馬《めいば》〈照夜玉獅子馬《しょうやぎょくししば》〉をさしだすよういわれ拒否《きょひ》する。もともとこの名馬《めいば》は、段景住《だんけいじゅう》が宋江《そうこう》に献上《けんじょう》するはずだったのをうばったものなので、宋江《そうこう》は激怒《げきど》していくさを継続《けいぞく》する。史文恭《しぶんきょう》は梁山泊軍《りょうざんぱくぐん》の陣営《じんえい》に夜襲《やしゅう》をしかけるが、出陣《しゅつじん》したところを梁山泊軍《りょうざんぱくぐん》に攻《せ》め入《い》られ、曽家《そうか》の者たちがつぎつぎに討《う》ちとられるのを見て、退却《たいきゃく》する。とちゅうで、盧俊義《ろしゅんぎ》に太ももを斬《き》りつけられ、燕青《えんせい》に縛《しば》りあげられて生《い》け捕《ど》られる。やがて史文恭《しぶんきょう》は殺され、晁蓋《ちょうがい》の位牌《いはい》の前にささげられる。

周通

周通[しゅうとう]　〈87〉

梁山泊《りょうざんぱく》一〇八人のひとり。地空星《ちくうせい》の転生《てんせい》。あだ名《な》は〈小《しょう》覇王《はおう》（「覇王《はおう》」は漢王朝《かんおうちょう》の初代皇帝《しょだいこうてい》・劉邦《りゅうほう》のライバル、項《こう》羽《う》のこと）〉。桃花山《とうかざん》で山賊《さんぞく》をしていたが、李忠《りちゅう》とたたかってやぶれ、李忠《りちゅう》を首領《しゅりょう》にする。（→李忠《りちゅう》）

梁山泊《りょうざんぱく》一〇八人がそろったときには、騎兵軍小彪将《きへいぐんしょうひょうしょう》のひとりに任《にん》じられる。

方臘《ほうろう》とのたたかいでは杭州《こうしゅう》にたどりつくまえに戦死《せんし》する。

朱貴[しゅき]　〈92〉

梁山泊《りょうざんぱく》一〇八人のひとり。地囚星《ちしゅうせい》の転生《てんせい》。あだ名《な》は〈旱《かん》

朱貴

地忽律《ちこつりつ》（陸《りく》のワニ)〉。朱富《しゅふう》の兄。梁山泊《りょうざんぱく》のそばで居酒屋《いざかや》を経営《けいえい》し、情報収集《じょうほうしゅうしゅう》や連絡係《れんらくがかり》をつとめる。林冲《りんちゅう》が柴進《さいしん》の紹介《しょうかい》で梁山泊入《りょうざんぱくい》りをしようとしたときに、その手びきをする。また晁蓋《ちょうがい》たちが、蔡京《さいけい》におくられる十万貫《かん》の財物《ざいぶつ》をうばって逃《に》げたときにも、舟《ふね》を用意して彼《かれ》らを梁山泊《りょうざんぱく》に送る。

李逵《りき》が母親に会うために梁山泊《りょうざんぱく》をおりたときには、監視役《かんしやく》としてあとを追う。沂水県《きすいけん》で李逵《りき》に追いつき、弟・朱富《しゅふう》の経営《けいえい》する居酒屋《いざかや》につれていくが、李逵《りき》は夜のうちにひとりで出発して沂水県《きすいけん》の知県《ちけん》につかまってしまう。護送《ごそう》をするのが朱富《しゅふう》の武術《ぶじゅつ》の師匠《ししょう》・李雲《りうん》と知るや弟・朱富《しゅふう》としびれ薬《ぐすり》のはいった酒を用意し、道中《どうちゅう》で李雲《りうん》にふるまって李逵《りき》をたすけだす。

梁山泊《りょうざんぱく》一〇八人がそろったときには、杜興《とこう》とともに南山酒店の経営をまかされる。

方臘《ほうろう》とのたたかいでは、杭州《こうしゅう》で疫病《えきびょう》にかかり命をおとす。

宿元景

宿元景[しゅくげんけい]

宋《そう》の殿司太尉《でんしたいい》（宮中《きゅうちゅう》の長官《ちょうかん》。太尉《たいい》の最上位《さいじょうい》)。徽宗《きそう》の命《めい》で華山《かざん》へ参詣《さんけい》にむかうとちゅう、華州城《かしゅうじょう》の賀太守《がたいしゅ》につかまっている史進《ししん》と魯智深《ろちしん》の救出《きゅうしゅつ》の策《さく》で変装用《へんそうよう》に朝廷《ちょうてい》の役人の服をつかうために梁山泊軍《りょうざんぱくぐん》に捕《と》らえられるが、史進《ししん》と魯智深《ろちしん》が救出《きゅうしゅつ》されたのちに解放《かいほう》される。

宋江《そうこう》たちの大義《たいぎ》を知り、梁山泊《りょうざんぱく》が招安《しょうあん》（朝廷《ちょうてい》に帰順《きじゅん》すること）されたのちには、高俅《こうきゅう》たち奸臣《かんしん》が梁山泊《りょうざんぱく》にいやがらせをしていたことを徽宗《きそう》につたえ、遼国《りょうこく》や田虎討伐《でんことうばつ》に梁山泊軍《りょうざんぱくぐん》を派遣《はけん》し、功《こう》をたてさせて官職《かんしょく》をあたえるよう進言《しんげん》するなど、朝廷内《ちょうていない》での数少ない梁山泊《りょうざんぱく》の理解者《りかいしゃ》となる。また宋江《そうこう》が方臘討伐《ほうろうとうばつ》をもうしでたときには、直接徽宗《ちょくせつきそう》につたえる。

方臘討伐後《ほうろうとうばつご》、徽宗《きそう》から夢《ゆめ》で宋江《そうこう》に会ったと聞かされたときには、宋江《そうこう》がほんとうに亡《な》くなったかを調査《ちょうさ》し、夢《ゆめ》が事実であったことを徽宗《きそう》につたえる。

祝虎[しゅくこ]
祝家荘《しゅくかそう》の荘主《そうしゅ》・祝朝奉《しゅくちょうほう》の次男《じなん》。祝家荘《しゅくかそう》の武術教頭《ぶじゅつきょうとう》・欒廷玉《らんていぎょく》の弟子《でし》。李家荘《りかそう》とのたたかいで梁山泊《りょうざんぱく》軍の呂方《りょほう》と郭盛《かくせい》に討《う》ちとられる。

祝朝奉

祝朝奉[しゅくちょうほう]
祝家荘《しゅくかそう》の荘主《そうしゅ》。祝竜《しゅくりゅう》、祝虎《しゅくこ》、祝彪《しゅくひょう》の父。鶏《にわとり》を盗《ぬす》んだ時遷《じせん》を捕《と》らえ、これが原因《げんいん》で李家荘《りかそう》とのいくさになる。李家荘《りかそう》に加勢《かせい》した梁山泊軍《りょうざんぱくぐん》に対し、祝朝奉《しゅくちょうほう》は扈家荘《こかそう》に援軍《えんぐん》をたのんで梁山泊軍《りょうざんぱくぐん》を追いつめる。だが扈三娘《こさんじょう》が梁山泊軍《りょうざんぱくぐん》に捕《と》らえられたことで扈家荘《こかそう》はいくさから手をひく。そののち祝朝奉《しゅくちょうほう》は味方《みかた》になったふりをした孫立《そんりつ》にだまされ、梁山泊軍《りょうざんぱくぐん》を祝家荘《しゅくかそう》へ侵入《しんにゅう》させてしまう。三人の息子《むすこ》たちは梁山泊軍《りょうざんぱくぐん》に討《う》ちとられ、自身も殺される。

祝彪[しゅくひょう]
祝家荘《しゅくかそう》の荘主《そうしゅ》・祝朝奉《しゅくちょうほう》の三男《さんなん》。梁山泊軍《りょうざんぱくぐん》の李逵《りき》に討《う》ちとられる。

祝竜[しゅくりゅう]
祝家荘《しゅくかそう》の荘主《そうしゅ》・祝朝奉《しゅくちょうほう》の長男《ちょうなん》。梁山泊軍《りょうざんぱくぐん》の林冲《りんちゅう》に討《う》ちとられる。

朱仝

朱仝[しゅどう]　〈12〉

梁山泊《りょうざんぱく》一〇八人のひとり。天満星《てんまんせい》の転生《てんせい》。みごとなあごひげをもつことから、あだ名《な》は〈美髯公《びぜんこう》〉。鄆城県《うんじょうけん》で雷横《らいおう》とともに都頭《ととう》（警察《けいさつ》の部隊長《ぶたいちょう》）をつとめる。晁蓋《ちょうがい》たちが蔡京《さいけい》におくられる十万貫《かん》の財物《ざいぶつ》をうばい、晁蓋《ちょうがい》が手配《てはい》されたときに捕《と》らえにいくが、雷横《らいおう》とともに、わざと晁蓋《ちょうがい》を逃《に》がし、のちにともに梁山泊入《りょうざんぱくい》りする。曽頭市《そうとうし》でのたたかいでは、曽家《そうか》の次男《じなん》・曽密《そうみつ》を朴刀《ぼくとう》で突《つ》きころす。

梁山泊《りょうざんぱく》一〇八人がそろったときには、騎兵軍《きへいぐん》八驃騎《ひょうき》のひとりに任《にん》じられる。

方臘《ほうろう》とのたたかいではさいごまで生きのこり、朝廷《ちょうてい》から官職《かんしょく》をさずけられる。宋軍《そうぐん》をひきいてたたかい、金国軍《きんこくぐん》を討《う》ちやぶるという功《こう》をたてる。

朱武

朱武[しゅぶ]　〈37〉

梁山泊《りょうざんぱく》一〇八人のひとり。地魁星《ちかいせい》の転生《てんせい》。軍略《ぐんりゃく》に長《た》けていることから、あだ名《な》は〈神機軍師《しんきぐんし》〉。義兄弟《ぎきょうだい》の陳達《ちんたつ》、楊春《ようしゅん》とともに少華山《しょうかざん》の山賊《さんぞく》。華陰県城《かいんけんじょう》をおそう予定《よてい》だったが、史家村《しかそん》の史進《ししん》をおそれて考えなおす。それをきいた陳達《ちんたつ》が怒《いか》り、史家村《しかそん》へ行って史進《ししん》とたたかうも、捕《と》らえられ、楊春《ようしゅん》とともに史進《ししん》に降伏《こうふく》する。史進《ししん》にゆるされ、いっしょに酒盛《さかも》りをしていたが、李吉《りきつ》の通報《つうほう》で役人《やくにん》たちがおしかけたため、李吉《りきつ》を斬《き》った史進《ししん》とともに史家村《しかそん》をあとにする。

のちに、史進《ししん》を少華山《しょうかざん》にむかえいれる。史進《ししん》が華州《かしゅう》の知《ち》事《じ》・賀太守《がたいしゅ》につかまったときには、梁山泊《りょうざんぱく》に助力《じょりょく》をもとめる。史進《ししん》がたすけだされたのち、史進《ししん》、陳達《ちんたつ》、楊春《ようしゅん》とともに梁山泊入《りょうざんぱくい》りする。

梁山泊《りょうざんぱく》一〇八人がそろったときには、参謀《さんぼう》に任《にん》じられる。

遼国《りょうこく》とのたたかいでは、兀顔延寿《こつがんえんじゅ》と布陣合戦《ふじんがっせん》をおこない、

相手の陣形《じんけい》をつぎつぎにいいあて、宋江《そうこう》に適切《てきせつ》な助言《じょげん》をするなど、軍師《ぐんし》としての才能《さいのう》をあらわす。方臘《ほうろう》とのたたかいでは、史進《ししん》、陳達《ちんたつ》、楊春《ようしゅん》は亡《な》くなるが、朱武《しゅぶ》はさいごまで生きのこり、官職《かんしょく》には就《つ》かず、出家《しゅっけ》して一生を終《お》える。

朱富

朱富[しゅふう]〈93〉

梁山泊《りょうざんぱく》一〇八人のひとり。地蔵星《ちぞうせい》の転生《てんせい》。朱貴《しゅき》の弟で、あだ名《な》は〈笑面虎《しょうめんこ》（笑《わら》う虎《とら》）〉。沂水県《きすいけん》で居酒屋《いざかや》を経営《けいえい》している。（→朱貴《しゅき》）

梁山泊《りょうざんぱく》一〇八人がそろったときには、酒製造管理《さけせいぞうかんり》に任《にん》じられる。

方臘《ほうろう》とのたたかいでは、杭州《こうしゅう》で朱貴《しゅき》が疫病《えきびょう》にかかったので看病《かんびょう》のためにつきそったが、兄が病死《びょうし》したのち、自身も疫病《えきびょう》にかかって死ぬ。

蔣敬

蔣敬[しょうけい]〈53〉

梁山泊《りょうざんぱく》一〇八人のひとり。地会星《ちかいせい》の転生《てんせい》。そろばんや計算が得意《とくい》なことから、あだ名《な》は〈神算子《しんさんし》（神のごとき計算の達人《たつじん》）〉。欧鵬《おうほう》を首領《しゅりょう》とする黄門山《こうもんざん》の山賊《さんぞく》で、馬麟《ばりん》、陶宗旺《とうそうおう》とともに頭目《とうもく》をつとめる。（→欧鵬《おうほう》）

梁山泊《りょうざんぱく》一〇八人がそろったときには、金銭糧秣会計管理《きんせんりょうまつかいけいかんり》に任《にん》じられる。

方臘《ほうろう》とのたたかいではさいごまで生きのこり、朝廷《ちょうてい》から官職《かんしょく》をさずけられるが、辞退《じたい》して故郷《こきょう》に帰り、平民《へいみん》として暮《く》らす。

蕭譲

蕭譲[しょうじょう]〈46〉

梁山泊《りょうざんぱく》一〇八人のひとり。地文星《ちぶんせい》の転生《てんせい》。あだ名《な》は〈聖《せい》

手書生《しゅしょせい》（神業《かみわざ》の書生《しょせい》)〉。どんな筆跡《ひっせき》でも真似《まね》ることができる。江州《こうしゅう》で宋江《そうこう》が蔡九《さいきゅう》に処刑《しょけい》されそうになったとき、呉用《ごよう》の策《さく》で、金大堅《きんたいけん》と協力《きょうりょく》して蔡京《さいけい》のにせ手紙をつくる。だが、蔡京《さいけい》の本名《ほんみょう》の印鑑《いんかん》をつかったため、蔡九《さいきゅう》ににせ手紙だとばれる（手紙に本名《ほんみょう》の印鑑《いんかん》をつかうのは、相手に対する謙譲《けんじょう》の意味がある。蔡九《さいきゅう》は蔡京《さいけい》の子なので謙譲《けんじょう》は不要《ふよう》)。

梁山泊《りょうざんぱく》一〇八人がそろったときには、文章作成管理《ぶんしょうさくせいかんり》に任《にん》じられる。また空から落ちてきた石碑《せきひ》に一〇八人の名前を発見したときに、それを書きとるよう宋江《そうこう》から命《めい》じられる。

方臘討伐《ほうろうとうばつ》の出陣《しゅつじん》まえに、蔡京《さいけい》に文書係《ぶんしょがかり》として都《みやこ》・開封府《かいほうふ》にのこるよういわれ、梁山泊軍《りょうざんぱくぐん》から離《はな》れる。

葉清[しょうせい]

瓊英《けいえい》の父の使用人《しようにん》であったが、田虎《でんこ》に瓊英《けいえい》の両親が殺されたのちは、田虎《でんこ》に仕《つか》える。鄔梨《うり》の養女《ようじょ》となった瓊英《けいえい》が、両親を殺したのは田虎《でんこ》だと知ると、かたき討《う》ちに協力《きょうりょく》する。梁《りょう》山泊軍《ざんぱくぐん》が攻《せ》めてきたときには、瓊英《けいえい》と梁山泊軍《りょうざんぱくぐん》との連絡《れんらく》をとる。またいくさで負傷《ふしょう》した鄔梨《うり》のもとへ身分をいつわった張清《ちょうせい》、安道全《あんどうぜん》をみちびき入れ、安道全《あんどうぜん》が鄔梨《うり》を治療《ちりょう》して信頼《しんらい》させる。瓊英《けいえい》は張清《ちょうせい》と結婚《けっこん》したのち、張清たちと協力して鄔梨《うり》を毒殺《どくさつ》して城《しろ》をのっとる。さらに葉清《しょうせい》は田虎《でんこ》のもとへ行き、張清《ちょうせい》と瓊英《けいえい》の力を借《か》りて梁山泊軍《りょうざんぱくぐん》をたおすよう進言《しんげん》してだまし、張清《ちょうせい》たちをうけいれた田虎《でんこ》は生《い》け捕《ど》りにされ都《みやこ》・開封府《かいほうふ》で打ち首になる。

蔣忠

蔣忠[しょうちゅう]

快活林《かいかつりん》にある施恩《しおん》の料亭《りょうてい》をのっとった無頼漢《ぶらいかん》。武松《ぶしょう》にたおされ、料亭《りょうてい》をかえす。蔣忠《しょうちゅう》の親分の団練《だんれん》（警備団長《けいびだんちょう》）は、

孟州《もうしゅう》の都監《とかん》（警備長官《けいびちょうかん》）にたのんで武松《ぶしょう》に濡《ぬ》れ衣《ぎぬ》を着せ、恩州《おんしゅう》へ流罪《るざい》にする。だがとちゅうで逃《に》げだして孟州《もうしゅう》にひきかえした武松《ぶしょう》に、団練《だんれん》、都監《とかん》とともに殺される。

焦挺

焦挺[しょうてい]　〈98〉

梁山泊《りょうざんぱく》一〇八人のひとり。地悪星《ちあくせい》の転生《てんせい》。無愛想《ぶあいそう》なので、あだ名《な》は〈没面目《ぼつめんもく》（無愛想《ぶあいそう》）〉。相撲《すもう》の名手《めいしゅ》。枯樹山《こじゅざん》の山賊《さんぞく》・鮑旭《ほうきょく》のもとへむかうとちゅうで李逵《りき》とであい、凌州城攻略《りょうしゅうじょうこうりゃく》に鮑旭《ほうきょく》とともにくわわる。宣賛《せんさん》、郝思文《かくしぶん》が敵《てき》につかまって護送《ごそう》されているのにでくわすと、李逵《りき》たちと力をあわせて救《すく》いだす。

梁山泊《りょうざんぱく》一〇八人がそろったときには、歩兵将校《ほへいしょうこう》のひとりに任《にん》じられる。

方臘《ほうろう》とのたたかいのとき、潤州《じゅんしゅう》で戦死《せんし》する。

徐寧

徐寧[じょねい]　〈18〉

梁山泊《りょうざんぱく》一〇八人のひとり。天祐星《てんゆうせい》の転生《てんせい》。鉤鎌鎗《こうれんそう》（鉤爪《かぎづめ》のついた槍《やり》）の使い手で、あだ名《な》は〈金鎗手《きんそうしゅ》（槍《やり》の名手《めいしゅ》）〉。都《みやこ》・開封府《かいほうふ》で槍術《そうじゅつ》の師範《しはん》をしていた。梁山泊軍《りょうざんぱくぐん》が呼延灼《こえんしゃく》の連環馬《れんかんば》（鉄鎧《てつよろい》を身にまとった騎馬隊《きばたい》）に苦戦《くせん》させられたときに、鉤鎌鎗《こうれんそう》をつかって敵兵《てきへい》を地面にひきずりたおす策《さく》をおこなうことになったさい、湯隆《とうりゅう》らに梁山泊《りょうざんぱく》につれていかれ、仲間《なかま》になる。そして梁山泊《りょうざんぱく》の兵《へい》に鉤鎌鎗《こうれんそう》の訓練《くんれん》をほどこし、連環馬《れんかんば》に打ち勝つ。

張清《ちょうせい》とのたたかいで、石つぶてをくらって馬上《ばじょう》から落ち、殺されそうになったところを、呂方《りょほう》と郭盛《かくせい》にたすけられる。

梁山泊《りょうざんぱく》一〇八人がそろったときには、騎兵軍《きへいぐん》八驃騎《ひょうき》のひとりに任《にん》じられる。

遼国《りょうこく》とのたたかいでは、敵将《てきしょう》・天山勇《てんざんゆう》を一騎《いっき》打ちで討《う》ちとる。また方臘《ほうろう》とのたたかいでは、呂師囊《りょしのう》を討《う》ちとるなど功績《こうせき》をあげる。しかし杭州《こうしゅう》でのたたかいで、毒矢《どくや》をうけ、神医《しんい》・安道全《あんどうぜん》が陣中《じんちゅう》にいなかったので、毒《どく》がまわって死んでしまう。

秦明[しんめい]　〈7〉

梁山泊《りょうざんぱく》一〇八人のひとり。天猛星《てんもうせい》の転生《てんせい》。怒《おこ》りっぽい性格《せいかく》なので、あだ名《な》は〈霹靂火《へきれきか》（稲妻《いなずま》）〉。青州《せいしゅう》の兵馬統制《へいばとうせい》（征伐軍指揮官《せいばつぐんしきかん》）。狼牙棒《ろうがぼう》（棒《ぼう》のさきが太くなっており、そこに無数《むすう》の棘《とげ》がついた武器《ぶき》）の使い手。青州《せいしゅう》の知府《ちふ》の命《めい》をうけ、清風山《せいふうざん》にいる山賊《さんぞく》たちの討伐《とうばつ》にむかうが、敵《てき》の策《さく》にかかり生《い》け捕《ど》られる。宋江《そうこう》と花栄《かえい》は秦明《しんめい》の縄《なわ》を解《と》いて無礼《ぶれい》をわび、仲間《なかま》にくわわるようにたのむが、秦明《しんめい》は承知《しょうち》しない。秦明《しんめい》は逃《に》がされて青州城《せいしゅうじょう》にもどるが、知府《ちふ》に山賊《さんぞく》の仲間《なかま》になったと思われ、見せしめに妻《つま》を殺されていた。秦明《しんめい》は宋江《そうこう》のもとにひきかえし、青州《せいしゅう》の知府《ちふ》を討《う》つことを心に誓《ちか》い、梁山泊入《りょうざんぱくい》りする。

秦明

呼延灼《こえんしゃく》とのたたかいでは、呼延灼《こえんしゃく》が青州《せいしゅう》城《じょう》を攻めたときに参戦《さんせん》し、青州《せいしゅう》の知府《ちふ》が城《じょう》門《もん》をあけてでてきたところを、狼牙棒《ろうがぼう》でたたき殺して妻《つま》のかたきをとる。

梁山泊《りょうざんぱく》一〇八人がそろったときには、騎《き》兵軍《へいぐん》五虎《こ》将《しょう》のひとりに任《にん》じられる。

方臘《ほうろう》とのたたかいのとき、敵《てき》の本拠地《ほんきょち》・清《せい》

渓県《けいけん》で戦死《せんし》する。

鄒淵[すうえん] 〈90〉

鄒淵

梁山泊《りょうざんぱく》一〇八人のひとり。地短星《ちたんせい》の転生《てんせい》。あだ名《な》は〈出《しゅつ》林竜《りんりゅう》（林からでる竜《りゅう》）〉。登雲山《とううんざん》の山賊《さんぞく》で、鄒潤《すうじゅん》のおじ。登《とう》州《しゅう》で解珍《かいちん》、解宝《かいほう》が無実《むじつ》の罪《つみ》でつかまったときに、鄒潤《すうじゅん》や仲《なか》間《ま》とともに解珍《かいちん》たちをたすけだす。その後、皆《みな》で梁山泊入《りょうざんぱくい》りする。祝家荘攻略《しゅくかそうこうりゃく》においては、祝朝奉《しゅくちょうほう》や欒廷玉《らんていぎょく》をだまして梁山泊軍《りょうざんぱくぐん》を勝利《しょうり》にみちびく。

梁山泊《りょうざんぱく》一〇八人がそろったときには、歩兵将校《ほへいしょうこう》のひとりに任《にん》じられる。

方臘《ほうろう》とのたたかいのとき、敵《てき》の本拠地《ほんきょち》である清渓県《せいけいけん》で戦死《せんし》する。(→解珍《かいちん》)

鄒潤[すうじゅん] 〈91〉

鄒潤

梁山泊《りょうざんぱく》一〇八人のひとり。地角星《ちかくせい》の転生《てんせい》。後頭部《こうとうぶ》にこぶがあることから、あだ名《な》は〈独角竜《どくかくりゅう》（一つのツノの竜《りゅう》）〉。登雲山《とううんざん》の山賊《さんぞく》で、鄒淵《すうえん》の甥《おい》。つねにおじ鄒淵《すうえん》と行動をともにする。(→鄒淵《すうえん》)

梁山泊《りょうざんぱく》一〇八人がそろったときには、歩兵将校《ほへいしょうこう》のひとりに任《にん》じられる。

方臘《ほうろう》とのたたかいではさいごまで生きのこり、官職《かんしょく》をさずけられるが辞退《じたい》して登雲山《とううんざん》にもどる。

石秀[せきしゅう] 〈33〉

石秀

梁山泊《りょうざんぱく》一〇八人のひとり。天慧星《てんけいせい》の転生《てんせい》。無鉄砲《むてっぽう》な性格《せいかく》で、あだ名《な》は〈拚命三郎《へんめいさんろう》（命知《いのちし》らずの三男《さんなん》）〉。薊州《けいしゅう》の人びとが首斬《くびき》り役人《やくにん》の楊雄《ようゆう》に祝儀《しゅうぎ》をあたえようとするのをねたんで

うばおうとした兵士《へいし》たちを追いはらって楊雄《ようゆう》をたすける。楊《よう》雄《ゆう》と意気投合《いきとうごう》し、義兄弟《ぎきょうだい》となる。ともに梁山泊《りょうざんぱく》へむかうことになり、道中《どうちゅう》、こそどろの時遷《じせん》も仲間《なかま》にくわえる。だが時遷《じせん》が祝家荘《しゅくかそう》で鶏《にわとり》を盗《ぬす》んだことから、話がこじれていくさになる。石秀《せきしゅう》は梁山泊《りょうざんぱく》へ走り、晁蓋《ちょうがい》に事情《じじょう》を説明《せつめい》して加勢《かせい》をたのみ、祝家荘《しゅくかそう》をやぶったのち楊雄《ようゆう》、時遷《じせん》とともに梁山《りょうざん》泊入《ぱくい》りする。

北京《ほくけい》で盧俊義《ろしゅんぎ》が役人《やくにん》たちに連行《れんこう》されているのを見て、自分の命をかえりみずに盧俊義《ろしゅんぎ》をたすけだすが、多勢《たぜい》に無勢《ぶぜい》で、さいごはともにつかまってしまう。のちに梁山泊軍《りょうざんぱくぐん》によって救《すく》いだされる。

梁山泊《りょうざんぱく》一〇八人がそろったときには、歩兵頭目《ほへいとうもく》のひとりに任《にん》じられる。

遼国《りょうこく》とのたたかいでは、時遷《じせん》とともに薊州城《けいしゅうじょう》にしのびこみ、火を放《はな》って相手を混乱《こんらん》させる。方臘《ほうろう》とのたたかいのとき、敵《てき》の本拠地《ほんきょち》・清渓県《せいけいけん》にたどりつくまえに戦死《せんし》する。

石勇

石勇［せきゆう］　〈99〉

梁山泊《りょうざんぱく》一〇八人のひとり。地醜星《ちしゅうせい》の転生《てんせい》。あだ名《な》は〈石《せき》将軍《しょうぐん》（民間信仰《みんかんしんこう》の凶神《きょうしん》）〉。宋江《そうこう》に会うために天下各地《てんかかくち》を放《ほう》浪《ろう》していたところ、宋江《そうこう》の実家《じっか》で宋江《そうこう》あての手紙をあずかる。放浪《ほうろう》をつづけ、梁山泊《りょうざんぱく》にむかうとちゅうの居酒屋《いざかや》で宋江《そうこう》にであい、手紙をわたす。手紙には、宋江《そうこう》の父が病《やまい》で亡《な》くなったと書いてあったため、宋江《そうこう》は梁山泊《りょうざんぱく》行きをとりやめ、いそいで実家《じっか》にもどる。いっぽう石勇《せきゆう》はさきに梁山泊入《りょうざんぱくい》りする。

梁山泊《りょうざんぱく》一〇八人がそろったときには、歩兵将校《ほへいしょうこう》のひとりに任《にん》じられる。

方臘《ほうろう》とのたたかいのとき、歙州《きゅうしゅう》で戦死《せんし》する。

薛永

薛永［せつえい］〈84〉

梁山泊《りょうざんぱく》一〇八人のひとり。地幽星《ちゆうせい》の転生《てんせい》。あだ名《な》は〈病《びょう》大虫《たいちゅう》（「病」は「もどき」。「虎《とら》もどき」の意味）〉。薬売《くすりう》りの武芸者《ぶげいしゃ》で、侯健《こうけん》の棒術《ぼうじゅつ》の師匠《ししょう》。穆家荘《ぼくかそう》の穆弘《ぼくこう》の父の屋敷《やしき》の食客《しょっかく》。

宋江《そうこう》と梁山泊《りょうざんぱく》の好漢《こうかん》たちが穆家荘《ぼくかそう》へきたとき、黄文炳《こうぶんへい》の情報《じょうほう》をつかむため、黄文炳《こうぶんへい》の屋敷《やしき》で仕立《した》てをしている侯健《こうけん》を宋江《そうこう》たちに紹介《しょうかい》する。宋江《そうこう》たちが黄文炳《こうぶんへい》を討《う》ちとったのち、梁山泊《りょうざんぱく》入《い》りする。

梁山泊《りょうざんぱく》一〇八人がそろったときには、歩兵将校《ほへいしょうこう》のひとりに任《にん》じられる。

方臘《ほうろう》とのたたかいでは、敵《てき》の本拠地《ほんきょち》・清渓県《せいけいけん》にたどりつくまえに戦死《せんし》する。

宣贊

宣贊［せんさん］〈40〉

梁山泊《りょうざんぱく》一〇八人のひとり。地傑星《ちけつせい》の転生《てんせい》。赤ひげで、顔が醜《みにく》いことから、あだ名《な》は〈醜郡馬《しゅうぐんば》（醜《みにく》い郡馬《ぐんば》。「郡馬《ぐんば》」は王──位《くらい》のひとつ。天子《てんし》の下──の娘婿《むすめむこ》のこと）〉。関勝《かんしょう》の部下《ぶか》・郝思文《かくしぶん》とともに副将として梁山泊討伐《りょうざんぱくとうばつ》に向かう。

（→関勝《かんしょう》、郝思文《かくしぶん》）

梁山泊《りょうざんぱく》一〇八人がそろったときには、騎兵軍小彪将《きへいぐんしょうひょうしょう》のひとりに任《にん》じられる。

方臘《ほうろう》とのたたかいで、蘇州《そしゅう》攻《ぜ》めのさいに命をおとす。

銭振鵬［せんしんほう］

方臘《ほうろう》に仕《つか》える常州《じょうしゅう》の守将《しゅしょう》。梁山泊軍《りょうざんぱくぐん》が攻《せ》めこんできたときに関勝《かんしょう》とたたかうが、一刀《とう》のもとに斬《き》りすてられる。

単廷珪

単廷珪[ぜんていけい] 〈44〉

梁山泊《りょうざんぱく》一〇八人のひとり。地奇星《ちきせい》の転生《てんせい》。水攻《みずぜ》めがうまいことから、あだ名《な》は〈聖水将《せいすいしょう》〉。黒い戦袍《せんぽう》をはおり、黒い槍《やり》をもち、黒い馬にまたがる。軍旗《ぐんき》も黒い色、兵士《へいし》たちも黒い鎧《よろい》と、黒ずくめの部隊《ぶたい》をあやつる。朝廷《ちょうてい》から命《めい》をうけ、魏定国《ぎていこく》とともに梁山泊討伐《りょうざんぱくとうばつ》にむかう。梁山泊《りょうざんぱく》の関勝《かんしょう》と一騎《いっき》打《う》ちするも、生《い》け捕《ど》りにされ、説得《せっとく》されて梁山泊《りょうざんぱく》にくわわる。そののち、魏定国《ぎていこく》を説得《せっとく》して梁山泊入《りょうざんぱくい》りさせる。

梁山泊《りょうざんぱく》一〇八人がそろったときには、魏定国《ぎていこく》とともに騎《き》兵軍小彪将《へいぐんしょうひょうしょう》のひとりに任《にん》じられる。

方臘《ほうろう》とのたたかいで、歙州《きゅうしゅう》攻《ぜ》めのさいに魏定国《ぎていこく》とともに戦死《せんし》する。

曽魁[そうかい]

曽頭市《そうとうし》の長者《ちょうじゃ》・曽弄《そうろう》の五人兄弟の四男《なん》。兄に曽塗《そうと》、曽密《そうみつ》、曽索《そうさく》、弟に曽昇《そうしょう》がおり、いずれも武術《ぶじゅつ》にすぐれ、曽家《そうか》の五《ご》虎《こ》とよばれている。史文恭《しぶんきょう》の弟子《でし》。梁山泊《りょうざんぱく》が攻《せ》めこんできたときには、曽頭市《そうとうし》の東陣《とうじん》をまもる。しかし、梁山泊軍《りょうざんぱくぐん》への夜襲《やしゅう》に失敗《しっぱい》したのち、乱戦《らんせん》のなかで命をおとす。

宋江

宋江[そうこう] 〈1〉

梁山泊《りょうざんぱく》一〇八人のひとり。魔星《ませい》の首領《しゅりょう》・天魁星《てんかいせい》の転生《てんせい》。色黒《いろぐろ》の小柄《こがら》な男で、義《ぎ》を重《おも》んじ、慈悲深《じひぶか》く、民《たみ》によくしたことから、あだ名《な》は〈及時雨《きゅうじう》(めぐみの雨)〉。鄆城県《うんじょうけん》の押司《おうし》(書記《しょき》)。梁中書《りょうちゅうしょ》が蔡京《さいけい》におくる十万貫《かん》の財物《ざいぶつ》を道中《どうちゅう》で晁蓋《ちょうがい》たちがうばったが、すぐに発覚《はっかく》し、晁蓋《ちょうがい》のもとに役人《やくにん》たちが派遣《はけん》されると知るや、いちはやく晁蓋《ちょうがい》たちに知らせる。これにより晁蓋《ちょうがい》たちは、梁山泊《りょうざんぱく》に逃《に》げの

びる。

　梁山泊《りょうざんぱく》で首領《しゅりょう》になった晁蓋《ちょうがい》が恩《おん》をかえすため、劉唐《りゅうとう》に手紙と金子《きんす》百両《りょう》をもたせ、宋江《そうこう》のもとにとどけさせるが、妾《めかけ》の閻婆惜《えんばしゃく》に発見され、うばいかえそうとしたところ、誤《あやま》って閻婆惜《えんばしゃく》を殺してしまう。実家《じっか》の父・宋太公《そうたいこう》に事情《じじょう》を話し、弟の宋清《そうせい》の提案《ていあん》で、柴進《さいしん》のもとに身をよせる。

　滄州《そうしゅう》の柴進《さいしん》の屋敷《やしき》で武松《ぶしょう》に会い、義兄弟《ぎきょうだい》となる。のちに孔家荘《こうかそう》の孔明《こうめい》・孔亮《こうりょう》のもとで世話《せわ》になり、武松《ぶしょう》と再会《さいかい》する。

　武松《ぶしょう》とわかれたのち、清風鎮《せいふうちん》にいる花栄《かえい》のもとをたずねる道中《どうちゅう》、清風山《せいふうざん》のそばで山賊《さんぞく》の燕順《えんじゅん》、王英《おうえい》、鄭天寿《ていてんじゅ》に捕《と》らえられ殺されそうになるが、義人《ぎじん》の宋江《そうこう》だとわかり、清風山《せいふうざん》のとりでにまねかれる。

　王英《おうえい》が清風寨《せいふうさい》（「寨《さい》」は「軍《ぐん》の駐屯地《ちゅうとんち》」の意味）の長官《ちょうかん》・劉高《りゅうこう》の妻《つま》をさらってきたときは、劉高《りゅうこう》の妻《つま》を逃《に》がすようにいう。だがこれが災《わざわ》いし、清風山《せいふうざん》を去って花栄《かえい》と会ったのち、元宵節《げんしょうせつ》に街《まち》をあるいていたところを劉高《りゅうこう》の妻《つま》に見つかり、宋江《そうこう》が自分をさらった山賊《さんぞく》の仲間《なかま》だと劉高《りゅうこう》に告《つ》げ口《ぐち》され花栄《かえい》とともに捕《と》らえられ、兵馬都監《へいばとかん》（州軍《しゅうぐん》の総司令官《そうしれいかん》）・黄信《こうしん》に護送《ごそう》されて青州《せいしゅう》にむかう。道中《どうちゅう》、燕順《えんじゅん》たちに花栄《かえい》とともに救《すく》いだされ、清風山《せいふうざん》につく。

　兵馬統制《へいばとうせい》（征伐軍指揮官《せいばつぐんしきかん》）の秦明《しんめい》が清風山《せいふうざん》へ攻《せ》めこんだときは、これを返《かえ》り討《う》ちにする。そののち、秦明《しんめい》と黄信《こうしん》が仲間《なかま》になると、清風鎮《せいふうちん》にのりこんで劉高《りゅうこう》の一族を殺す。朝廷《ちょうてい》が派兵《はへい》すれば清風山《せいふうざん》ではまもりきれないため、梁山泊《りょうざんぱく》に身をよせることにきめる。梁山泊《りょうざんぱく》のちかくで石勇《せきゆう》に会い、父・宋太公《そうたいこう》が亡《な》くなったとの知らせをうける。

　いそいで実家《じっか》にもどるが、宋太公《そうたいこう》がうそをついて呼《よ》びもどしたと判明《はんめい》。近ぢか朝廷《ちょうてい》で皇太子《こうたいし》を立て、そのときに恩赦《おんしゃ》

がでるので、いまのうちにつかまって刑《けい》を軽くせよとの父の進言《しんげん》にしたがい、自首《じしゅ》して江州《こうしゅう》へ流罪《るざい》になる。

江州《こうしゅう》への道中《どうちゅう》、劉唐《りゅうとう》がたすけにくるが、刑《けい》に服《ふく》すると拒《きょ》否《ひ》する。呉用《ごよう》から手紙と金子《きんす》をわたされ、牢役人《ろうやくにん》の戴宗《たいそう》に会うようにいわれる。そののち、長江《ちょうこう》の岸辺《きしべ》の居酒屋《いざかや》で、李《り》立《りつ》にしびれ薬《ぐすり》入《い》りの酒をのまされるも、李俊《りしゅん》、童威《どうい》、童猛《どうもう》のたすけで事《こと》なきを得《え》る。

江州《こうしゅう》で戴宗《たいそう》に会ったのち、酒楼《しゅろう》で李逵《りき》と会う。料理《りょうり》をふるまおうと、川辺《かわべ》の漁師《りょうし》たちから魚をうばおうとした李逵《りき》と張順《ちょうじゅん》とが大ゲンカになり、仲裁《ちゅうさい》にはいる。

ある日、酔《よ》った勢《いきお》いで酒楼《しゅろう》の壁《かべ》に書いた反逆《はんぎゃく》の詩が退職《たいしょく》官僚《かんりょう》の黄文炳《こうぶんへい》に見つかり、江州《こうしゅう》の知府《ちふ》・蔡九《さいきゅう》の知るところとなる。蔡九《さいきゅう》は「宋江《そうこう》を都《みやこ》・開封府《かいほうふ》に護送《ごそう》して処刑《しょけい》するかどうか」のうかがいの手紙を書く。父の蔡京《さいけい》にとどける任務《にんむ》をうけた戴宗《たいそう》は都《みやこ》へは行かずに、梁山泊《りょうざんぱく》につたえる。呉用《ごよう》の策《さく》で「都《みやこ》で処刑《しょけい》する」とのにせ手紙を用意し、戴宗《たいそう》にもたせるがにせ手紙とばれてしまい、宋江《そうこう》は戴宗《たいそう》とともに江州《こうしゅう》で処刑《しょけい》されることになる。晁蓋《ちょうがい》と梁山泊《りょうざんぱく》の頭目《とうもく》たちが変装《へんそう》して乱入《らんにゅう》し、二人はたすけだされる。梁山泊《りょうざんぱく》入《い》りしたときには、晁蓋《ちょうがい》から首領《しゅりょう》になるよういわれるが、これをことわり、副首領《ふくしゅりょう》になる。そして父と弟を梁山泊《りょうざんぱく》に移住《いじゅう》させる。

祝家荘《しゅくかそう》とのたたかいのときには、軍《ぐん》をひきいてこれにあたり、勝利《しょうり》する。そののち、高唐州《こうとうしゅう》の知府《ちふ》・高廉《こうれん》に柴進《さいしん》が捕《と》らえられたときは、出兵《しゅっぺい》して公孫勝《こうそんしょう》のたすけを借《か》り、高《こう》廉《れん》を討《う》ちとり柴進《さいしん》をたすけだす。呼延灼《こえんしゃく》とのたたかいで勝《しょう》利《り》したときには、呼延灼《こえんしゃく》に大義《たいぎ》を説《と》いて梁山泊《りょうざんぱく》入《い》りさせる。

曽頭市《そうとうし》とのたたかいでは、晁蓋《ちょうがい》が全軍《ぜんぐん》を指揮《しき》し、宋江《そうこう》は梁山泊《りょうざんぱく》をまもる。しかし晁蓋《ちょうがい》が敵将《てきしょう》・史文恭《しぶんきょう》の矢《や》をうけ

て命をうしなったため、臨時《りんじ》の首領《しゅりょう》になる。

盧俊義《ろしゅんぎ》のうわさをきき、彼《かれ》を首領《しゅりょう》にしようと考え、呉用《ごよう》と李逵《りき》を北京《ほくけい》におくる。呉用《ごよう》の策《さく》で盧俊義《ろしゅんぎ》をとらえることができたが、盧俊義《ろしゅんぎ》は仲間《なかま》になるのを断固拒否《だんこきょひ》したので、しかたなしに彼《かれ》をかえす。だが北京《ほくけい》では、「盧俊義《ろしゅんぎ》は梁山泊《りょうざんぱく》と通《つう》じている」とのことで捕《と》らえられてしまう。宋江《そうこう》は盧俊義《ろしゅんぎ》をたすけるために出兵《しゅっぺい》するも、北京城《ほくけいじょう》はなかなかおとせず、冬の寒さで病《やまい》にかかってしまう。張順《ちょうじゅん》は神医《しんい》・安道全《あんどうぜん》をつれてきて治療《ちりょう》させる。

元宵節《げんしょうせつ》になると、時遷《じせん》が北京城内《ほくけいじょうない》へ潜入《せんにゅう》して翠雲楼《すいうんろう》に火をつけ、城内《じょうない》を混乱《こんらん》させたのを合図《あいず》に北京城《ほくけいじょう》を占領《せんりょう》して盧俊義《ろしゅんぎ》をたすけだす。

晁蓋《ちょうがい》のかたきを討《う》つため、梁山泊軍《りょうざんぱくぐん》がふたたび曽頭市《そうとうし》へ攻《せ》めこみ、いくさに勝利《しょうり》したときは、盧俊義《ろしゅんぎ》が史文恭《しぶんきょう》をたおしたので、宋江《そうこう》は盧俊義《ろしゅんぎ》を首領《しゅりょう》にしようとするが、呉用《ごよう》をはじめとする頭目《とうもく》たちの反対にあう。そこで、梁山泊《りょうざんぱく》を討伐《とうばつ》しようとたくらんでいる東平府《とうへいふ》、東昌府《とうしょうふ》の二城《じょう》を、さきに攻《せ》めおとしたほうを首領《しゅりょう》にすることにきめる。その結果《けっか》、宋江《そうこう》が首領《しゅりょう》、盧俊義《ろしゅんぎ》が副首領《ふくしゅりょう》になる。

梁山泊《りょうざんぱく》一〇八人がそろったのち、天から落ちてきた碑《ひ》に一〇八人の名前が書かれており、その先頭《せんとう》には「天魁星《てんかいせい》　呼《こ》保義《ほうぎ》　宋江《そうこう》」と記《しる》されていた。

宋江《そうこう》は招安《しょうあん》（朝廷《ちょうてい》に帰順《きじゅん》すること）したいと考え、都《みやこ》へ赴《おもむ》くが、同行した李逵《りき》がさわぎを起こしたため梁山泊《りょうざんぱく》にひきかえす。

高俅《こうきゅう》が梁山泊《りょうざんぱく》に攻《せ》めこんできたときには、彼《かれ》を生《い》け捕《ど》りにしてから逃《に》がし、招安《しょうあん》の件《けん》を天子《てんし》・徽宗《きそう》につたえるようたのんだが、高俅《こうきゅう》は約束《やくそく》をまもらない。そこで燕青《えんせい》が都《みやこ》へ

おもむき、李師師《りしし》を通《つう》じて徽宗《きそう》に会い、招安《しょうあん》を実現《じつげん》させる。これによって宋江《そうこう》たちは梁山泊《りょうざんぱく》をあとにし、都《みやこ》へむかう。

遼国《りょうこく》とのたたかいでは、あと一歩のところまで遼国《りょうこく》を追いつめるが、高俅《こうきゅう》たち奸臣《かんしん》が遼国《りょうこく》から賄賂《わいろ》をうけとり、講和《こうわ》をしたので、退却命令《たいきゃくめいれい》がでる。

河北《かほく》(中国北部の地域《ちいき》)での田虎《でんこ》の反乱《はんらん》を鎮圧《ちんあつ》すると、王慶《おうけい》の討伐《とうばつ》をまかされる。宋江《そうこう》たちはまたもや勝利《しょうり》し、宋江《そうこう》は保義郎《ほうぎろう》(下級官職《かきゅうかんしょく》)・帯御器械《たいぎょきかい》(天子《てんし》の侍従《じじゅう》)・正受皇城使《せいじゅこうじょうし》(宮廷所属《きゅうていしょぞく》の名誉職《めいよしょく》)に封《ほう》じられるが、どれも有名無実《ゆうめいむじつ》の官位《かんい》である。朝廷《ちょうてい》からのあつかいは悪く、頭目《とうもく》たちのあいだから不満《ふまん》の声があがり、呉用《ごよう》を通《つう》じて「梁山泊《りょうざんぱく》へもどるよう」進言《しんげん》されるが、宋江《そうこう》はききいれない。

方臘《ほうろう》とのたたかいでは多くの頭目《とうもく》をうしなう。いくさには勝ったが、好漢《こうかん》たちは一〇八人のうち三十六人しかのこっていなかった。

朝廷《ちょうてい》から官職《かんしょく》をさずかって楚州《そしゅう》に赴任《ふにん》したさい、徽宗《きそう》からおくられた御酒《ぎょしゅ》に高俅《こうきゅう》が毒《どく》をまぜていた。宋江《そうこう》は酒をのんで毒《どく》がはいっていることに気づき、徽宗《きそう》が奸臣《かんしん》にたぶらかされて毒酒《どくしゅ》をおくったのだと思う。ただ李逵《りき》がそれを知ると、反乱《はんらん》を起こしかねないので、李逵《りき》をよんで毒酒《どくしゅ》をのませ、そのあとで事情《じじょう》を説明し、李逵《りき》も宋江《そうこう》とともに死ぬことを承諾《しょうだく》する。二人の遺体《いたい》は、楚州《そしゅう》の蓼児洼《りょうじわ》に埋《う》められる。これを知った呉用《ごよう》と花栄《かえい》もあとを追って自害《じがい》する。

徽宗《きそう》は夢《ゆめ》のなかで宋江《そうこう》たちに会って事情《じじょう》を知り、梁山泊《りょうざんぱく》に大きな廟《びょう》を建《た》てさせ、宋江《そうこう》たちの神像《しんぞう》をつくらせる。

曽索[そうさく]

曽頭市《そうとうし》の長者《ちょうじゃ》・曽弄《そうろう》の五人兄弟の三男《なん》。いずれも武術《ぶじゅつ》に

すぐれ、曽家《そうか》の五虎《ごこ》とよばれている。史文恭《しぶんきょう》の弟子《でし》。梁山《りょうざん》泊《ぱく》が攻《せ》めこんできたときには、曽頭市《そうとうし》の西陣《せいじん》をまもる。夜、梁山泊軍《りょうざんぱくぐん》への夜襲《やしゅう》に失敗《しっぱい》したのちに、解珍《かいちん》、解宝《かいほう》に討《う》ちとられる。

曽昇[そうしょう]

曽頭市《そうとうし》の長者《ちょうじゃ》・曽弄《そうろう》の五人兄弟の五男《なん》。いずれも武術《ぶじゅつ》にすぐれ、曽家《そうか》の五虎《ごこ》とよばれている。史文恭《しぶんきょう》の弟子《でし》。梁山《りょうざん》泊《ぱく》が攻《せ》めこんできたときには、曽頭市《そうとうし》の中央の陣《じん》を父・曽弄《そうろう》とともにまもる。史文恭《しぶんきょう》はまもりに徹《てっ》するよう指示《しじ》したが、曽昇《そうしょう》はききいれずに出陣《しゅつじん》し、弓《ゆみ》で李逵《りき》の太ももを射《い》ぬく。曽頭市《そうとうし》が梁山泊《りょうざんぱく》との講和《こうわ》をもちだしたときには、梁山泊《りょうざんぱく》の陣営《じんえい》へむかい、人質《ひとじち》になる。しかしそののち、史文恭《しぶんきょう》が夜《や》襲《しゅう》に失敗《しっぱい》し、曽昇《そうしょう》は殺されてしまう。

宋清

宋清[そうせい]　〈76〉

梁山泊《りょうざんぱく》一〇八人のひとり。地俊星《ちしゅんせい》の転生《てんせい》。あだ名《な》は〈鉄《てつ》扇子《せんし》(「采配《さいはい》がうまい」という意味。また、鉄の扇子《せんす》なので「役立たず」の意味もある)〉。宋江《そうこう》の弟。宋江《そうこう》が閻婆惜《えんばしゃく》を殺して実家《じっか》に帰ってきたとき、柴進《さいしん》をたずねるように助言《じょげん》する。宋江《そうこう》が梁山泊入《りょうざんぱくい》りして副首領《ふくしゅりょう》になったのちは、父・宋太公《そうたいこう》とともに梁山泊《りょうざんぱく》に移住《いじゅう》する。

梁山泊《りょうざんぱく》一〇八人がそろったときには、宴会準備管理《えんかいじゅんびかんり》に任《にん》じられる。

方臘《ほうろう》とのたたかいでは生きのこるが、官職《かんしょく》を辞退《じたい》し、実《じっ》家《か》にもどって暮《く》らす。

曹正

曹正[そうせい]　〈81〉

梁山泊《りょうざんぱく》一〇八人のひとり。地稽星《ちけいせい》の転生《てんせい》。あだ名《な》は〈操《そう》刀鬼《とうき》（刀《かたな》をあやつる鬼《おに》）〉。林冲《りんちゅう》の弟子《でし》。二竜山《にりゅうざん》のそばで居《い》酒屋《ざかや》を営《いとな》んでいたが、魯智深《ろちしん》と知りあってともに二竜山《にりゅうざん》で山賊《さんぞく》をする。呼延灼《こえんしゃく》と梁山泊《りょうざんぱく》のたたかいに参戦《さんせん》し、梁山泊《りょうざんぱく》軍が勝利《しょうり》したのちに、二竜山《にりゅうざん》の仲間《なかま》たちとともに梁山泊入《りょうざんぱくい》りする。

梁山泊《りょうざんぱく》一〇八人がそろったときには、家畜屠殺管理《かちくとさつかんり》に任《にん》じられる。

方臘《ほうろう》とのたたかいでは盧俊義《ろしゅんぎ》の軍《ぐん》に属《ぞく》したが、宣州攻略《せんしゅうこうりゃく》のさいに戦死《せんし》する。

宋太公

宋太公[そうたいこう]

宋江《そうこう》の父。宋江《そうこう》が閻婆惜《えんばしゃく》を殺しておたずね者になったとき、うその手紙で宋江《そうこう》を実家《じっか》によびもどす。朝廷《ちょうてい》が皇太子《こうたいし》を立て、そのときに恩赦《おんしゃ》がでるので、いまのうちにつかまって刑《けい》を軽くせよと宋江《そうこう》にいう。宋江《そうこう》が梁山泊入《りょうざんぱくい》りして副首領《ふくしゅりょう》になったのちは、宋清《そうせい》とともに梁山泊《りょうざんぱく》に移住《いじゅう》する。

曹太公[そうたいこう]

沂水県《きすいけん》の村の富豪《ふごう》。虎退治《とらたいじ》をした李逵《りき》を酒や料理《りょうり》でもてなす。李逵《りき》の正体《しょうたい》が、おたずね者の李逵《りき》だと村長から知らされると、李逵《りき》に酒をすすめ、酔《よ》いつぶれているところを生《い》け捕《ど》りにし、沂水県《きすいけん》の知県《ちけん》（県の長官《ちょうかん》）にひきわたす。

曽途[そうと]

曽頭市《そうとうし》の長者《ちょうじゃ》・曽弄《そうろう》の五人兄弟の長男《ちょうなん》。いずれも武術《ぶじゅつ》にすぐれ、曽家《そうか》の五虎《ごこ》とよばれている。史文恭《しぶんきょう》の弟子《でし》。梁山泊《りょうざんぱく》が攻《せ》めこんできたときには、蘇定《そてい》とともに曽頭市《そうとうし》の北陣《ほくじん》を

まもる。史文恭《しぶんきょう》がまもりに徹《てっ》するよう指示《しじ》するが、がまんできずに出陣《しゅつじん》し、呂方《りょほう》、郭盛《かくせい》に討《う》ちとられてしまう。

宋万

宋万[そうまん]　〈82〉

梁山泊《りょうざんぱく》一〇八人のひとり。地魔星《ちませい》の転生《てんせい》。あだ名《な》は〈雲《うん》裏金剛《りこんごう》（雲をつく金剛《こんごう》（仁王《におう》））〉。杜遷《とせん》とともに梁山泊《りょうざんぱく》で王《おう》倫《りん》に仕《つか》えていた。王倫《おうりん》が林冲《りんちゅう》に殺され、晁蓋《ちょうがい》が梁山泊《りょうざんぱく》の首《しゅ》領《りょう》になってからは、杜遷《とせん》とともに晁蓋《ちょうがい》に仕《つか》える。

梁山泊《りょうざんぱく》一〇八人がそろったときには、歩兵将校《ほへいしょうこう》のひとりに任《にん》じられる。

方臘《ほうろう》とのたたかいでは、潤州《じゅんしゅう》を攻《せ》めたさいに戦死《せんし》する。

曽密[そうみつ]

曽頭市《そうとうし》の長者《ちょうじゃ》・曽弄《そうろう》の五人兄弟の次男《じなん》。いずれも武術《ぶじゅつ》にすぐれ、曽家《そうか》の五虎《ごこ》とよばれている。史文恭《しぶんきょう》の弟子《でし》。梁山《りょうざん》泊《ぱく》が攻《せ》めこんできたときには、曽頭市《そうとうし》の南陣《なんじん》をまもる。夜、梁山泊軍《りょうざんぱくぐん》への夜襲《やしゅう》に失敗《しっぱい》したのちに、朱仝《しゅどう》に討《う》ちとられる。

曹明済[そうめいさい]

遼国《りょうこく》の武将《ぶしょう》。阿里奇《ありき》、咬児惟康《こうじいこう》、楚明玉《そめいぎょく》とともに洞仙侍《どうせんじ》郎《ろう》に仕《つか》え、檀州《たんしゅう》をまもる。梁山泊《りょうざんぱく》の糧秣船《りょうまつせん》を発見したときには、咬児惟康《こうじいこう》、楚明玉《そめいぎょく》とともにおそいに行く。だが梁山《りょうざん》泊軍《ぱくぐん》に敗《やぶ》れ、檀州城《たんしゅうじょう》をとられる。三人は洞仙侍郎《どうせんじろう》とともに薊州《けいしゅう》へ逃《に》げのびる。梁山泊軍《りょうざんぱくぐん》が薊州《けいしゅう》へ攻《せ》めてきたときに出《しゅつ》陣《じん》するが、楚明玉《そめいぎょく》とともに史進《ししん》に斬《き》り殺《ころ》される。

曽弄[そうろう]

曽頭市《そうとうし》の曽家《そうか》の五虎《ごこ》（曽塗《そうと》、曽密《そうみつ》、曽索《そうさく》、曽魁《そうかい》、曽昇《そうしょう》）

の父。梁山泊軍《りょうざんぱくぐん》が曽頭市《そうとうし》に攻《せ》めこんできたときには、曽昇《そうしょう》とともに中央《ちゅうおう》の陣《じん》をまもる。いくさで曽塗《そうと》、曽索《そうさく》が戦死《せんし》したことで梁山泊《りょうざんぱく》と講話《こうわ》をむすぼうとするがうまくいかず、梁山泊軍《りょうざんぱくぐん》が曽頭市内《そうとうしない》まで攻《せ》めこんできたときに首をくくって自害《じがい》する。

祖士遠[そしえん]

方臘《ほうろう》の右丞相《うじょうしょう》。睦州《ぼくしゅう》の守将《しゅしょう》。梁山泊軍《りょうざんぱくぐん》が攻《せ》めてきたときに、方臘《ほうろう》に援軍《えんぐん》を要請《ようせい》する。方臘《ほうろう》は包道乙《ほうどういつ》を睦州《ぼくしゅう》へおくるが、凌振《りょうしん》の火砲《かほう》をくらって死亡《しぼう》。睦州城《ぼくしゅうじょう》は占領《せんりょう》され、祖士遠《そしえん》は生《い》け捕《ど》りにされる。

蘇定

蘇定[そてい]

曽頭市《そうとうし》の副教頭《ふくきょうとう》（武術《ぶじゅつ》副師範《しはん》）。史文恭《しぶんきょう》の部下《ぶか》。梁山泊《りょうざんぱく》が曽頭市《そうとうし》に攻《せ》めこんできたときには、曽塗《そうと》とともに北陣《ほくじん》をまもる。梁山泊《りょうざんぱく》の陣営《じんえい》に夜襲《やしゅう》をかけるが失敗《しっぱい》し、北陣《ほくじん》にひきかえしたときに無数《むすう》の矢《や》を浴《あ》びて絶命《ぜつめい》する。

楚明玉[そめいぎょく]

遼国《りょうこく》の武将《ぶしょう》。洞仙侍郎《どうせんじろう》に仕《つか》え、檀州《たんしゅう》をまもる。梁山泊軍《りょうざんぱくぐん》が攻《せ》めてきたときは、阿里奇《ありき》とともに出陣《しゅつじん》。（→曹明済《そうめいさい》）

孫安[そんあん]

田虎《でんこ》の武将《ぶしょう》。喬道清《きょうどうせい》の同郷《どうきょう》の者。梁山泊軍《りょうざんぱくぐん》が晋寧《しんねい》に攻《せ》めこんできたときにたたかうが、敗《やぶ》れて梁山泊軍《りょうざんぱくぐん》にくわわる。喬道清《きょうどうせい》が梁山泊軍《りょうざんぱくぐん》に敗れて百谷嶺《ひゃくこくれい》にこもったとき、説得《せっとく》して降伏《こうふく》させる。王慶《おうけい》とのたたかいののち、病《やまい》にかかって命をおとす。（→喬道清《きょうどうせい》）

孫二娘

孫二娘[そんじじょう]　〈103〉

梁山泊《りょうざんぱく》一〇八人のひとり。地壮星《ちそうせい》の転生《てんせい》。あだ名《な》は〈母《ぼ》夜叉《やしゃ》（女の夜叉《やしゃ》）〉。十字坡《じゅうじは》で、夫《おっと》の張青《ちょうせい》とともに居酒屋《いざかや》を経営《けいえい》している。のちに夫《おっと》とともに、武松《ぶしょう》のこもる二竜山《にりゅうざん》にはいる。二竜山《にりゅうざん》の仲間《なかま》たちが梁山泊《りょうざんぱく》にくわわったときには、夫とともに梁山泊入《りょうざんぱくい》りする。

梁山泊《りょうざんぱく》一〇八人がそろったときには、西山酒店の経営《けいえい》を夫婦《ふうふ》でまかされる。

方臘《ほうろう》とのたたかいのとき、敵《てき》の本拠地《ほんきょち》・清渓県《せいけいけん》で戦死《せんし》する。

孫新

孫新[そんしん]　〈100〉

梁山泊《りょうざんぱく》一〇八人のひとり。地数星《ちすうせい》の転生《てんせい》。あだ名は〈小《しょう》尉遅《うつち》（ちいさな尉遅恭《うつちきょう》。尉遅恭《うつちきょう》は唐初《とうしょ》の武将《ぶしょう》。唐建国《とうけんこく》に功《こう》績《せき》があった）〉。孫立《そんりつ》の弟。登州《とうしゅう》で妻《つま》の顧大嫂《こだいそう》とともに居酒《いざか》屋《や》を経営《けいえい》している。

登州《とうしゅう》で解珍《かいちん》、解宝《かいほう》が無実《むじつ》の罪《つみ》でつかまったときは、妻《つま》や仲間《なかま》とともに解珍《かいちん》たちをたすけだす。その後、皆《みな》で梁山泊《りょうざんぱく》入《い》りする。祝家荘攻略《しゅくかそうこうりゃく》のときは、祝朝奉《しゅくちょうほう》や欒廷玉《らんていぎょく》をだまして梁山泊軍《りょうざんぱくぐん》を勝利《しょうり》にみちびく。

梁山泊《りょうざんぱく》一〇八人がそろったときには、東山酒店の経営《けいえい》を夫婦《ふうふ》でまかされる。

方臘《ほうろう》とのたたかいでは顧大嫂《こだいそう》とともにさいごまで生きのこる。兄の孫立《そんりつ》が登州《とうしゅう》へ赴任《ふにん》することになったので、顧大嫂《こだいそう》をつれてともに登州《とうしゅう》へもどる。（→解珍《かいちん》）

孫立

孫立[そんりつ]　〈39〉

梁山泊《りょうざんぱく》一〇八人のひとり。地勇星《ちゆうせい》の転生《てんせい》。あだ名《な》は〈病《びょう》尉遅《うつち》（尉遅恭《うつちきょう》もどき。もしくは「黄色い顔の尉遅恭《うつちきょう》」の意

味。尉遅恭《うつちきょう》は唐初《とうしょ》の武将《ぶしょう》。唐建国《とうけんこく》に功績《こうせき》があった)〉。孫新《そんしん》の兄。登州《とうしゅう》の提轄《ていかつ》(警察長《けいさつちょう》)。(→孫新《そんしん》)

梁山泊《りょうざんぱく》一〇八人がそろったときには、騎兵軍小彪将《きへいぐんしょうひょうしょう》のひとりに任《にん》じられる。

方臘《ほうろう》とのたたかいではさいごまで生きのこり、官職《かんしょく》をさずけられ、赴任《ふにん》先の登州《とうしゅう》へもどる。弟・孫新《そんしん》と顧大嫂《こだいそう》もついてくる。

た行

大円法師[だいえんほうし]

大円法師

北京《ほくけい》の竜華寺《りゅうげじ》の法師《ほうし》。天下《てんか》を行脚《あんぎゃ》し、梁山泊《りょうざんぱく》のちかくを通ったときに、宋江《そうこう》から亡《な》くなった晁蓋《ちょうがい》の法事《ほうじ》をたのまれる。法事《ほうじ》をおわらせたのち、宋江《そうこう》に北京《ほくけい》に盧俊義《ろしゅんぎ》というすぐれた人物《じんぶつ》がいることをおしえる。

戴宗[たいそう] 〈20〉

戴宗

梁山泊《りょうざんぱく》一〇八人のひとり。天速星《てんそくせい》の転生《てんせい》。一日に八百里《り》を走る術《じゅつ》〈神行法《しんこうほう》〉をつかえるので、あだ名《な》は〈神行太保《しんこうたいほう》(「太保《たいほう》」は「妖術使《ようじゅつつか》い」のこと。「神速《しんそく》で走れる妖術使《ようじゅつつか》い」の意味)〉。江州《こうしゅう》の牢役人《ろうやくにん》。流刑《るけい》になった宋江《そうこう》が江州《こうしゅう》へきたときに町の酒楼《しゅろう》へさそう。

部下《ぶか》の李逵《りき》が宋江《そうこう》に料理《りょうり》をふるまおうとして、漁師《りょうし》たちとひと悶着《もんちゃく》起こしたときは宋江《そうこう》とともにかけつけ、さわぎをおさめる。

宋江《そうこう》が酔《よ》った勢《いきお》いで酒楼《しゅろう》の壁《かべ》に反逆《はんぎゃく》の詩を書いたことが知府《ちふ》・蔡九《さいきゅう》の耳にはいり、「宋江《そうこう》を都《みやこ》・開封府《かいほうふ》に護送《ごそう》して処刑《しょけい》するかどうか」のうかがいの手紙を父の蔡京《さいけい》

にとどける任務《にんむ》をうけるも、都《みやこ》へは行かずに、梁山泊《りょうざんぱく》につたえる。呉用《ごよう》は「都《みやこ》で処刑《しょけい》する」とのにせ手紙を用意し、戴宗《たいそう》にもたせるが、その印《いん》からにせ手紙と見やぶられてしまい、宋江《そうこう》とともに江州《こうしゅう》で処刑《しょけい》されることになる。処刑《しょけい》の日、晁蓋《ちょうがい》たちが変装《へんそう》して乱入《らんにゅう》し、戴宗《たいそう》は宋江《そうこう》とともにたすけだされ、ともに梁山泊入《りょうざんぱくい》りする。

公孫勝《こうそんしょう》が薊州《けいしゅう》にいる母をたずねたままもどらなくなったとき、晁蓋《ちょうがい》の命令《めいれい》でさがしにむかう。とちゅう、楊林《ようりん》、石秀《せきしゅう》とであい、楊林《ようりん》と義兄弟《ぎきょうだい》となり、梁山泊《りょうざんぱく》の仲間《なかま》にくわえる。だが公孫勝《こうそんしょう》は見つからずじまい。

梁山泊《りょうざんぱく》が高唐州城《こうとうしゅうじょう》を攻《せ》めたとき、知府《ちふ》の高廉《こうれん》の妖術《ようじゅつ》に手こずり、ふたたび薊州《けいしゅう》へ公孫勝《こうそんしょう》をさがしに行く。ついてきた李逵《りき》が、肉と酒をひかえるという約束《やくそく》をまもらなかったため神行法《しんこうほう》の術《じゅつ》をかけてこらしめる。二仙山《にせんざん》で公孫勝《こうそんしょう》を見つけて、宋江《そうこう》のもとへつれかえる。公孫勝《こうそんしょう》の道術《どうじゅつ》で、梁山泊軍《りょうざんぱくぐん》は高廉《こうれん》に勝利《しょうり》する。

梁山泊《りょうざんぱく》一〇八人がそろったときには、情報探索《じょうほうたんさく》に任《にん》じられる。

宋江《そうこう》が招安《しょうあん》（朝廷《ちょうてい》に帰順《きじゅん》すること）を天子《てんし》・徽宗《きそう》にうったえるため、都《みやこ》・開封府《かいほうふ》にむかったときには、李逵《りき》、柴進《さいしん》、燕青《えんせい》とともに同行《どうこう》する。しかし李逵《りき》がさわぎを起こしたため、失敗《しっぱい》におわる。そののち、燕青《えんせい》とともにもういちど都《みやこ》へむかう。燕青《えんせい》は李師師《りしし》の屋敷《やしき》で徽宗《きそう》に会い、招安《しょうあん》を実現《じつげん》させる。

方臘《ほうろう》とのたたかいではさいごまで生きのこる。朝廷《ちょうてい》から官職《かんしょく》をさずけられるが辞退《じたい》し、出家《しゅっけ》して泰山《たいざん》の廟《びょう》に仕《つか》え、そこで大往生《だいおうじょう》をとげる。

段景住

段景住［だんけいじゅう］　〈108〉

梁山泊《りょうざんぱく》一〇八人のひとり。地狗星《ちくせい》の転生《てんせい》。髪《かみ》が赤く、ひげが黄色いことから、あだ名《な》は〈金毛犬《きんもうけん》〉。馬泥棒《どろぼう》で、北方《ほっぽう》で盗《ぬす》んだ名馬《めいば》〈照夜玉獅子馬《しょうやぎょくししば》〉を宋江《そうこう》に献上《けんじょう》しようとしたが曽頭市《そうとうし》の者にうばわれてしまう。そのことを宋江《そうこう》につたえ、曽頭市《そうとうし》が梁山泊討伐《りょうざんぱくとうばつ》をもくろんでいることを話して梁山泊《りょうざんぱく》入《い》りする。

梁山泊《りょうざんぱく》一〇八人がそろったときには、軍中《ぐんちゅう》機密伝令《きみつでんれい》歩兵《ほへい》頭目《とうもく》のひとりに任《にん》じられる。

北方《ほっぽう》の地理《ちり》にくわしいので、遼国《りょうこく》とのたたかいでは、宋《そう》江《こう》に北方《ほっぽう》の地理《ちり》をおしえる。

方臘《ほうろう》とのたたかいで、杭州《こうしゅう》攻《ぜ》めのときに戦死《せんし》する。

智真長老

智真長老［ちしんちょうろう］

五台山《ごだいさん》の寺・文殊院《もんじゅいん》の長老《ちょうろう》。趙員外《ちょういんがい》のたのみでおたずね者の魯達《ろたつ》を寺にかくまい、頭をまるめさせて「魯智深《ろちしん》」と改《かい》名《めい》させる。しかし、仏門《ぶつもん》にはいったのちも酒や肉を好《この》み、他の僧侶《そうりょ》たちとたびたびもめごとを起こす魯智深《ろちしん》に、開封府《かいほうふ》の大相国寺《だいしょうこくじ》の智清禅師《ちせいぜんじ》のもとへ行くよういいつける。

智清禅師［ちせいぜんじ］

大相国寺《だいしょうこくじ》の長老《ちょうろう》。五台山《ごだいさん》の智真長老《ちしんちょうろう》のたのみで、魯智《ろち》深《しん》をあずかる。魯智深《ろちしん》に菜園《さいえん》の管理《かんり》をまかせる。

趙員外

趙員外［ちょういんがい］

代州《だいしゅう》・雁門県《がんもんけん》の富豪《ふごう》。渭州《いしゅう》から逃《に》げてきた金翠蓮《きんすいれん》を見初《みそ》め、父の金老人《きんろうじん》ともども屋敷《やしき》に住まわせる。金翠蓮《きんすいれん》の恩人《おんじん》である魯達《ろたつ》（魯智深《ろちしん》）が雁門県《がんもんけん》にのがれてきたときには、かくまってやり、五台山《ごだいさん》の寺の智真長老《ちしんちょうろう》に紹介《しょうかい》する。

張横

張横［ちょうおう］〈28〉

梁山泊《りょうざんぱく》一〇八人のひとり。天平星《てんぺいせい》の転生《てんせい》。あだ名《な》は〈船《せん》火児《かじ》（船頭《せんどう》）〉。張順《ちょうじゅん》の兄。流罪《るざい》になった宋江《そうこう》が、梁山泊《りょうざんぱく》の好漢《こうかん》たちに救《すく》いだされたのち穆家荘《ぼくかそう》で合流《ごうりゅう》し、ともに黄文炳《こうぶんへい》を討《う》つ。そののち梁山泊入《りょうざんぱくい》りする。

呼延灼《こえんしゃく》とのたたかいでは、夜、水軍頭目《すいぐんとうもく》たちと湖《みずうみ》を泳いで敵陣《てきじん》に近づき、敵《てき》の火砲《かほう》を水のなかに落とす。また関勝《かんしょう》とのたたかいでは、夜襲《やしゅう》をかけることを張順《ちょうじゅん》と相談するが、反対される。張横《ちょうおう》は単独《たんどく》で出陣《しゅつじん》し、生《い》け捕《ど》られてしまう。

梁山泊《りょうざんぱく》一〇八人がそろったときには、水軍頭目《すいぐんとうもく》のひとりに任《にん》じられる。

方臘《ほうろう》とのたたかいでは、杭州《こうしゅう》で出陣《しゅつじん》まえに疫病《えきびょう》にかかって命をおとす。

晁蓋

晁蓋［ちょうがい］

鄆城県《うんじょうけん》・東渓村《とうけいそん》の富豪《ふごう》。あだ名《な》は〈托塔天王《たくとうてんのう》（四天王《してんのう》のひとり、多聞天《たもんてん》のこと）〉。弱きをたすけ、強きをおそれず、貧《まず》しき者にはほどこしをする人物《じんぶつ》で、多くの人から慕《した》われている。梁中書《りょうちゅうしょ》が蔡京《さいけい》に誕生日《たんじょうび》の祝《いわ》いに十万貫《かん》の財物《ざいぶつ》をとどけるのを知った劉唐《りゅうとう》が、それらをうばうため、晁蓋《ちょうがい》に協力《きょうりょく》をねがったさい、呉用《ごよう》、公孫勝《こうそんしょう》、阮小二《げんしょうじ》、阮小五《げんしょうご》、阮小七《げんしょうしち》、白勝《はくしょう》とともに十万貫《かん》の財物《ざいぶつ》をうばう計画《けいかく》を立てる。

十万貫《かん》の財物《ざいぶつ》の輸送部隊《ゆそうぶたい》を指揮《しき》していた楊志《ようし》らに、晁蓋《ちょうがい》たちは棗売《なつめう》りと酒売りに化《ば》け、ひと芝居《しばい》打ってしびれ薬《ぐすり》をまぜた酒をのませ、十万貫《かん》の財物《ざいぶつ》をうばいさる。梁中書《りょうちゅうしょ》がそのことをつきとめ、役人《やくにん》をおくって捕《と》らえようとするも、宋江《そうこう》のいち早い知らせで役人たち

の追跡《ついせき》をのがれ、梁山泊《りょうざんぱく》に逃《に》げこむ。

梁山泊《りょうざんぱく》では、首領《しゅりょう》の王倫《おうりん》が度量《どりょう》のせまい男で、梁山泊《りょうざんぱく》をのっとられるのではないかとのおそれから、晁蓋《ちょうがい》たちを追いはらおうとする。それに腹《はら》を立てた林冲《りんちゅう》が、王倫《おうりん》を斬《き》ったため、晁蓋《ちょうがい》が梁山泊《りょうざんぱく》の首領《しゅりょう》になる。

宋江《そうこう》が江州《こうしゅう》で処刑《しょけい》されると聞いたときには、旅商人《たびあきんど》に扮《ふん》して城内《じょうない》に乱入《らんにゅう》し、梁山泊《りょうざんぱく》の仲間《なかま》たちとともに宋江《そうこう》を救《すく》いだす。晁蓋《ちょうがい》は宋江《そうこう》を梁山泊《りょうざんぱく》の首領《しゅりょう》の座《ざ》につけようとするが、宋江《そうこう》が固辞《こじ》するので、彼《かれ》を副首領《ふくしゅりょう》にする。

曽頭市《そうとうし》の曽家《そうか》が梁山泊《りょうざんぱく》をねらっていると聞いたときは、晁蓋《ちょうがい》がみずから出陣《しゅつじん》し、宋江《そうこう》に梁山泊《りょうざんぱく》のまもりをまかせる。出陣《しゅつじん》のときに一陣《じん》の狂風《きょうふう》が吹《ふ》き、軍《ぐん》の旗《はた》をへしおったのを呉用《ごよう》が見て、不吉《ふきつ》な予感《よかん》がするので出陣《しゅつじん》をひかえるようにいうが、ききいれない。

曽頭市《そうとうし》に晁蓋《ちょうがい》が軍《ぐん》をひきいて攻《せ》めこんでいくと、敵将《てきしょう》の史文恭《しぶんきょう》はまもりに徹《てっ》する。膠着状態《こうちゃくじょうたい》がつづき、梁山泊《りょうざんぱく》の兵糧《ひょうろう》がすくなくなってきたころに、晁蓋《ちょうがい》の陣営《じんえい》に二人の僧侶《そうりょ》がやってきて曽家《そうか》の軍《ぐん》が兵《へい》を休めているとりでの位置《いち》を知っているので案内《あんない》するともうしでてくる。晁蓋《ちょうがい》は奇襲《きしゅう》をかける好機《こうき》と思い、林冲《りんちゅう》の反対をふりきって、夜、僧侶《そうりょ》たちのあとについて行く。しかし僧侶《そうりょ》はとちゅうで姿《すがた》を消し、かわりに敵《てき》が奇襲《きしゅう》をしかけてくる。晁蓋《ちょうがい》は史文恭《しぶんきょう》がはなった矢《や》をうけ、落馬《らくば》する。仲間《なかま》たちにたすけられて梁山泊《りょうざんぱく》まで退却《たいきゃく》するも、矢《や》に塗《ぬ》られた毒《どく》によって命をおとす。死のまぎわ、「史文恭《しぶんきょう》を討《う》った者を梁山泊《りょうざんぱく》の首領《しゅりょう》とせよ」と遺言《ゆいごん》。

張近仁［ちょうきんじん］

方臘《ほうろう》の武将《ぶしょう》。常州《じょうしゅう》の守将《しゅしょう》・銭振鵬《せんしんほう》の軍《ぐん》に属《ぞく》する。梁山《りょうざん》

泊軍《ばくぐん》とのいくさでは、金節《きんせつ》を追ってきた韓滔《かんとう》に高可立《こうかりつ》が矢《や》を放《はな》ち、落馬《らくば》させる。そこにかけつけ、韓滔《かんとう》ののどを槍《やり》でつらぬき、絶命《ぜつめい》させる。さらには、たすけにきた彭玘《ほうき》をも、槍《やり》で刺《さ》しころす。李逵《りき》が兵《へい》をひきいて攻《せ》めてくると、高可立《こうかりつ》とともに出陣《しゅつじん》。高可立《こうかりつ》が李逵《りき》に討《う》ちとられたのを見て逃《に》げたところを、鮑旭《ほうきょく》につかまって馬からひきずりおろされ、首をはねられる。

張順

張順[ちょうじゅん]　〈30〉

梁山泊《りょうざんぱく》一〇八人のひとり。天損星《てんそんせい》の転生《てんせい》。あだ名《な》は〈浪《ろう》裏白跳《りはくちょう》（波を泳ぐ魚）〉。張横《ちょうおう》の弟。江州《こうしゅう》の漁師《りょうし》たちの親分《おやぶん》。宋江《そうこう》に供《きょう》する魚を買いにきてひと悶着《もんちゃく》おこした李逵《りき》を水のなかにひきずりこんでおぼれさせようとするが、宋江《そうこう》と戴宗《たいそう》がかけつけ事情《じじょう》を知り、李逵《りき》と仲《なか》なおりする。宋江《そうこう》が江州《こうしゅう》で死刑《しけい》にされそうになると、梁山泊《りょうざんぱく》と協力《きょうりょく》して宋江《そうこう》を救《すく》いだし、ともに梁山泊入《りょうざんぱくい》りする。

盧俊義《ろしゅんぎ》を梁山泊《りょうざんぱく》の一員《いちいん》にするため、呉用《ごよう》が策《さく》をつかって梁山泊《りょうざんぱく》のそばまでおびきよせたとき、張順《ちょうじゅん》は李俊《りしゅん》とともに船頭《せんどう》に化《ば》け、舟《ふね》で逃《に》げようとする盧俊義《ろしゅんぎ》を水中に落として捕《と》らえる。北京攻《ほくけいぜ》めでは、宋江《そうこう》が病《やまい》にかかったとき、神《しん》医《い》・安道全《あんどうぜん》をつれてきて梁山泊《りょうざんぱく》で治療《ちりょう》をしてもらう。

梁山泊《りょうざんぱく》一〇八人がそろったときには、水軍頭目《すいぐんとうもく》のひとりに任《にん》じられる。

方臘《ほうろう》とのたたかいでは、夜更《よふ》けに杭州城《こうしゅうじょう》の城壁《じょうへき》をのぼって忍《しの》びこもうとしたところ、敵兵《てきへい》に見つかって矢《や》や石をくらい、落ちて絶命《ぜつめい》する。

張清

張清[ちょうせい]　〈16〉

梁山泊《りょうざんぱく》一〇八人のひとり。天捷星《てんしょうせい》の転生《てんせい》。石つぶての名《めい》手《しゅ》で、あだ名《な》は〈没羽箭《ぼつうせん》（羽《はね》のない矢《や》。石つぶてのこと）〉。黒い頭巾《ずきん》をかぶり、両腕《りょううで》は猿《さる》のように長い。東昌府《とうしょうふ》を龔旺《きょうおう》、丁得孫《ていとくそん》の二将《しょう》とともにまもる。梁山泊軍《りょうざんぱくぐん》が攻《せ》めてきたときには、石つぶてで名だたる頭目《とうもく》たちを負傷《ふしょう》・撤退《てったい》させる。呉用《ごよう》が用意したにせの糧秣船《りょうまつせん》をうばったところ、李俊《りしゅん》ら水《すい》軍頭目《ぐんとうもく》たちに水中にひきずりこまれ、生《い》け捕《ど》られる。宋江《そうこう》に説得《せっとく》され、梁山泊《りょうざんぱく》にはいる。梁山泊《りょうざんぱく》に帰るとちゅう、獣医《じゅうい》の皇甫端《こうほたん》を宋江《そうこう》に推挙《すいきょ》する。

梁山泊《りょうざんぱく》一〇八人がそろったときには、騎兵軍《きへいぐん》八驃騎《ひょうき》のひとりに任《にん》じられる。

遼国《りょうこく》とのたたかいで活躍《かつやく》するが、敵将《てきしょう》・天山勇《てんざんゆう》の矢《や》をくらって負傷《ふしょう》し、神医《しんい》・安道全《あんどうぜん》の治療《ちりょう》をうける。あるとき、夢《ゆめ》のなかで少女に石つぶてのなげ方をおしえる。のちの田虎《でんこ》とのたたかいでは、敵将《てきしょう》にその少女瓊英《けいえい》がおり、梁山泊軍《りょうざんぱくぐん》を苦しめる。身分をいつわって安道全《あんどうぜん》とともに敵将《てきしょう》・鄔梨《うり》の傷《きず》を治《なお》し信用《しんよう》を得《え》る。鄔梨《うり》のはからいで瓊英《けいえい》と結婚《けっこん》し、そののちに鄔梨を毒殺《どくさつ》して、襄垣県城《じょうえんけんじょう》をのっとる。張清《ちょうせい》と瓊《けい》英《えい》が敵《てき》であることを知らない田虎《でんこ》が梁山泊軍《りょうざんぱくぐん》に敗《やぶ》れて退却《たいきゃく》したときには、襄垣県城《じょうえんけんじょう》へ避難《ひなん》するようつたえ、城内《じょうない》にはいったところを生《い》け捕《ど》りにする。田虎《でんこ》は都《みやこ》・開封府《かいほうふ》へ護送《ごそう》されて処刑《しょけい》される。

方臘《ほうろう》とのたたかいでは、杭州《こうしゅう》にたどりつくまえに戦死《せんし》する。

張青

張青［ちょうせい］　〈102〉

梁山泊《りょうざんぱく》一〇八人のひとり。地刑星《ちけいせい》。あだ名《な》は〈菜園子《さいえんし》（野菜畑《やさいばたけ》の管理《かんり》をしていたことから）〉。十字坡《じゅうじは》で、妻《つま》の孫二《そんじ》娘《じょう》とともに居酒屋《いざかや》を経営《けいえい》している。人を殺して逃亡中《とうぼうちゅう》の武《ぶ》

松《しょう》が店によったとき、行者《ぎょうじゃ》の姿《すがた》に変装《へんそう》するよう提案《ていあん》する。のちに武松《ぶしょう》のこもる二竜山《にりゅうざん》に夫婦《ふうふ》ではいる。二竜山《にりゅうざん》の仲《なか》間《ま》たちが梁山泊《りょうざんぱく》にくわわったとき、ともに梁山泊《りょうざんぱく》入《い》りする。

梁山泊《りょうざんぱく》一〇八人がそろったときには、西山酒店の経営《けいえい》を夫婦《ふうふ》でまかされる。

方臘《ほうろう》とのたたかいのとき、歙州《きゅうしゅう》でのいくさで命をおとす。

張文遠[ちょうぶんえん]

宋江《そうこう》の妾《めかけ》・閻婆惜《えんばしゃく》が、宋江《そうこう》が留守《るす》のときに家にまねいていた色男《いろおとこ》。

陳達

陳達[ちんたつ]　〈72〉

梁山泊《りょうざんぱく》一〇八人のひとり。地周星《ちしゅうせい》の転生《てんせい》。粗野《そや》で負けずぎらいな性格《せいかく》で、あだ名《な》は〈跳澗虎《ちょうかんこ》（谷をとぶ虎《とら》）〉。義兄《ぎきょう》弟《だい》の朱武《しゅぶ》、楊春《ようしゅん》とともに少華山《しょうかざん》の山賊《さんぞく》。朱武《しゅぶ》が史家村《しかそん》に史《し》進《しん》がいるために華陰県城攻略《かいんけんじょうこうりゃく》をあきらめたことに腹《はら》を立て、ひとりで史進《ししん》を討《う》ちにいくが、ぎゃくに生《い》け捕《ど》りにされる。
（→朱武《しゅぶ》）

梁山泊《りょうざんぱく》一〇八人がそろったときには、楊春《ようしゅん》とともに騎兵《きへい》軍小彪将《ぐんしょうひょうしょう》のひとりに任《にん》じられる。

方臘《ほうろう》とのたたかいでは、敵《てき》の本拠地《ほんきょち》・清渓県《せいけいけん》にたどりつくまえに、史進《ししん》、楊春《ようしゅん》とともに戦死《せんし》する。

鄭

鄭[てい]

渭州《いしゅう》の肉屋の主人。金翠蓮《きんすいれん》を見初《みそ》め、その父・金老人《きんろうじん》に三千貫《かん》の証文《しょうもん》をわたして金ははらわずに身請《みう》けする。だが妻《つま》が金翠蓮《きんすいれん》を追いだしたことで腹《はら》を立て、金老人《きんろうじん》に三千貫《かん》をかえすようせまる。この話をきいて怒《おこ》った魯達《ろたつ》（魯智深《ろちしん》）に

店にのりこまれなぐり殺される。

鄭天寿

鄭天寿［ていてんじゅ］〈74〉

梁山泊《りょうざんぱく》一〇八人のひとり。地異星《ちいせい》の転生《てんせい》。あだ名《な》は〈白《はく》面郎君《めんろうくん》（色白《いろじろ》の美男子《びだんし》）〉。清風山《せいふうざん》の山賊《さんぞく》で、仲間《なかま》に燕順《えんじゅん》、王英《おうえい》がいる。宋江《そうこう》と花栄《かえい》が清風鎮《せいふうちん》でつかまったときには、燕《えん》順《じゅん》らと行動をともにする。（→**燕順**《えんじゅん》、**王英**《おうえい》）

梁山泊《りょうざんぱく》一〇八人がそろったときには、歩兵将校《ほへいしょうこう》のひとりに任《にん》じられる。

方臘《ほうろう》とのたたかいで、宣州《せんしゅう》攻《ぜ》めのときに戦死《せんし》する。

丁得孫

丁得孫［ていとくそん］〈79〉

梁山泊《りょうざんぱく》一〇八人のひとり。地速星《ちそくせい》の転生《てんせい》。飛叉《ひしゃ》（投げ刺《さす》叉《また》）の使い手で、顔にあばたがあり、虎《とら》が矢《や》をくらった傷痕《きずあと》のように見えるので、あだ名《な》は〈中箭虎《ちゅうせんこ》（矢《や》にあたった虎《とら》）〉。張清《ちょうせい》、龔旺《きょうおう》とともに東昌府《とうしょうふ》をまもる。梁山泊《りょうざんぱく》が攻《せ》めてきたときには、張清《ちょうせい》らとともに出陣《しゅつじん》するが、燕青《えんせい》の弩《いしゆみ》によって馬を射《い》ぬかれ、落馬《らくば》したところを呂方《りょほう》に生《い》け捕《ど》られ、梁《りょう》山泊《ざんぱく》にくわわることになる。

梁山泊《りょうざんぱく》一〇八人がそろったときには、歩兵将校《ほへいしょうこう》のひとりに任《にん》じられる。

方臘《ほうろう》とのたたかいでは盧俊義《ろしゅんぎ》の軍《ぐん》に属《ぞく》し、歙州《きゅうしゅう》でのいくさで命をおとす。

程万里

程万里［ていばんり］

東平府《とうへいふ》の太守《たいしゅ》。貪欲《どんよく》で臆病《おくびょう》な男で、弱きをいじめ、強きにしたがう。童貫《どうかん》の家庭教師《かていきょうし》をした縁《えん》でいまの地位《ちい》につく。梁山泊軍《りょうざんぱくぐん》が攻《せ》めてきたときには銭糧《せんりょう》（銭《ぜに》と兵糧《ひょうろう》）をはらっ

て追いかえそうとするが、軍指揮官《ぐんしきかん》の董平《とうへい》にとめられて開戦《かいせん》する。だが董平《とうへい》は生《い》け捕《ど》りにされて梁山泊《りょうざんぱく》へ寝《ね》がえり、城《じょう》内《ない》に攻《せ》めこまれて程万里《ていばんり》は殺される。

鄭彪[ていひょう]

方臘《ほうろう》に仕《つか》える道士《どうし》。包道乙《ほうどういつ》の弟子《でし》。梁山泊軍《りょうざんぱくぐん》が睦州《ぼくしゅう》へ攻《せ》めこんだときに、包道乙《ほうどういつ》にしたがい、武将《ぶしょう》の夏侯成《かこうせい》とともに援軍《えんぐん》にかけつける。王英《おうえい》を槍《やり》で突《つ》きころし、かたき討《う》ちにきた扈三娘《こさんじょう》に金磚《きんせん》（金色《こんじき》のレンガ）をぶつけて討《う》ちとる。関勝《かんしょう》とも一騎打《いっきう》ちをしたが、かなわずに妖術《ようじゅつ》をつかって天《てん》神《じん》をよびだしたところ、樊瑞《はんずい》も道術《どうじゅつ》で天神《てんじん》をよびだし、天《てん》神《じん》どうしがたたかっているあいだに、関勝《かんしょう》に討《う》ちとられる。

哲宗[てつそう]

宋《そう》の七代目天子《てんし》。八代目天子《てんし》・徽宗《きそう》の兄。二十四歳《さい》で亡《な》くなったため、在位期間《ざいいきかん》はわずか十五年であった。

田虎

田虎[でんこ]

もとは猟師《りょうし》だったが、ごろつきや盗賊《とうぞく》たちをあつめて徒《と》党《とう》をくみ、やがて大きな勢力《せいりょく》になる。河北《かほく》（中国北部）で宋朝《そうちょう》に対して大規模《だいきぼ》な反乱《はんらん》を起こし、五つの州府《しゅうふ》と五十六の県をとり、みずから晋王《しんおう》と名のって、年号《ねんごう》をも制定《せいてい》する（年号《ねんごう》をきめていいのは天子《てんし》だけであり、それをきめたということは、「天子《てんし》になりかわる」という意味がある）。弟に田《でん》豹《ひょう》、田彪《でんひょう》がいる。

梁山泊軍《りょうざんぱくぐん》の田虎討伐《でんことうばつ》のさいには、全羽《ぜんう》と名をかえた張清《ちょうせい》に生《い》け捕《ど》りにされる。いっぽうで、梁山泊軍《りょうざんぱくぐん》に田虎《でんこ》にそっくりな兵士《へいし》をつかわれて威勝城《いしょうじょう》をのっとられ、田豹《でんひょう》、田《でん》

彪《ひょう》は生《い》け捕《ど》られる。田虎《でんこ》は弟たちとともに都《みやこ》・開封府《かいほうふ》に護《ご》送《そう》され、打《う》ち首《くび》になる。

天山勇[てんざんゆう]

遼国《りょうこく》の武将《ぶしょう》。梁山泊軍《りょうざんぱくぐん》が玉田県《ぎょくでんけん》に攻《せ》めこんできたときに出兵《しゅっぺい》し、弓《ゆみ》で張清《ちょうせい》ののどを射《い》ぬいて重傷《じゅうしょう》を負わせる。しかし徐寧《じょねい》にたちむかったさいに、鉤鎌鎗《こうれんそう》に突《つ》かれて絶命《ぜつめい》する。

田豹[でんひょう]

田《でん》三兄弟（田虎《でんこ》、田豹《でんひょう》、田彪《でんひょう》）の次男《じなん》。（→田虎《でんこ》）

田彪[でんひょう]

田《でん》三兄弟（田虎《でんこ》、田豹《でんひょう》、田彪《でんひょう》）の三男《なん》。（→田虎《でんこ》）

童威

童威[どうい]　〈68〉

梁山泊《りょうざんぱく》一〇八人のひとり。地進星《ちしんせい》の転生《てんせい》。あだ名《な》は〈出洞蛟《しゅつどうこう》（洞窟《どうくつ》から出た蛟《みずち》）〉。童猛《どうもう》の兄。李俊《りしゅん》とともに塩《しお》の闇《やみ》あきないをしていた。

宋江《そうこう》が江州《こうしゅう》で死刑《しけい》にされそうになると、李俊《りしゅん》にしたがい、李立《りりつ》、童猛《どうもう》、張順《ちょうじゅん》とともに梁山泊《りょうざんぱく》と協力《きょうりょく》して宋江《そうこう》を救《すく》いだす。宋江《そうこう》を害《がい》した黄文炳《こうぶんぺい》を捕《と》らえて処刑《しょけい》したのち、皆《みな》でともに梁山泊《りょうざんぱく》入《い》りする。

梁山泊《りょうざんぱく》一〇八人がそろったときには、水軍頭目《すいぐんとうもく》のひとりに任《にん》じられる。

方臘《ほうろう》とのたたかいではさいごまで生きのこるが、都《みやこ》・開封府《かいほうふ》へ凱旋《がいせん》するまえに、李俊《りしゅん》につきしたがい童猛《どうもう》とともに宋江《そうこう》のもとを去る。李俊《りしゅん》は暹羅国《せんらこく》にわたって国王《こくおう》となり、童威《どうい》は童猛《どうもう》とともに暹羅国《せんらこく》の役人《やくにん》になる。

童貫

童貫[どうかん]

宋《そう》の宦官《かんがん》。四人の奸臣《かんしん》（高俅《こうきゅう》、蔡京《さいけい》、童貫《どうかん》、楊戩《ようせん》）のひとり。梁山泊《りょうざんぱく》が朝廷《ちょうてい》に帰順《きじゅん》したのちも、梁山泊《りょうざんぱく》に用心するよう、たびたび徽宗《きそう》にふきこんでまどわす。梁山泊《りょうざんぱく》が方臘《ほうろう》とのたたかいに勝利《しょうり》し、生きのこった者たちが官位《かんい》をさずかったのをこころよく思わず、宋江《そうこう》や盧俊義《ろしゅんぎ》を殺すことを高俅《こうきゅう》らとともに共謀《きょうぼう》する。それらは実行《じっこう》されたが、のちに徽宗《きそう》に知られることとなり、高俅《こうきゅう》らとともに叱責《しっせき》されるが、それ以上《いじょう》の罰《ばつ》はあたえられなかった。

洞仙侍郎

洞仙侍郎[どうせんじろう]

檀州《たんしゅう》をまもる遼国《りょうこく》の侍郎《じろう》（下級文官《かきゅうぶんかん》）。部下《ぶか》に阿里奇《ありき》、咬児惟康《こうじいこう》、楚明玉《そめいぎょく》、曹明済《そうめいさい》の四人の猛将《もうしょう》がいる。

梁山泊軍《りょうざんぱくぐん》が攻《せ》めてきたときにむかえうつが檀州《たんしゅう》はとられてしまい、遼国王《りょうこくおう》の弟・耶律得重《やりつとくじゅう》のまもる薊州城《けいしゅうじょう》に逃《に》げこむ。しかし梁山泊軍《りょうざんぱくぐん》は薊州城《けいしゅうじょう》にもおしよせ、洞仙侍郎《どうせんじろう》は耶律得重《やりつとくじゅう》とともに城《しろ》から逃《に》げ、燕京《えんけい》（現在《げんざい》の北京市《ペキンし》）まで退却《たいきゃく》する。

陶宗旺

陶宗旺[とうそうおう]　〈75〉

梁山泊《りょうざんぱく》一〇八人のひとり。地理星《ちりせい》の転生《てんせい》。あだ名《な》は〈九尾亀《きゅうびき》（九本の尾《お》をもつ亀《かめ》。「多彩《たさい》な能力《のうりょく》の者」を意味する）〉。もと農民《のうみん》で、鉄の鍬《くわ》を武器《ぶき》としてつかう。欧鵬《おうほう》を首領《しゅりょう》とする黄門山《こうもんざん》の山賊《さんぞく》。（→欧鵬《おうほう》）

梁山泊《りょうざんぱく》一〇八人がそろったときには、城壁建築管理《じょうへきけんちくかんり》に任《にん》じられる。

方臘《ほうろう》とのたたかいでは、潤州《じゅんしゅう》攻《ぜ》めのさいに戦死《せんし》する。

鄧飛

鄧飛[とうひ]　〈49〉

梁山泊《りょうざんぱく》一〇八人のひとり。地闘星《ちとうせい》の転生《てんせい》。目が赤いので、あだ名《な》は〈火眼狻猊《かがんしゅんげい》（赤い眼《め》の狻猊《しゅんげい》。狻猊《しゅんげい》は巨大《きょだい》な獅子《しし》のような姿《すがた》をした怪獣《かいじゅう》）〉。飲馬川《いんばせん》で裴宣《はいせん》、孟康《もうこう》とともに山賊《さんぞく》をしていた。戴宗《たいそう》と楊林《ようりん》が飲馬川《いんばせん》にきたときに、裴宣《はいせん》たちとともに梁山泊《りょうざんぱく》入《い》りする。

梁山泊《りょうざんぱく》一〇八人がそろったときには、騎兵軍小彪将《きへいぐんしょうひょうしょう》のひとりに任《にん》じられる。

方臘《ほうろう》とのたたかいでは、杭州《こうしゅう》攻《ぜ》めのさいに戦死《せんし》する。

唐斌[とうひん]

田虎《でんこ》に仕《つか》える武将《ぶしょう》。壺関《こかん》でのたたかいで梁山泊軍《りょうざんぱくぐん》にやぶれ、帰順《きじゅん》する。昭徳城攻略《しょうとくじょうこうりゃく》のときには、耿恭《こうきょう》とともに北門を攻《せ》める。喬道清《きょうどうせい》とのたたかいでも耿恭《こうきょう》とともに出陣《しゅつじん》するが、生《い》け捕《ど》られてしまう。梁山泊軍《りょうざんぱくぐん》が昭徳城《しょうとくじょう》を落としたときに救《すく》われる。

董平

董平[とうへい]　〈15〉

梁山泊《りょうざんぱく》一〇八人のひとり。天立星《てんりつせい》の転生《てんせい》。二本の槍《やり》の使い手で、あだ名《な》は〈双鎗将《そうそうしょう》〉。東平府《とうへいふ》の太守《たいしゅ》・程万里《ていばんり》に仕《つか》える軍指揮官《ぐんしきかん》。梁山泊軍《りょうざんぱくぐん》が東平府《とうへいふ》に攻《せ》めこんできたときにはこれとたたかう。乱戦《らんせん》のなかで宋江《そうこう》を見つけて追いかけるが、王英《おうえい》、扈三娘《こさんじょう》、張青《ちょうせい》、孫二娘《そんじじょう》が伏兵《ふくへい》としてとびだし、生《い》け捕《ど》りにされる。そののち、宋江《そうこう》に大義《たいぎ》を説《と》かれ、梁山泊《りょうざんぱく》に帰順《きじゅん》する。董平《とうへい》は梁山泊軍《りょうざんぱくぐん》をひきいて東平府《とうへいふ》の城内《じょうない》に殺到《さっとう》し、程万里《ていばんり》を殺す。

梁山泊《りょうざんぱく》一〇八人がそろったときには、騎兵軍《きへいぐん》五虎将《こしょう》のひとりに任《にん》じられる。

方臘《ほうろう》とのたたかいでは盧《ろ》俊《しゅん》義《ぎ》の軍《ぐん》に属《ぞく》し、杭州《こうしゅう》攻略《こうりゃく》まえに戦死《せんし》する。

童猛

童猛[どうもう]　〈69〉

梁山泊《りょうざんぱく》一〇八人のひとり。地退星《ちたいせい》の転生《てんせい》。あだ名《な》は〈翻《はん》江蜃《こうしん》（「蜃《しん》」は蛟《みずち》の一種《しゅ》。「長江《ちょうこう》をひるがえす蛟《みずち》」の意味)〉。童威《どうい》の弟。李俊《りしゅん》とともに、塩《しお》の闇《やみ》あきないをしていた。(→童威《どうい》)

湯隆

湯隆[とうりゅう]　〈88〉

梁山泊《りょうざんぱく》一〇八人のひとり。地孤星《ちこせい》の転生《てんせい》。あばた顔《がお》の大男で、あだ名《な》は〈金銭豹子《きんせんひょうし》（あばた顔《がお》の豹《ひょう》)〉。武器《ぶき》をつくる鍛冶屋《かじや》で、鉄瓜鎚《てつかつい》（棒《ぼう》のさきに瓜《うり》の形の重《おも》りがついた武器《ぶき》）をつかう。戴宗《たいそう》と李逵《りき》が薊州《けいしゅう》へ公孫勝《こうそんしょう》をさがしに行った帰りにであい、梁山泊《りょうざんぱく》にはいる。

呼延灼《こえんしゃく》とのたたかいでは、敵《てき》の連環馬《れんかんば》をやぶるために〈鉤鎌鎗《こうれんそう》（槍《やり》さきの横に鉤爪《かぎづめ》がついた武器《ぶき》。敵《てき》の体をひっかけることができる)〉を量産《りょうさん》する。また知りあいの徐寧《じょねい》を梁《りょう》山泊《ざんぱく》入《い》りさせ、〈鉤鎌鎗《こうれんそう》〉のつかい方を兵《へい》たちに伝授《でんじゅ》させる。

梁山泊《りょうざんぱく》一〇八人がそろったときには、武器《ぶき》甲冑《かっちゅう》作製《さくせい》管理《かんり》に任《にん》じられる。

方臘《ほうろう》とのたたかいでは、敵《てき》の本拠地《ほんきょち》である清渓県《せいけいけん》を攻《せ》めたときに負傷《ふしょう》して命をおとす。

杜興

杜興[とこう]　〈89〉

梁山泊《りょうざんぱく》一〇八人のひとり。地全星《ちぜんせい》の転生《てんせい》。李家荘《りかそう》の荘《そう》主《しゅ》・李応《りおう》の部下《ぶか》で、あだ名《な》は〈鬼臉児《きれんじ》（鬼《おに》の顔)〉。祝家荘《しゅくかそう》で時遷《じせん》が鶏《にわとり》を盗《ぬす》み、捕《と》らえられてしまったときに、楊雄《ようゆう》と石《せき》

秀《しゅう》にたのまれ、李応《りおう》に事態《じたい》をつたえる。

梁山泊《りょうざんぱく》一〇八人がそろったときには、朱貴《しゅき》とともに南山酒店の経営《けいえい》をまかされる。(→李応《りおう》)

杜遷

杜遷[とせん] 〈83〉

梁山泊《りょうざんぱく》一〇八人のひとり。地妖星《ちようせい》の転生《てんせい》。あだ名《な》は〈摸《も》着天《ちゃくてん》(天にふれることができるほどの長身)〉。宋万《そうまん》とともに梁山泊《りょうざんぱく》で王倫《おうりん》に仕《つか》えていた。(→宗万《そうまん》)

梁山泊《りょうざんぱく》一〇八人がそろったときには、歩兵将校《ほへいしょうこう》のひとりに任《にん》じられる。

方臘《ほうろう》とのたたかいでは盧俊義《ろしゅんぎ》の軍《ぐん》に属《ぞく》し、方臘《ほうろう》の本拠地《ほんきょち》である清渓県《せいけいけん》を攻《せ》めたさなかに戦死《せんし》する。

は行

裴宣

裴宣[はいせん] 〈47〉

梁山泊《りょうざんぱく》一〇八人のひとり。地正星《ちせいせい》の転生《てんせい》。もと孔目《こうもく》(裁《さい》判官《ばんかん》)で、実直《じっちょく》で公平《こうへい》な性格《せいかく》から、あだ名《な》は〈鉄面孔目《てつめんこうもく》(公正《こうせい》な裁判官)〉。飲馬川《いんばせん》で山賊《さんぞく》の首領《しゅりょう》をつとめ、部下《ぶか》に鄧《とう》飛《ひ》、孟康《もうこう》がいる。戴宗《たいそう》と楊林《ようりん》が飲馬川《いんばせん》へやってきたとき、仲《なか》間《ま》たちをひきつれ梁山泊入《りょうざんぱくい》りをもうしでて、うけいれられる。

梁山泊《りょうざんぱく》一〇八人がそろったときには、賞罰査定管理《しょうばつさていかんり》に任《にん》じられる。

方臘《ほうろう》とのたたかいではさいごまで生きのこり、官職《かんしょく》をさずけられるが辞退《じたい》して、楊林《ようりん》とともに飲馬川《いんばせん》にもどる。

白勝

白勝[はくしょう] 〈106〉

梁山泊《りょうざんぱく》一〇八人のひとり。地耗星《ちこうせい》の転生《てんせい》。あだ名《な》は〈白《はく》日鼠《じつそ》(昼間のこそどろ)〉。晁蓋《ちょうがい》の知りあい。蔡京《さいけい》におくら

れる十万貫《かん》の財物《ざいぶつ》を横取《よこど》りする計画《けいかく》にくわわる。酒売りに化《ば》け、酒のなかにしびれ薬《ぐすり》をまぜて、楊志《ようし》が指揮《しき》する輸送部隊《ゆそうぶたい》にのませる。十万貫《かん》の財物《ざいぶつ》をうばったのち、実家《じっか》のある安楽村《あんらくそん》にもどったが、手配《てはい》されて捕《と》らえられてしまう。晁蓋《ちょうがい》たちは宋江《そうこう》がいちはやく手配《てはい》のことをつたえたので、梁山泊《りょうざんぱく》に逃《に》げることができた。晁蓋《ちょうがい》が梁山泊《りょうざんぱく》の首領《しゅりょう》になったのち、すぐに牢《ろう》からたすけだされる。

梁山泊《りょうざんぱく》一〇八人がそろったときには、軍中機密伝令歩兵《ぐんちゅうきみつでんれいほへい》頭目《とうもく》のひとりに任《にん》じられる。

方臘《ほうろう》とのたたかいのさいに、杭州《こうしゅう》で疫病《えきびょう》にかかって命をおとす。

馬麟

馬麟［ばりん］　〈67〉

梁山泊《りょうざんぱく》一〇八人のひとり。地明星《ちめいせい》の転生《てんせい》。鉄笛《てつてき》の達人《たつじん》で、あだ名《な》は〈鉄笛仙《てつてきせん》（鉄笛の仙人《せんにん》）〉。欧鵬《おうほう》を首領《しゅりょう》とする黄門《こうもん》山《ざん》の山賊《さんぞく》。（→**欧鵬**《おうほう》）

梁山泊《りょうざんぱく》一〇八人がそろったときには、騎兵軍小彪将《きへいぐんしょうひょうしょう》のひとりに任《にん》じられる。

方臘《ほうろう》とのたたかいでは、睦州《ぼくしゅう》攻《ぜ》めのさいに戦死《せんし》する。

馬霊

馬霊［ばれい］

田虎《でんこ》の統軍大将《とうぐんたいしょう》（総司令官《そうしれいかん》）。妖術《ようじゅつ》使《つか》い。手には方天画《ほうてんが》戟《げき》をもち、両足には炎《ほのお》の車輪《しゃりん》〈風火輪《ふうかりん》〉を踏《ふ》んで宙《ちゅう》に浮《う》き、ひたいの中央に第三の目があることから、〈小華光《しょうかこう》（華光《かこう》は三《み》つ目《め》の神の名前）〉とあだ名《な》されている。盧俊義《ろしゅんぎ》の軍《ぐん》が攻《せ》めてきたときに、三万の兵《へい》をひきいて汾陽《ふんよう》で布陣《ふじん》し、金磚《きんせん》（金色《こんじき》のレンガ）をとばして兵士《へいし》たちを負傷《ふしょう》させる。だが宋《そう》江《こう》のもとからやってきた公孫勝《こうそんしょう》に馬霊《ばれい》の術《じゅつ》はつぎつぎとや

ぶられる。馬霊《ばれい》は逃《に》げるが、魯智深《ろちしん》に禅杖《ぜんじょう》で打ちたおされ、生《い》け捕《ど》られて梁山泊軍《りょうざんぱくぐん》に帰順《きじゅん》する。

方臘《ほうろう》とのたたかいのまえに、喬道清《きょうどうせい》とともに梁山泊軍《りょうざんぱくぐん》から去り、羅真人《らしんじん》に弟子《でし》入《い》りをして天寿《てんじゅ》をまっとうする。

潘金蓮

潘金蓮[はんきんれん]

清河県《せいかけん》のとある富豪《ふごう》の侍女《じじょ》だったが、富豪《ふごう》にせまられたのを富豪《ふごう》の妻《つま》にいいつけたことから恨《うら》まれ、清河県《せいかけん》でいちばん醜《みにく》い男・武大《ぶだい》にいやいや嫁《とつ》がせられる。清河県《せいかけん》に居《い》づらくなった武大《ぶだい》たちは、陽穀県《ようこくけん》にひっこすが、武大《ぶだい》がいないあいだに西門慶《さいもんけい》という富豪《ふごう》とねんごろになり、ともに武大《ぶだい》を毒殺《どくさつ》する。だが武大《ぶだい》の弟・武松《ぶしょう》にこのことがばれ、殺される。

樊瑞

樊瑞[はんずい]　〈61〉

梁山泊《りょうざんぱく》一〇八人のひとり。地然星《ちぜんせい》。妖術使《ようじゅつつか》いで、あだ名《な》は〈混世魔王《こんせいまおう》（世を混乱《こんらん》させる魔王《まおう》）〉。芒碭山《ぼうとうざん》の山賊《さんぞく》の首《しゅ》領《りょう》。部下《ぶか》に項充《こうじゅう》、李袞《りこん》がいる。梁山泊併呑《りょうざんぱくへいどん》をもくろみ、それを知った史進《ししん》が討伐《とうばつ》にくるが返《かえ》り討《う》ちにする。しかし梁《りょう》山泊軍《ざんぱくぐん》の公孫勝《こうそんしょう》によって妖術《ようじゅつ》はやぶられ、帰順《きじゅん》した李袞《りこん》と項充《こうじゅう》に説得《せっとく》され、梁山泊入《りょうざんぱくい》りし、公孫勝《こうそんしょう》の弟子《でし》になる。

梁山泊《りょうざんぱく》一〇八人がそろったときには、歩兵将校《ほへいしょうこう》のひとりに任《にん》じられる。

田虎《でんこ》とのたたかいでは、敵将《てきしょう》・喬道清《きょうどうせい》と妖術合戦《ようじゅつがっせん》をするが、打ち負かされる。方臘《ほうろう》とのたたかいでは、敵将《てきしょう》・鄭彪《ていひょう》が術《じゅつ》で天神《てんじん》をよびだしたときに、対抗《たいこう》して天神《てんじん》をよびだし、天神《てんじん》どうしがたたかっている隙《すき》に、関勝《かんしょう》が鄭彪《ていひょう》を斬《き》る。たたかいにはさいごまで生きのこり、朝廷《ちょうてい》から官職《かんしょく》をさずかるがこれをうけず、公孫勝《こうそんしょう》のもとで修行《しゅぎょう》して天寿《てんじゅ》をまっと

うする。

武松［ぶしょう］〈14〉

梁山泊《りょうざんぱく》一〇八人のひとり。天傷星《てんしょうせい》の転生《てんせい》。行者《ぎょうじゃ》の姿《すがた》に変装《へんそう》したことから、あだ名《な》は〈行者《ぎょうじゃ》〉。役人《やくにん》を殺し、柴進《さいしん》にかくまってもらったさい、宋江《そうこう》とであって義兄弟《ぎきょうだい》になる。

殺したと思っていた役人《やくにん》は死んでいなかったとわかり、故郷《こきょう》の清河県《せいかけん》にもどる。とちゅう、陽穀県《ようこくけん》の県境《けんざかい》の、景陽《けいよう》岡《こう》という山のふもとの居酒屋《いざかや》で酒を十五杯《はい》ものみ、酔《よ》ったまま景陽岡《けいようこう》を越《こ》えようとしたところ、虎《とら》とでくわし、素手《すで》でなぐりころす。これを知った地元《じもと》の猟師《りょうし》が、武松《ぶしょう》を陽穀《ようこく》県《けん》の知県《ちけん》のもとへつれていき、賞金《しょうきん》をうけとらせようとするが、賞金《しょうきん》を猟師《りょうし》たちにわけあたえたため、知県《ちけん》に気にいられ歩兵都頭《ほへいととう》（歩兵隊長《ほへいたいちょう》）に任《にん》じられる。

また陽穀県城内《ようこくけんじょうない》で兄の武大《ぶだい》にでくわし話をきくと、わけありの美女潘金蓮《びじょはんきんれん》と結婚《けっこん》したのがきっかけで、清河県《せいかけん》に居《い》づらくなり陽穀県《ようこくけん》にひっこしてきたという。

だが潘金蓮《はんきんれん》は悪妻《あくさい》で、武大《ぶだい》のるすに西門慶《さいもんけい》という富豪《ふごう》とねんごろになり、いつか武大《ぶだい》を毒殺《どくさつ》し、西門慶《さいもんけい》のもとへ行こうとたくらんでいたが、「虎殺《とらごろ》しの武松《ぶしょう》」が弟だと知り、手をだすことができずにいた。しかし武松《ぶしょう》が仕事で都《みやこ》・開封府《かいほうふ》へ行っているあいだに、西門慶《さいもんけい》とともに武大《ぶだい》を毒殺《どくさつ》する。

都《みやこ》からもどってきた武松《ぶしょう》は、「武大《ぶだい》が病死《びょうし》した」という潘金蓮《はんきんれん》のうそにだまされるが、武大《ぶだい》と仲《なか》のよかった梨《なし》売《う》りの少年から、西門慶《さいもんけい》たちが犯人《はんにん》だときかされ、すぐ

武松

に火葬場《かそうば》へ行き、武大《ぶだい》が毒殺《どくさつ》されたことを知る。そこで潘金《はんきん》蓮《れん》と西門慶《さいもんけい》を殺してかたきを討《う》ち、みずから出頭《しゅっとう》して孟州《もうしゅう》へ流罪《るざい》になる。

流罪《るざい》先では、典獄《てんごく》（牢獄長《ろうごくちょう》）の息子《むすこ》の施恩《しおん》から、「蔣忠《しょうちゅう》をこらしめ、彼《かれ》にうばわれた快活林《かいかつりん》の料亭《りょうてい》をとりかえしてもらいたい」とたのまれ、蔣忠《しょうちゅう》をたおす。だが蔣忠《しょうちゅう》の親分《おやぶん》である団練《だんれん》（警備団長《けいびだんちょう》）は、孟州《もうしゅう》の都監《とかん》（警備長官《けいびちょうかん》）の知りあいで、彼《かれ》らにより武松《ぶしょう》は濡《ぬ》れ衣《ぎぬ》を着せられ恩州《おんしゅう》へ流罪《るざい》となる。その道中《どうちゅう》で護送役人《ごそうやくにん》たちに殺されそうになるが、ぎゃくに役人たちを返《かえ》り討《う》ちにする。そして孟州《もうしゅう》へひきかえし、都監《とかん》たちを皆殺《みなごろ》しにする。

逃亡中《とうぼうちゅう》に、十字坡《じゅうじは》で居酒屋《いざかや》を経営《けいえい》する張青《ちょうせい》、孫二娘《そんじじょう》の夫《ふう》婦《ふ》にであう。張青《ちょうせい》に、行者《ぎょうじゃ》に変装《へんそう》して追っ手からのがれることをすすめられ、武松《ぶしょう》は行者《ぎょうじゃ》に変装《へんそう》し、以後《いご》〈行者《ぎょうじゃ》〉というあだ名《な》でよばれるようになる。放浪《ほうろう》の旅をつづけ、魯智《ろち》深《しん》のいる二竜山《にりゅうざん》で世話《せわ》になる。

呼延灼《こえんしゃく》が桃花山《とうかざん》を攻《せ》めたとき、二竜山《にりゅうざん》は桃花山《とうかざん》にたすけをもとめられて出兵《しゅっぺい》する。梁山泊《りょうざんぱく》の加勢《かせい》もあって呼延灼《こえんしゃく》を打ち負かし、これをきっかけに魯智深《ろちしん》たちとともに梁山泊《りょうざんぱく》入《い》りする。

梁山泊《りょうざんぱく》一〇八人がそろったときには、歩兵頭目《ほへいとうもく》のひとりに任《にん》じられる。

方臘《ほうろう》とのたたかいでは、方臘《ほうろう》の弟・方貌《ほうぼう》を討《う》ちとる。しかし睦州《ぼくしゅう》で妖術使《ようじゅつつか》いの包道乙《ほうどういつ》とたたかったとき、包道乙《ほうどういつ》のあやつる玄天混元剣《げんてんこんげんけん》で左腕《ひだりうで》を斬《き》りおとされる。梁山泊《りょうざんぱく》が方臘《ほうろう》に勝ったのち、都《みやこ》へひきあげるとちゅう、杭州《こうしゅう》の六和寺《ろくわじ》で、病《やまい》にかかった林冲《りんちゅう》の看病《かんびょう》をする。林冲《りんちゅう》は半年後に病没《びょうぼつ》したが、武松《ぶしょう》は出家《しゅっけ》して八十歳《さい》まで生き天寿《てんじゅ》をまっとうする。

武大

武大[ぶだい]

武松《ぶしょう》の兄。清河県《せいかけん》でいちばん醜《みにく》い男。饅頭《マントウ》売《う》り。清河県《せいかけん》の富豪《ふごう》の侍女《じじょ》・潘金蓮《はんきんれん》と結婚《けっこん》するが、清河県《せいかけん》に居《い》づらくなり陽穀県《ようこくけん》にひっこしたところで弟・武松《ぶしょう》と再会《さいかい》する。

潘金蓮《はんきんれん》は悪妻《あくさい》で、武大《ぶだい》のるすに西門慶《さいもんけい》という富豪《ふごう》とねんごろになる。武松《ぶしょう》が仕事で都《みやこ》・開封府《かいほうふ》へ行っているあいだに、武大《ぶだい》は潘金蓮《はんきんれん》と西門慶《さいもんけい》によって毒殺《どくさつ》される。

彭玘

彭玘[ほうき] 〈43〉

梁山泊《りょうざんぱく》一〇八人のひとり。地英星《ちえいせい》の転生《てんせい》。三尖刀《さんせんとう》(先が三つにわかれた槍《やり》)の使い手で、あだ名《な》は〈天目将《てんもくしょう》(天目《てんもく》はカニ座《ざ》。死をつかさどる星座《せいざ》)〉。朝廷《ちょうてい》の命《めい》で呼延灼《こえんしゃく》が梁山泊討伐《りょうざんぱくとうばつ》へむかったときに、韓滔《かんとう》とともに従軍《じゅうぐん》する。梁山泊軍《りょうざんぱくぐん》とのたたかいでは、扈三娘《こさんじょう》相手《あいて》に一騎《いっき》打《う》ちをする。逃《に》げた扈三娘《こさんじょう》を追ったところ、鉤《かぎ》のついた縄《なわ》をなげられて落馬《らくば》し、生《い》け捕《ど》りにされて梁山泊入《りょうざんぱくい》りする。

韓滔《かんとう》が梁山泊軍《りょうざんぱくぐん》につかまったときには、韓滔《かんとう》を説得《せっとく》して梁山泊入《りょうざんぱくい》りさせる。

梁山泊《りょうざんぱく》一〇八人がそろったときには、騎兵軍小彪将《きへいぐんしょうひょうしょう》のひとりに任《にん》じられる。

方臘《ほうろう》とのたたかいでは、敵将《てきしょう》・張近仁《ちょうきんじん》に討《う》ちとられた韓滔《かんとう》のかたきをとろうとかけつけるが、かえりうちにあって殺される。

鮑旭

鮑旭[ほうきょく] 〈60〉

梁山泊《りょうざんぱく》一〇八人のひとり。地暴星《ちぼうせい》の転生《てんせい》。あだ名《な》は〈喪門神《そうもんしん》(死神《しにがみ》)〉。枯樹山《こじゅざん》の山賊《さんぞく》。李逵《りき》、焦挺《しょうてい》に誘《さそ》われ、部下《ぶか》の山賊《さんぞく》たちとともに凌州城攻略《りょうしゅうじょうこうりゃく》へむかう。道中《どうちゅう》、敵《てき》に生《い》

け捕《ど》りにされた宣贊《せんさん》、郝思文《かくしぶん》を李逵《りき》たちと力をあわせて救《すく》いだし、梁山泊入《りょうざんぱくい》りする。

梁山泊《りょうざんぱく》一〇八人がそろったときには、歩兵将校《ほへいしょうこう》のひとりに任《にん》じられる。

方臘《ほうろう》とのたたかいでは、敵将《てきしょう》・張近仁《ちょうきんじん》を馬からひきずりおろして首をはねる。だが杭州城攻略《こうしゅうじょうこうりゃく》のさいに戦死《せんし》する。

方天定[ほうてんてい]

方臘《ほうろう》の太子《たいし》。杭州《こうしゅう》をまもる。梁山泊軍《りょうざんぱくぐん》が攻《せ》めこんできたときには、九万の兵《へい》を三手にわけてむかえうつ。だが決着《けっちゃく》がつかず、杭州城《こうしゅうじょう》にもどってまもりをかためる。しかし梁山泊軍《りょうざんぱくぐん》に城《しろ》をはげしく攻《せ》められ、陥落《かんらく》して討《う》ちとられる。

包道乙

包道乙[ほうどういつ]

方臘《ほうろう》に仕《つか》える道士《どうし》。玄天混元剣《げんてんこんげんけん》という宝剣《ほうけん》をもち、人からは〈霊応天師《れいおうてんし》〉とよばれている。梁山泊軍《りょうざんぱくぐん》が睦州《ぼくしゅう》へ攻《せ》めこんだときに、弟子《でし》の鄭彪《ていひょう》、武将《ぶしょう》の夏侯成《かこうせい》とともに援軍《えんぐん》にかけつける。玄天混元剣《げんてんこんげんけん》をつかい、武松《ぶしょう》の左腕《ひだりうで》を斬《き》りおとす。だが凌振《りょうしん》の火砲《かほう》をくらい、全身《ぜんしん》ばらばらになって絶命《ぜつめい》する。

方貌[ほうぼう]

方臘《ほうろう》の弟。蘇州《そしゅう》をまもる。呂師嚢《りょしのう》が梁山泊軍《りょうざんぱくぐん》に敗《やぶ》れて潤州《じゅんしゅう》をとられ、丹徒県《たんとけん》に逃《に》げこんだときに、猛将《もうしょう》・邢政《けいせい》を援軍《えんぐん》におくる。だが邢政《けいせい》は関勝《かんしょう》に討《う》ちとられ、丹徒県《たんとけん》もとられる。呂師嚢《りょしのう》が蘇州《そしゅう》へ逃《に》げこんでくると、五千の兵《へい》をあたえて先陣《せんじん》をつとめさせる。自身は五万の兵《へい》をひきいて中軍《ちゅうぐん》をつとめるも、呂師嚢《りょしのう》が徐寧《じょねい》に討《う》ちとられ、方貌《ほうぼう》の軍《ぐん》も敗退《はいたい》する。方貌《ほうぼう》は城《しろ》をすてて逃《に》げようとするが、武松《ぶしょう》に馬の足

を刀《かたな》で斬《き》られ、転《ころ》がりおちたところを首を斬《き》られて絶命《ぜつめい》する。

方臘

方臘[ほうろう]

もと樵《きこり》。谷川のほとりで水に映《うつ》った自分の姿《すがた》を見たとき、天子《てんし》のいでたちをしていたため、自分は天子《てんし》になるさだめとして、朝廷《ちょうてい》に不満《ふまん》をもつ民《たみ》をあつめて江南《こうなん》（長江以南《ちょうこういなん》）で反乱《はんらん》を起こす。八州《しゅう》二十五県を占領《せんりょう》し、さらには長江《ちょうこう》を越《こ》え、揚州《ようしゅう》に攻《せ》めのぼろうとした。清渓県《せいけいけん》を本拠地《ほんきょち》とし、弟に方貌《ほうぼう》、太子《たいし》に方天定《ほうてんてい》がいる。

朝廷《ちょうてい》の命《めい》をうけて出陣《しゅつじん》した梁山泊軍《りょうざんぱくぐん》が清渓県《せいけいけん》にせまったときには方臘《ほうろう》は城《しろ》をすてて逃亡《とうぼう》するも、逃《に》げこんだ山のなかでまちかまえていた魯智深《ろちしん》に生《い》け捕《ど》られ、都《みやこ》・開封府《かいほうふ》へ護送《ごそう》され、市中で見せしめとして処刑《しょけい》される。

穆弘

穆弘[ぼくこう]　〈24〉

梁山泊《りょうざんぱく》一〇八人のひとり。天究星《てんきゅうせい》の転生《てんせい》。あだ名《な》は〈没《ぼつ》遮攔《しゃらん》（さえぎる者なし）〉。穆家荘《ぼくかそう》の地主《じぬし》の息子《むすこ》。穆春《ぼくしゅん》の兄。江州《こうしゅう》で処刑《しょけい》されそうになった宋江《そうこう》を、穆家荘《ぼくかそう》の屋敷《やしき》にかくまい、宋江《そうこう》たちが梁山泊《りょうざんぱく》の好漢《こうかん》たちとともに黄文炳《こうぶんへい》を討《う》ったのち、弟・穆春《ぼくしゅん》とともに梁山泊《りょうざんぱく》入《い》りする。

梁山泊《りょうざんぱく》一〇八人がそろったときには、騎兵軍《きへいぐん》八驃騎《ひょうき》のひとりに任《にん》じられる。

方臘《ほうろう》とのたたかいのときに、杭州《こうしゅう》で疫病《えきびょう》にかかって死ぬ。

穆春

穆春[ぼくしゅん]　〈80〉

梁山泊《りょうざんぱく》一〇八人のひとり。地鎮星《ちちんせい》の転生《てんせい》。あだ名は〈小《しょう》遮攔《しゃらん》（さえぎる者なし。弟なので「小」がつく）〉。穆家荘《ぼくかそう》の地主《じぬし》の息子《むすこ》。穆弘《ぼくこう》の弟。兄・穆弘《ぼくこう》と行動をともにし、ともに

梁山泊《りょうざんぱく》入《い》りする。

梁山泊《りょうざんぱく》一〇八人がそろったときには、歩兵将校《はへいしょうこう》のひとりに任《にん》じられる。

方臘《ほうろう》とのたたかいではさいごまで生きのこり、朝廷《ちょうてい》から官職《かんしょく》をさずけられるが、辞退《じたい》して平民《へいみん》として暮《く》らす。

ま行

孟康

孟康[もうこう]　〈70〉

梁山泊《りょうざんぱく》一〇八人のひとり。地満星《ちまんせい》の転生《てんせい》。色白《いろじろ》で背《せ》が高いことから、あだ名《な》は〈玉播竿《ぎょくはんかん》（玉の旗竿《はたざお》）〉。船をつくるのが得意《とくい》。飲馬川《いんばせん》で裴宣《はいせん》、鄧飛《とうひ》とともに山賊《さんぞく》をしていた。戴《たい》宗《そう》と楊林《ようりん》が飲馬川《いんばせん》にきたときに、裴宣《はいせん》たちとともに梁山泊《りょうざんぱく》入《い》りする。

梁山泊《りょうざんぱく》一〇八人がそろったときには、軍船建造管理《ぐんせんけんぞうかんり》に任《にん》じられる。

方臘《ほうろう》とのたたかいでは、睦州《ぼくしゅう》攻《ぜ》めのさいに戦死《せんし》する。

や行

耶律輝[やりつき]

→遼国王［りょうこくおう］

耶律宗雲[やりつそううん]

遼国《りょうこく》の武将《ぶしょう》。耶律得重《やりつとくじゅう》の長男《ちょうなん》。梁山泊軍《りょうざんぱくぐん》が玉田県城《ぎょくでんけんじょう》へ攻《せ》めこんできたときに出陣《しゅつじん》するが、燕青《えんせい》の弩《いしゆみ》に鼻の下のくぼみを射《い》ぬかれて絶命《ぜつめい》する。

耶律宗電[やりつそうでん]

遼国《りょうこく》の武将《ぶしょう》。耶律得重《やりつとくじゅう》の次男《じなん》。梁山泊軍《りょうざんぱくぐん》が薊州《けいしゅう》へ攻《せ》め

こんできたときにたたかうが敗北《はいぼく》。耶律得重《やりつとくじゅう》、耶律宗雷《やりつそうらい》とともに城《しろ》をすてて燕京《えんけい》へ退却《たいきゃく》する。

耶律宗雷[やりつそうらい]

遼国《りょうこく》の武将《ぶしょう》。耶律得重《やりつとくじゅう》の三男《さんなん》。次男《じなん》・宗電《そうでん》と行動をともにする。

耶律宗霖[やりつそうりん]

遼国《りょうこく》の武将《ぶしょう》。耶律得重《やりつとくじゅう》の四男《なん》。梁山泊軍《りょうざんぱくぐん》が玉田県城《ぎょくでんけんじょう》へ攻《せ》めこんできたときに出陣《しゅつじん》するが、盧俊義《ろしゅんぎ》の槍《やり》に刺《さ》し殺される。

耶律得重

耶律得重[やりつとくじゅう]

遼国王《りょうこくおう》の弟。薊州城《けいしゅうじょう》をまもる。四人の息子《むすこ》がおり、長男《ちょうなん》は耶律宗雲《やりつそううん》、次男《じなん》は耶律宗電《やりつそうでん》、三男《さんなん》は耶律宗雷《やりつそうらい》、四男《なん》は耶律宗霖《やりつそうりん》で、いずれも武術《ぶじゅつ》にすぐれている。梁山泊軍《りょうざんぱくぐん》に檀州城《たんしゅうじょう》をうばわれ、洞仙侍郎《どうせんじろう》が薊州城《けいしゅうじょう》へ逃《に》げこんできたときに、ともに兵《へい》をあわせて城《しろ》をまもる。だが梁山泊軍《りょうざんぱくぐん》は強く、城《しろ》をうばわれ、洞仙侍郎《どうせんじろう》たちと、遼国王《りょうこくおう》のいる燕京《えんけい》へ逃《に》げる。

楊志[ようし]　〈17〉

梁山泊《りょうざんぱく》一〇八人のひとり。天暗星《てんあんせい》の転生《てんせい》。武術《ぶじゅつ》にすぐれており、顔に大きな青いあざがあることから、あだ名《な》は〈青面獣《せいめんじゅう》〉。宋代《そうだい》の有名な武人《ぶじん》の一族、楊家将《ようかしょう》の子孫《しそん》。殿司制使《でんしせいし》（禁衛《きんえい》の武官《ぶかん》）だったが、任務《にんむ》の失敗《しっぱい》によって官職《かんしょく》から遠ざかる。恩赦《おんしゃ》がでたあと、復職《ふくしょく》のために都《みやこ》へむかうとちゅう、梁山泊《りょうざんぱく》のそばで追いはぎをしていた林冲《りんちゅう》とでくわし、互角《ごかく》にたたかう。その強さを見こまれて梁山泊《りょうざんぱく》にはいるようす

すめられるもことわる。都での復職《ふくしょく》はうまくいかなかったが、梁中書《りょうちゅうしょ》から武術《ぶじゅつ》の腕《うで》を買われて官軍提轄使《かんぐんていかつし》（部隊長《ぶたいちょう》）にとりたてられる。

梁中書《りょうちゅうしょ》が義父《ぎふ》・蔡京《さいけい》の誕生《たんじょう》日祝《びいわ》いとして十万貫《かん》の財物《ざいぶつ》をおくるときには、その輸送部隊《ゆそうぶたい》の隊長《たいちょう》をまかされるが、道中《どうちゅう》棗《なつめ》売《う》りと酒売りに化《ば》けた晁蓋《ちょうがい》たちにしびれ薬《ぐすり》のはいった酒をのまされ、十万貫《かん》の財物《ざいぶつ》をうばわれる。楊志《ようし》は罪《つみ》を問われるのをおそれ、各地《かくち》を放浪《ほうろう》し、魯智深《ろちしん》にであってともに二竜山《にりゅうざん》にこもる。

楊志

呼延灼《こえんしゃく》が桃花山《とうかざん》を攻《せ》めたとき、桃花山《とうかざん》が二竜山《にりゅうざん》にたすけをもとめたのに応《おう》じ、楊志《ようし》は、梁山泊《りょうざんぱく》の加勢《かせい》もあって呼延灼《こえんしゃく》を打ち負かし、これをきっかけに魯智深《ろちしん》たちとともに梁山泊入《りょうざんぱくい》りする。

梁山泊《りょうざんぱく》一〇八人がそろったときには、騎兵軍《きへいぐん》八驃騎《ひょうき》のひとりに任《にん》じられる。

方臘《ほうろう》とのたたかいのときに病《やまい》にかかって丹徒県《たんとけん》で養生《ようじょう》するが、治《なお》らずに命をおとす。

楊春

楊春［ようしゅん］　〈73〉

梁山泊《りょうざんぱく》一〇八人のひとり。地隠星《ちいんせい》の転生《てんせい》。あだ名《な》は〈白《はく》花蛇《かだ》（白い毒蛇《どくへび》）〉。少華山《しょうかざん》の山賊《さんぞく》でつねに義兄弟《ぎきょうだい》の朱武《しゅぶ》、陳達《ちんたつ》たちと行動をともにする。（→朱武《しゅぶ》）

梁山泊《りょうざんぱく》一〇八人がそろったときには、陳達《ちんたつ》とともに騎兵《きへい》軍小彪将《ぐんしょうひょうしょう》のひとりに任《にん》じられる。

方臘《ほうろう》とのたたかいでは、敵《てき》の本拠地《ほんきょち》・清渓県《せいけいけん》にたどりつくまえに戦死《せんし》する。

楊戩

楊戩[ようせん]

太尉《たいい》（武官《ぶかん》の最高位《さいこうい》）。四人の奸臣《かんしん》（高俅《こうきゅう》、蔡京《さいけい》、童貫《どうかん》、楊戩《ようせん》）のひとり。梁山泊軍《りょうざんぱくぐん》が方臘《ほうろう》とのたたかいに勝利《しょうり》し、生きのこった者たちが官位《かんい》をさずかったのをこころよく思わず、宋江《そうこう》や盧俊義《ろしゅんぎ》を殺すことを高俅《こうきゅう》らとともに共謀《きょうぼう》する。それらは実行《じっこう》されたが、のちに徽宗《きそう》に知られることとなり、高俅《こうきゅう》らとともに叱責《しっせき》をうける。だが、それ以上《いじょう》の罰《ばつ》はあたえられなかった。

楊雄

楊雄[ようゆう]　〈32〉

梁山泊《りょうざんぱく》一〇八人のひとり。天牢星《てんろうせい》の転生《てんせい》。あだ名《な》は〈病《びょう》関索《かんさく》（関索《かんさく》もどき。「病」は「顔の黄色い」という意味もある。関索《かんさく》は三国時代《さんごくじだい》の武将《ぶしょう》、関羽《かんう》の三子《し》）〉。薊州《けいしゅう》の首斬《くびき》り役人《やくにん》。石秀《せきしゅう》と義兄弟《ぎきょうだい》となる。（→石秀《せきしゅう》）

梁山泊《りょうざんぱく》一〇八人がそろったときには、歩兵頭目《ほへいとうもく》のひとりに任《にん》じられる。

方臘《ほうろう》とのたたかいではさいごまで生きのこるが、都《みやこ》・開封《かいほう》府《ふ》へ凱旋《がいせん》するまえに、杭州《こうしゅう》で病《やまい》にかかって死ぬ。

楊林

楊林[ようりん]　〈51〉

梁山泊《りょうざんぱく》一〇八人のひとり。地暗星《ちあんせい》の転生《てんせい》。丸い顔に大きな耳の大男で、あだ名《な》は〈錦豹子《きんひょうし》（錦《にしき》の豹《ひょう》。りっぱな姿《すがた》のこと）〉。公孫勝《こうそんしょう》をさがすために薊州《けいしゅう》にむかった戴宗《たいそう》とであい、義兄弟《ぎきょうだい》の誓《ちか》いをむすび、ともに行動する。とちゅう、飲馬川《いんばせん》で、知りあいの山賊《さんぞく》である裴宣《はいせん》、鄧飛《とうひ》、孟康《もうこう》と会い、皆《みな》で梁山泊入《りょうざんぱくい》りする。

梁山泊《りょうざんぱく》一〇八人がそろったときには、騎兵軍小彪将《きへいぐんしょうひょうしょう》のひとりに任《にん》じられる。

方臘《ほうろう》とのたたかいでは、杭州《こうしゅう》で疫病《えきびょう》にかかるが回復《かいふく》する。方臘《ほうろう》に勝利《しょうり》したのちは官職《かんしょく》をさずけられるが辞退《じたい》し、裴宣《はいせん》とともに飲馬川《いんばせん》にもどる。

ら行

雷横

雷横[らいおう]　〈25〉

梁山泊《りょうざんぱく》一〇八人のひとり。天退星《てんたいせい》の転生《てんせい》。あだ名《な》は〈挿《そう》翅虎《しこ》（翼《つばさ》のはえた虎《とら》）〉。鄆城県《うんじょうけん》で朱仝《しゅどう》とともに都頭《ととう》（警察《けいさつ》の部隊長《ぶたいちょう》）をつとめる。晁蓋《ちょうがい》が、蔡京《さいけい》におくられる十万貫《かん》の財物《ざいぶつ》をうばって、手配《てはい》されたときは、朱仝《しゅどう》とともにわざと晁蓋《ちょうがい》を逃《に》がし、のちに梁山泊入《りょうざんぱくい》りする。高唐州《こうとうしゅう》の知府《ちふ》・高《こう》廉《れん》とのたたかいでは、逃走《とうそう》する高廉《こうれん》にとどめをさす。

梁山泊《りょうざんぱく》一〇八人がそろったときには、歩兵頭目《ほへいとうもく》のひとりに任《にん》じられる。

方臘《ほうろう》とのたたかいでは、徳清県《とくせいけん》で討《う》ち死《じ》にする。

羅真人[らしんじん]

薊州《けいしゅう》の二仙山《にせんざん》に住む公孫勝《こうそんしょう》の道術《どうじゅつ》の師匠《ししょう》。喬道清《きょうどうせい》が弟《で》子入《しい》りをしようとしたことがあったが、邪悪《じゃあく》なものを感じ、「徳《とく》に遇《あ》って魔《ま》をなくしたときに、またあらためてくるがよい」といってことわる。

喬道清《きょうどうせい》は梁山泊軍《りょうざんぱくぐん》が方臘討伐《ほうろうとうばつ》へむかうまえに、馬霊《ばれい》とともに羅真人《らしんじん》に弟子入《でしい》りして天寿《てんじゅ》をまっとうする。また公孫《こうそん》勝《しょう》も方臘討伐《ほうろうとうばつ》にはくわわらず、梁山泊軍《りょうざんぱくぐん》を離《はな》れて羅真人《らしんじん》のもとへもどる。

欒廷玉

欒廷玉[らんていぎょく]

祝家荘《しゅくかそう》の武術教頭《ぶじゅつきょうとう》。祝朝奉《しゅくちょうほう》の三人の息子《むすこ》である祝竜《しゅくりゅう》、

祝虎《しゅくこ》、祝彪《しゅくひょう》の武術《ぶじゅつ》師匠《ししょう》。梁山泊軍《りょうざんぱくぐん》が祝家荘《しゅくかそう》に攻《せ》めてきたときには、欧鵬《おうほう》を負傷《ふしょう》させ、秦明《しんめい》と互角《ごかく》に打ちあう。孫立《そんりつ》とはおなじ師匠《ししょう》のもとで学んだことがあり、孫立《そんりつ》がたすけにきたときにはこれをまねきいれる。しかし孫立《そんりつ》は梁山泊軍《りょうざんぱくぐん》の味方《みかた》で、その裏切《うらぎ》りでいくさは大敗《たいはい》。祝朝奉《しゅくちょうほう》と三人の息子《むすこ》が討《う》ちとられたのを知ると、どこかへと逃《に》げる。

李雲

李雲[りうん]〈97〉

梁山泊《りょうざんぱく》一〇八人のひとり。地察星《ちさつせい》の転生《てんせい》。青い目をしており、あだ名《な》は〈青眼虎《せいがんこ》（青い目の虎《とら》）〉。朱富《しゅふう》の武術《ぶじゅつ》の師匠《ししょう》。李逵《りき》が沂水県《きすいけん》で役人《やくにん》につかまったとき、護送《ごそう》を任《にん》じられる。だが道中《どうちゅう》で、朱貴《しゅき》と朱富《しゅふう》が用意したしびれ薬《ぐすり》のはいった酒をのまされ、うごけなくなったところで護送中《ごそうちゅう》の李逵《りき》をうばわれる。任務《にんむ》に失敗《しっぱい》した李雲《りうん》は、罪《つみ》に問われることをおそれ、仕方《しかた》なしに朱富《しゅふう》とともに梁山泊入《りょうざんぱくい》りする。

梁山泊《りょうざんぱく》一〇八人がそろったときには、建築修理管理《けんちくしゅうりかんり》に任《にん》じられる。

方臘《ほうろう》とのたたかいでは、歙州《きゅうしゅう》攻《ぜ》めのさいに戦死《せんし》する。

李応

李応[りおう]〈11〉

梁山泊《りょうざんぱく》一〇八人のひとり。天富星《てんふうせい》の転生《てんせい》。あだ名《な》は〈撲天鵰《はくてんちょう》（天を撃《う》つ鷹《たか》）〉。飛刀《ひとう》（手裏剣《しゅりけん》）の使い手で、百歩離《はな》れた場所からでも相手にあてることができる豪傑《ごうけつ》。李家荘《りかそう》の荘主《そうしゅ》。祝家荘《しゅくかそう》で時遷《じせん》が鶏《にわとり》を盗《ぬす》んで捕《と》らえられたことを杜興《とこう》からきき、祝家荘《しゅくかそう》に書簡《しょかん》をおくって解決《かいけつ》しようとするが、話がこじれて梁山泊《りょうざんぱく》をまきこんだいくさにまで発展《はってん》。いくさは梁山泊《りょうざんぱく》が勝ち、李応《りおう》は杜興《とこう》とともに梁山泊入《りょうざんぱくい》りする。

梁山泊《りょうざんぱく》一〇八人がそろったときには、柴進《さいしん》とともに金銭《きんせん》

兵糧《ひょうろう》の管理《かんり》に任《にん》じられる。

方臘《ほうろう》とのたたかいではさいごまで生きのこり、官職《かんしょく》をさずけられるがこれを辞退《じたい》。杜興《とこう》とともに村へもどる。

李逵［りき］〈22〉

梁山泊《りょうざんぱく》一〇八人のひとり。天殺星《てんさつせい》の転生《てんせい》。肌《はだ》が黒く乱暴《らんぼう》者《もの》で、二挺斧《にちょうふ》を得意《とくい》の武器《ぶき》として振《ふ》りまわすので、あだ名《な》は〈黒旋風《こくせんぷう》（黒い旋風《せんぷう》）〉。江州《こうしゅう》の牢役人《ろうやくにん》・戴宗《たいそう》の部下《ぶか》。宋《そう》江《こう》が流罪《るざい》で江州《こうしゅう》にきたとき、料理《りょうり》を供《きょう》するために漁師《りょうし》たちから魚を買おうとしてけんかになる。漁師の頭《かしら》、張順《ちょうじゅん》に水中にひきずりこまれ、おぼれそうになったところに戴宗《たいそう》と宋江《そうこう》がとめにかけつけ、この場はおさまり、張順《ちょうじゅん》と仲《なか》なおりする。

李逵

宋江《そうこう》が反逆《はんぎゃく》の詩が原因《げんいん》で戴宗《たいそう》とともに処刑《しょけい》にされそうになったときは、梁《りょう》山泊《ざんぱく》の好漢《こうかん》たちとともにたすけにはいり、処刑場《しょけいじょう》であばれまわる。そののち、宋江《そうこう》をおとしいれた黄文炳《こうぶんへい》を捕《と》らえて殺し、宋江《そうこう》や戴宗《たいそう》たちとともに梁山泊入《りょうざんぱくい》りする。

梁山泊《りょうざんぱく》では、公孫勝《こうそんしょう》が母をたずねるために下山《げざん》したと見るや、自分も沂水県《きすいけん》にいる母に会いたいといいだす。宋江《そうこう》から道中《どうちゅう》でさわぎを起こさないよう、酒をのむことや二挺斧《にちょうふ》の携帯《けいたい》を禁《きん》じられ了承《りょうしょう》したが、宋江《そうこう》は不安《ふあん》だったので朱貴《しゅき》に李逵《りき》の見張《みは》りをたのむ。李逵《りき》は沂《き》水県《すいけん》の境《さかい》で朱貴《しゅき》と会い、その弟・朱富《しゅふう》が経営《けいえい》する居酒《いざか》屋《や》で約束《やくそく》をやぶって酒をのむ。そして夜、山で李逵《りき》を

騙《かた》る追いはぎ・李鬼《りき》にであう。李鬼《りき》を殺そうとするが、彼《かれ》が老母《ろうぼ》のために追いはぎをしていると聞き、十両《りょう》の銀子《ぎんす》をあたえて逃《に》がしてやる。だが李鬼《りき》が自宅《じたく》で、李逵《りき》をだまして銀《ぎん》子《す》を得《え》たことや、李逵《りき》にしびれ薬《ぐすり》をのませて役所《やくしょ》につきだそうと妻《つま》と相談しているのを立ち聞きし、怒《おこ》って李鬼《りき》を殺す。妻《つま》のほうは命からがら逃《に》げのびる。

その後実家《じっか》にもどって母親に会い、おぶって梁山泊《りょうざんぱく》をめざすが、とちゅうの山で、水をくみにいっているあいだに、母親が虎《とら》に食《く》い殺されてしまう。李逵《りき》は母のかたきと虎《とら》を四匹《ひき》とも殺す。

李逵《りき》が虎《とら》を四匹《ひき》も殺したことを知った地元《じもと》の猟師《りょうし》たちに、村まで案内《あんない》され、富豪《ふごう》・曹太公《そうたいこう》に料理《りょうり》をふるまわれる。だがその場にいあわせた李鬼《りき》の妻《つま》が村長に、李逵《りき》がおたずね者であることをおしえたので、村長《そんちょう》は沂水県《きすいけん》の知県《ちけん》（県の長《ちょう》官《かん》）に連絡《れんらく》し、李逵《りき》は生《い》け捕《ど》りにされる。しかし護送《ごそう》される道中《どうちゅう》で朱貴《しゅき》、朱富《しゅふう》によりたすけだされる。

梁山泊《りょうざんぱく》が高唐州城《こうとうしゅうじょう》を攻《せ》めたとき、知府《ちふ》・高廉《こうれん》の妖術《ようじゅつ》に手こずると、公孫勝《こうそんしょう》の力を借《か》りるため、戴宗《たいそう》について薊州《けいしゅう》へむかう。そして二仙山《にせんざん》で公孫勝《こうそんしょう》を見つけ、宋江《そうこう》のもとへつれかえる。公孫勝《こうそんしょう》の道術《どうじゅつ》で、梁山泊軍《りょうざんぱくぐん》は高廉《こうれん》に勝利《しょうり》する。

晁蓋《ちょうがい》が曽頭市《そうとうし》のたたかいで命をおとし、宋江《そうこう》が臨時《りんじ》の首《しゅ》領《りょう》をつとめたとき、宋江《そうこう》が盧俊義《ろしゅんぎ》のうわさを聞き、あたらしい首領《しゅりょう》としてむかえいれたいという。呉用《ごよう》は盧俊義《ろしゅんぎ》を仲《なか》間《ま》にくわえるため、北京《ほくけい》へむかう。李逵《りき》も酒をのまないことなどを約束《やくそく》してついていく。呉用《ごよう》は易者《えきしゃ》、李逵《りき》はその従者《じゅうしゃ》に化《ば》けて盧俊義《ろしゅんぎ》をだまし、梁山泊《りょうざんぱく》へつれていくことに成功《せいこう》する。

単廷珪《ぜんていけい》、魏定国《ぎていこく》とのたたかいでは出陣《しゅつじん》をもうしでるが、

宋江《そうこう》にゆるしてもらえず、勝手《かって》にひとりで凌州城《りょうしゅうじょう》をめざす。とちゅう、焦挺《しょうてい》や鮑旭《ほうきょく》などの山賊《さんぞく》たちを仲間《なかま》につけ、魏定国《ぎていこく》が凌州城《りょうしゅうじょう》をでた隙《すき》をついて城内《じょうない》になだれこみ、勝利《しょうり》をおさめる。

梁山泊《りょうざんぱく》一〇八人がそろったときには、歩兵頭目《ほへいとうもく》のひとりに任《にん》じられる。

重陽節《ちょうようせつ》（旧暦《きゅうれき》九月九日）に、宋江《そうこう》が酒をのみながら招安《しょうあん》（朝廷《ちょうてい》に帰順《きじゅん》すること）されたいと話したことに腹《はら》を立て、天子《てんし》や朝廷《ちょうてい》を批判《ひはん》したため、宋江《そうこう》の怒《いか》りをかい、牢《ろう》にいれられるが、酔《よ》いが醒《さ》めた宋江《そうこう》は後悔《こうかい》する。

宋江《そうこう》が都《みやこ》・開封府《かいほうふ》へ行って徽宗《きそう》に会おうとしたときついていくが、さわぎを起こしてしまう。そのため宋江《そうこう》たちは徽宗《きそう》に会えないまま都《みやこ》から逃《に》げかえる。徽宗《きそう》には後日《ごじつ》、燕青《えんせい》が会って話をつけ、招安《しょうあん》を実現《じつげん》させる。

田虎《でんこ》とのたたかいのなか、李逵《りき》は高俅《こうきゅう》たち奸臣《かんしん》を斬《き》る夢《ゆめ》を見る。また夢《ゆめ》のなかで、田虎《でんこ》をたおすには瓊英《けいえい》を味方《みかた》につけよとのお告《つ》げをきく。梁山泊軍《りょうざんぱくぐん》はお告《つ》げどおりに瓊英《けいえい》を味方《みかた》につけ、田虎《でんこ》とのいくさに勝利《しょうり》する。

方臘《ほうろう》とのたたかいではさいごまで生きのこり、朝廷《ちょうてい》から官職《かんしょく》をさずけられて潤州《じゅんしゅう》に赴任《ふにん》する。しばらくして、楚州《そしゅう》にいる宋江《そうこう》からよびだしがあり、かけつける。宋江《そうこう》と酒を酌《く》み交《か》わすが、その酒に毒《どく》がはいっていたことをあとで知らされる。それは朝廷《ちょうてい》からおくられてきた酒で、宋江《そうこう》はすでにそれをのんでしまっていた。宋江《そうこう》は、自分が死んだあとに李逵《りき》が反乱《はんらん》を起こすことをおそれ、李逵《りき》にも毒酒《どくしゅ》をのませたのである。李逵《りき》は宋江《そうこう》とともに死ぬことを承知《しょうち》し、従者《じゅうしゃ》に自分の遺体《いたい》を、宋江《そうこう》の墓《はか》のそばに埋《う》めるようにいいのこして死ぬ。

李鬼

李鬼［りき］

沂水県《きすいけん》の山で、李逵《りき》を騙《かた》る追《お》いはぎ。ある夜、本物《ほんもの》の李逵《りき》にでくわし、「母親のために追いはぎで金《かね》をかせいでいる」とうそをついてゆるしてもらい、さらに李逵《りき》から十両《りょう》の銀《ぎん》子《す》をもらう。下山《げざん》してから、李逵《りき》に会ったことを妻《つま》に話し、しびれ薬《ぐすり》をのませて捕《と》らえようと相談しているところを李逵《りき》にきかれて斬《き》り殺される。

李吉

李吉［りきつ］

華陰県《かいんけん》・史家村《しかそん》の猟師《りょうし》。少華山《しょうかざん》の朱武《しゅぶ》たちが史家村《しかそん》を襲《おそ》うことを史進《ししん》につたえる。史進《ししん》は朱武《しゅぶ》たちを生《い》け捕《ど》ったが役《やく》所《しょ》につきださなかったため、李吉《りきつ》は役所に告《つ》げ口《ぐち》し、役人《やくにん》たちをひきいて史進《ししん》の屋敷《やしき》へむかうが、屋敷《やしき》をとびだしてきた史進《ししん》に斬《き》られて命をうしなう。

李鬼の妻［りきのつま］

夫《おっと》の李鬼《りき》は、李逵《りき》を騙《かた》る追《お》いはぎ。李鬼《りき》と共謀《きょうぼう》して飯《めし》にしびれ薬《ぐすり》を混《ま》ぜ、李逵《りき》を捕《と》らえようと相談しているところを李逵《りき》にきかれ、夫《おっと》は殺される。

命からがら逃《に》げのびた妻《つま》は、李逵《りき》が立ちよった村の村長《そんちょう》に李逵《りき》がおたずね者であると告《つ》げ、つかまえさせる。村長は沂水県《きすいけん》の知県《ちけん》（県の長官《ちょうかん》）に連絡《れんらく》し、李逵《りき》を生《い》け捕《ど》りにする。

李逵の母

李逵の母［りきのはは］

沂水県《きすいけん》にひとりで住んでいる目の不自由《ふじゆう》な老母《ろうぼ》。李逵《りき》は梁山泊入《りょうざんぱくい》りしたのち、母をたずね、梁山泊《りょうざんぱく》につれかえろうとする。だがとちゅうの山道で、李逵《りき》が水をくみにいってい

るあいだに、虎《とら》に食《く》われてしまう。

陸謙

陸謙［りくけん］
林冲《りんちゅう》の幼《おさな》なじみだが、友情《ゆうじょう》よりも金《かね》や出世《しゅっせ》のほうが大切という性格《せいかく》。花花太歳《かかたいさい》の命令《めいれい》により林冲《りんちゅう》を料亭《りょうてい》に誘《さそ》いだす。そのあいだに花花太歳《かかたいさい》が林冲《りんちゅう》の妻《つま》を手にいれる手はずだったが、林冲《りんちゅう》がそのことを知って妻《つま》のもとにかけつけて失敗《しっぱい》におわる。林冲《りんちゅう》が高俅《こうきゅう》に濡《ぬ》れ衣《ぎぬ》を着せられ、滄州《そうしゅう》へ流罪《るざい》になったときには、高俅《こうきゅう》の命令《めいれい》で滄州《そうしゅう》へおもむき、典獄《てんごく》（牢《ろう》獄長《ごくちょう》）と結託《けったく》して林冲《りんちゅう》を焼《や》きころそうとするが失敗《しっぱい》し、林《りん》冲《ちゅう》に殺される。

李固

李固［りこ］
盧俊義《ろしゅんぎ》の屋敷《やしき》の番頭《ばんとう》。屋敷《やしき》の門前《もんぜん》で凍《こご》え死《じ》にそうになっていたところを、盧俊義《ろしゅんぎ》にひろわれる。算盤《そろばん》が得意《とくい》なので、屋敷《やしき》の財産《ざいさん》の管理《かんり》をまかされ、番頭《ばんとう》たちの一番がしらになる。盧俊義《ろしゅんぎ》が呉用《ごよう》の策《さく》にのせられ北京《ほくけい》を発《た》つことになったとき、ともについていく。盧俊義《ろしゅんぎ》が梁山泊《りょうざんぱく》につかまったのち、北《ほく》京《けい》に逃《に》げもどり、盧俊義《ろしゅんぎ》の妻《つま》・賈氏《かし》とねんごろになって屋《や》敷《しき》をのっとる。「盧俊義《ろしゅんぎ》は梁山泊《りょうざんぱく》の仲間《なかま》になった」と密告《みっこく》し、北京《ほくけい》にもどってきた盧俊義《ろしゅんぎ》を役人に捕《と》らえさせる。梁山泊《りょうざんぱく》が北京城《ほくけいじょう》に攻《せ》めこんできたときには、賈氏《かし》とともに舟《ふね》にのって逃《に》げようとするが、船頭《せんどう》に化《ば》けた燕青《えんせい》と張順《ちょうじゅん》に賈氏《かし》とともに生《い》け捕《ど》られ、盧俊義《ろしゅんぎ》に処刑《しょけい》される。

李袞

李袞［りこん］〈65〉
梁山泊《りょうざんぱく》一〇八人のひとり。地走星《ちそうせい》の転生《てんせい》。標鎗《ひょうそう》（投《な》げ槍《やり》）の使い手で、あだ名《な》は〈飛天大聖《ひてんたいせい》（空をとぶ神）〉。樊瑞《はんずい》、

項充《こうじゅう》とともに芒碭山《ぼうとうざん》で山賊《さんぞく》をしていた。(→項充《こうじゅう》)
方臘《ほうろう》とのたたかいで、睦州《ぼくしゅう》攻《ぜ》めのさいに戦死《せんし》する。

李師師

李師師[りしし]

都《みやこ》・開封府《かいほうふ》いちばんの妓女《ぎじょ》。徽宗《きそう》のお気に入りで、お忍《しの》びで会いにくる。宋江《そうこう》が招安《しょうあん》(朝廷《ちょうてい》に帰順《きじゅん》すること)のために、柴進《さいしん》、戴宗《たいそう》、燕青《えんせい》、李逵《りき》をつれて都《みやこ》へむかったとき、李《り》師師《しし》のうわさをきき、彼女《かのじょ》にたのんで徽宗《きそう》に会うことができないかと画策《かくさく》する。一度は李逵《りき》が屋敷《やしき》の外でさわぎを起こしたため、徽宗《きそう》には会えず、都《みやこ》を去ることになるが、のちに、燕青《えんせい》が戴宗《たいそう》とともにもういちど都《みやこ》をたずね、燕青《えんせい》を気にいった李師師《りしし》は徽宗《きそう》に会う手びきをする。燕青《えんせい》は梁山泊《りょうざんぱく》の現状《げんじょう》をうったえ、招安《しょうあん》を実現《じつげん》させる。

梁山泊軍《りょうざんぱくぐん》と方臘《ほうろう》とのたたかいがおわり、高俅《こうきゅう》たちの奸計《かんけい》で宋江《そうこう》が毒殺《どくさつ》されたのち、徽宗《きそう》は李師師《りしし》の屋敷《やしき》で梁山泊《りょうざんぱく》に行く夢《ゆめ》を見る。そこで徽宗《きそう》は、宋江《そうこう》が死んだことをさとる。目を覚《さ》ましたときに、李師師《りしし》に夢《ゆめ》の話をすると、李師師《りしし》は正《まさ》夢《ゆめ》ではないかという。徽宗《きそう》は宋江《そうこう》の安否《あんぴ》を確認《かくにん》し、すでに亡《な》くなっていたことを知る。

李俊

李俊[りしゅん] 〈26〉

梁山泊《りょうざんぱく》一〇八人のひとり。天寿星《てんじゅせい》の転生《てんせい》。あだ名《な》は〈混《こん》江竜《こうりゅう》(長江《ちょうこう》を混乱《こんらん》させる竜《りゅう》)〉。長江《ちょうこう》で船頭《せんどう》をしながら塩《しお》の闇《やみ》あきないをしていた。居酒屋《いざかや》を経営《けいえい》する李立《りりつ》が、宋江《そうこう》にしびれ薬《ぐすり》をのませたときには、解毒剤《げどくざい》をつくるように命《めい》じて宋《そう》江《こう》をたすける。

宋江《そうこう》が江州《こうしゅう》で処刑《しょけい》されそうになると、李立《りりつ》、童威《どうい》、童猛《どうもう》、張順《ちょうじゅん》をひきい、梁山泊《りょうざんぱく》と協力《きょうりょく》して宋江《そうこう》を救《すく》いだす。梁山《りょうざん》

泊《ばく》へ行くとちゅうに穆家荘《ぼくかそう》に立ちより、知りあいの穆弘《ぼくこう》、穆《ぼく》春《しゅん》、張横《ちょうおう》を仲間《なかま》にくわえる。宋江《そうこう》を害《がい》した黄文炳《こうぶんへい》を捕《と》らえて処刑《しょけい》したのちに、仲間《なかま》たちとともに梁山泊入《りょうざんぱくい》りする。

呼延灼《こえんしゃく》とのたたかいでは、夜、水軍頭目《すいぐんとうもく》たちと湖《みずうみ》を泳いで敵陣《てきじん》まで近づき、火砲《かほう》を湖《みずうみ》のなかに落としてつかえなくする。また凌振《りょうしん》を生《い》け捕《ど》りにして梁山泊《りょうざんぱく》に帰順《きじゅん》させる。

梁山泊《りょうざんぱく》一〇八人がそろったときには、水軍頭目《すいぐんとうもく》のひとりに任《にん》じられる。

遼国《りょうこく》とのたたかいでは、にせの糧秣船《りょうまつせん》をひきいて檀州《たんしゅう》城《じょう》のそばを通り、敵《てき》がだまされてでてきたところで、城《しろ》をのっとる。だがやがて朝廷《ちょうてい》のために反乱軍《はんらんぐん》とたたかいつづけることに疑問《ぎもん》を感じ、方臘《ほうろう》とのたたかいのまえには、呉用《ごよう》を通《つう》じて宋江《そうこう》に「梁山泊《りょうざんぱく》へもどるよう」いう。宋江《そうこう》がききいれなかったので、しかたなしにしたがう。

方臘《ほうろう》とのたたかいにはさいごまで生きのこるが、都《みやこ》・開封《かいほう》府《ふ》へ凱旋《がいせん》するまえに、童威《どうい》、童猛《どうもう》とともに宋江《そうこう》のもとを去る。暹羅国《せんらこく》（一般的《いっぱんてき》にはシャム国——タイのことだが、続編《ぞくへん》の『水滸後伝《すいここうでん》』においては南方の島々となっているため、どの国を指《さ》しているのかは不明《ふめい》）にわたり、国王《こくおう》になって余生《よせい》をおくる。

李忠

李忠[りちゅう]　〈86〉

梁山泊《りょうざんぱく》一〇八人のひとり。地僻星《ちへきせい》の転生《てんせい》。あだ名《な》は〈打《だ》虎将《こしょう》〉。史進《ししん》の最初の武術《ぶじゅつ》の師匠《ししょう》だが、あまり強くなく、けちくさい性格《せいかく》。薬売りをしながら天下《てんか》をまわっていたときに、渭州《いしゅう》で魯達《ろたつ》（魯智深《ろちしん》）、史進《ししん》とであい、ともに酒を酌《く》み交《か》わす。

桃花山《とうかざん》のふもとで、周通《しゅうとう》におそわれるが、打《う》ち負《ま》かして

桃花山《とうかざん》の首領《しゅりょう》になる。周通《しゅうとう》が劉太公《りゅうたいこう》の娘《むすめ》を見初《みそ》め、手にいれようとその屋敷《やしき》へむかったが、何者かにおそわれてもどってきた。かたきを討《う》とうと屋敷《やしき》へむかい、魯智深《ろちしん》に再会《さいかい》する。李忠《りちゅう》は魯智深《ろちしん》を山にまねいてもてなし、彼《かれ》に路銀《ろぎん》をおくるために追いはぎに行く。しかしもどってきたとき、魯智深《ろちしん》は金銀《きんぎん》の食器やさかずきをうばって山をおりてしまっていた。

周通《しゅうとう》が呼延灼《こえんしゃく》の馬を盗《ぬす》んだことで、呼延灼軍《こえんしゃくぐん》が桃花山《とうかざん》に攻《せ》めこんでくるとの報《ほう》がはいったときには、魯智深《ろちしん》のいる二《に》竜山《りゅうざん》にたすけをもとめる。呼延灼《こえんしゃく》が梁山泊軍《りょうざんぱくぐん》に敗《やぶ》れたのちは、周通《しゅうとう》とともに梁山泊入《りょうざんぱくい》りする。

梁山泊《りょうざんぱく》一〇八人がそろったときには、歩兵将校《ほへいしょうこう》のひとりに任《にん》じられる。

方臘《ほうろう》とのたたかいのときには、敵《てき》の本拠地《ほんきょち》・清渓県《せいけいけん》にたどりつくまえに戦死《せんし》する。

劉高

劉高[りゅうこう]

清風寨《せいふうさい》の長官《ちょうかん》。花栄《かえい》の上司《じょうし》。(→**劉高《りゅうこう》の妻《つま》**)

劉高の妻[りゅうこうのつま]

清風寨《せいふうさい》の長官《ちょうかん》・劉高《りゅうこう》の妻《つま》。清風山《せいふうざん》の山賊《さんぞく》・王英《おうえい》につかまるも、宋江《そうこう》にたすけられる。だが清風鎮《せいふうちん》にもどった彼女《かのじょ》は、恩《おん》をかえすどころか宋江《そうこう》を山賊《さんぞく》の仲間《なかま》だといって劉高《りゅうこう》にうったえ、花栄《かえい》ともども逮捕《たいほ》させる。宋江《そうこう》は清風山《せいふうざん》の山賊《さんぞく》たちに救《すく》いだされ、さらに清風鎮《せいふうちん》は攻《せ》めおとされ、劉高《りゅうこう》の妻《つま》は一族ともども殺される。

劉太公[りゅうたいこう]

桃花村《とうかそん》の屋敷《やしき》の主人。大相国寺《だいしょうこくじ》へむかうとちゅうの魯智《ろち》

深《しん》を屋敷《やしき》に泊《と》める。娘《むすめ》を桃花山《とうかざん》の周通《しゅうとう》に見初《みそ》められ、嫁《よめ》にとられそうになるが、魯智深《ろちしん》が周通《しゅうとう》をこらしめ、桃花山《とうかざん》の首領《しゅりょう》・李忠《りちゅう》にも話をつけてくれ、娘《むすめ》をとられずにすむ。

劉唐

劉唐［りゅうとう］〈21〉

梁山泊《りょうざんぱく》一〇八人のひとり。天異星《てんいせい》の転生《てんせい》。鬢《びん》のあたりに大きな赤いあざがあり、そこから赤い毛が生《は》えていることから、あだ名《な》は〈赤髪鬼《せきはつき》〉。梁中書《りょうちゅうしょ》が蔡京《さいけい》の誕生日《たんじょうび》祝《いわ》いに十万貫《かん》の財物《ざいぶつ》をおくると聞き、横取《よこど》りする計画《けいかく》を晁蓋《ちょうがい》にもちかける。彼《かれ》らは棗《なつめ》売《う》りと酒売りに化《ば》け、輸送部隊《ゆそうぶたい》の楊志《ようし》たちをだまし、しびれ薬《ぐすり》のはいった酒をのませて十万貫《かん》の財物《ざいぶつ》をうばって逃《に》げるが、すぐに梁中書《りょうちゅうしょ》の知るところとなる。そのことをいちはやく知って宋江《そうこう》が晁蓋《ちょうがい》に連絡《れんらく》し、晁蓋《ちょうがい》らは役人《やくにん》たちから逃《に》げて梁山泊入《りょうざんぱくい》りする。

晁蓋《ちょうがい》が梁山泊《りょうざんぱく》の首領《しゅりょう》になったのちは、晁蓋《ちょうがい》にたのまれて、百両《りょう》の金子《きんす》と手紙とを宋江《そうこう》にとどける。

宋江《そうこう》が江州《こうしゅう》へ流罪《るざい》になったとき、その道中《どうちゅう》で宋江《そうこう》をたすけようとしたが、宋江《そうこう》にことわられ、梁山泊《りょうざんぱく》にいる呉用《ごよう》に知らせる。宋江《そうこう》が江州《こうしゅう》で処刑《しょけい》されそうになったときには、晁蓋《ちょうがい》たちとともに変装《へんそう》して城内《じょうない》に乱入《らんにゅう》し、宋江《そうこう》を救《すく》いだす。

晁蓋《ちょうがい》が曽頭市《そうとうし》を攻《せ》め、史文恭《しぶんきょう》の矢《や》をうけて馬上《ばじょう》から落ちたときには、白勝《はくしょう》とともに晁蓋《ちょうがい》を馬の背《せ》にのせて逃《に》げる。しかし晁蓋《ちょうがい》はこの矢傷《やきず》により命をうしなう。

梁山泊《りょうざんぱく》一〇八人がそろったときには、歩兵頭目《ほへいとうもく》のひとりに任《にん》じられる。

方臘《ほうろう》とのたたかいでは、杭州《こうしゅう》を攻めるさいに戦死《せんし》する。

劉敏[りゅうびん]

宛州《えんしゅう》の守将《しゅしょう》。王慶《おうけい》に仕《つか》える。知略《ちりゃく》に長《た》けた男で、劉智伯《りゅうちはく》(「智伯《ちはく》」は春秋時代《しゅんじゅうじだい》の知将《ちしょう》)ともよばれる。梁山泊軍《りょうざんぱくぐん》が攻《せ》めてきて、林のなかに布陣《ふじん》したとき、火計《かけい》をつかって林ごと焼《や》きはらおうとする。だが喬道清《きょうどうせい》が道術《どうじゅつ》で風向《かざむ》きを変えたため、劉敏《りゅうびん》の軍《ぐん》に火がせまる。劉敏《りゅうびん》は命からがら宛州《えんしゅう》の城《しろ》へ逃《に》げこむが、梁山泊軍《りょうざんぱくぐん》に攻《せ》めおとされ捕《と》らえられて打ち首になる。

遼国王

遼国王[りょうこくおう]

遼国《りょうこく》の王・耶律輝《やりつき》。北方《ほっぽう》の異民族《いみんぞく》をしたがえ、宋《そう》の領土《りょうど》に侵入《しんにゅう》し、燕京《えんけい》(現在《げんざい》の北京《ペキン》市《し》)を都《みやこ》とする。高俅《こうきゅう》たち朝廷《ちょうてい》の奸臣《かんしん》は、遼国《りょうこく》が国境《こっきょう》を侵《おか》していることを徽宗《きそう》に報告《ほうこく》せずにいたが、宿元景《しゅくげんけい》は招安《しょうあん》した宋江《そうこう》たちに功《こう》をたてさせるため、梁山泊軍《りょうざんぱくぐん》に遼国討伐《りょうこくとうばつ》をまかせるよう徽宗《きそう》に進言《しんげん》する。徽宗《きそう》の命《めい》をうけた梁山泊軍《りょうざんぱくぐん》は遼国討伐《りょうこくとうばつ》へむかい、とられた領土《りょうど》をとりかえし燕京《えんけい》にせまる。

欧陽侍郎《おうようじろう》は、宋江《そうこう》を懐柔《かいじゅう》して味方《みかた》につけようと企《くわだ》てるが、ぎゃくに宋江《そうこう》にだまされ、霸州城《はしゅうじょう》をのっとられる。遼国王《りょうこくおう》は都統軍《ととうぐん》(軍指揮官《ぐんしきかん》)の兀顔光《こつがんこう》とともに、二十万の兵《へい》をひきいて出陣《しゅつじん》するが兀顔光《こつがんこう》の敷《し》いた〈太乙混天象《たいいつこんてんしょう》の陣《じん》〉がやぶられ、燕京《えんけい》に退却《たいきゃく》。そこで高俅《こうきゅう》ら奸臣《かんしん》たちに賄賂《わいろ》をおくり、宋《そう》と講和《こうわ》する。その結果《けっか》、梁山泊軍《りょうざんぱくぐん》は朝廷《ちょうてい》の命《めい》であと一歩のところで停戦《ていせん》を余儀《よぎ》なくされ、都《みやこ》・開封府《かいほうふ》にひきあげる。

凌振

凌振[りょうしん] 〈52〉

梁山泊《りょうざんぱく》一〇八人のひとり。地軸星《ちじくせい》の転生《てんせい》。火砲《かほう》づくりの名人《めいじん》で、十五里《り》もの飛距離《ひきょり》をもつ火砲《かほう》をつくることができる

ことから、あだ名《な》は〈轟天雷《ごうてんらい》（天にとどろく雷《いかずち》）〉。朝廷《ちょうてい》の命《めい》で呼延灼《こえんしゃく》が梁山泊討伐《りょうざんぱくとうばつ》へむかったときに、火砲《かほう》をたずさえて参戦《さんせん》する。遠距離《えんきょり》からの砲撃《ほうげき》で梁山泊軍《りょうざんぱくぐん》を苦しめたが、夜、李俊《りしゅん》ら水軍頭目《すいぐんとうもく》たちが湖《みずうみ》を泳いで火砲《かほう》のそばにしのびより、水のなかに落としてつかえなくし、凌振《りょうしん》も生《い》け捕《ど》られる。宋江《そうこう》に大義《たいぎ》を説《と》かれ、梁山泊入《りょうざんぱくい》りする。

梁山泊《りょうざんぱく》一〇八人がそろったときには、火砲作製管理《かほうさくせいかんり》に任《にん》じられる。

方臘《ほうろう》とのたたかいでは、火砲《かほう》をつかって敵将《てきしょう》・包道乙《ほうどういつ》をふきとばす。さいごまで生きのこり、官職《かんしょく》をさずかって朝《ちょう》廷《てい》に仕《つか》える。

梁中書

梁中書[りょうちゅうしょ]

北京《ほくけい》（大名府《だいめいふ》）の長官《ちょうかん》。太師《たいし》・蔡京《さいけい》の娘婿《むすめむこ》。蔡京《さいけい》の誕生《たんじょう》日《び》に十万貫《かん》の財物《ざいぶつ》をおくろうと、楊志《ようし》に輸送隊長《ゆそうたいちょう》をまかせるが、晁蓋《ちょうがい》たちに横取《よこど》りされる。晁蓋《ちょうがい》たちを捕《と》らえるために役人《やくにん》をおくるも、宋江《そうこう》が晁蓋《ちょうがい》にいちはやく知らせたため、逃《に》げられてしまう。盧俊義《ろしゅんぎ》を捕《と》らえたときには、梁山泊軍《りょうざんぱくぐん》が攻《せ》めてくると聞き、部下《ぶか》の索超《さくちょう》を出陣《しゅつじん》させるが索超《さくちょう》が勝てなかったため、都《みやこ》・開封府《かいほうふ》にいる蔡京《さいけい》が、援軍《えんぐん》として関《かん》勝《しょう》、宣賛《せんさん》、郝思文《かくしぶん》の三将《しょう》を北京《ほくけい》におくる。だが関勝《かんしょう》らは梁《りょう》山泊軍《ざんぱくぐん》に敗《やぶ》れ、寝《ね》がえってしまう。

北京城《ほくけいじょう》はまもりがかたく、梁山泊軍《りょうざんぱくぐん》はなかなかおとせないでいたが、時遷《じせん》が翠雲楼《すいうんろう》に火をつけて城内《じょうない》を混乱《こんらん》させたので、梁中書《りょうちゅうしょ》はおどろいて城《しろ》からでて、開封府《かいほうふ》へ逃《に》げこむ。北京城《ほくけいじょう》は梁山泊軍《りょうざんぱくぐん》に占領《せんりょう》され、梁中書《りょうちゅうしょ》がためこんだ金銀《きんぎん》財物《ざいぶつ》や食糧《しょくりょう》は民《たみ》にくばられた。

呂師嚢

呂師嚢[りょしのう]

方臘《ほうろう》の枢密使《すうみつし》（軍事《ぐんじ》長官《ちょうかん》）。蛇矛《だぼう》を得意《とくい》の武器《ぶき》とし、兵法《へいほう》にも通《つう》じている。梁山泊軍《りょうざんぱくぐん》が攻《せ》めてきたときに、長江南岸《ちょうこうなんがん》に五万の兵《へい》を配置《はいち》し、さらには三千の軍船《ぐんせん》をならべてこれをむかえうつが、敗《やぶ》れて潤州《じゅんしゅう》をとられてしまう。呂師嚢《りょしのう》は丹《たん》徒県《とけん》に退《しりぞ》き、蘇州《そしゅう》をまもる方貌《ほうぼう》にたすけをもとめる。方貌《ほうぼう》は猛将《もうしょう》・邢政《けいせい》を呂師嚢《りょしのう》のもとにおくる。だが邢政《けいせい》は関勝《かんしょう》に討《う》ちとられ、丹徒県《たんとけん》もとられて常州府城《じょうしゅうふじょう》に逃亡《とうぼう》する。しかしまたもや梁山泊軍《りょうざんぱくぐん》に城《しろ》をうばわれ、方貌《ほうぼう》のまもる蘇州《そしゅう》へ逃《に》げのびる。方貌《ほうぼう》は呂師嚢《りょしのう》の連敗《れんぱい》に激怒《げきど》し、五千の兵《へい》で梁《りょう》山泊軍《ざんぱくぐん》を討《う》ちとるよう命《めい》じる。呂師嚢《りょしのう》は出陣《しゅつじん》するも、徐寧《じょねい》に槍《やり》で突《つ》き殺される。

呂方

呂方[りょほう]　〈54〉

梁山泊《りょうざんぱく》一〇八人のひとり。地佐星《ちさせい》の転生《てんせい》。あだ名《な》は〈小《しょう》温侯《おんこう》（温侯《おんこう》は後漢時代《ごかんじだい》の猛将《もうしょう》・呂布《りょふ》のこと。「ちいさな呂《りょ》布《ふ》」の意味）〉。郭盛《かくせい》とおなじ方天画戟《ほうてんがげき》の使い手。つねに郭盛《かくせい》と行動をともにする。（→郭盛《かくせい》）

李立

李立[りりつ]　〈96〉

梁山泊《りょうざんぱく》一〇八人のひとり。地奴星《ちどせい》の転生《てんせい》。あだ名《な》は〈催《さい》命判官《めいはんがん》（死神《しにがみ》）〉。長江《ちょうこう》のそばで居酒屋《いざかや》を経営《けいえい》する。流罪《るざい》の宋江《そうこう》が居酒屋《いざかや》に立ちよったときに、しびれ薬《ぐすり》をのませて荷物《にもつ》をうばおうとするが、おりよくやってきた李俊《りしゅん》の機転《きてん》で宋《そう》江《こう》だとわかり、すぐに解毒剤《げどくざい》をのませて、事《こと》なきを得る。宋《そう》江《こう》が江州《こうしゅう》で処刑《しょけい》されそうになると、李立《りりつ》らは梁山泊《りょうざんぱく》と協《きょう》力《りょく》して宋江《そうこう》を救《すく》いだし、そのまま梁山泊《りょうざんぱく》入《い》りする。

梁山泊《りょうざんぱく》一〇八人がそろったときには、王定六《おうていろく》とともに北

山酒店の経営《けいえい》を任《にん》じられる。

方臘《ほうろう》とのたたかいでは、敵《てき》の本拠地《ほんきょち》である清渓県《せいけいけん》を攻《せ》めたときに戦死《せんし》する。

李老婆[りろうば]

李師師《りしし》の屋敷《やしき》をとりしきる老婆《ろうば》。欲深《よくぶか》い性格《せいかく》。徽宗《きそう》が李師《りし》師《し》のもとに通《かよ》っていると知った宋江《そうこう》が、燕青《えんせい》を屋敷《やしき》におくったときに対応《たいおう》し、大金《たいきん》がもらえると知ると、すぐに燕青《えんせい》を李《り》師師《しし》のもとへ通す。

林冲[りんちゅう]　〈6〉

梁山泊《りょうざんぱく》一〇八人のひとり。天雄星《てんゆうせい》の転生《てんせい》。頭のかたちが豹《ひょう》に似《に》ていることから、あだ名《な》は〈豹子頭《ひょうしとう》〉。八十万禁軍《きんぐん》（天子直属《てんしちょくぞく》の軍《ぐん》）の教頭《きょうとう》（武術師範《ぶじゅつしはん》）。蛇矛《だぼう》を得《とく》意《い》の武器《ぶき》とする。大相国寺《だいしょうこくじ》の菜園《さいえん》で魯智深《ろちしん》とであい、酒を酌《く》み交《か》わして義兄弟《ぎきょうだい》になる。そこへ侍女《じじょ》・錦児《きんじ》から妻《つま》が花花太歳《かかたいさい》につきまとわれているときかされ、すぐにかけつけて妻《つま》をたすける。花花太歳《かかたいさい》は林冲《りんちゅう》の妻《つま》をあきらめられず、林冲《りんちゅう》を料亭《りょうてい》に誘《さそ》うよう林冲《りんちゅう》の幼《おさな》なじみ・陸謙《りくけん》に命《めい》じ、そのあいだに林冲《りんちゅう》の妻《つま》を手にいれようとするが、ふたたび錦児《きんじ》が林冲《りんちゅう》に報告《ほうこく》をしたので事《こと》なきを得《え》る。林《りん》冲《ちゅう》は花花太歳《かかたいさい》と陸謙《りくけん》を殺そうとするが、妻《つま》にとめられて思いとどまる。

養父《ようふ》・高俅《こうきゅう》の力を借《か》りた花花太歳《かかたいさい》により林冲《りんちゅう》は無実《むじつ》の罪《つみ》で流罪《るざい》となる。滄州《そうしゅう》へ護送《ごそう》されるとちゅう、護送《ごそう》の兵《へい》士《し》に殺されそうになるが、魯智深《ろちしん》にたすけられる。滄州《そうしゅう》のそばで魯智深《ろちしん》とわかれたのち、柴進《さいしん》とであい、屋敷《やしき》にまねかれる。柴進《さいしん》の食客《しょっかく》・洪教頭《こうきょうとう》に因縁《いんねん》をつけられて

林冲

たたかい、かんたんに打ち負かす。柴進《さいしん》に滄州《そうしゅう》の典獄《てんごく》（牢《ろう》獄《ごく》の長《ちょう》）にわたすようにと手紙と銀子《ぎんす》を託《たく》される。

そのおかげで滄州《そうしゅう》の牢《ろう》では外出《がいしゅつ》がゆるされ、労役《ろうえき》も楽《らく》な仕事になる。だが高俅《こうきゅう》は陸謙《りくけん》を滄州《そうしゅう》へ送り、林冲《りんちゅう》を殺すよう典獄《てんごく》に命《めい》じる。典獄《てんごく》は馬草《まぐさ》おき場《ば》の番人《ばんにん》になり、林冲《りんちゅう》を焼《や》きころそうとするが林冲《りんちゅう》は廟《びょう》にいたのでたすかり、典獄《てんごく》たちを槍《やり》で突《つ》きころして復讐《ふくしゅう》する。滄州《そうしゅう》を去ったのち、柴進《さいしん》のすすめで梁山泊入《りょうざんぱくい》りする。

晁蓋《ちょうがい》たちが、梁山泊《りょうざんぱく》へやってきたときには、首領《しゅりょう》の王倫《おうりん》が晁蓋《ちょうがい》たちをうけいれないことに腹《はら》を立て、王倫《おうりん》を殺して晁蓋《ちょうがい》を首領《しゅりょう》の座《ざ》につける。そののち妻《つま》を梁山泊《りょうざんぱく》によぼうとするが、妻《つま》は花花太歳《かかたいさい》との縁組《えんぐみ》を強要《きょうよう》されて自害《じがい》したと知り悲《かな》しむ。

祝家荘《しゅくかそう》のたたかいでは、梁山泊軍《りょうざんぱくぐん》を苦戦《くせん》させた扈家荘《こかそう》の女将《じょしょう》・扈三娘《こさんじょう》を生《い》け捕《ど》りにする。呼延灼《こえんしゃく》が梁山泊《りょうざんぱく》に攻《せ》めこんできたときも、呼延灼《こえんしゃく》と互角《ごかく》にわたりあう。

晁蓋《ちょうがい》が曽頭市《そうとうし》の曽家《そうか》を攻《せ》めたときには、これを補佐《ほさ》してたたかう。僧侶《そうりょ》が陣営《じんえい》にやってきて、曽家《そうか》のとりでの位置《いち》をおしえるといってきたときは、罠《わな》だと忠告《ちゅうこく》する。晁蓋《ちょうがい》がききいれずに僧侶《そうりょ》についていき、待《ま》ち伏《ぶ》せにあって毒矢《どくや》をうけたときには、晁蓋《ちょうがい》をまもりながら梁山泊《りょうざんぱく》までひきかえすが、晁蓋《ちょうがい》は命をうしなう。

梁山泊《りょうざんぱく》一〇八人がそろったときには、騎兵軍《きへいぐん》五虎将《ごこしょう》のひとりに任《にん》じられる。

遼国《りょうこく》とのたたかいでは、林冲《りんちゅう》は敵《てき》の城《しろ》の前でうらぎったふりをした盧俊義《ろしゅんぎ》とたたかって敵《てき》の目をあざむき、そのあいだに兵《へい》を城内《じょうない》に突入《とつにゅう》させて勝利《しょうり》する。田虎《でんこ》とのたたかいでは瓊英《けいえい》とたたかい、ひたいに石つぶてをくらって負傷《ふしょう》する。

方臘《ほうろう》とのたたかいでは、さいごまで生きのこったが、都《みやこ》へもどるとちゅう、中風《ちゅうふう》にかかり、杭州《こうしゅう》の六和寺《ろくわじ》にのこって武松《ぶしょう》の看病《かんびょう》をうけるも治《なお》らず、半年後に病没《びょうぼつ》する。

林冲の妻[りんちゅうのつま]

八十万禁軍《きんぐん》（天子《てんし》直属《ちょくぞく》の軍）の教頭《きょうとう》・林冲《りんちゅう》の妻《つま》。東岳《とうがく》廟《びょう》（泰山《たいざん》の神をまつる廟《びょう》）のそばで花花太歳《かかたいさい》にいいよられるが、侍女《じじょ》・錦児《きんじ》の機転《きてん》でかけつけてきた林冲《りんちゅう》にたすけられる。花花太歳《かかたいさい》の計略《けいりゃく》で陸謙《りくけん》の屋敷《やしき》に誘《さそ》いだされるも、またもや林冲《りんちゅう》がかけつけてきてたすけられる。しかし林冲《りんちゅう》が高俅《こうきゅう》によって濡《ぬ》れ衣《ぎぬ》を着せられて流罪《るざい》にされ、高俅《こうきゅう》が花花《かか》太歳《たいさい》との縁組《えんぐみ》をせまったため、自害《じがい》する。

林提轄[りんていかつ]

林冲《りんちゅう》の父。魯智深《ろちしん》が渭州《いしゅう》の提轄《ていかつ》（警察長《けいさつちょう》）だったころ、仕事で都《みやこ》・開封府《かいほうふ》にきたとき、林提轄《りんていかつ》の世話《せわ》になっていた。

盧俊義

盧俊義[ろしゅんぎ]　〈2〉

梁山泊《りょうざんぱく》一〇八人のひとり。天罡星《てんこうせい》の転生《てんせい》。北京《ほくけい》の富豪《ふごう》で、あだ名《な》は〈玉麒麟《ぎょくきりん》（麒麟《きりん》は霊獣《れいじゅう》。「すぐれた者」という意味）〉。文武両道《ぶんぶりょうどう》で、棒術《ぼうじゅつ》は天下無双《てんかむそう》の腕《うで》まえ。梁山泊《りょうざんぱく》の首領《しゅりょう》・晁蓋《ちょうがい》が亡《な》くなり、大円法師《だいえんほうし》が法事《ほうじ》の席《せき》で、宋《そう》江《こう》に北京《ほくけい》に盧俊義《ろしゅんぎ》というすぐれた人物《じんぶつ》がいるとつたえる。宋江は梁山泊《りょうざんぱく》のあらたな首領《しゅりょう》として盧俊義《ろしゅんぎ》を山にまねこうと考え、呉用《ごよう》と画策《かくさく》する。呉用《ごよう》は易者《えきしゃ》に化《ば》け、弟子《でし》に扮《ふん》した李逵《りき》とともに北京《ほくけい》へむかう。

呉用《ごよう》の「百日以内《いない》に剣難《けんなん》にみまわれる。それをふせ

ぐには、百日間、東南一千里《り》の外に身をおかなければならない」という占《うらな》いを信じた盧俊義《ろしゅんぎ》は番頭《ばんとう》の李固《りこ》とともに北京《ほくけい》を発《た》つ。

梁山泊《りょうざんぱく》のそばで李逵《りき》ひきいる山賊《さんぞく》たちにおそわれ、呉用《ごよう》にだまされたと知り、李逵《りき》や魯智深《ろちしん》、武松《ぶしょう》とたたかうが、逃《に》げられる。やがて宋江《そうこう》、呉用《ごよう》、公孫勝《こうそんしょう》、花栄《かえい》とであう。花栄《かえい》に矢《や》で帽子《ぼうし》の上の赤いふさを正確《せいかく》に射《い》ぬかれて逃《に》げだし、湖《みずうみ》のほとりで漁師《りょうし》の舟《ふね》にのせてもらうが、水中に落とされて生《い》け捕《ど》られる。宋江《そうこう》に手厚《てあつ》くもてなされるが、頑《がん》として仲間《なかま》にくわわろうとせず、宋江《そうこう》はあきらめ、盧俊義《ろしゅんぎ》は北京《ほくけい》にかえされる。

北京城《ほくけいじょう》へかえると、盧俊義《ろしゅんぎ》の番頭《ばんとう》の燕青《えんせい》から盧俊義《ろしゅんぎ》の留守中《るすちゅう》、まいもどってきた李固《りこ》と盧俊義《ろしゅんぎ》の妻《つま》・賈氏《かし》がねんごろになり、屋敷《やしき》をのっとったうえ、「盧俊義《ろしゅんぎ》が梁山泊《りょうざんぱく》の仲間《なかま》になった」と役所《やくしょ》にうったえたと知らされるが盧俊義《ろしゅんぎ》は信《しん》じず、屋敷《やしき》にもどったところ、役人《やくにん》につかまってしまう。

沙門島《さもんとう》への流刑《るけい》となり、護送《ごそう》されるとちゅう、李固《りこ》から金《かね》をうけとった兵士《へいし》たちから殺されそうになるが、燕青《えんせい》にたすけられる。燕青《えんせい》につれられて梁山泊《りょうざんぱく》へむかうが、とちゅう、また役人につかまってしまう。燕青《えんせい》の報告《ほうこく》をうけた宋江《そうこう》が石秀《せきしゅう》に命《めい》じて、盧俊義《ろしゅんぎ》をたすけようとするが、ぎゃくに、つかまってしまう。

梁山泊軍《りょうざんぱくぐん》は、盧俊義《ろしゅんぎ》たちをすくいだすべく北京《ほくけい》に出兵《しゅっぺい》するが、北京城《ほくけいじょう》のまもりはかたく、梁山泊軍《りょうざんぱくぐん》が健闘《けんとう》するもなかなかおとせない。そこで元宵節《げんしょうせつ》に時遷《じせん》が翠雲楼《すいうんろう》に火をつけて城内《じょうない》を混乱《こんらん》させ、それを合図《あいず》に梁山泊軍《りょうざんぱくぐん》が攻《せ》めこみ、盧俊義《ろしゅんぎ》たちは救《すく》いだされる。李固《りこ》と賈氏《かし》は捕《と》らえられ、盧俊義《ろしゅんぎ》みずから処刑《しょけい》したのち梁山泊入《りょうざんぱくい》りする。

梁山泊《りょうざんぱく》は晁蓋《ちょうがい》のかたきを討《う》つため、ふたたび曽頭市《そうとうし》を攻《せ》めて勝利《しょうり》し、盧俊義《ろしゅんぎ》は敵将《てきしょう》・史文恭《しぶんきょう》を生《い》け捕《ど》りにして処刑《しょけい》する。晁蓋《ちょうがい》は亡《な》くなるときに、「史文恭《しぶんきょう》を討《う》ちとった者を首領《しゅりょう》にせよ」といったので、宋江《そうこう》は盧俊義《ろしゅんぎ》を首領《しゅりょう》にしようとするが、断固拒否《だんこきょひ》する。そこで、梁山泊討伐《りょうざんぱくとうばつ》をたくらむ東平府《とうへいふ》、東昌府《とうしょうふ》の二城《じょう》のどちらかを、さきに攻《せ》めおとしたほうを首領《しゅりょう》にすることにきめ、結果《けっか》として宋江《そうこう》が首領《しゅりょう》、盧《ろ》俊義《しゅんぎ》が副首領《ふくしゅりょう》になる。

梁山泊《りょうざんぱく》一〇八人がそろったのち、天から落ちてきた碑《ひ》には一〇八人の名前が書かれており、その二番目に盧俊義《ろしゅんぎ》の名がある（先頭《せんとう》は宋江《そうこう》）。

遼国《りょうこく》とのたたかいでは、梁山泊《りょうざんぱく》は兵《へい》をふたつにわけ、そのひとつを指揮《しき》する。宋江《そうこう》とともに遼国《りょうこく》にねがえったふりをして霸州城《はしゅうじょう》を占領《せんりょう》する。田虎《でんこ》、王慶《おうけい》とのたたかいでも宋《そう》江《こう》と兵《へい》をわけ、二手《ふたて》にわかれて敵《てき》を攻《せ》める。王慶討伐後《おうけいとうばつご》には、朝廷《ちょうてい》から宣武郎《せんぶろう》（無所属《むしょぞく》の武官《ぶかん》）・帯御器械《たいぎょきかい》（天子《てんし》の侍《じ》従《じゅう》）・行宮団練使《あんぐうだんれんし》（行宮所属《あんぐうしょぞく》の民兵司令官《みんぺいしれいかん》）に封《ほう》じられるが、どれも有名無実《ゆうめいむじつ》の官位《かんい》である。

方臘討伐《ほうろうとうばつ》においても宋江《そうこう》と軍《ぐん》をわけて出陣《しゅつじん》し、さいごまで生きのこって、勝利《しょうり》する。朝廷《ちょうてい》から官職《かんしょく》をさずかって盧《ろ》州《しゅう》に赴任《ふにん》するが、蔡京《さいけい》ら奸臣《かんしん》たちの陰謀《いんぼう》で、都《みやこ》へおもむいた宴席《えんせき》で食事に水銀《すいぎん》を盛《も》られ、船《ふね》で盧州《ろしゅう》へもどるとちゅう、水銀《すいぎん》の毒《どく》がきいて体がいうことをきかなくなり、足をすべらせ、川に落ちて命をうしなう。

魯達［ろたつ］

→**魯智深**［ろちしん］

魯智深[ろちしん]　〈13〉

梁山泊《りょうざんぱく》一〇八人のひとり。天孤星《てんこせい》の転生《てんせい》。あだ名《な》は〈花《か》和尚《おしょう》（刺青《いれずみ》をした和尚《おしょう》）〉。渭州《いしゅう》の提轄《ていかつ》（警察長《けいさつちょう》）だったころの名は魯達《ろたつ》。渭州《いしゅう》で役人《やくにん》に追われていた史進《ししん》とであい、史進《ししん》の武術《ぶじゅつ》の最初の師匠《ししょう》・李忠《りちゅう》もまじえて、ともに酒をのむ。そのさい金老人《きんろうじん》、金翠蓮《きんすいれん》の父娘《おやこ》が肉屋の鄭《てい》という男に借金《しゃっきん》を負《お》わされて苦しんでいることを知り、義侠心《ぎきょうしん》から鄭《てい》をこらしめてやろうとするも、勢《いきお》いあまって殺してしまう。

おたずね者になって各地《かくち》をさまよっているときに金老人《きんろうじん》と再会《さいかい》し、娘《むすめ》の翠蓮《すいれん》が代州《だいしゅう》・雁門県《がんもんけん》の富豪《ふごう》・趙員外《ちょういんがい》に見初《みそ》められ、いまではよい暮《く》らしをしていると聞かされ屋敷《やしき》にまねかれる。趙員外《ちょういんがい》から五台《ごだい》山《さん》の寺の智真長老《ちしんちょうろう》を紹介《しょうかい》され、魯達《ろたつ》は寺で頭をまるめて「魯智深《ろちしん》」と名を変える。だが仏門《ぶつもん》にはいってからも酒やなまぐさがやめられず、寺の僧侶《そうりょ》たちと乱闘《らんとう》するなど問題が多いため、智真長老《ちしんちょうろう》は魯智深《ろちしん》を都《みやこ》・開封《かいほう》府《ふ》の大相国寺《だいしょうこくじ》にあずけることにする。魯智深《ろちしん》は鍛冶屋《かじや》につくらせた六十二斤《きん》の禅杖《ぜんじょう》と戒刀《かいとう》を手に、大相国寺《だいしょうこくじ》へむかう。道中《どうちゅう》、桃花村《とうかそん》の劉太公《りゅうたいこう》の屋敷《やしき》で宿《やど》を借《か》りたときに、桃花山《とうかざん》の山賊《さんぞく》の周通《しゅうとう》が劉太公《りゅうたいこう》の娘《むすめ》を見初《みそ》め、今夜も屋敷《やしき》にやってくるという話をきき、娘《むすめ》の部屋《へや》で待《ま》ち伏《ぶ》せし、周通《しゅうとう》をこらしめる。桃花山《とうかざん》の山賊《さんぞく》の首領《しゅりょう》が李忠《りちゅう》だとわかると、周通《しゅうとう》をゆるし、桃花山《とうかざん》で世話《せわ》になる。李忠《りちゅう》が魯智深《ろちしん》への路銀《ろぎん》をつく

魯智深

るために追いはぎをしにいったと知ると腹《はら》を立て、留守《るす》のあいだに金銀《きんぎん》の食器やさかずきをうばって山をおりる。

大相国寺《だいしょうこくじ》に到着《とうちゃく》すると、智清禅師《ちせいぜんじ》に菜園《さいえん》の管理人をいいつかり、菜園《さいえん》にたむろしているごろつきたちをこらしめる。そのとき林冲《りんちゅう》とであい、酒を酌《く》み交《か》わして義兄弟《ぎきょうだい》になる。林冲《りんちゅう》が高俅《こうきゅう》の奸計《かんけい》にはまって流罪《るざい》になり、道中《どうちゅう》殺されそうになったときにはたすけにはいる。このことで都《みやこ》にいられなくなり、各地《かくち》を放浪《ほうろう》したのち、楊志《ようし》とともに二竜山《にりゅうざん》にこもる。

呼延灼《こえんしゃく》が桃花山《とうかざん》を攻《せ》めたとき、李忠《りちゅう》に乞《こ》われて出兵《しゅっぺい》する。梁山泊《りょうざんぱく》の加勢《かせい》もあって呼延灼《こえんしゃく》を打ち負かし、これをきっかけに楊志《ようし》たちとともに梁山泊入《りょうざんぱくい》りする。少華山《しょうかざん》の史進《ししん》も仲間《なかま》にくわえようと会いにむかうが、史進《ししん》は華州《かしゅう》の賀太守《がたいしゅ》につかまっており、たすけに行くも、自身もつかまってしまい、のちに梁山泊軍《りょうざんぱくぐん》によってたすけだされる。

梁山泊《りょうざんぱく》一〇八人がそろったときには、歩兵頭目《ほへいとうもく》のひとりに任《にん》じられる。

田虎《でんこ》とのたたかいでは、襄垣県城《じょうえんけんじょう》で瓊英《けいえい》の軍《ぐん》とたたかうさなか、穴《あな》におちて行方不明《ゆくえふめい》になる。その穴《あな》のなかは地上とおなじように天があり、村や家もあり、人も大勢《おおぜい》いた。そこで僧侶《そうりょ》に会い、「まっすぐすすめば、神駒《しんく》を手にいれられよう」といわれ、そのとおりにすると敵将《てきしょう》の馬霊《ばれい》にでくわし捕《と》らえることができた。

方臘《ほうろう》とのたたかいでもいくさのさなかに行方不明《ゆくえふめい》になったが、梁山泊軍《りょうざんぱくぐん》が方臘《ほうろう》を山へ追いつめたところに姿《すがた》をあらわし、方臘《ほうろう》を生《い》け捕《ど》りにする。

方臘《ほうろう》とのたたかいがおわり、都《みやこ》へひきかえすとちゅう、杭州《こうしゅう》の六和寺《ろくわじ》で自分の天命《てんめい》が尽《つ》きたことを悟《さと》り、体を清《きよ》めて座禅《ざぜん》をくみ、そのまま静《しず》かに大往生《だいおうじょう》する。